Heinrich Steinfest
Der Chauffeur

PER

Zu diesem Buch

In der Welt des Chauffeurs Paul Klee herrschen Übersicht und Präzision. Aber das Leben hält keine Garantie für unendliche Ordnung bereit: Nach einem schweren Autounfall und einer nicht minder schweren Fehlentscheidung beschließt er, ein kleines Haus zu kaufen und es zu einem Hotel umzugestalten, das ganz seinen Vorstellungen entspricht. Es soll den Namen »Hotel zur kleinen Nacht« tragen. Das Glück will es, dass er sich dabei in die Maklerin Inoue verliebt und sie sich in ihn. Also planen sie die »Kleine Nacht« gemeinsam, von den Zimmern bis zur Bar, von den Sesseln bis zum Frühstück. Aber Klees ideale Welt zerbricht ein zweites Mal – und er entschließt sich zu einem für ihn sehr überraschenden Schritt...

»›Der Chauffeur‹ ist von vielem ein bisschen: Krimi, Liebesroman, Kunstbetrachtung, Science-Fiction, Gesellschaftskritik.« *Die Presse am Sonntag*

Heinrich Steinfest, 1961 geboren, wurde für sein literarisches Werk vielfach ausgezeichnet und war bereits zweimal für den Deutschen Buchpreis nominiert. 2016 erhielt er den Bayerischen Buchpreis für »Das Leben und Sterben der Flugzeuge«, 2018 stand »Die Büglerin« auf der Shortlist für den Österreichischen Buchpreis. Zuletzt erschienen im Piper Verlag von ihm die »Amsterdamer Novelle« sowie »Die Möbel des Teufels«. Heinrich Steinfest lebt in Stuttgart.

Heinrich Steinfest

Der Chauffeur

Roman

Mehr über unsere Autorinnen, Autoren und Bücher:
www.piper.de

Wenn Ihnen dieser Roman gefallen hat, schreiben Sie uns unter
Nennung des Titels »Der Chauffeur« an *empfehlungen@piper.de*, und
wir empfehlen Ihnen gerne vergleichbare Bücher.

Von Heinrich Steinfest liegen im Piper Verlag vor:
Markus-Cheng-Reihe: Cheng · Ein sturer Hund · Ein dickes Fell ·
Batmans Schönheit · Der schlaflose Cheng · Die Möbel des Teufels

Tortengräber · Nervöse Fische · Der Umfang der Hölle ·
Der Mann, der den Flug der Kugel kreuzte · Wo die Löwen weinen ·
Die feine Nase der Lili Steinbeck · Mariaschwarz ·
Gewitter über Pluto · Die Haischwimmerin · Der Allesforscher ·
Das grüne Rollo · Gebrauchsanweisung für Österreich ·
Das Leben und Sterben der Flugzeuge · Die Büglerin ·
Gebrauchsanweisung fürs Scheitern · Der Chauffeur

Ungekürzte Taschenbuchausgabe
ISBN 978-3-492-31854-9
September 2021
© Piper Verlag GmbH, München 2021
Umschlaggestaltung: zero-media.net, München
Umschlagabbildung: FinePic®, München
Satz: Eberl & Koesel Studio GmbH, Krugzell
Gesetzt aus der Adobe Garamond
Druck und Bindung: CPI books GmbH, Leck
Printed in the EU

Faden […] asächs. fathmos Mz. ›die
ausgebreiteten umfassenden Arme; Klafter‹

Etymologisches Wörterbuch der deutschen Sprache

Erster Faden

1

Feuer

Es waren zwei Sekunden, die das Unglück brauchte.

Zwei Sekunden, in denen der Fahrer das Steuer herumriss. Also nicht etwa auf die Bremse trat, was auch wenig genutzt hätte bei dieser Geschwindigkeit, nein, er beschleunigte und versuchte, an dem vorderen Wagen vorbeizukommen. Ein Wagen, der sich mit bösartiger Plötzlichkeit in dem zweispurigen Tunnel quer gestellt hatte.

Er hätte es auch geschafft, beinahe. Er hätte es geschafft, wäre der quer gestellte Wagen, ein fünftüriger Toyota, nicht von einem auf der Gegenfahrbahn herankommenden Kleinlaster getroffen worden. Die Audi-Limousine, die er lenkte, wurde von dem Toyota in Richtung der Tunnelwand gedrückt, sodass es seinen Wagen praktisch aus dem Sattel der Straße hob. Ja, der Fahrer spürte jetzt, wie es aufwärtsging und es den fünf Meter langen, zweieinhalb Tonnen schweren Wagen, in dessen Lenkrad er sich verkrallt hatte, in einer seitlichen Rolle in die Luft wirbelte, um mit dem Dach voran auf der Fahrbahn aufzuschlagen. Wo sich der Wagen mehrfach drehte, bevor ein weiterer auf der Gegenfahrbahn herankommender Wagen der Drehung ein Ende setzte und den Audi wieder zur eigentlichen Unfallstelle zurückschob.

Er hing nun kopfüber im Seil seines Sicherheitsgurtes und sah an den Airbags vorbei durch die zersplitterte Scheibe des Seitenfensters. Es handelte sich bei dem Audi nicht um seinen eigenen Wagen, sondern um das Auto des Mannes auf dem rechten Rücksitz. Dieser baumelte seinerseits im Gurt wie in einer strengen Umarmung. Ein Mann, in dessen Diensten der Fahrer seit gut zehn Jahren stand.

Er, der Chauffeur, hieß Paul Klee. Klar, die meisten Leute, die nur ein klein wenig Ahnung von Kunstgeschichte hatten, erstaunte es, dass jemand, der nicht der berühmte Maler war, so hieß. Als sei es abstrus, wenn die Namen berühmter oder auch gefürchteter Leute ein zweites Mal in der Welt und in der Geschichte auftauchten. Etwa eine Frau namens Lauren Bacall. Oder ein Mann namens Albert Einstein. Oder ein Außerirdischer, der sich ausgerechnet mit dem Namen Alf vorstellte.

Oder eben jemand, der ein Chauffeur im 21. Jahrhundert war und denselben Namen trug wie jener 1940 verstorbene Künstler, der nicht nur viele Engel gemalt hatte, sondern seine Kunst dabei in einer Weise betrieben hatte, als sei er selbst einer: ein Engel der Moderne. Allerdings hatten Paul Klees Eltern – also die des Mannes, der soeben seinen Sicherheitsgurt löste und sich mit der anderen Hand gegen die Innenseite des Autodachs stützte –, hatten also diese Eltern, das Ehepaar Ernst und Marita Klee, in völliger Unkenntnis der klassischen Moderne ihrem Sohn den Namen Paul gegeben. Dabei war nicht einmal auszuschließen, dass eine ferne Verwandtschaft bestand, aber davon hatten die Klees, als ihr Sohn 1974 auf die Welt kam, nichts gewusst. Und niemand hatte sie darauf aufmerksam gemacht. Sie fanden diesen Vornamen einfach schön und passend. Passend nicht zuletzt darum, weil zu den vier Buchstaben des Nachnamens, den man sich nun mal nicht oder nur sehr bedingt aussuchen konnte, die vier Buchstaben eines Vornamens kamen, der frei zu wählen war. Nicht, dass sie es genau auf diese Weise ausdrückten, und doch war es das, was sie als gelungen empfanden: das Gleichgewicht.

Paul Klee war natürlich spätestens im schulischen Kunstunterricht damit konfrontiert worden, einen berühmten Namen zu tragen, ohne selbst berühmt zu sein. Was oft wie ein Vorwurf daherkam. Und nicht minder vorwurfsvoll fielen die Kommentare zu seinem geringen Talent im Zeichnen und Malen aus. Immer wieder dieses Kopfschütteln im Angesicht seiner »grafischen Ungelenkigkeit«, die genau genommen eher durchschnittlich zu nennen war, aber wegen seines Namens als absolut mangelhaft wahrgenommen wurde. Es wäre kaum schlimmer gewesen, hätte er wie ein berühmter Kraulweltmeister geheißen, um dann mit mediokrer Langsamkeit die hundert Meter Freistil zu bewältigen. Nicht unbedingt zu ertrinken, aber doch provokant spät am Beckenrand anzuschlagen.

Er selbst sah sich in keiner Weise verpflichtet, seines Namensschicksals wegen ein Künstler zu werden oder sonst wie in die Kunst geraten zu müssen.

Nachdem er das Gymnasium und letztlich das Abitur mit einer stillen, aber effektiven Gleichgültigkeit absolviert hatte, durchlebte Paul einige Jahre eine Phase so plötzlichen wie überraschenden Ehrgeizes für das selbst gewählte Studium der Rechtswissenschaften. Eine Zeit, in der er nicht nur äußerst rasant allerlei Wissen einatmete und ausatmete, sondern nebenbei auch noch als Fahrer jobbte. Zuerst für ein Taxiunternehmen, später als privater Chauffeur einer Antiquitätenhändlerin.

Es ist mitunter gar nicht so leicht zu sagen, worin der Zustand von Kranksein und worin der Zustand von Gesundsein besteht. Aber eines von beidem musste es wohl sein – also entweder wurde Paul krank oder aber er wurde endlich wieder gesund –, was dazu führte, dass er nach eineinhalb Jahren äußersten Fleißes sein Studium aufgab, seine Freunde verwirrte, seine Eltern enttäuschte und die anfangs als bloßen Studentenjob praktizierte »Kunst, ein Auto zu fahren« zu seinem Hauptberuf machte. Nach seiner Zeit bei der Antiquitätenhändlerin arbeitete er als Ausfahrer für ein Möbelhaus, danach für eine Sicherheitsfirma, um schließlich, dreiunddreißigjährig, von jenem Mann angestellt zu werden, der nun also, zehn Jahre später, im Fond des umgestürzten Audi hing und leise Töne des Schmerzes von sich gab, was immerhin zeigte, dass er noch am Leben war.

Bei diesem Mann handelte es sich um Martin Rehberg, einen ehemaligen Minister einer ehemaligen Regierung, der nach seinem Rücktritt vom Amt und seinem Rückzug aus der Politik wieder in die Wirtschaft gegangen war und nun in den Aufsichtsräten und Verwaltungsgremien und Vorständen diverser Konzerne saß, allerdings nie aufgehört hatte, weiterhin Fäden in der Partei zu ziehen, der er angehörte, wobei es ziemlich unerheblich war, hier zu sagen, um welche Partei es sich handelte und nach welcher Ideologie sie äußerlich ausgerichtet war, das war wirklich einerlei. Rehbergs Macht und Einfluss waren fundamental, nicht ideologisch. Um günstige Koalitionen für den von ihm vertretenen Wirtschaftsliberalismus zu schmieden, wäre er Bündnisse mit dem Teufel genauso wie mit dem lieben Gott eingegangen.

Rehberg war gelernter Jurist und zu Beginn seiner Karriere als Rechtsanwalt tätig gewesen. Es hatte ihm ein gewisses Vergnügen bereitet, sich kurz nach seinem Austritt aus der Politik nicht nur einen neuen Wagen bereitstellen zu lassen – wie zur Belobigung –, sondern zugleich einen neuen Chauffeur anzustellen, noch dazu einen, der über einige Ahnung in Fragen des Rechts und der Rechtsphilosophie verfügte, denn Klee verheimlichte sein tobleroneartig angebrochenes, beziehungsweise abgebrochenes Jurastudium bei seiner Bewerbung keineswegs. Aber nicht nur darum ging es. Denn kurz bevor Rehberg diesen Chauffeur aus einer Gruppe von Kandidaten ausgewählt hatte, war es ihm gelungen, ein lange ersehntes kleines Aquarell von Paul Klee zu erwerben. Ein Künstler, dessen Werke er überaus schätzte, und noch mehr, sie zu besitzen. So pragmatisch und nüchtern Rehberg war, erschien es ihm dennoch symbolhaft, dass auf den Kauf dieses Bildes ausgerechnet die Bewerbung eines Fahrers gefolgt war, der ebendiesen Namen trug.

Rehberg hatte sich also in der vergangenen Dekade mit schlangenhafter Beweglichkeit durch die Bereiche ökonomischer Landschaften bewegt, die ja stets internationale Landschaften sind, selbst wenn sie deutsche Namen tragen und in Düsseldorf ihren Hauptsitz haben. Doch diese Landschaften verfügen über exakt dieselbe Rundlichkeit, mit der die Erde ausgestattet ist. Weshalb man oft den Eindruck bekommt, Geld sei eine Art Weltreisender, ein Weltumsegler und Weltumflieger. Und sich nicht leugnen lässt, wie dieses Geld sich im Zuge der Weltreisen gleich allen

Weltreisenden verändert. Niemand kommt nach einer Umrundung so an, wie er aufgebrochen ist.

Allerdings hatte Rehberg in all diesen Jahren in der Wirtschaft auch einiges unternommen, um seine Rückkehr auf die politische Bühne vorzubereiten. Und sah nun den Zeitpunkt gekommen, da er mehr würde erreichen können als damals als Minister in einer Regierung, deren Mitglieder er sich ja nicht hatte aussuchen können. Ihm war nach höheren Weihen. Und er war gut vorbereitet. Er hatte einige Falltüren und einige Trampoline konstruiert und wollte jetzt zusehen, wer in die Falle ging und wer mittels Sprung auf dem Trampolin zusammen mit ihm ganz nach oben geraten würde.

Paul Klees eigene politische Anschauungen, sofern vorhanden, waren gänzlich andere als die seines Arbeitgebers. Aber das war für ihn kein Thema. Er hatte sich von Beginn an vollkommen in das Moment der Dienstleistung begeben und damit auch in die Loyalität gegenüber der Person, die ihn beschäftigte. Und keine Frage, er wurde gut bezahlt. Zudem fiel es ihm nicht schwer, seine Uhr nach der seines Chefs zu stellen, jederzeit verfügbar zu sein, selbst dann, wenn es sehr spät oder sehr früh wurde oder wenn Kurzfristigkeit die Planung bestimmte.

Als Paul Klee zehn Jahre vor dem schicksalhaften Unfall das erste Mal in den Wagen Rehbergs gestiegen war – auch damals schon ein Audi, es würden immer Audis sein –, da war ihm deutlich bewusst geworden, dass sein eigentliches Leben in Zukunft allein in diesem Wageninneren und auf den zu fahrenden Strecken stattfinden würde. Und dass ein anderes Leben als das, der Fahrer in diesem Wagen zu sein, von geringer Bedeutung sein würde. Ganz sicher kein Familienleben. Frauen ja, Freizeit ja, Sport ja, eine Pokerrunde hier und da, die kurzen Pausen halt, die entstanden, wenn Rehberg sich im Ausland aufhielt und der Wagen in der Garage gleichsam in eine kleine Ohnmacht fiel.

Klees schwindsüchtige Privatheit und seine geringe Leidenschaft in Bezug auf jene »Pausen« führten genau zu jener Flexibilität, derer Rehberg bedurfte. Er war ja nicht nur ein viel beschäftigter Mann, der sich ständig zwischen den Orten der Macht hin und her bewegte und im Gegensatz zu seinem Fahrer daneben auch so etwas wie ein Familienleben führte, sondern gleichfalls ein extrem unruhiger Geist, dem es mitunter gefiel, mitten in der Nacht seinen Fahrer aus dem Bett zu läuten, um dessen Dienste in Anspruch zu nehmen. Zwar wohnte Klee nicht in Rehbergs Haus, aber doch in unmittelbarer Nähe und kam stets rasch herübergejoggt. Rehberg selbst schien noch nie einen Wagen gesteuert zu haben. Früher vielleicht, in einer halb vergessenen Zeit.

Wohin genau sein Chef in solchen Nächten gebracht werden wollte, interessierte Klee nicht. Er fuhr Rehberg an eine bestimmte Adresse oder an einen bestimmten Ort, und danach wartete er im Wagen auf dessen Rückkehr – lesend, Musik hörend, manchmal dösend. Hätte man aber Klee gezwungen, eine Vermutung auszusprechen, er hätte weniger angenommen, dass Rehberg irgendwelchen sexuellen Abenteuern folgte, sondern vielmehr, dass er Leute traf, mit denen sich in der Nacht zu besprechen einfach eine tiefere Wirkung besaß. Tiefer, als hätte er dies untertags und sodann im Rahmen des Offiziellen getan. Klee hätte es so ausgedrückt: »Rehberg bereitet die Zukunft des Tages vor, logischerweise tut er das in der Nacht.«

Klee war nicht blind. Auch er konnte nur staunen, welch ungeheure Gagen Rehberg für seine Beratertätigkeiten bezog, deren Legalität sich genau daraus speiste, dass Leute aus Rehbergs »Stamm« diese vergnügte Praxis vergoldeter Ratschläge rechtlich absicherten. Gleichzeitig arbeitete Rehberg daran, das allgemeine Sozialsystem auszuhebeln und Errungenschaften wie den Kündigungsschutz zu eliminieren. Nicht zuletzt die Vorstellung davon zu korrigieren, was einem Menschen zur Existenzsicherung zur Verfügung stehen sollte. Ein Mann Darwins, könnte man sagen, leider kein Mann Christus', sosehr Rehberg das Christliche als die wesentliche und fundamentale kulturelle Stütze der hiesigen Gesellschaft ansah. Man könnte auch sagen, er war ein in seinen Widersprüchen gefestigter Mann. Damit freilich nicht allein.

Trotzdem, Klee behielt sein Staunen für sich und war seinem

Vorgesetzten absolut verbunden. »Symbiotisch« wäre ein zu starkes Wort gewesen, beziehungsweise bestand eine Symbiose eher zwischen dem Fahrer und dem Auto, dem schließlich auch Rehberg stark verbunden war, immerhin der Ort, an dem er viele wesentliche Entscheidungen traf. Klees Verhältnis zu Rehberg war jedenfalls ein grundsätzlich vertrauensvolles, ein beziehungshaftes, bei dem es eben nicht darum ging, wie unsympathisch Klee diesen Mann gefunden hätte, wäre er *nicht* sein Fahrer gewesen. Er *war* sein Fahrer.

Und als solcher natürlich für das Wohlergehen seines Dienstgebers verantwortlich, für die Sicherheit im Auto. In dem übrigens so gut wie nie einer jener Leibwächter saß, die Rehberg an verschiedene öffentliche Orte begleiteten. Mitunter verlegte Rehberg die Verhandlung mit einem Geschäftspartner in die muschelartige Intimität dieser um dreizehn Zentimeter gestreckten Langversion eines Wagens, der am Ende einer Entwicklung dessen stand, was ein Auto ist. Ein Auto, das ganz selbstständig in der Lage war, sich kurz vor einem Crash um acht Zentimeter anzuheben – sich aufzublasen wie ein kämpfendes Tier –, um auf diese Weise den Aufprall in den stabilen Wagenboden statt in die weiche Flanke zu leiten (was freilich nicht so recht nutzte, wenn man praktisch auf dem Rücken lag).

Obgleich also manchmal ein Geschäftsfreund oder selten ein Leibwächter zusammen mit Rehberg im Fond saß, befand sich nie jemand auf dem Beifahrersitz, auch kein zweiter Leibwächter oder zweiter Geschäftspartner. Wenn einmal Frau Rehberg den Wagen nutzte, so stets ohne ihren Mann. Und natürlich saß sie dann ausschließlich auf dem rechten der rückwärtigen Sitze. Sitze, in denen jeder sich so fühlte, als sei er in den Schoß einer lieben Mutter zurückgekehrt. Das galt für sehr dünne wie für sehr dicke Menschen in gleichem Maße, allerdings besaß Martin Rehberg eine Figur, die vollkommen unauffällig zu nennen war. Wäre er nicht so ein mächtiger Mann gewesen und sein Gesicht tausendfach aus den Nachrichten bekannt, man hätte meinen können, er sei ein kleiner Beamter, aber so einer aus dem 19. Jahrhundert. Es war eine bittere Akkuratesse in seinem Gesicht, selbst wenn er lachte. Und er lachte eigentlich nur, wenn er im Fernsehen war, niemals, wenn er im Wagen saß. Dort war es schließlich nicht nötig, zu beweisen, dass er auch lustig und fröhlich sein konnte.

Auf dem Beifahrersitz, der somit stets unbesetzt blieb, lagen in der Regel die zwei Bücher, in denen Klee gerade las. Naturgemäß hatte er viel Zeit, wenn er wartete, bis Rehberg ein Meeting beendet hatte und zu einem nächsten gebracht werden sollte. Zeit zum Lesen. Zum Lesen sehr schwieriger und sehr leichter Bücher. Es reizte Klee auf unerfindliche Weise, sich abwechselnd – gedanklich sogar gleichzeitig – mit Texten von höchster Banalität wie mit solchen zu beschäftigen, die ihm ein faszinierendes Kopfzerbrechen bereiteten. Immer zwei Exemplare, ein *leichtes* und ein *schweres* Buch, die dann leicht und schwer auf dem Beifahrersitz lagen, während ihr Leser den Wagen von Ort zu Ort steuerte.

Nachdem Klee sich nun aus seiner hängenden Position befreit hatte und auf die Innenseite des Autodachs gerutscht war, sah er dort für einen Moment das leichte und das schwere Buch, die es zwar während des Unfalls durch den Innenraum gewirbelt hatte, die aber auch am neuen Platz in der vertrauten Nachbarschaft zueinander lagen.

Klee blickte hin: Jean Baudrillards *Agonie des Realen* und Utta Danellas *Vergiss, wenn du leben willst*. Also das schwere Buch eines supergescheiten Franzosen und das leichte Buch einer supererfolgreichen Deutschen.

Er betrachtete die zwei Bände, als seien sie Pforten und als wäre es zwar möglich, beide Bücher zu lesen, aber logischerweise unmöglich, durch beide Pforten gleichzeitig zu treten. Er würde sich für eine entscheiden müssen.

Er schaute nach hinten. Zwischen den breiten Stützlehnen konnte er erkennen, wie Rehberg bewegungslos in seinem Gurt hing, die Augen halb geöffnet, die Gesichtszüge stark verrutscht von Benommenheit und Kopfüberstellung. Es war keine Wunde und kein Blut in diesem Gesicht, nur eine Unordnung, ein Verfall, wie von einem viel zu raschen Altern, einem ruinösen Überspringen der Zeit.

In diesem Augenblick vernahm Klee die quietschenden Reifen eines weiteren Gefährts. Dann spürte er die Wucht des Aufpralls. Der Audi wurde nach vorne geschoben und gegen jenen Toyota gedrückt, dessen plötzliche Querstellung all dies verursacht hatte (letztlich waren sieben Wagen an dem Unfall beteiligt). Der Audi geriet mit seinem Frontteil nochmals in die Höhe und landete auf der Motorhaube des Toyota.

Kurz war Klee von einem Dunkel erfüllt, doch als er jetzt die Augen öffnete und es kleine Teile der Innenverkleidung von seinen Lidern regnete, da konnte er durch die eingedrückte Frontscheibe hinüber zu dem Toyota sehen. Keine zwei Meter von ihm entfernt erkannte er zwei Erwachsene im vorderen Teil des Wagens, dahinter aber die Gestalt eines Jungen, alle drei ohne Regung.

Wenn man sich später fragt, wann man den entscheidenden Fehler seines Lebens begangen hat, mag man nicht immer gleich erkennen, zu welchem Zeitpunkt genau das geschah. Und ob man das überhaupt so punktgenau festlegen kann. Klee konnte es. Es war genau dieser eine Moment, dieser Moment, da er sich entschied. Nun, er würde es so ausdrücken, in dieser Situation nicht durch die richtige, sondern durch die falsche Pforte gegangen zu sein, ohne aber sagen zu können, welche davon Utta Danella und welche Jean Baudrillard gewesen war.

Nur falsch war sie in jedem Fall!

So viel war sicher. Indem er nicht etwa aus dem Wagen geklettert war, um als Erstes nach dem Kind zu sehen und es so rasch als möglich aus dem zerstörten Wagen zu befreien. Vielmehr war er in seiner absoluten Loyalität gegenüber dem Mann, dem er als Fahrer diente, nach hinten gekrochen und hatte den nun gänzlich bewusstlosen Rehberg aus Gurt und Sitz befreit, ihn durch eine der seitlichen Türen nach draußen geschoben und mehrere Meter weg von der Unfallstelle in eine Rettungsbucht gezogen. Gegen die Tunnelwand hin. Keinen Moment zu spät, denn der Kleinlaster hatte Feuer gefangen, ein Feuer, das sich mit einer heftigen

Explosion rasch fortsetzte, auf den Toyota wie auch den Audi übergriff, sodass nun drei der sieben beteiligten Wagen in Flammen standen. Es geschah mit einer geradezu bösartigen Schnelligkeit, die exakt jene Zwei-Pforten-Theorie bestätigte, die besagt, nicht gleichzeitig *zwei* Wege gehen zu können. Klees verzweifelter Versuch, vorbei an dem brennenden Audi zu dem brennenden Toyota vorzudringen, um zumindest das Kind noch herauszubekommen, scheiterte wie auch die Versuche herbeieilender Autofahrer, mittels ihrer Löschgeräte das Feuer einzudämmen. Vielmehr folgte eine weitere Explosion, starker Rauch überall, dazu eine Feuerwehr, die, vom automatischen Tunnelwarnsystem alarmiert, so schnell kam, wie es ging, aber doch viel zu lange brauchte. Und andererseits war der Tunnel zu alt, als dass sich eine Anlage von Wassersprinklern darin befunden hätte. Diese war für eine Tunnelrenovierung im nächsten Jahr geplant. Allerdings hätte herunterregnendes Wasser bei der Macht dieses Brands kaum viel genutzt. Nein, der Einzige, der Zeit gehabt hätte, etwas Wirkungsvolles zu tun – wenn man die Wirkung bedachte, die sich daraus ergibt, ein Kind, einen elfjährigen Jungen, zu retten –, war Paul Klee. Stattdessen hatte Klee jenen Mann vorgezogen, der soeben dabei war, die Führung in seiner Partei zu übernehmen, woran sich dann auch die Führung des ganzen Landes anschließen sollte. Ein Mann, der, so spröde und kalt und berechnend er wirken mochte, dennoch über eine große Gefolgschaft verfügte und der vielen Menschen als »gute Antwort« auf eine von Zweifeln zerrissene Gesellschaft erschien. Und doch war auch unter denen absolut keiner, der das Leben dieses Mannes über das eines Kindes gestellt hätte.

Aber es blieb dabei, Rehberg war am Leben, die Menschen in dem Toyota wie auch der Fahrer des Lasters starben. Unter ihnen der Junge.

Die Namen der Toten wie der Schwerverletzten drangen nicht an die Öffentlichkeit, aber natürlich der prominente Name des Mannes, der von seinem Chauffeur gerettet worden war, dazu aber auch der Umstand, dass diese Rettung im Grunde nur möglich gewesen war, weil die Rettung eines Kindes *nicht* stattgefunden hatte. Der Zusammenhang mochte nicht ganz korrekt sein, weil Paul Klee ja durchaus vorgehabt hatte, sich nach der Sicherung seines Chefs sofort an die Bergung des Jungen und seiner Eltern zu machen, doch für jedermann war klar, dass Klee eine falsche Priorität gesetzt hatte. Es hätte heißen müssen: zuerst das Kind, dann der Politiker.

Etwas, das ja nicht nur Rehberg, sondern gleichfalls sein Chauffeur sofort unterschrieben hätte. Denn sosehr Klee im Moment des Handelns einem Automatismus gefolgt war, war ihm dies im Nachhinein ein absolutes Rätsel. Wie hatte er eine solche Entscheidung treffen können? Gegen jede Moral! Jene natürliche Regel, die ein Kind unbedingt vor einen Erwachsenen stellte. Das neue Leben vor das mittlere oder zur Neige gehende. Ihm hatte bewusst sein müssen, wie eng es zeitlich werden könnte: ein mögliches Feuer bedenkend, aber auch, dass weitere Wagen in die Unfallstelle hineinrasen könnten. Nein, es existierte absolut keine andere Ausrede als die eine, schier unaussprechliche, nämlich in radikaler Erfüllung seiner Pflicht gehandelt zu haben. Einer aus seinem Dienstverhältnis entsprungenen Treue. Er hatte nicht als Mensch, sondern als angestellter Fahrer gehandelt. Was nicht einmal dann akzeptabel gewesen wäre, hätte Krieg geherrscht. Und Krieg herrschte ja nicht.

Auch Martin Rehberg konnte dies nicht akzeptieren. In einem Statement zum Unfallhergang verurteilte er die Handlungsweise seines Fahrers. Diese Rettung sei – sosehr sie sein Überleben gewährleistet habe – nicht die, die seinen ethischen Vorstellungen entspreche. Weshalb er sich umgehend von seinem Chauffeur trennen wolle.

Und das tat er dann. Fristlos.

Was Klee gut verstehen konnte. Dabei war es aber nicht ein Gefühl von Schuld, das er empfand. Denn sosehr ein tiefes Bedauern wie auch eine immense Verwirrung ob des eigenen Handelns bestand, so dachte Klee allein in den Dimensionen eines Fehlers, nicht einer Schuld. Aber der »Charakter« dieses Fehlers zeichnete sich natürlich durch sein ungemeines Gewicht aus. Dieser Junge war tot und nirgends ein Teufel, dem Klee seine Seele dafür hätte anbieten können, das Kind auferstehen zu lassen.

Zum Gefühl des fundamentalen Fehlers kam noch eine ebenso fundamentale Scham. Letztlich auch die Scham, den Fehler nicht als Schuld zu empfinden. Kein Interesse zu verspüren herauszufinden, wer dieser Junge gewesen war, wie er gelebt hatte und was aus ihm hätte werden können. Nicht trauern zu können. Ja, insgeheim sogar eine gewisse Wut zu verspüren darüber, dass dieser Junge überhaupt in diesem Auto gewesen war. Wäre stattdessen eine achtzigjährige Frau oder ein Mann mittleren Alters im hinteren Teil des Wagens gesessen oder auch allein die beiden erwachsenen Personen auf den vorderen Sitzen, niemand hätte Klees Handeln verurteilen müssen. Es wäre dann einfach Schicksal gewesen, dass Klee und Rehberg überlebt hatten, nicht aber die Personen in dem Toyota.

Weder erfuhr Klee also den Namen des Kindes noch den der Eltern, ebenso wenig wurde publik, welchen Umständen es überhaupt geschuldet war, dass sich der Toyota mit solcher Plötzlichkeit in dem Tunnel quer gestellt hatte. Inwieweit also ein Fehler des Lenkers oder doch eher ein Defekt am Wagen dafür verantwortlich zu machen war. Die Frage blieb nicht zuletzt darum unbeantwortet, weil sich wegen der extremen Zerstörungen im Zuge von Explosion und Feuer Rückschlüsse nur schwer ziehen ließen. Festgestellt wurde allerdings, dass sich im Wagen des Lasters Gefahrgut befunden hatte, das in dieser ungenügend gesicherten Form nicht hätte transportiert werden dürfen. Wofür zwar der Fahrer nicht mehr belangt werden konnte, aber sehr wohl das Unternehmen, für das er tätig gewesen war.

Was gänzlich ausgeschlossen werden konnte, war irgendeine Verantwortung Paul Klees für den fatalen Ausgang der Kollision. Es bestand allein eine moralische Verantwortung, die dann auch Martin Rehberg mittels Kündigung seines Fahrers sanktionierte. Was in den Medien durchaus die Runde machte. Nicht hingegen, dass Rehberg seinem Fahrer dabei eine recht großzügige Abfindung bezahlte. Eine Abfindung von jener Höhe, die an die Lobbyisten- und Beraterhonorare erinnerte, die der Mann, der einst als »sozialpolitischer Sprengstoffgürtel«, aber auch etwas liebevoller als »Meister der Privatisierung« bezeichnet worden war, in den vergangenen Jahren bezogen hatte. Für Leistungen, die allesamt etwas von einem so intelligenten wie raffinierten Schulterklopfen besaßen.

Aber gut, immerhin hatte Klee ihm das Leben gerettet. Und zwar durch weit mehr als bloß ein Schulterklopfen. Hätte ihm Klee bloß auf die Schulter geklopft, um sich dann rasch hinüber zu dem Kind zu begeben, dann wäre Rehberg nun ein toter Mann gewesen.

2

Waldrand

Sosehr Klee sich lange sicher gewesen war, seine gesamte berufliche Existenz als Fahrer und damit in einem Wagen zuzubringen, erfolgte nun ein radikaler Bruch. Sein Leben als Rehbergs Chauffeur war zu Ende und damit auch das Leben als Chauffeur an sich. Er war sogar mit einem Foto in eine viel gelesene Boulevardzeitung gelangt. Obgleich natürlich auf der Titelseite das Bild Rehbergs prangte, des prominent Überlebthabenden, so war im Blattinneren Klees unscharfes Gesicht zu sehen, darunter die Zeile: *Rehbergs Retter*. Allerdings auch gleich die Anmerkung, es handle sich um den Mann, »der für seinen Chef ein Kind opferte«. Das war in selbiger Formulierung fern der Wahrheit und hart an der Grenze des journalistisch Erlaubten, aber ein für Rehberg arbeitender Anwalt empfahl Klee, nicht dagegen vorzugehen. Das würde die Sache nur in die Länge ziehen und schlimmer machen. Zudem war Klee in diesem Artikel bloß als Paul K. bezeichnet worden.

Für Rehberg selbst hatte die Geschichte durchaus Vorteile, ganz abgesehen davon, dass er sie überlebt hatte. So wurde er mehrfach damit zitiert, er hätte gerne sein Leben für das des Kindes gegeben, hätte diese Möglichkeit bestanden. Das ließ ihn, der als harter Verfechter einer neuen sozialen Marktwirtschaft galt, bei der schwer zu sagen war, worin das Soziale bestand, ungemein menschlich erscheinen.

Für Klee hingegen wäre es illusorisch gewesen zu glauben, noch einmal als Chauffeur arbeiten zu können. Rehbergs großzügige Abfindung war für Klee wie ein Schlusspunkt gewesen, mit dem er sich im wahrsten Sinne des Wortes hatte *abfinden* müssen.

Er erkannte die Notwendigkeit der Zäsur. Er sah den Balken, der sein Leben in ein Davor und ein Danach teilte. Und er sah sehr genau, was sich hinter diesem Balken abzeichnete. Wie die meisten Menschen verfügte er schon lange über eine alternative Fantasie, die in seinem Fall nicht einmal unrealistisch war. Obgleich er nicht so richtig hätte sagen können, woher sie stammte. Aber das war ihm ja auch bei seiner Karriere als Chauffeur so ergangen. Diese Karriere war nicht aus einer Liebe zu luxuriösen oder schnellen Automobilen heraus entstanden oder aus einem Bedürfnis, bedeutende Menschen zu kutschieren.

Er konnte es so wenig erklären, wie er jetzt erklären konnte, wieso er sein angespartes und um jene beträchtliche Abfindung ergänztes Kapital dazu benutzen wollte, ein kleines Gebäude nahe eines Waldes zu kaufen, um daraus ein Hotel zu machen. Mehr eine Pension, aber ihm gefiel das Wort »Hotel« einfach besser, Hotel klang nach Welt, Pension nach Jenseits. Und sosehr dieses Hotel wahrhaftig am Rande eines Waldes liegen würde, so sehr schwebte Klee eben eine weltgewandte Eleganz vor und nicht dieser gewisse Mief, den das Wort Pension suggerierte. Dieser Klang von etwas Vergehendem.

Hotel also!

Und wie alles, was ins Leben gerufen wurde, benötigte dieses Hotel einen Namen. Noch bevor es gekauft und eingerichtet und organisiert und beworben werden konnte, war ein Name vonnöten. Davon war Klee überzeugt. Der Name war das eigentliche Fundament. Der Name war das Wort, das am Anfang stand.

Das Wort war eine Phrase: Zur kleinen Nacht.

Hotel zur kleinen Nacht.

So sollte es heißen. Das war poetisch, und es war rätselhaft. Denn was sollte das sein, eine kleine Nacht? Eine *kurze* Nacht wäre verständlich gewesen, hätte dann allerdings als problematischer Hinweis auf unruhige und schlaflose Nächte verstanden werden können. Genau das, was man sich für ein Hotel ja weniger wünscht, auch wenn dies im Zuge zu dünner Wände, lauter Zimmernachbarn, diverser mysteriöser Geräusche und als fremd empfundener Betten der Fall sein konnte.

Aber natürlich hatte Klee das Gegenteil im Sinn. Ein Hotel so nahe am Wald, gelegen an einer Straße, die allein von Anrainern befahren wurde und in dem nur wenige Gäste Platz fanden, sollte diesen Gästen eines ganz sicher gewährleisten: Ruhe. Eine so vollkommene wie vornehme Ruhe. Eine im wahrsten Sinne *gezimmerte* Ruhe.

Der Begriff der kleinen Nacht – und er würde es immer wieder erklären müssen – bezog sich auf ein Spiel seiner Kindheit, bei dem es darum gegangen war, so lange als möglich aufzubleiben, und zwar nicht, um eine Geisterstunde zu erleben, sondern wegen der Vermutung, dass inmitten der langen, vom späten Abend bis zum frühen Morgen stattfindenden Nacht noch eine weitere spezielle Nacht bestehe, eine Nacht in der Nacht, gleich einer Klammer in der Klammer, eben jene »kleine Nacht«. Die jedoch zeitlich nicht präzise einzuordnen war, die einmal länger, einmal kürzer ausfallen konnte, die aber denen, die sie bewusst erlebten, Zugang zu fremden Räumen und Sphären ermöglichte. Zu Dingen wie Zeitreisen und schwarzen Löchern. Schwarze Löcher waren gerade in Mode gekommen, und ihre Existenz spornte auch die Gedanken derer an, die noch nicht mal genau wussten, wie man das Wort Physik richtig schreibt.

Dieses Spiel unter den beiden Brüdern und ihrer Schwester, die Diskussion, worin genau der Sinn der kleinen Nacht bestehe, diente wohl in erster Linie dazu, das Einschlafen hinauszuschieben. Keiner von ihnen schaffte es jedoch, lange genug aufzubleiben, um tatsächlich diese spezielle Nacht zu erleben. Und wie so oft in der Kindheit, führte eine irgendwann einsetzende Fähigkeit – in diesem Fall also die Fähigkeit, entgegen der eigenen Müdigkeit den Schlaf in beträchtlichem Maße nach hinten zu verschieben – zum Vergessen des ursprünglichen Anlasses. So wie ja auch die Kleinsten begierig in der Küche und beim Kochen mithelfen wollen, doch sobald sie dazu in einer effektiven Weise in der Lage sind, also nicht mehr die Hälfte der Zutaten über den Boden verteilen, die Lust verlieren, als Küchenhilfen zu dienen.

Und ebenso war es mit dem Längeraufbleiben. Kein Wort mehr über die Erforschung einer geheimnisvollen »Nacht in der Nacht«. Vielmehr ging es dann nur noch darum, sich Filme im Fernsehen anzusehen, die spätabends oder zu sehr später Stunde gezeigt wurden und deren erregender Charakter genau darin bestand, dass sie irgendetwas besaßen, was sie für das Hauptabendprogramm ausschloss.

Und doch war Klees Begriff der »kleinen Nacht« wie vieles, das man ein Leben lang mit sich herumträgt, tief vergraben in diversen Hosentaschen. Aber so tief sind Hosentaschen halt nicht. Die Dinge geraten nach oben, spätestens beim Waschen, und sei's in kleinen, vernudelten Stückchen. Als sentimentale Geste, als weichgezeichnete Erinnerung oder schreckliche Erkenntnis. Immer wieder einmal, wenn Klee Rehbergs Audi durch die Nacht lenkte, war ihm der kindliche Gedanke an eine in die große Nacht geheimnisvoll eingebettete kleine Nacht gekommen.

Freilich war es eine absolut intuitive Entscheidung, das Hotel ausgerechnet so zu benennen. Es gefiel ihm einfach, so, wie es seinen Eltern einfach gefallen hatte, ihn dreiundvierzig Jahre zuvor Paul zu taufen, ohne zu ahnen, was sie seinen künftigen Zeichen- und Kunstlehrern damit antun würden.

Er hatte also den Namen für das Hotel, und er hatte den Ort, nicht aber das Objekt. Den Ort kannte er von einem einzigen Besuch. Es war drei Jahre her, als er Rehberg dorthin chauffiert hatte, draußen am Land, in einer hügeligen Landschaft, an einen kleinen Ort mit schmucken Einfamilienhäusern. Häuser von Leuten, die sich entweder die unbezahlbaren Preise der nahe gelegenen Stadt nicht leisten konnten oder aber die Großzügigkeiten an Luft und Raum und Natur bevorzugten, die ihnen dieser Ort bot. Ein Ort, dessen Gebäude an verschiedene, einander zugewandte steile Hänge gebaut worden waren, Ortsteile bildend, die wie kleine Heere die Hügel unterhalb der bewaldeten Höhen besetzten und auf einen guten Anlass warteten, wieder Krieg führen zu können. Aber der Anlass blieb aus, und die Heere schienen vom Warten wie freundlich versteinert.

Damals vor drei Jahren hatte sich Rehberg in einen äußeren Winkel der Ortschaft, ans Ende einer längs zum Hang führenden, zu beiden Seiten bebauten langen Straße bringen lassen, um einen dieser Besuche abzustatten, die in diskreter Abkehr vom Offiziellen auch mal tagsüber stattfanden. Und von denen Klee nicht zu wissen brauchte, wem sie galten.

Entgegen seiner Gepflogenheit, den Wagen so gut wie nie zu verlassen, wenn er auf Rehberg wartete, gleich zu welcher Tageszeit, hatte es Klee diesmal doch getan. Es war vielleicht die Luft gewesen, die an einem milden Herbsttag durch das offene Fenster des Audi drang, vielleicht auch die Farben, die vom nahen Wald herüberleuchteten, so ziemlich alles, was Gelb, Orange, Rot, Braun und ein scheidendes Grün zu bieten hatten, wenn sie allesamt den Untergang der warmen Jahreszeit feierten.

Klee war also aus dem Wagen gestiegen und das kurze Stück hinüber in den Wald spaziert, auf einem schmalen, höhlenartigen Pfad wie in eine farbenfrohe Gruft. So hatte er sich durch den Regen der fallenden Blätter bewegt.

Nichts Außerordentliches geschah, keine Magie, zudem war es ja nicht so, dass sich Klee zum ersten Mal unter Bäumen befand. Vielmehr pflegte er zum Joggen regelmäßig einen Stadtpark aufzusuchen, wo es schließlich ebenfalls Bäume und Blätter gab und es auch Jahr für Jahr wieder Herbst wurde. Aber dort joggte er eben und war so vollkommen auf sich selbst konzentriert, auf die Routine und die Pflicht und die Notwendigkeit, einen athletischen Körper zu erhalten.

Hier und jetzt war das anders. Er war für einen Moment … ja, er konnte nicht anders, als zu sagen, er sei *verliebt*. Verliebt in einen Ort. Und wie man so sagt: auf den ersten Blick.

Natürlich, er war hier nicht zum Verliebtsein, sondern zum Arbeiten, kehrte bald wieder aus dem Wald zurück zu seinem Wagen, griff zu einem der Bücher auf seinem Nebensitz, einem sehr leichten Buch, las darin und wartete, bis Rehberg erschien und man die achtzig Kilometer lange Fahrt zu jenem Flughafen antreten konnte, wo Rehbergs Privatjet wie ein großer, müder Albatros wartete.

Klee hatte den Wald sofort wieder vergessen. Doch man könnte vielleicht sagen, der Wald *ihn* nicht. Der Wald rief sich in Erinnerung. Und zwar genau in dem Moment, als Klee sich entschied, in Zukunft nicht mehr als Fahrer arbeiten zu können und den alten Traum vom Hotel erneut aufzugreifen. Der Traum war da, und der Wald war da. Mag sein, dass auch ein wenig der Umstand mitspielte, dass wieder Herbst war und eine milde Frische in der Luft lag, als Klee seinen Entschluss traf und zu diesem Zweck Kontakt zu einem Makler aufnahm, der im entsprechenden Landkreis Immobilien anbot.

Es war schon klar, dass es sich bei den drei Gebäuden, die infrage kamen, um Wohnhäuser handelte und sich somit die Notwendigkeit einer behördlichen Umwidmung zur Nutzung eines Beherbergungsbetriebs ergeben würde. Wobei Klee nur in geringem Maße an eine Veränderung der äußeren Anlage dachte, sondern vor allem der inneren. Und natürlich entsprach die Konzeption dem, was als »Pension« klassifiziert wurde, vor allem in Bezug darauf, dass nur wenige Zimmer entstehen sollten und es auch keine große Küche und schon gar kein Restaurant geben würde. Zugleich aber schwebte Klee eine absolute Schönheit dieses Inneren vor: vier oder fünf unterschiedlich gestaltete Gästezimmer, in denen eine Klarheit der Form nicht auf Kosten von Wärme und Gemütlichkeit gehen sollte. Weiters ein kleiner Frühstücksraum, in dem er etwas zu servieren plante, was seine Gäste verblüffen sollte: ein Weltklassefrühstück. Zudem hatte er einen Raum im Sinn, den Pensionen selten besaßen, nämlich eine Lounge. Und nicht zuletzt eine kleine Bar, der er den Namen *Riff* geben wollte und in der dann auch alle Benutzer sich wie Riffbewohner fühlen sollten.

Es war nicht das Substantiv *Luxus*, an das er dachte, sondern das Adjektiv *perfekt*. Ein perfektes Inneres. Ein perfektes Leben in einem dem Phänomen kleiner Nächte gewidmeten Hotel aus der Ordnung der Pensionen.

Wie oft in seinem Leben war er denn verliebt gewesen? Jetzt abgesehen von diesem Verliebtsein im Moment, da er einen herbstlichen Wald betreten hatte, und sich dieser Wald Jahre später, als es galt, einen Platz für das geplante Hotel auszuwählen, wieder ins Gedächtnis drängte.

Wie oft also? Paul Klee hätte trocken geantwortet: einige Male. Aber er hätte auch sogleich daran gedacht, wie wenig diese Momente des Verliebtseins je in echte Liebe übergegangen waren. Und ihm stets vorgekommen war, die betreffenden Zustände mit übertrieben starkem Willen herbeizuführen. Zustände der Lust, des Begehrens, auch der Freude, Freude über Gespräche, Freude über gutes Essen und hoffentlich guten Sex. Und wenn der Sex schlecht war, ein geringes Bedauern, und wenn er gut war, die Gewissheit, dass es das zum Glück halt *auch* gab. Mehr aber nicht.

Und was spürte er nun, als er diese Frau sah?

Diese Frau dort, die am Eingang zum Grundstück stand, gegen die Motorhaube ihres Wagens gelehnt, dabei auf ihr Smartphone sah und mit ihrem Finger über die kleine Scheibe strich. Wäre jetzt ein Zeitreisender aus einer früheren Epoche vorbeigekommen, er hätte sich wohl gedacht, dass hier eine schöne Frau in ihren Schminkspiegel sieht und soeben ein Insekt verscheucht, das sich auf dem Glas niedergelassen hatte. Und vielleicht hätte er überlegt, welcher Hersteller von Schminkspiegeln wohl einen angebissenen Apfel als Firmensymbol benutzte.

Schön war sie, die Frau. Aber was heißt das? Er, Klee, war ja kein Mann aus der Vergangenheit, der in den Dimensionen der Schminkspiegel zu denken pflegte. Und doch erkannte er die Anmut dieser Person: dreißigjährig etwa, definitiv blond und definitiv langhaarig, schlank, aber auf eine sportliche Weise kräftig, groß gewachsen, elegant, gerade. Ja, der Typ, der selbst noch im Anlehnen an eine Motorhaube einen absolut aufrechten Eindruck hinterließ.

Als diese Frau nun ihr Gesicht hob – nicht, weil sie Klee sah, sondern das Geräusch des sich nähernden Wagens vernahm, in dem er saß –, stellte Klee trotz der Entfernung fest, wie ungemein perfekt ihr Gesicht war. Genau so, wie er sich das für die Zimmer und die Lounge und die Bar dachte, die er dort oben, in dem weißen, an den Hang gebauten Gebäude, einrichten wollte. Ein Gesicht in Form.

Gibt es Wunder? Vielleicht nicht. Aber dann gibt es zumindest passende Zufälle. Ideale Zufälle. Wegweisende Zufälle. Und als ein passender, idealer, wegweisender Zufall erschien es Klee durchaus, dass ausgerechnet eine solche Frau mit einem solchen Gesicht und einer solchen Anmut – obgleich mit einem leichten Ausdruck von Ungeduld, weil wohl noch andere Termine anstanden – hier auf ihn wartete, gegen das Auto gelehnt. Schöner konnte man gar nicht lehnen. Hätte sie sich gegen einen Schreibtisch von Marcel Breuer gelehnt, es hätte nicht besser aussehen können.

Klee parkte seinen Wagen hinter dem ihren und stieg aus. Sie wandte sich ihm zu.

»Herr Klee, nicht wahr?«

»Ja.«

»Sander«, stellte sie sich mit ihrem Nachnamen vor und erklärte, für das von ihm beauftragte Maklerbüro zu arbeiten. Dann fragte sie, mit einem Blick auf ihr Smartphone: »Und Paul ist tatsächlich Ihr Vorname?«

»Wieso?«

»Ich dachte, unsere Sekretärin hat sich vielleicht verschrieben. Also entweder beim Vornamen oder beim Nachnamen.«

»Nein, Paul Klee ist schon richtig. Ich male aber nicht, wenn es das ist, wonach Sie fragen.«

Sie verzog ihre Lippen zu einem leichten Schmunzeln. Und indem sie das tat, erkannte Paul die Narbe, die in zwei voneinander fortlaufenden Bögen ihren linken Mundwinkel verließ: ein kleiner, konvexer Bogen, der nach unten führte, und ein etwas größerer konkav geformter in Richtung auf die Mitte der Wange.

Wenn Paul kurz zuvor, aber eben von fern und aus seinem

Wagen schauend, die Perfektion dieses Gesichts wahrgenommen hatte, dann änderte der Umstand dieser Narbe rein gar nichts daran. Die Narbe führte zu keinerlei Entstellung, eher wirkte sie wie eine zarte Signatur. Und das gab es ja, nicht nur Tattoos und Piercings, sondern auch tatsächlich Ziernarben. Und als solche erschien ihm diese Narbe. Wie mit einem Zirkel gezogen. Aber keine Frage, die beiden Bögen verwiesen auf irgendeine Katastrophe im Leben dieser Frau. Und klar auch, dass Paul jetzt bemüht war, von der Narbe wegzusehen, seinen Blick auf ihre Augen richtete, Augen von sehr hellem, rötlichem Braun, rehbraun, wie das heißt, aber mit ein paar dunkleren Flecken gleich länglichen Schatten. Wie von einer späten Sonne geworfen.

Natürlich konnte er nicht ewig in diese Augen hineinschauen, drehte seinen Kopf und blickte nach oben zu dem Haus, das er ja bisher allein von den Abbildungen und Plänen kannte, die ihm das Maklerbüro zugesandt hatte. Das Anwesen eines ehemaligen Zahnarztes, der hier seinen Alterswohnsitz gehabt hatte und vor Kurzem verstorben war. Seine Frau war zu ihrem Sohn gezogen und bot nun das Haus zum Verkauf an. Ein zweistöckiger, groß-zügiger Bau mit einer mächtigen, halbkreisförmigen Terrasse, die einen seitlichen Gebäudeteil dominierte. Ein Haus, das aber im Übrigen wie die meisten in dieser Ortschaft ohne architektonische Extravaganzen auskam, vor allem ohne Anklänge an die Moderne. Es war etwas, was Klee ein »Haushaus« nannte und damit einen für die Gegend typischen Konservatismus meinte. Häuser, deren Anblick eine einzige Assoziation zuließ, die darin bestand, zu sagen: Hier steht ein Haus. Und nichts anderes. Also kein Raumschiff oder Organismus oder gebautes Gefühl. Keine Verbeugung vor der Natur und kein Stück Poesie. Sondern eben ein Haushaus.

Das war Paul aber nicht unrecht. Sein Ziel würde es sein, in diese konventionelle Hülle ein unkonventionelles Inneres zu fügen. In eine Hülle, die natürlich nicht umsonst war, wie es auch nicht gerade umsonst sein würde, die Umgestaltung und Einrichtung der vielen Räume und Räumlichkeiten vorzunehmen. Allerdings verfügte Klee nicht nur über ein ganz ordentliches Eigenkapital, sondern außerdem – auf Vermittlung seines ehemaligen Arbeitgebers und als dessen letzte Tat für ihn – über einen Bankkredit, der die Umsetzung von Klees Projekt ermöglichte. Ein Projekt, das naturgemäß zuerst einmal eine Menge Geld verschlingen würde, bevor ein erster Euro damit zu verdienen war.

Zusammen betraten sie das Grundstück, betraten das Gebäude und durchwanderten die Räume. Frau Sander beschrieb das Sichtbare und ließ sich auch ein wenig über das Unsichtbare aus: Leitungen, die in der Wand verliefen; einen Wasserschaden, den sie nicht verheimlichen wollte, der aber bereits behoben worden war; der jüngst kontrollierte, einwandfreie Schornstein über dem großen offenen Kamin.

Zu Klees Überraschung gab es auch einen Raum, in dem ein hochmoderner Zahnarztstuhl aufgestellt war, dazu sämtliches Zubehör. Sauber, glitzernd, dental, unheimlich. Die anderen Räume waren vollkommen leer, aber hier schien alles nur darauf zu warten, dass der Zahnarzt zurückkam, um erneut seine Tätigkeit aufzunehmen.

»Ich dachte«, sagte Klee, »der Besitzer wäre schon lange in Rente gewesen.«

»Ich weiß auch nicht«, sagte Frau Sander, »vielleicht hat er sich das aus Sentimentalität so eingerichtet. Oder er hatte noch Privatkunden. Ich kann es Ihnen nicht sagen. Wir müssen da noch mit den Eigentümern reden, damit sie die Sachen abholen. Das muss natürlich fort.«

»Der Stuhl ist ein kleines Vermögen wert«, meinte Klee.

»Ja, es kommt alles weg«, sagte Sander, was so klang, als meine sie das Vermögen.

Nachdem Sander und Klee sämtliche Räume begangen, zusätzlich Keller und Dachboden begutachtet hatten, traten sie über einen Wintergarten hinaus in den auf der Rückseite gelegenen größeren Teil des Gartens, dorthin, wo sich ein Schwimmbecken befand, nicht zentral, sondern in unüblicher Weise in die äußerste Ecke gebaut, und auch nicht in einem rechten Winkel zu dieser Ecke, sondern … nun, Klee sagte dazu *schräg*, womit er meinte, der Pool stehe quer zum Winkelscheitel. Die Poolwände schienen recht angegriffen, als sei das Bassin schon länger nicht mehr genutzt worden. Auf dem Grund des Beckens hatte sich eine dicke Schicht herabgefallener Herbstblätter gebildet.

Frau Sander schlug nun vor: »Wenn Sie wollen, können wir uns jetzt die anderen beiden Häuser ansehen.«

»Nein, ich glaube, ich bleibe bei dem hier«, antwortete Klee, was sich so anhörte, als hätte er gerade beschlossen, sich einen besonders hübschen Anzug zurücklegen zu lassen.

»Im Ernst?«, fragte Frau Sander. »Sie wollen sich die anderen Objekte nicht mal anschauen?«

»Es ist die Lage«, sagte Klee, »die Nähe zum Wald. Die übrigen Häuser befinden sich zu sehr in der Ortschaft. Nein, dieses hier ist das richtige. Ich würde mich später ärgern, wenn ich jetzt nachgebe, wir die anderen zwei besichtigen und ich zu zweifeln beginne. Ich mag nicht zweifeln.«

»Gut«, sagte Frau Sander. »Wollen wir gleich die Formalitäten durchgehen?«

»Gerne«, antwortete Klee und schlug vor, dies hier draußen im Garten zu tun. Drinnen war ohnehin kein Tisch mehr, an den man sich hätte setzen können, nicht einmal Stühle, von dem einen abgesehen, der den einen großen, mit einer breiten Fensterfront ausgestatteten Raum im oberen Stockwerk beherrschte und dessen zahnmedizinischer Anblick einem Albträume bescheren konnte.

Klee zeigte auf den kleinen runden, weiß lackierten Metalltisch und die beiden Stühle auf der anderen Seite des Gartens. Frau Sander nickte, und gemeinsam ging man hinüber. Sander trug übrigens Sportschuhe zu ihrem von einem hellen Rosa – so ein Sandrosa – bestimmten Hosenanzug und einem cremefarbenen Mantel. Was nicht weniger elegant wirkte, aber doch so, als sei sie eine Frau, die in absolut jeder Situation um eine ideale Beweglichkeit bemüht war. Zum Beispiel, wenn sie über einen von Laub bedeckten, ein wenig holprigen Grasboden marschieren musste, weil ihr Kunde auf ein Vertragsgespräch im Freien bestand.

»Das Licht ist einfach zu schön«, erklärte Klee.

»Jetzt könnte man doch meinen, Sie seien ein Künstler.« In ihrem Lächeln schien die Narbe ein wenig mitzuschwingen. Feine Fühler.

»Im Herbst neige ich etwas zur Träumerei«, meinte Klee, »das ist einfach meine Jahreszeit.«

»Sogar bei Nebel?«

»Nun, ich war die letzten zehn Jahre Chauffeur, da wird man nicht gerade zum Freund des Nebels. Jetzt aber ist das anders. Ich freue mich, dem Nebel als Hotelier und nicht als Fahrer zu begegnen.«

Sander sah Klee auf eine Weise an, als überlege sie, ob er ein bisschen verrückt sei. Wobei ihr Blick aber auch verriet, dass ihr die Vorstellung ganz gut gefiel, es mit einem leicht verrückten Mann zu tun zu haben.

Klar, Verträge waren nicht mittels Verrücktheit zu bewerkstelligen, wenngleich ihr Zustandekommen und ihre Folgen nicht immer nur geistige Gesundheit enthielten.

Die beiden nahmen Platz. Frau Sander positionierte ihr ungemein dünnes MacBook auf der Tischplatte. Es war von dem gleichen hellen Rosa wie ihre Kleidung, unterschied sich allein mittels der Textur, also das polierte Metall des Geräts kontrastierte das raue Leinen des Hosenanzugs.

Sie öffnete ihr Gerät.

Wäre jetzt noch einmal der Zeitreisende aus der Vergangenheit vorbeigekommen, er hätte vielleicht verwundert festgestellt, welche Größe und welchen Stellenwert manche Schminkspiegel im 21. Jahrhundert eingenommen hatten.

Die Frage nach der Möglichkeit einer Umwidmung des Gebäudes war bereits erörtert worden und dazu von der zuständigen Behörde unter einigen Auflagen ein positiver Bescheid in Aussicht gestellt worden. Die Auflagen betrafen vor allem eine mögliche

Umgestaltung von Fassade, Baukörper und Garten, bezogen sich aber ebenso auf eine Erweiterung der Abstellfläche im Garagenbereich, die gewährleisten sollte, die Wagen sämtlicher Gäste aufnehmen zu können, um nicht etwa die schwierige Parksituation auf der schmalen Straße vor dem Haus zu verschärfen.

Sander ging mit Klee die einzelnen Punkte des Vertragsentwurfes durch und schickte sofort eine Mail an den Anwalt der Besitzerin. Die es unter dem Einfluss ihres Sohns eilig zu haben schien, an das Geld aus einem Hausverkauf zu gelangen.

»Man sollte mir etwas entgegenkommen«, meinte Klee, »das ist schon ein stolzer Preis. Ich meine, wenn zum Beispiel der schräge Pool picobello wäre, okay, aber der ist in einem eher schäbigen Zustand. Ich hoffe, man wird mir nicht anbieten, stattdessen den Zahnarztstuhl behalten zu dürfen.«

Sander versicherte nochmals, dafür zu sorgen, dass der Stuhl und das restliche Zahnarztinventar baldmöglichst abgeholt werde. Wie sie auch versprach, einen Preisnachlass zu verhandeln.

»Die Verkäuferin«, sagte sie, »wird das einsehen müssen.«

Klee überlegte.

Es war aber nicht der Kauf, den er überlegte. Er würde das Objekt selbst dann nehmen, wenn der Preis der gleiche bliebe. Nein, was er jetzt sagte, war: »Es gehört sich, Sie so was erst zu fragen, wenn alles erledigt und der Kaufvertrag unterschrieben ist und ich also einen guten Vorwand habe … aber ich möchte Sie heute schon fragen, ob ich Sie zum Essen einladen darf.«

»Ach was!?«

»Ja!«, sagte Klee, so wie man *Zehn!* sagt, wenn man bei einem Fangspiel hochgezählt hat und bei der letzten Zahl angekommen losläuft.

»Finden Sie«, fragte Sander, »dass ich so aussehe, als hätte ich keinen Freund oder Mann?«

»Ich könnte Glück haben und Sie gerade in einer Pause erwischen.«

Pause war wirklich ein dummes Wort. Er schüttelte den Kopf und bat um Verzeihung.

»Was haben Sie denn im Sinn?«, fragte sie.

Er verstand nicht genau. Meinte sie das Essen?

Er sagte: »Wäre Ihnen Japanisch recht?«

»Nein, mich interessiert, was Sie sich vorstellen, dass passieren könnte, wenn Sie mich zum Essen einladen. Dass dann das Haus hier billiger wird?«

»Es würde reichen«, antwortete er, auf eine Bestrafung anspielend, »wenn es nicht teurer wird.«

Noch einmal versprach sie, sich mit dem Anwalt der Besitzerin bezüglich einer Preisminderung in Verbindung setzen zu wollen.

Klee dachte, dass sie es nach dem kurzen Geplänkel vorziehen würde, seine Einladung im Weiteren zu ignorieren. Doch als sie beide dann unten bei ihren Autos standen – er noch immer mit einem Audi, allerdings von 8 auf 3 heruntergerutscht, sie bei ihrem kleinen alten Renault-Cabrio mit schwarzem Stoffverdeck, bei dessen Anblick Klee an eine Koffernähmaschine denken musste –, da reichte sie ihm die Hand und fragte: »Und wann?«

»Das Essen?«

»Was sonst?«

»Morgen. Unten in der Stadt?«

Er meinte die nahe gelegene Stadt, bei der es sich eigentlich um eine Großstadt handelte, die aber kein Mensch als solche bezeichnet hätte. Selbst die Einwohner nicht. Dort, in der Stadt, war Klee in diesen Tagen in einem großen Hotel untergekommen und sah sich sehr darin bestätigt, der Besitzer und Betreiber eines *kleinen* Hotels sein zu wollen. Einer von Übersicht und Intimität geprägten häuslichen Anlage. Große Häuser mit noch so vielen Sternen wirkten auf ihn wie Bahnhöfe verzweifelt Gestrandeter.

Er nannte eine Uhrzeit, und er nannte den Namen eines Lokals, in dem er am Vortag gewesen war, in der Tat ein japanisches Restaurant, allerdings kein Edelschuppen, eher ein Lokal für jedermann. Jetzt, da jedermann Sushi zu sich nahm, als sei's eine hübsch angerichtete Ansammlung von etwas Beiseitegelegtem, das nicht nur kalt, sondern auch im Beiseitelegen und Kaltwerden ein bisschen teurer geworden war.

Sie kannte das Restaurant. Sie sagte, sie wohne unweit davon. Und sie sagte, sie freue sich.

Hinterher würde Klee darüber grübeln, was es gewesen sein mochte – egal, ob Frau Sander nun einen Mann oder einen Freund hatte oder gerade eine Pause machte –, das sie dazu gebracht hatte, seine Einladung anzunehmen.

Wie konnte man eigentlich sagen, dass Paul Klee aussah?

Ziemlich gut, hätte man antworten können. Aber war nun dieses »ziemlich« eine Einschränkung oder eine Verstärkung?

Es war ähnlich wie bei einer Serie von Rissen, die eine gesprungene Scheibe durchziehen. Vielleicht eben beides: Einschränkung *und* Verstärkung. So wie bei dem berühmten Kunstwerk von Marcel Duchamp mit dem Titel *Das Große Glas*, bei dem es sich um eine bemalte, zweiteilige Glasplatte handelt, die beim Rücktransport von einer Ausstellung zerbrochen war, Duchamp jedoch bei der Instandsetzung des Objektes die Zersplitterung des Glases erhalten und zu einem wesentlichen Teil des Kunstwerks gemacht hatte. Und es ist gar keine Frage, dass dieses surrealistische Objekt – das eine Braut darstellt, die von Junggesellen begehrt wird, deren Begehren wiederum eine Schokoladenreibe in Gang setzt –, dass dieses Bild mit seinen Sprüngen, also den Fehlern, sehr viel besser wirkt als ohne. Und doch sind die Sprünge ein Makel. Aber eben ein gelungener Makel.

Anders als in Frau Sanders Gesicht, wo sich eine deutliche Narbe abzeichnete, waren die Sprünge in Klees schmalem, länglichem und kantigem Männergesicht nicht sichtbar, bildeten aber gewissermaßen den Geist in diesem Gesicht. Es war vielleicht etwas, was man am ehesten als Schwermut definieren konnte. Eine Schwermut wie bei Menschen, die selbst in Momenten größten Eifers oder Ehrgeizes ein Gefühl der Sinnlosigkeit entwickeln. Zumindest das Gefühl, dass alles, was je Sinn hatte, längst vergangen ist.

Zu Klees Körper war zu sagen, dass dieser vollkommen ohne Splitterung war. Absolut durchtrainiert, ohne Hinweis auf eine Verzweiflung. Bei einem langjährigen Chauffeur ungewöhnlich, aber Klee hatte sich eben immer auch als eine Art Leibwächter empfunden und dementsprechend seinen Körper ausgerichtet. Was ihn schließlich überhaupt erst in die Lage versetzt hatte, mittels Wendigkeit, Kraft und Schnelligkeit Rehberg aus dem Wagen zu befreien und in Sicherheit zu bringen.

Natürlich, er war nicht dreiundzwanzig, sondern dreiundvierzig, und selbst das Durchtrainierte besaß den Anklang jenes noch immer nicht gänzlich verstandenen Phänomens, das man als die »Begrenzung der Lebensdauer« kennt. Allerdings nicht in Form von Rissen in einem Glas, sondern als Ausdruck einer Verwunderung, eines Erstaunens darüber, nicht ewig zu leben.

War es das, was Frau Sander interessierte? Indem sie hinter dem gut sitzenden Anzug Klees einen gut trainierten, aber bereits im Zustand der Verwunderung befindlichen Körper vermutete? Oder doch eher das schöne, jedoch von Zersplitterungen gemaserte Gesicht? Oder gar die Art, wie er recht offen erklärt hatte, einfach nicht auf einen günstigeren Zeitpunkt warten zu wollen, um sie einzuladen? Oder war es die Summe aus Attraktivem und Befremdlichem?

Vielleicht ging es Frau Sander mit Klees Gesicht ähnlich wie Marcel Duchamp mit seinem *Großen Glas,* als er 1956 in einem Interview erklärte: »Aber umso länger ich es betrachte, umso mehr mag ich die Sprünge: Sie sind nicht wie gebrochenes Glas. Sie besitzen eine Gestalt. Es ist eine Symmetrie in diesen Sprüngen.« Um dann anzufügen, dass darin beinahe so etwas wie eine Absicht zu erkennen sei. »Eine eigentümliche Intention, für die ich nicht verantwortlich bin, in anderen Worten eine Readymade-Intention, die ich respektiere und liebe.«

Vielleicht war es genau das. Klees »liebenswerte Symmetrie der Brüche« in seinem gut gebauten Männergesicht und seiner gut gebauten Männerseele.

Vielleicht aber etwas ganz anderes. Er würde schon noch draufkommen. So wie er auch noch draufkommen würde, wie Sander mit Vornamen hieß, denn im Moment war sie einfach nur Frau Sander.

3

Rugby

Als die Frau ohne Vornamen das Lokal betrat, saß Klee bereits am reservierten Tisch. Er erhob sich. Sie schlüpfte aus dem Mantel, den er ihr abnahm und an einen Haken hängte. Angesichts der Kälte draußen handelte es sich um einen ungemein dünnen Mantel, der sich in Klees Händen eher wie ein Nachthemd anfühlte. Ganz offensichtlich war Sander nicht der verfrorene Typ. Oder aber sie fror lieber, als sich in das Ungraziöse dicker Mäntel oder wattierter Jacken zu fügen.

Gemeinsam nahmen sie Platz. Ein Kellner erschien und legte ihnen zwei Karten auf den Tisch.

Sander bestellte einen Sake, kalt. Das war nicht weiter verwunderlich, bemerkenswert aber, dass sie sich dabei mit dem Kellner auf Japanisch unterhielt. In einer Weise, die in Klees Ohren einen absolut fließenden Eindruck hinterließ. Aber was wusste er schon?

Nachdem der Kellner gegangen war, fragte Klee: »Wo haben Sie Ihr Japanisch her?«

»Unter anderem von meinen Eltern«, antwortete Sander.

»Diplomaten?«

»Nein, Lehrer.«

»Japanischlehrer?«

»Nein, Deutschlehrer«, sagte Sander. »Mehr noch als mein Japanisch habe ich von ihnen mein Deutsch.«

»Das müssen Sie mir jetzt erklären«, meinte Klee.

Und das tat Sander, indem sie eine Geschichte präsentierte, die den Charakter von etwas Ausgedachtem besaß. Nichtsdestotrotz aus dem echten Leben stammte.

Ihre Eltern waren Adoptiveltern. Ein japanisches Lehrerehepaar, das an verschiedenen Hochschulen in Osaka, später in Tokio Deutsch unterrichtet hatte.

»In Japan adoptiert?«, zeigte sich Klee verwundert.

»Meine Geburt und Herkunft sind ein wenig rätselhaft«, sagte Sander.

Sie erzählte davon, als Neugeborenes vor einem Krankenhaus in Osaka abgelegt worden zu sein. Das war 1984 gewesen. Natürlich sei sofort festgestellt worden, dass sie kaum das leibliche Kind japanischer Eltern sein konnte. Ein Grund mehr, der eine frühe Adoption verhinderte. Wie ja überhaupt erst 1988 ein geregeltes Adoptionssystem für Kinder in Japan eingeführt wurde. Im Gegensatz zur Erwachsenenadoption mit ihrer jahrhundertealten Praxis, die dazu diente, das männliche Erbfolgesystem zu sichern, zwischenzeitlich aber auch half, die familiäre Pflege alter Japaner zu gewährleisten.

»Ich kann nicht sagen, wer meine Mutter war«, erklärte Sander. »Vielleicht eine Rucksacktouristin, die ihrerseits nicht sicher sein konnte, wer der Vater ihres Kindes ist, vor allem *wo* der Vater ihres Kindes ist. Vielleicht, vielleicht nicht. Ich kann die Umstände nicht benennen, und wahrscheinlich werde ich das auch nie können.«

Jedenfalls sei sie in einem japanischen Waisenheim aufgewachsen, und zwar mit einem – wie man sagen kann – falschen Augenpaar. Sie habe sich wie ein Monster gefühlt, obgleich viele junge Japaner heutzutage versuchen würden, mittels Lidoperationen westlichen Idealen zu folgen. Aber nicht dort, wo sie ihre ersten Jahre verbracht hatte.

»Wenn es eine böse Strafe war«, sagte Sander, »dass mich meine Geburt an diesen Ort befördert hat, dann war die gute Antwort auf diese Strafe dieses Lehrerehepaar. Ich war bereits sechs Jahre alt, als die beiden das Heim aufsuchten. Zwei Japaner mit einer ungeheuren Liebe zur deutschen Sprache und Literatur. Sie konnten einfach nicht der Verführung widerstehen, mich auszusuchen. Dabei war doch recht ungewiss, woher meine Eltern stammen, sie hätten ebenso … also, verstehen Sie, das Deutsch, das ich spreche, ist das Deutsch meiner japanischen Adoptiveltern. Ein präzises Hochdeutsch. Und sollte darin irgendein kleiner Akzent sein, dann ist es ein japanischer.«

Nicht, dass Klee diesen herausgehört hätte.

»Mit neunzehn«, erzählte sie, »reiste ich mit meinen Eltern nach Deutschland. Es sollte eine große Tour werden. Eine kulturelle Erfüllung. Aber sie starben, und zwar auf eine völlig absurde Weise. Ein zugekiffter Autofahrer, der mitten im Stadtverkehr auf den Gehweg raste, wo wir alle brav vor einer roten Ampel standen. Ich war ein Stück hinter ihnen, meine Eltern aber hat es erwischt. Sie waren beide sofort tot. Ich habe sie hier begraben, im Land ihrer Sehnsüchte, im Land von George und nahe dem Land von Trakl. Für sie waren George, Rilke und Trakl die Götter. Eigentlich hätte ich einen Teil von ihnen in Österreich beerdigen sollen, wenn das ginge. Es ist für manche Menschen schade, nicht an mehreren Orten begraben zu sein.«

Während man ihr den Sake in einer kleinen, schmalen Karaffe servierte und in eine Schale füllte, erklärte sie, weder für George noch für Trakl zu schwärmen, überhaupt nicht für die Dichtung oder Literatur. Aber es sei eben das, was sie an ihre Eltern erinnere. Und als sie dann die beiden im Land ihrer Sehnsüchte begraben hatte – immerhin war ein kleines Erbe vorhanden –, war sie in diesem Sehnsuchtsland geblieben, das ja möglicherweise das Land ihrer leiblichen Mutter war.

Klee meinte, dass heutzutage eine solche These anhand der eigenen DNA leicht zu stützen oder zu widerlegen wäre.

»Ja, sicherlich. Aber so genau will ich es nicht wissen. Mir genügt die Vermutung. Und mir genügt das Deutsch, das mir meine Eltern beigebracht haben, als ich sechs war und sie mich zu sich nahmen.«

»Sander ist aber nicht japanisch, oder?«

»Der Name meines Mannes, von dem ich geschieden bin. Meine Eltern hießen Himori. Sie haben mir den Vornamen Inoue gegeben.«

»Ach, und den tragen Sie aber noch, oder?«

»Genau.«

»Also Inoue Sander.«

Sie nickte.

»Mein Gott«, sagte er und schien deutlich betört, »das klingt ganz wunderbar.«

Und wie um die Betörung etwas einzudämmen, fragte Klee, wie Inoue Sander denn dazu gekommen war, sich mit dem Verkauf von Immobilien zu beschäftigen. Als frage er, wie man mit einem so hübschen Namen einen derart hässlichen Beruf ergreifen könne.

»Das ist nichts«, erklärte die Frau mit dem schönen Namen, »wovon ich geträumt habe. Es ist ein Job, nicht mehr. Das Beste daran ist, wie wenig ich im Büro sitze und eher selten am Computer, sondern viel unterwegs bin, Türen aufschließe und Leute herumführe und ihnen die Vorzüge eines bestimmten Objekts erkläre.«

»Kein Objekt, das nicht auch Nachteile hätte.«

»Natürlich«, sagte sie, »aber der Kauf eines Hauses ist immer auch die Bestätigung eines Traums. Und meine Aufgabe besteht nicht darin, Träume zu ruinieren. Ohnehin richtet sich die Entscheidung für ein Haus mehr nach einem Gefühl. Nehmen Sie sich selbst. Sie wollten sich gestern nicht einmal die anderen Objekte ansehen.«

»Sie verschweigen mir aber nicht etwa, dass in dem Haus, das ich kaufen möchte, einmal ein Mord geschehen ist.«

»Hätte ich den Eindruck, dass Sie so etwas wissen wollen, ich würden es Ihnen erzählen. Hätte ich den Eindruck, dass Sie es lieber nicht wissen wollen, würde ich darauf verzichten, es zum Thema zu machen. Wieso auch?«

»So einfach?«

»Es gibt Leute, die sind besser dran, wenn sie nicht alles erfahren. Und damit meine ich ja nicht, ich würde dem Kunden etwa einen feuchten Keller verschweigen oder wie viel an Reparaturen er in ein Objekt stecken muss. Aber es gibt vielleicht psychologische Aspekte eines Hauses, mit denen der zukünftige Bewohner besser leben kann, wenn er nichts davon mitbekommt. Dabei muss es sich ja nicht gleich um einen Mord handeln.«

»Sie glauben also nicht an Gespenster. Das wäre recht unjapanisch, oder?«

»Ich glaube an die Gespenster in unseren Köpfen«, sagte Sander. »So was muss man aber nicht auch noch fördern.«

»Also, ich gestehe«, sagte Klee, »der Anblick des Zahnarztstuhls, überhaupt der ganze Raum, das hat mich für einen Moment schon etwas verunsichert. Ich meine, die Frage ist doch, was ich dort unterbringen soll. Eigentlich wär's ein wunderbares Gästezimmer mit idealem Blick hinüber zum Wald. Aber kann man den Leuten ein Zimmer anbieten, in dem ein solcher Stuhl stand?«

Inoue Sander wandte ein, für sie laute die Frage eher, ob man bei einem Zahnarzt immer nur an Schmerzen denken müsse und wieso nicht an schöne, gesunde Zähne. »Sehen Sie sich die Zähne der Menschen in Ländern an, wo man sich den Zahnarzt nicht leisten kann oder es keinen gibt.«

»Aber die Seele des Raums …«

»Glauben Sie an die Seele von Räumen?«

»Na, ich denke, auch Räume besitzen ein Gedächtnis.«

»Räume sind in erster Linie vergesslich«, behauptete Sander mit einem narbenschwingenden Lächeln. Und folgerte: »Wenn dieser Raum einmal leer geräumt wurde, einen frischen Anstrich erhalten hat, eine neue, geschmackvolle Einrichtung, eine neue Funktion erfüllt, wenn Sie so wollen von einem neuen, frischen Geist belebt wird, dann ist es vollkommen gleichgültig, was früher in diesem Raum geschah. Das wird nur dann zum Problem, wenn Sie den Leuten erzählen, früher hätte hier ein Zahnarztsessel gestanden, und die Leute dann eher an die Schmerzen gebohrter Löcher denken als an den Nutzen gefüllter. Aber wieso sollte man ihnen davon erzählen und sie auf falsche Gedanken bringen?«

Klee nickte. Doch es war ein unsicheres Nicken. Er zweifelte ein wenig bezüglich der Vergesslichkeit von Räumen und dass man die Erinnerung einfach mit etwas weißer Dispersion aus einem Zimmer *herausmalen* konnte. Sodann fragte er Inoue Sander, was sie gemacht habe, bevor sie zum Immobilienhandel gekommen war.

»Mathematik«, antwortete sie.

»Soll ich das so verstehen, wie Sie es sagen?«

»Wieso? Können Sie sich Mathematik nur im übertragenen Sinn vorstellen?«

»Na, vor allem in einem teuflisch-höllischen Sinn. Es war das Fach in der Schule, das mir fast das Genick gebrochen hätte. Mir und vielen anderen.«

»Ich habe Mathematik studiert«, sagte Sander. »Und daneben auch noch Evangelische Theologie.«

»Das ist jetzt ein Scherz, oder?«

»Was halten Sie für einen Scherz? Die Mathematik? Die Theologie? Oder die Kombination?«

»Nun, es ist nicht gerade üblich, denke ich.«

»Ich war schon als Kind verliebt in Zahlen, bereits im Waisenheim. In die arabischen Ziffern genauso wie die chinesischen Zahlzeichen. Es war meine Art zu zeichnen. Keine Bäume, keine Tiere, keine Menschen, aber Zahlen, Zahlen statt der Bäume und Tiere und Menschen. Es war für mich aber lange Zeit ein Spiel, man könnte sagen, bis ich mit meinen Eltern nach Deutschland kam und nach ihrem Tod blieb und zu studieren begann.«

Die Theologie, sagte Sander, sei ihr einfach als die ideale Ergänzung erschienen, die Evangelische eher als die Katholische. Hätte sie Katholische Theologie studieren wollen, dann wäre wohl besser gewesen, etwas wie Sport oder Kunstgeschichte dazuzunehmen.

»Waren Ihre Eltern Christen?«

»Natürlich. Katholiken. So selten das in Japan ist. Ich meine, wenn man Trakl liebt, ist man natürlich Katholik. Weshalb sie mich auch nach der Adoption katholisch haben taufen lassen. Ich bin dann, als ich nach München kam und mit meinen beiden Studien anfing, konvertiert. Weniger aus einer religiösen Überzeugung, sondern weil mir eben erschien, dass das Evangelische besser zum Mathematischen passe.«

»Sie wollten aber nie Pfarrerin werden, oder?«

»Ich war mir da nicht sicher. Sicher war ich mich nur, weder im einen noch im anderen Fach ein Lehramt anzustreben. Junge Menschen zu missionieren.«

»Sie haben abgeschlossen?«

»Ja, in beiden Fächern. Mathematik mit Nebenfach Philosophie als Dr. phil. und Evangelische Theologie mit dem ersten kirchlichen Examen.«

»Um Himmels willen«, sagte Klee, »Sie sind ja ein verdammtes Genie.«

Erneut entschuldigte er sich für ein Wort, diesmal für das »verdammt«, so wie er sich am Vortag für das Wort »Pause« entschuldigt hatte. Um gleich darauf anzufügen, angesichts solcher Abschlüsse nicht ganz zu verstehen, wieso sie ihr Leben damit zubringe, Häuser unter die Leute zu bringen.

»Haben Sie studiert?«, fragte sie zurück.

Eben kam die Misosuppe auf den Tisch. Zwei in Schüsseln gefügte trübe Kreisflächen.

»Jura«, antwortete Klee. »Aber ich habe nie abgeschlossen. Und hatte auch nie das Zeug dazu. Ehrlich, eine Zeit lang war ich fleißig, aber mein Atem hat nicht gereicht. Wenn man sich derart zwingen muss, wird es nicht gut. Sie hingegen …«

»Ich wollte dann aber doch keine Pastorin werden«, sagte Sander. »Und bin in die Forschung. Genau genommen bin ich in die Fänge des Leiters eines mathematischen Forschungsprojekts geraten.«

»Herr Sander«, vermutete Klee.

»Richtig. Ich habe ihn geheiratet. Nicht, dass man aufhören muss, sich mit Mathematik zu beschäftigen, nur weil man eine Ehe eingeht, und zwar als Frau eingeht, und dann auch noch schwanger wird und schließlich Zwillinge bekommt. Dennoch ist mir die Mathematik entglitten. Sie ist mir wie eine große Liebe verloren gegangen.«

Klee fragte nach den Zwillingen.

Die Antwort erschreckte ihn in solcher Deutlichkeit. Inoue Sander sagte: »Ich bin keine gute Mutter.«

Sie erzählte, dass, nachdem sie sich im fünften Jahr ihrer Ehe von ihrem Mann getrennt hatte und sich in der Folge scheiden ließ, sie zu dem Entschluss gekommen war, zwar den Namen Sander zu behalten, ihrem Ex-Mann aber die meiste Zeit die Zwillinge zu überlassen.

»Acht Jahre alt sind die beiden jetzt«, sagte Sander und erklärte, ihre Kinder jedes zweite Wochenende zu sehen. »Aber ich bin nicht die Person, die sie als ihre Mutter wahrnehmen. Sondern die neue Frau an der Seite meines Mannes. Die so neu nicht mehr ist. Sie mag ja nicht gerade meine Freundin sein, aber sie liebt die Zwillinge, das kann ich nicht übersehen, und die Zwillinge übersehen es ebenso wenig.«

Es irritierte Klee, dass Sander immer nur von den Zwillingen sprach. Keine Namen, keine Geschlechter.

Mit einem Mal, als sei Sander soeben aus einem Traum erwacht – nicht hochschreckend, aber doch mit einem irritierten Blick auf die Wirklichkeit –, fragte sie sich laut, wie sie dazu komme, ihm das alles zu erzählen.

»Weil ich Sie danach gefragt habe«, antwortete Klee sachlich.

»Schon, aber …«

»Und die Mathematik ist also ganz verschwunden?«

»Ich sehe sie, die Mathematik, aber ich würde sagen, ich sehe sie wie etwas, das in der Ferne liegt. Ferne Zahlen und ferne Formeln. Schwer greifbar. Nicht wie früher, wo ich praktisch durch die mathematischen Strukturen hindurch die Welt erkannt habe. Jetzt ist es umgekehrt. Die Welt ist wie ein Nebel, der mir den Blick auf die dahinterliegenden Zahlen erschwert.«

»Was? Darum sind Sie Maklerin geworden? Weil die Häuser so dicht vor Ihren Augen stehen?«

Sie lachte.

Dann sagte sie: »Ich brauchte Geld, und ich brauchte einen Job. Es ist ein simpler Zufall, ins Immobiliengeschäft geraten zu sein. Es wird ein ebenso simpler Zufall sein, wenn ich wieder hinausgerate und stattdessen etwas anderes mache.«

Ahnte sie in diesem Moment, wie nahe diese Veränderung bevorstand? Wie sehr soeben der Zufall sich des Mannes, der Klee war, bediente, um eine Spur zu formen, eine Kurve, in die sie, Sander, demnächst einbiegen würde?

Ein Zufall, zu dem nicht zuletzt dazugehörte, dass im hinteren Teil des lang gestreckten Raums eine Gruppe von Japanern saß und nach oben zu einem in die Wandecke montierten flachen Bildschirm sah. Es lief ein Rugbyspiel, offensichtlich eine Aufzeichnung, denn das Match fand in England statt, und dort auf dem Rasen war es taghell, während draußen vor dem Lokal längst die Dunkelheit eines späten Herbstabends herrschte.

England gegen Japan.

Sport klang immer wie Krieg. Oder war es umgekehrt?

Nicht, dass es Sander und Klee gekümmert hätte, was dort drüben auf dem Bildschirm geschah. Es kümmerte aber natürlich die Gruppe von Japanern, und es kümmerte eine andere Gruppe, vier junge Männer in Anzügen, die offenkundig in diesem Lokal ihren Arbeitstag beschlossen. Sie sprachen ein britisches Englisch und waren unangenehm laut und unangenehm fröhlich. Es war ein Sägen und Schneiden und Köpfen in ihren Stimmen.

Ihre Fröhlichkeit erlitt allerdings in dem Moment Schiffbruch, als dort drüben auf dem Bildschirm ein Spieler der japanischen Mannschaft in einer geradezu zauberischen Weise durch die Verteidigungslinien der Engländer marschierte – einen nach dem anderen täuschend, ihnen entschlüpfend, dabei wie über eine riesige Architekturzeichnung laufend, deren Plan er als Einziger zu kennen schien –, um sodann in der vorgeschriebenen Weise den Ball hinter der Linie der Engländer abzulegen und einen sogenannten *try* zu erzielen.

Das war großartig gemacht, erfreute die Japaner und verärgerte die Engländer.

»Fijian bastard!«, rief einer der jungen Engländer durchs Lokal.

Klee hörte es, verstand es aber nicht. Er verstand nicht, was ein fidschianischer Bastard damit zu tun haben sollte, dass hier ein paar englische Rugbyspieler, die über einige körperliche Breite und Wucht verfügten, unverschämt leichtfüßig umlaufen worden waren.

Allerdings sah Klee nun im Zuge der eingespielten Zeitlupe nicht nur besagten Spieler in Großaufnahme, sondern ebenso seinen Namen eingeblendet: Michael Leitch.

Das klang nicht sehr fidschianisch, japanisch freilich ebenso wenig. Zudem hatte Leitch das, was Inoue Sander von sich selbst gesagt hatte: die falschen Augen. Das galt für ein Kind in einem japanischen Waisenheim wie für einen Spieler in einer japanischen Nationalmannschaft.

Nun, Klee kannte nicht die ganze Geschichte. Inoue Sander aber sehr wohl. Und offensichtlich auch die Gruppe der Engländer. Eine Geschichte, die darin bestand, dass es sich bei Michael Leitch um den Sohn eines weißen Neuseeländers und einer fidschianischen Mutter handelte, der im Alter von fünfzehn Jahren nach Japan gekommen war und später Staatsbürger dieses Landes wurde, wie auch Kapitän von deren Rugby-Nationalmannschaft. Eine Mannschaft, mit der Leitch am größten »Schock« in der Weltmeisterschaftsgeschichte dieser Sportart beteiligt war, als die Japaner 2015 den haushohen Favoriten Südafrika schlugen.

»Fucking fijian bastard!«, wiederholte einer der jungen Engländer. Unüberhörbar.

Seine Freunde lachten.

So war die Welt, hätte man sagen können.

Doch zur Welt gehörten auch Repliken. Das, was Inoue Sander jetzt von sich gab, war ein: »Fucking Oxford cunts!«

Sie rief es nicht etwa zu den jungen Männern in ihren Anzügen hinüber, sie sagte es in aller Ruhe in den Raum hinein, aber doch recht deutlich, ausgerechnet das englische Wort für »Fotze« verwendend. Ein Wort, das zu den übelsten dieser Sprache gehörte und das im britischen Englisch seine ganze dunkle Kraft genau dadurch erzielte, es Männern an den Kopf zu werfen. Ein Wort, dessen finstere Note noch über dem Begriff des Bastards stand.

Mag sein, dass die vier gar nicht aus Oxford waren, vielleicht auch aus Cambridge, vielleicht von einer der Londoner Unis, vielleicht aus Bristol oder Durham oder Exeter, egal, sie verstanden sehr gut, was Sander meinte, und begannen nun herüberzugiften, Englisch natürlich, so ein affektiertes BBC-Englisch, aber gespickt mit Bösartigkeiten. Nicht, dass Klee alles verstand, aber das Gift schwappte spürbar herüber.

»So, es reicht, Jungs!«, rief er ihnen zu. »Gebt Frieden.«

Nun, richtiggehende Jungs waren die vier ja nicht mehr, eher junge Manager oder junge Wissenschaftler. Und beantworteten Klees Einwurf mit einer höhnischen Bemerkung über seinen billigen Anzug. Sie meinten wohl, dass in einem billigen Anzug immer auch ein billiger Mensch stecke. (Wobei Klee gar keinen billigen Anzug trug.)

»Es ist schon merkwürdig«, sprach Klee jetzt direkt zu Sander, »dass in Bezug auf Flüchtlinge und Gastarbeiter ständig gefordert wird, sie sollten ordentlich Deutsch lernen und Deutsch sprechen und sich anpassen, man aber diesen Leuten von der Insel zugesteht, ihre Sprache wie ranzige Butter über die ganze Welt zu schmieren.«

Das Bild mit der Butter überraschte ihn selbst ein wenig. Er war kein Meister der Metaphern. Aber er dachte wohl, die Engländer damit zu überrumpeln. Die jedoch in der Tat kaum Deutsch verstanden und ganz sicher nicht das Wort »ranzig« in der von Klee gemeinten Weise einzuordnen verstanden. Immerhin hörten sie aber auf herüberzusehen und wandten sich wieder einem Gespräch über irgendeinen Vorgesetzten in ihrem Büro zu. Während hingegen die Gruppe der Japaner von all dem nichts mitbekommen zu haben schien, sondern einfach nur verzückt war von der Art, wie hier ein Mann, der ehrenhalber zu ihrem Stamm gehörte, einen ellipsoiden Ball durch feindliche Linien getragen hatte. Bei aller Kraft und Geschwindigkeit auf eine ungemein hübsche Weise.

Man konnte einen Gegner durch Gewalt brüskieren. Oder durch Schönheit.

»Haben Sie denn eine Ahnung von Rugby?«, fragte Klee.

»Nicht direkt«, antwortete Sander, »aber etwas von mir ist immer noch in Japan. Wenn ich in der Früh aufstehe, dann lese ich erst einmal in der Internetausgabe der *Asahi Shimbun,* in der japanischen Ausgabe, nicht in der englischen. Und erst wenn ich weiß, was in Japan los ist, schaue ich, was die Deutschen so treiben. Dabei war ich schon lange nicht mehr in Japan. Aber ich will wissen, was los ist. Und da erfährt man halt, wer Michael Leitch ist und wie sehr man sich in Japan am letzten Samstag über diesen einen genialen Spielzug gefreut hat, auch wenn am Ende die Engländer gewonnen haben. Aber manchmal ist ein Spielzug wichtiger als das ganze Spiel.«

Das Essen kam. Und mit dem Essen wurde das Thema gewechselt. Beziehungsweise war es jetzt an Klee, sein Leben ein wenig auszubreiten, seine Kindheit nahe Freiburg, die Zeit am Gymnasium, sein halbes Jurastudium, aber keinerlei Versuche in Mathematik, ebenso wenig in Malerei, Musik und Literatur. Keine Ehe, keine Kinder, keine Auszeichnungen. Es hatte auch etwas für sich, zu erklären, was man alles *nicht* getan und *nicht* erreicht hatte. Wie wenn man sich mit jemandem im Schwimmbad trifft und gleich offenbart: »Ich kann nicht schwimmen.«

Schließlich begann er aber doch, über seine Karriere als Fahrer zu berichten, ließ dabei allerdings unerwähnt, für wen genau er die vergangenen zehn Jahre diverse sich ablösende Versionen von Audi-Limousinen gelenkt hatte. Über den Unfall indessen sprach er, was ihn selbst überraschte. Sprach von der Tragödie, ein Kind nicht gerettet zu haben. Wovon Inoue Sander nichts wusste. Vom Unfall des bekannten Politikers hatte sie natürlich in den Nachrichten erfahren – jene Nachrichten, die sie stets im Anschluss an die japanischen Neuigkeiten konsumierte –, aber eben nur vom Überlebthaben des prominenten Mannes und dem tragischen Tod anderer an dem Unfall beteiligter Personen, nichts aber über die Vermutungen und Interpretationen bezüglich eines in den Flammen umgekommenen Kindes, das man eventuell hätte retten können. Vermutungen, die allein in der Boulevardpresse die Runde gemacht hatten.

So kam sie also gar nicht dazu, einen Zusammenhang herzustellen zwischen dem Politiker und Klees Geständnis, eine falsche Handlung gesetzt zu haben. Eine falsche Reihenfolge gewählt zu haben. Und aus diesem Grund entschieden zu haben, aus dem Chauffeurgeschäft auszusteigen.

»Ich hätte nicht gedacht«, sagte er, »einmal etwas anderes zu tun, als Fahrer zu sein. Aber darum heißt es ja wohl, dass es anders kommt, als man denkt.«

»Aber wieso ein Hotel?«

»Vielleicht, weil ich selbst nie in einem war, in dem ich mich richtig wohlgefühlt habe. Und ich war in einigen, in durchaus nicht billigen, was mein Beruf mit sich gebracht hat.«

»Zwischen Gast und Hotelier ist aber ein Unterschied, oder? Die Unzufriedenheit etwa eines Lesers von Büchern macht aus ihm nicht automatisch einen guten Schriftsteller.«

»Wer weiß?«

»Kennen Sie einen?«, fragte Sander. »Oder jemanden, der sich ständig über zu spät kommende Züge ärgert und darum Lokführer wird. Oder in der Schule an der Mathematik scheitert, sie geradezu hasst und später im Leben ein Genie in dem Fach wird.«

»War das nicht bei Einstein so?«, fragte Klee. »Der hatte doch eine Sechs in Physik.«

»Ein dummer Alltagsmythos«, antwortete Sander. »Das war in Einsteins Schweizer Schulzeit. Dort war die Sechs die Bestnote.«

»Trotzdem«, meinte Klee, »vielleicht ist Ärger doch ein ganz guter Antrieb. Wobei vor dem Ärger oft die Begeisterung kommt. Ich meine mich zu erinnern, schon als Kind mit der Vorstellung gespielt zu haben, ein solches Häuschen zu führen, immer ein kleines Haus, kein großes. Ich sag mal so, ich habe niemals davon geträumt, eine *Kette* zu sein. Meinen Namen in einer Vervielfachung zu lesen.«

»Sie wollten nie Paris Hilton sein«, meinte Sander mit einem Grinsen.

»Jetzt haben Sie mich.«

»Und wieso so weit draußen? Das ist ja wahrhaftig das Ende der Welt, auch wenn es mitten in Europa liegt.«

»Eine Frage des Gefühls«, antwortete Klee. »Das sagten Sie ja selbst. Eine Sentimentalität. Weil ich vor Jahren mal an diesem Ort war. Und man vielleicht sagen kann, der Ort hat mir einen Floh ins Ohr gesetzt. Der Herbst an diesem Ort.«

»Sie werden das Hotel aber wohl das ganze Jahr führen müssen.«

»Ja schon, natürlich. Aber das gibt es doch, dass in einer bestimmten Gegend immer das Herbstliche dominiert, sogar im Sommer, selbst bei großer Hitze.«

»Und wie wollen Sie es nennen?«

»Hotel zur kleinen Nacht.«

»Zur kleinen?«

»Das ist eine eigene kleine Geschichte.«

Er erzählte ihr die eigene kleine Geschichte.

Danach waren sie auch mit dem Essen fertig. Es gab noch Sake zum Abschluss, einen anderen als den vom Anfang, einen sehr viel besseren, den der Besitzer des Restaurants aus dem Keller geholt hatte. Er hatte sehr wohl den Michael-Leitch-Disput mitbekommen (die Rechnung, die er den Engländern präsentierte, besaß ein paar hübsche Fehler).

Er servierte den neuen Sake nicht mehr in Schälchen, sondern in quadratischen Holzbechern, sogenannten Masus. Es handelte sich um einen der besten Sake, die man bekommen konnte, einen Sake aus der Junmai-Daiginjo-Kategorie – was Klee gar nichts sagte, Sander viel –, in einer schwarzen, im unteren Teil mit einem Relief versehenen Flasche, die gut und gern aus einem Bild des Alien-Erfinders HR Giger hätte stammen können. Eine Flasche, die entgegen dieser leicht fürchterlichen Anmutung tatsächlich ihrem Namen gerecht wurde, nämlich so etwas wie einen »flüssigen Diamanten« zu beinhalten.

»Das ist ein echter Sake«, erklärte Sander nach einem ersten Schluck. Um zu präzisieren: »Die absolute Weichheit. Eine Weichheit, die einen aufnimmt. So, wie wenn man seinen Kopf auf ein Polster legt.«

Auch Klee probierte. Wobei er dachte, dass, wenn er diese Frau erobern wollte, es sinnvoll sein würde, sich in Zukunft mit der Gewinnung und vor allem den Qualitäten japanischen Reisweins zu beschäftigen. Beziehungsweise keine finanziellen Mühen zu scheuen, eine Flasche wie die, aus der ihnen soeben eingeschenkt worden war, mit jener Nonchalance auf den Tisch zu stellen, mit der ein paar superreiche Menschen Diamantringe offerierten.

Ja, es war durchaus passend, dass dieser Sake den Namen *Diamond* trug. Keine Frage, Inoue Sander würde sich ebenfalls über einen Ring freuen, aber doch mehr über eine besondere Flasche dieses Getränks. *Diamonds Are a Girl's Best Friend* hatte bei ihr eine andere Bedeutung. Nicht, weil sie sich die vierhundert Euro, die so eine Flasche kostete, nicht selbst hätte leisten können. Aber bei einem Geschenk ist die Frage nie das Geld. Wenn doch, dann sollte man auf der Hut sein.

Als die beiden aufstanden, um das Lokal zu verlassen, sprach Sander noch einige Worte mit dem Lokalbesitzer. Anschließend kam es zu einer jener Verbeugungen zwischen Inoue und dem Japaner, die wie das Emblem einer ganzen Kultur wirken, zumindest in den Augen westlicher Betrachter. Eine Verbeugung, die Klee zu dem Gedanken verführte, soeben dem Verbiegen einer Geraden beizuwohnen, die aber trotz Krümmung nicht aufhörte, weiterhin über den Geist einer Geraden zu verfügen. Er selbst begnügte sich mit einem kurzen Nicken. Der Miniatur einer Verbeugung.

4

Ablenkung

Sander und Klee traten nach draußen. Es war jetzt beißend kalt. Dennoch standen sie einen Moment unschlüssig im eisigen Wind.

»Ich wohne gleich um die Ecke«, erklärte Sander.

»Darf ich Sie hinbringen? Um die Ecke?«

»Ja, tun Sie das«, antwortete sie. Man sah ihr an, dass sie nun doch ziemlich fror in ihrem nachthemddünnen Mantel.

Klee bot ihr seinen Arm an. Sie hakte sich unter, wies den Weg. Doch gleich darauf stoppten sie. Neben einem geparkten Wagen standen vier Männer. Es waren dieselben, die einen japanischen Rugbyspieler kurz zuvor als bastardischen Bastard bezeichnet hatten und dafür von Inoue Sander mit dem aus dem Mittelenglischen stammenden Wort für Vulva bedacht worden waren. Sodass man eigentlich sagen konnte, Inoue Sander habe alles richtig gemacht.

Jetzt aber lösten sich die Männer aus der Obhut des geparkten Autos und traten auf Sander und Klee zu. Klee fand, dass die vier im Schein der Großstadtlichter um einiges größer und kräftiger wirkten, nicht mehr ganz so dünn und jungenhaft wie zuvor im Lokal, ein Lokal, das sie offensichtlich etwas früher verlassen hatten, ohne dass es ihm, Klee, überhaupt aufgefallen war.

Die vier waren trotzdem keine Schlägertypen, natürlich nicht, sondern gebildete, erfolgreiche oder demnächst erfolgreiche Männer einer privilegierten Klasse, allerdings schienen sie einigermaßen betrunken und aufgeheizt. Einer von ihnen fragte an Sander gerichtet, ob sie eine »Japanese bitch« sei, »disguised as a German housewife«.

Die wirkliche Beleidigung dabei war weniger der Begriff der *bitch* als der Begriff der *housewife*. Nichts gegen Hausfrauen, aber der Kerl meinte es ja nicht nett, und Sanders gesamte Anmutung war nun alles andere als eine hausfrauliche. Wenn man sich nämlich die Hausfrau als eine Karikatur vorstellte, und eine solche meinte der Engländer ja wohl. Eine allein aus einer strahlend weißen Schürze bestehende geistlose Person.

Immer das Gleiche auf der Welt, dachte sich Klee. Dieser Hang zur Eskalation. Diese vier Jungs waren in diesem Moment das, was man eine Meute nennen konnte. Eine trotz ihrer Bildung erregte Meute. Und diese Meute formte nun eine kleine Barriere entlang des nicht sehr breiten Gehwegs. Nicht, dass die vier eine echte Attacke zu planen schienen. Sie standen eben bloß da und versperrten den Weg. Klee und Sander hätten umdrehen, zurückgehen oder die Straßenseite wechseln müssen, nichts wäre passiert.

»Was für ein Kindergarten!«, sagte Klee, machte einen plötzlichen Schritt auf jenen aus der Viererbande zu, der das Bild der Schlampe mit dem der Hausfrau vermengt hatte, und versetzte ihm einen derartigen Stoß, dass es den jungen, schlanken Mann nach hinten riss und zu Boden beförderte.

Sofort umringten die anderen drei Klee. Einer schlug zu. Aber Klee neigte den Kopf zur Seite, und die Faust des Mannes ging ins Leere. Leider nicht der Hieb, der kurz darauf von der anderen Seite kam und Klees linke Gesichtshälfte traf.

Es war ein eigentümliches Bild, das sich Klee in diesem Moment schmerzvollen Getroffenseins aufdrängte. Ihm war, als sei soeben eine kleine, dampfende Lok mit ungebremster Kraft gegen seine Wange gefahren. Ein Bild, das freilich einen guten Grund hatte. Auch dieser Grund lag in seiner Kindheit. Sein jüngerer Bruder hatte einst mit einer Märklineisenbahn nach ihm geworfen – so eine schwere schwarze Metalllok mit rotem Unterbau – und ihn dabei voll im Gesicht getroffen. Eine echtes Glück, dass nicht mehr als eine zu nähende Wunde sowie ein stark geschwollenes Auge die Folge gewesen war, jedoch keinerlei Fraktur des Jochbeins.

Stimmt, diese Märklinlok seiner Kindheit hatte nicht wirklich gedampft, aber im Moment des Einschlags in seinem Kindergesicht dennoch einen dampfenden, einen brausenden und qualmenden Eindruck hinterlassen.

Und genau das war auch jetzt der Fall.

Für einen Augenblick war Klee ohne Übersicht und Kontrolle, ohne Möglichkeit einer Abwehr oder eines Zurückschlagens, sondern so vollständig in den Rauch der an ihm zerschellten Lok gehüllt.

»Hey, bricks!«

Es war Inoue Sander in ihrem dünnen Mäntelchen und auf sehr hohen Schuhen stehend, in der Tat etwas größer als die anderen, die laut rief und die Aufmerksamkeit der Männer auf sich zog. Durch den Dampf hindurch erkannte Klee, dass Frau Dr. phil. etwas in die Höhe hielt, der Viererbande entgegen. Er konnte nur vermuten, dass es ein Pfefferspray war. Eher als eine Granate, die freilich ebenfalls ganz gut in ihre Hand gepasst hätte.

Sander sagte: »Give me further reason to use this! Please!«

Es war schon traurig, wie sehr die Macht der Waffen zu überzeugen verstand. Wobei sich Klee niemals sicher sein würde, ob es nicht doch etwas Schwerwiegenderes als eine mit Paprika gefüllte Spraydose gewesen war, was die vier Engländer nun veranlasste, auf eine Fortsetzung der Prügelei zu verzichten, in ihren Wagen zu steigen und sich erst dort über die heutige Bewaffnung von Frauen zu beschweren. Vielleicht hatten sie auch nur Angst um ihre Anzüge. Jedenfalls fuhren sie davon und waren nie wieder gesehen. Als hätte ihre Rolle allein darin bestanden, etwas in Bewegung zu setzen. Etwas zwischen Klee und Sander.

Klee hätte es nicht beschwören können, aber gewiss war, dass zumindest die schmerzende Gesichtshälfte mit jener des »Eisenbahnunglücks« seiner Kindheit übereinstimmte. Nicht so sicher war, ob auch die Stelle, aus der nun Blut trat, exakt dieselbe war, die einst von der geworfenen Lok seines Bruders verletzt worden war. Er wollte es aber gerne glauben, dass hier ein Unfall seiner Kindheit den heutigen Unfall vorbereitet hatte. Wie sich eine

Verletzung auf die andere legte. Die Malerei auf die Vorzeichnung.

Tatsache war, dass Inoue Sander ein Taschentuch aus ihrer Manteltasche zog und es gegen diese blutende, möglicherweise durch einen Ring, einen Fingernagel oder das Metall einer Armbanduhr verursachte Wunde hielt. Und dann meinte: »Kommen Sie. Ich verarzte Sie bei mir zu Hause.«

Zwei Straßen weiter lag Sanders Wohnung, im obersten Stockwerk eines modernen Gebäudes. Eine eher kleine Wohnung, praktisch und nüchtern und in einem unaufdringlichen Stil. Nicht billig und nicht teuer. Aktuelles Design, aber keines, bei dem man glauben konnte, hier hätte ein Architekturbüro in Zusammenarbeit mit Strömungsingenieuren und Karl Lagerfeld einen Sessel entwickelt.

Grauer Spannteppich, ein dunkelblaues Sofa, kein Tisch, nur ein kleiner, zweibeiniger Wandschreibtisch, was so aussah, als würde eine sehr zarte Bauchladenverkäuferin an der Wand Halt suchen.

Auf der einen Seite der schmalen Schreibplatte befand sich ein Computer, auf der anderen ein gerahmtes Bild der Zwillinge. Ein Mädchen und ein Junge, die man aber genauso gut für zwei Mädchen oder zwei Jungen hätte halten können. In erster Linie waren sie sich extrem ähnlich, was wiederum keine Überraschung war. Etwas versetzt davon ein schmales hölzernes Wandregal, das eine kurze Reihe von Büchern trug. Acht Stück, hätte man nachgezählt. Allesamt mathematische Werke. Sanders Evangelien.

»Setzen Sie sich«, sagte sie. Dabei berührte sie kurz Klees rechte Schulter und vermittelte einen sanften Druck. Er folgte diesem leichten Druck und sank zurück auf den weichen Stoff des Sofas. Dort blieb er sitzen, hielt das Taschentuch gegen seine Wange und wartete.

Wenig später kam Inoue Sander mit einem bestens ausgestatteten Erste-Hilfe-Koffer zurück. Sie desinfizierte Klees entlang des Jochbeins verlaufende Platzwunde und versorgte sie mit mehreren Wundnahtstreifen. Und zwar ungemein professionell. Klee wollte schon fragen, ob solche Fähigkeiten eher der Mathematik oder der Evangelischen Theologie zu verdanken seien, ließ es dann aber bleiben, ihr auf diese Weise dumm zu kommen. In Wirklichkeit war er einfach froh, hier sitzen und ein guter Patient sein zu dürfen.

»Damit da keine Narbe bleibt«, erklärte sie den Einsatz der Streifen anstelle eines herkömmlichen Pflasters. »Abgesehen davon schaut es an einer so exponierten Stelle besser aus, nicht wahr? Nicht, dass ich finde, dass es klug war, sich mit diesen Typen anzulegen. Meine Güte, was hat Sie denn da geritten?«

»Hätte ich mich zurückgehalten«, folgerte Klee, »würde ich jetzt kaum hier sitzen.«

»Werden Sie nicht kindisch.«

Das stimmte schon. Kindisch brauchte er nicht zu werden, allerdings erinnerte er nun daran, dass immerhin *sie* es gewesen war, die die Männer mit einem der »Hauptwörter« englischer Vulgärsprache bedacht hatte.

»Das haben die schon verdient«, sagte Sander. »Aber warum sich deshalb schlagen? Ich will nicht sagen, dass das nicht nett von Ihnen war. Nur, weil die mich eine deutsche Hausfrau geschimpft haben.«

Genau das, was er hören wollte.

Und ob nun kindisch oder nicht, die Wunde in seinem Gesicht fühlte sich um einiges besser an als die damals in seiner Kindheit an gleicher oder zumindest fast gleicher Stelle, die im nächstgelegenen Krankenhaus von irgendeinem überarbeiteten Menschen lieblos zusammengenäht worden war. Übrigens, soweit er sich erinnern konnte, war es heute das erste Mal seit dieser Jugendjahre, dass er in eine körperliche Auseinandersetzung mit Mitgliedern seiner Rasse geraten war, mit anderen Affen. Er hatte sich selbst überrascht.

»Ein Glas Wein?«, fragte Sander.

»Hätten Sie vielleicht einen Sake?«

»Sieh mal einer an! Sind Sie also auf den Geschmack gekommen?«

»Der zweite war schon klasse«, sagte Klee, obgleich er ja den ersten gar nicht probiert hatte.

Es war übrigens rein gar nichts Japanisches in dieser Wohnung. Zumindest nichts die Einrichtung Betreffendes, nicht in dem kleinen Wohnzimmer. Aber natürlich war es ein qualitätvoller, gut gekühlter Sake, den Sander nun servierte. Das hatte Klee ja bereits begriffen, dass man einen erstklassigen Sake immer nur kalt trank und allein die minderwertigen in einer erhitzten Weise auf den Tisch gelangten.

Sander saß jetzt neben Klee auf dem Sofa, während beide ihre mit Reiswein gefüllten Schalen an die Lippen führten.

Er konnte sich nicht helfen, aber ihr Blick war ein anderer geworden. Als hätte sich etwas wesentlich geändert. Wieso? Weil er ihr zuliebe kindisch gewesen war? Weil er eine Wunde im Gesicht trug? Weil man bereits einiges getrunken hatte?

Es passte zu Sander, dass sie genau das nun ausschloss. Sie sagte offen, nicht betrunken zu sein. Und fragte: »Und Sie?«

»Nein, gar nicht«, antwortete er.

»Gut«, sagte sie mit ihrer Stimme, die nicht dunkel war, sondern hell, aber mit so einer Helligkeit, die einen ahnen lässt, dass es beizeiten schon mal Nacht wird. Eine wohlklingende Stimme, aber ohne Illusion bezüglich des Wechsels der Tageszeiten.

Und mit dieser Stimme meinte sie nun, dass sie nichts so sehr verachte, wie wenn Menschen den Einfluss von Alkohol oder was ihnen sonst noch so einfiel an Ausreden, und sei's das Wetter, anführten, um die Konsequenzen ihres Handelns zu relativieren.

»Ich will sagen«, erklärte sie, und dabei beugte sie sich etwas zu Klee und legte ihm ihre Hand auf die Brust, »dass ich Sex für eine Nacht verabscheue. Du kannst also gerne gehen, wenn du meinst, das Wetter oder der Sake vernebeln dir das Hirn. Oder gar die Wunde unter deinem Auge.«

»Ich fühle mich absolut klar«, antwortete Klee.

Eigentlich wollte er ihr versichern, absolut kein Freund von Sex für eine Nacht zu sein. Wahr war allerdings, dass er in seinem Leben – nicht immer, aber doch recht oft – genau dies praktiziert hatte, manchmal in beiderseitigem Einverständnis, nicht selten aber, ohne dies abgesprochen zu haben. Was so manche Enttäuschung, Peinlichkeit und Lüge nach sich gezogen hatte.

Wenn er also jetzt sagte, dass er »Sex für eine Nacht« nicht im Sinn habe, dann stimmte es eben im Angesicht dieser Frau, die Inoue war und an die er nun sein verwundetes Gesicht heranführte. So geriet er mit seinen Lippen an die ihren. Einen Moment waren sie sich ganz nahe, ohne einander zu berühren. Die warme Luft, die aus ihren Nasen strömte, kreuzte sich. Dann der Kuss. Zuerst nur die aufeinandergepressten Lippen, hernach die leichte Öffnung eines Mundes, was auch zur Öffnung des anderen Mundes führte – und das Schöne daran war, dass keiner von beiden hätte sagen können, wessen Mund damit angefangen hatte. Sodann die sich umarmenden Zungen.

Innig mochte ein abgegriffenes Wort sein, aber es war in diesem Moment das einzig passende. Der innige Kuss, die innige Art und Weise, wie die zwei aus dem Nebeneinandersitzen in ein Ineinandersitzen übergingen und sich also nicht nur ihre Zungen umarmten.

Und dann der Sex, der somit angekündigterweise nicht nur diese eine Nacht andauern sollte. Was aber nicht bedeutete, dass man etwas für später aufsparen wollte. Eine Art von Rationierung betrieb. Wirklich nicht.

Während Klee in Inoue eindrang, hätte er gerne gesagt, dass er sie liebe. Aber konnte er das ernsthaft sagen? Bereits hier und jetzt, nachdem sie einander gerade erst kennengelernt hatten? Andererseits war er ihr in einer Weise nahe, dass näher eben gar nicht ging, zumindest körperlich. Daneben meinte er aber ebenso eine Verbundenheit zu spüren, die weit über dieses Körperliche hinausging. Diese schöne und eigentümliche und auch eigentümlich schöne Frau schien ihm vertraut. So wie man sagt, man kenne jemanden aus einem früheren Leben. Was freilich nicht automatisch etwas Gutes bedeuten muss. Es gibt Leute, denen man möglicherweise in drei, vier Leben begegnet ist, sich aber denkt, einmal hätte völlig gereicht. Oder besser gar nicht.

Anders im Falle von Inoue, von der Klee meinte, sie bereits früher einmal geliebt zu haben, zwar auf eine verzweifelte Weise, aber tief und ernst und bedingungslos, und dass er letztlich noch im Scheitern dieser Liebe glücklich gewesen war. Glücklich darüber, dass er mit dieser Frau hatte unglücklich sein dürfen. Nicht, dass Klee ernsthaft an so etwas wie ein früheres Leben glaubte, dennoch war das Gefühl des Vertrautseins auf eine spukhafte Weise vorhanden, als er da in ihr war und ihr dabei ins Gesicht sah, in ihre braunen, von einer späten Sonne gefleckten Augen und sich also dachte, nicht zum ersten Mal in diese Augen zu schauen.

Und dann kam er heftig und stark. Und sie nahm es als ein Kompliment, dass er so kam, wie er kam. Gleich darauf schob sie ihre Hand zwischen ihrer beider nassen Unterleiber, um sich ans eigene Geschlecht zu greifen und sich, während er noch in ihr war, ebenfalls zu einem Höhepunkt zu verhelfen. Ohne Vorwurf, einfach pragmatisch. Eine Lösung herstellend, bei der es keine Verlierer gab. Eine mathematische Lösung.

Als sie dann nebeneinanderlagen und Inoues Kopf wie ein herangespülter großer, glatter, perlender Stein in Klees Arm ruhte, da sagte sie: »Bei dem Haus für dein Hotel können wir mit dem Preis runtergehen. Die Besitzerin und ihr Sohn sind gierige Idioten, die rasch an viel Geld kommen wollen. Man kann ihnen sicherlich klarmachen, dass, wenn es *rasch* gehen soll, sie beim *viel* ein wenig einlenken müssen.«

»Du bist mir nichts schuldig«, sagte Klee.

»Na, das hoffe ich sehr. Eher umgekehrt.«

»Was kann ich für dich tun?«, fragte Klee mit einem Lächeln.

»Mich beteiligen.«

»Am Hotel?«

»Am Hotel. An der Finanzierung, an der Umgestaltung, an der Führung. Am Kochen wie am Saubermachen. Mir gefällt die Vorstellung, aus diesem Haus ein anderes Haus zu machen. Aus dem Zahnarzthaus ein Hotelhaus. Eine großartige Herberge.«

»Und was, wenn wir uns darüber, was großartig ist, nicht einig werden?«, fragte Klee.

»Dann müssen wir halt ein wenig streiten. Aber so streiten, dass in der Summe jeder recht behält.«

»Meinst du eine Quotenlösung im Rechthaben?«

»Willst du kneifen?«, fragte sie zurück.

»Nein, gar nicht«, antwortete Klee. »Eher bin ich begeistert von deiner Idee. Streit hin oder her. Und es stimmt, man kann einen Streit auch so führen, dass es am Ende keine Toten gibt. Ich hoffe nur, dass du später nicht bereust, Hals über Kopf von der Maklerin zur Hotelière geworden zu sein.«

»Na ja«, sagte sie, »ich gebe ja nicht gerade meinen Traumberuf auf.«

»Aber am Namen ist nicht zu rütteln«, benannte Klee seine vorerst einzige Bedingung.

»*Zur kleinen Nacht*«, bestätigte Inoue.

Und dann schliefen sie gemeinsam ein, im Schutze einer Nacht, die – weit fortgeschritten – auch nicht mehr sehr groß war.

Klee wachte etwas früher auf. Genau genommen wachte er ziemlich zeitig auf. Er hatte schon lange nicht mehr die sechste oder gar siebente Stunde des Tages anders als ein bereits erwachter Mensch erlebt.

Allerdings war er liegetechnisch im Schlaf etwas abseits geraten, an den Rand des Bettes. Halb ragte sein Kopf über den Abgrund, sodass er, im Erwachen begriffen, auf den hellgrauen Teppichboden sah, der im ersten Moment sehr viel tiefer gelegen wirkte, als es der Fall war. Darum ja auch das Wort *Abgrund*.

Klee schob sich von diesem Abgrund weg, drehte sich auf den Rücken, sodann auf seine linke Seite und kam knapp vor Inoues Körper zum Halten. Er beugte sich über sie, betrachtete ihre geschlossenen Lider, die leichte Vibration ihrer Nasenflügel – wie Segel in einer feinen Brise –, ihre ungemein präzise ins Gesicht gezeichneten großen Lippen. Und dazu die Narbe.

Klee hob vorsichtig seine rechte Hand und fuhr mit der Kuppe seines gestreckten Zeigefingers entlang der beiden gebogenen Linien: der einen aufwärtsführenden und der anderen nach unten zeigenden. Er berührte sie nicht richtig, sein Finger verblieb einen guten Zentimeter über Inoues Haut. Aber es war wohl wie mit diesen Katzen, die es spüren, gestreichelt zu werden, auch wenn man bloß knapp über ihren Rücken gleitet, ohne tatsächlich übers Fell zu streifen.

Inoue schlug ihre Augen auf. Klee wollte seinen Finger zurückziehen, doch etwas hielt ihn zurück. Als schwebte sein Finger über einem Magneten.

Erst als Inoues Lippen leicht auseinandergingen, kam der Finger frei.

»Stört dich meine Narbe?«, fragte Inoue.

»Nein, im Gegenteil.«

»Du bist aber keiner von denen, die auf Missbildungen stehen, oder?«

»Ich bitte dich!«, sagte Klee und schüttelte den Kopf, verzichtete jedoch darauf, von seinem ersten Eindruck zu sprechen, nämlich diese Narbe als eine zarte Signatur empfunden und dabei sogar an den Begriff einer Ziernarbe gedacht zu haben. Stattdessen küsste er Inoue auf die zwei auseinanderdriftenden Bögen, um sein »Ich bitte dich!« auf eindeutige Weise zu unterstreichen.

Anschließend wagte er es nun aber doch, Inoue danach zu fragen, wie diese Narbe in ihr Gesicht gekommen war.

»Im Waisenheim«, sagte sie, »als ich so etwa vier war. Wir haben im Garten gespielt. Ich weiß überhaupt nicht, wie wir an dieses Schwert gelangt sind. Und es besitzt ja keine geringe Ironie, dass ich, die ich über eine mysteriöse Geburt in dieses Land geraten bin, eine solche *japanische* Wunde ausgerechnet von einem Samuraischwert davongetragen habe. Ein Unfall. Eine Waffe aus einem unversperrten Schrank. Eine Unachtsamkeit Erwachsener. Eine Ungeschicklichkeit von Kindern. Und mich hat's erwischt. Nicht mit Absicht. Nicht, weil mein Gesicht das der Fremden war. Und doch ist es eine ewige Spur in meinem Gesicht.«

»Ich mag diese Spur«, sagte Klee, »so schlimm das für dich gewesen sein muss.«

»Du, ich war als Kind sehr stolz darauf. Weil es ja von einem

Schwert stammte, noch dazu einem alten. Wäre die Verletzung von irgendeinem dummen Kinderspielzeug gewesen oder beim Stolpern durch eine Glasscheibe geschehen, dann hätte ich mich genieren müssen. Aber ein Schwert! Diese Narbe ist das Japanische in meinem Gesicht. – Jetzt weißt du's.«

Es machte Klee glücklich, es zu wissen.

Und dann standen sie auf. Und praktisch im Aufstehen ging es los. Bei ihrem ersten gemeinsamen Frühstück entwickelten sie auf einem bloßen A4-Blatt einen Plan für das *Hotel zur kleinen Nacht*. Ganz in der Art, wie zwei Magnaten auf einer Serviette den Vertrag für eine Fusion festhalten oder zwei Künstler sich auf einem Tischtuch gegenseitig porträtieren. Sie skizzierten die Lage der Räume, die Gestalt des Entrees, die mögliche Form des Bartresens, die Gestaltung des Gartens und notierten die Art jenes Frühstücks, das sich mindestens auf Weltklasseniveau bewegen sollte, aber auf einem noch viel höheren Niveau, auf dem Niveau einer magischen kleinen Nacht, deren Ausläufer auch den Morgen bestimmten.

Am Nachmittag desselben Tages machte Inoue der Hausbesitzerin und ihrem geldgierigen Sohn in eindrücklicher Weise klar, dass sie mit dem Preis würden heruntergehen müssen, wenn sie dieses Haus sofort zu Geld machen und nicht noch eine Ewigkeit darauf warten wollten. Offensichtlich befand sich der Sohn in einigen finanziellen Schwierigkeiten, Schwierigkeiten, die von einer Bank – allerdings keiner Bank im üblichen Sinn – diktiert wurden, und drängte darum seine Mutter. Die Mutter gab nach, der Preis fiel etwas, der Vertrag wurde aufgesetzt, Klee unterzeichnete, Inoue kündigte ihren Job.

Die *Kleine Nacht* entstand.

Zweiter Faden

5

Zauber

Eineinhalb Jahre später konnte man sagen, die beiden hatten es geschafft. Sie waren noch immer ein Paar, und sie führten ein Hotel genau in dem Haus, in dem sie sich das erste Mal begegnet waren. Ein Hotel, dessen Name in geschwungenen, bläulich leuchtenden Röhren über dem Eingang stand und das in der Nacht, die in dieser lichtarmen Umgebung noch mehrheitlich zum Schwarz neigte, einen unterseeischen Eindruck machte. Wie bei diesen Tiefseefischen mit ihren laternenartigen Ködern über dem Maul, mit denen sie ihre Beute anlocken.

Und zwar die Weibchen, die damit wohl auch ihre Männchen anziehen, wobei es schön ist zu wissen, dass bei einigen Gattungen die großen Weibchen und die im Vergleich dazu sehr kleinen Männchen zusammenwachsen und sich fortan den Blutkreislauf teilen, was im Falle eines Hotels wohl auf den Begriff des Stamm- oder gar Dauergastes hinauslaufen würde.

Freilich reisten die meisten Gäste des *Hotels zur kleinen Nacht* dann an, wenn es noch hell war. Und das war es ja lange, jetzt im Sommer, der selbst hier in der höheren Lage dem Land eine Hitze bescherte, die Tag für Tag in den Wetternachrichten ausführlich behandelte wurde. Und nicht nur dort. Wieder einmal stöhnte das Land. Doch es war auch eine Lust in diesem Stöhnen, eine wilde Begeisterung für das Katastrophische des Wetters. Weniges schweißte die Menschen so sehr zusammen wie *irres* Wetter.

Aber keine Frage, wenn es in diesen Wochen halbwegs erträgliche Orte gab, so zählte die Gegend, in der Sanders und Klees Hotel lag, zu den privilegierteren. Zumindest in den Nächten, wenn der Wald die Pause von der Sonne nutzte, um seine Winterreserven an die Luft abzugeben, und auf der Terrasse kühlere Luftströme unter die Hemden und Blusen der Hotelgäste fuhren.

Es waren jedoch nicht die Hitzerekorde, die diesen Sommer für ewig ins Bewusstsein der Menschheit brennen würden. Es geschah etwas weit Fundamentaleres. Etwas, was so viele erhofft und ebenso viele für unmöglich gehalten hatten. Und es passierte ausgerechnet an einem der Hänge dieser Ortschaft, in der Sander und Klee ihr kleines Hotel führten. Nicht unmittelbar gegenüber des Hotels, das im Nordwesten lag, sondern ein Stück weiter südlich. Aber man konnte natürlich sagen, das Hotel war mittendrin in jenem Ereignis, das wie kaum ein anderes die Fantasie der Menschen beflügeln sollte.

Die *Kleine Nacht* war ausgebucht. Fünf Paare in den fünf so unterschiedlichen Zimmern, von denen zwei Klee eingerichtet hatte und zwei Sander, während das fünfte eine Symbiose ihrer Einrichtungsstile bildete und von einem Kunden auf einer Bewertungsseite als »Meisterstück der Einheit« bezeichnet worden war. Was politisch zu verstehen natürlich ein Missverständnis darstellte. Aber wahrscheinlich ein gewolltes. Die Pension als Hotel hatte in den vergangenen Monaten Bestnoten erhalten und war zu einem Geheimtipp unter Leuten geworden, die sich nicht nur nach der Ruhe und Einfachheit der Gegend sehnten, sondern vor allem nach etwas, was man vielleicht in Anlehnung an die kleine Nacht als eine kleine Perfektion bezeichnen konnte. Nicht der Luxus von vier oder fünf Sternen, sondern eher die Gediegenheit eines Planetensystems. Woraus ein Gewölbe resultierte, in dem vor lauter Gestirn nicht alles verglühte.

Ein Kinderhotel war es nicht. Dafür war es einfach nicht konzipiert. Kinder wurden zwar so wenig ausgeschlossen wie Haustiere, und es bestand durchaus die Möglichkeit, zusätzliche Betten aufzustellen, aber es waren eben fast immer nur Paare, die dieses Hotel aufsuchten. Kinder- und tierlose Paare oder aber welche, die mehr als froh waren, mal ohne ihren Nachwuchs im Urlaub zu sein, oder froh waren, dass der Nachwuchs groß genug war, woandershin zu fahren, und das waren dann in der Regel die, die sofort die Augen verdrehten, wenn auch nur von fern die markanten Klänge marodierender Kindergartengruppen erklangen.

Eine Ausnahme machten natürlich die Zwillinge, die ja weiterhin jedes zweite Wochenende bei ihrer Mutter verbrachten, was nun aber bedeutete, in einem Haus in unmittelbarer Nachbarschaft des Hotels zu wohnen, das Sander und Klee angemietet hatten, weil in der *Kleinen Nacht* dafür kein Platz mehr gewesen wäre, auch nicht für ein Kinderzimmer.

Besonders stolz war Klee auf seine Hotelbar, die tatsächlich den Namen *Riff* erhalten hatte. Um dem Namen gerecht zu werden, befand sich auf der Wandseite der fast unmerkbar geschwungenen Theke aus leicht geweißtem Beton – die auf Kniehöhe dank sanfter Einbuchtungen den Füßen Raum schuf – ein ins Mauerwerk eingefügtes, nicht sehr hohes, aber die gesamte Länge ausfüllendes Meerwasseraquarium. Darunter und darüber standen auf gläsernen Regalen die diversen Flaschen. Im Aquarium herrschte die für ein Korallenriff typische starke Bewegung des Wassers, die neben der Farbkraft der Fische, Korallen und Anemonen sowie der systembedingten großen Helligkeit im Becken den Eindruck noch verstärkte, hier werde Natur imitiert. Wobei man all diese schwimmenden oder in der Wasserbewegung tanzenden Tiere wie ein dynamisches Äquivalent zu den Whiskyflaschen und Cognacflaschen, den Likören und Bränden, zu den Farben der Behältnisse, zu den Etiketten oder Inhalten empfinden konnte.

Die Pflege dieses Meerwasseraquariums war eine Aufgabe für sich, aber Klee liebte sein »Meer« und sah es keineswegs als Dekoration seiner Bar, sondern als dessen Zentrum. Als den stark belebten Teil. Zu dem sich dann der ebenfalls lebende Teil konsumierender Gäste gesellte, die hier allerdings keine Cocktails serviert bekamen, sondern die jeweiligen Destillate allein in ihrer Reinform genießen durften.

»Hier wird nicht gepanscht!«, erklärte Klee, sosehr man hätte argumentieren können, dass ja gerade Korallen eine Symbiose mit einzelligen Algen bilden. Aber offensichtlich hielt Klee Cocktails für kein gutes Beispiel, Symbiosen nachzustellen. Er machte da nur wenige Ausnahmen, etwa bei Campari, den er mit Sodawasser, oder beim ungekühlten Ouzo, den er mit Leitungswasser etwas *auflockerte*, wie er das nannte, um nicht von strecken oder verdünnen zu sprechen. Oder beim Gin, den er mit Tonicwater vermengte, allerdings Tonic allein der Marke *Fever Tree*, und die Sache sodann mit Zitronengras abschloss. Dieser in Eiswürfel gebettete Longdrink war Klees Zugeständnis an den Sommer und – jetzt kommt ein Klischee – an die Damen. Ansonsten hielt er sich an einen seiner Lieblingssprüche, den er vor allem beim Whisky mit der größten Strenge verfolgte: *kein Wasser, kein Eis, kein Knabberzeug, kein Scheiß*. Und Knabberzeug war sicherlich das Letzte, was Klee seinen Gästen auf die Theke gestellt hätte. Obgleich man auch in diesem Fall die Meinung vertreten konnte, gerade das kleinflächige Zerbeißen nährstoffreichen Salzgebäcks passe sehr gut zu einem Korallenriff. Aber da war niemand, der das aussprach. Zu schön war diese Bar. Und Klee war ja keinesfalls ein unfreundlicher Betreuer seiner Hotelgäste. Sondern ein Verfechter puristischer Gepflogenheiten an seiner Bar. Gepflogenheiten, mit denen man gut leben konnte. Und die nun mal zu einem Hotel gehörten, das im Zuge jenes weltbewegenden Ereignisses, das im Sommer desselben Jahres eintrat, einige Bekanntheit erlangen sollte. Wie sämtliche Dinge, die die Gegend betrafen, in der *es* geschah.

Das Ereignis würde als *Die große Rückkehr* beziehungsweise *The Big Return* so gut wie jedem Menschen zum Begriff werden. Zwei Namen, die sich gegen die katastrophenlastige Bezeichnung *The Other Nine-Eleven* durchsetzten (da es in der Nacht vom 10. auf den 11. September geschah, in der zweiten Nachthälfte, also bereits am 11., in der Nacht vom letzten Tag der Sommerferien auf den ersten Schultag).

So, wie die Bar und das Aquarium ganz allein Klees Sache waren, war der Garten Sanders Revier. Und damit auch der Pool, sodass also nicht nur von »Klees Meer« die Rede war, sondern ebenso von »Sanders Meer«. Das hatte umso mehr seine Berechtigung, als der geheizte Pool mit Salzwasser gefüllt war. Und damit den Vorteil besaß, dass sich eine Zugabe von Chlor erübrigte, Chlor, das sich automatisch aus dem Salz löste. »Sanders Meer« eignete sich nicht nur, das Hautbild der Hotelgäste günstig zu beeinflussen, sondern förderte zusätzlich das Bild glücklicher Riffbewohner. Die also untertags im Meer schwammen und abends an der Bar.

Natürlich bedeutete eine solche Hotelanlage mit ihren fünf Zimmern, den beiden *Meeren*, einer Sauna im Keller und dem ökonomisch unabdingbaren Umstand einer ständigen Auslastung – anders hätte sich die *Kleine Nacht* auch gar nicht getragen – eine Menge Arbeit. Dazu die geräumige Lounge, in der die großformatigen Bilder eines Künstlers aus der Umgebung hingen, der die Landschaft als große Flecken dicker Farbe wiedergab. Eine kleine Küche, in der Morgen für Morgen Inoue und Paul gemeinsam die Frühstücke bereiteten, vor allem die bald hochgelobten Rühreikreationen, die sie jedoch als Eierspeisen führten. Und das, obwohl ja keiner von ihnen Österreicher war. Aber sie erklärten, es handle sich einfach um den besseren Namen (wobei sie nicht ahnen konnten, wie sehr sie beide letztlich ins Österreichische geraten sollten).

Natürlich konnten die Gäste auch weiche Eier oder Eier im Glas bestellen, aber es waren doch die verquirlten und herausgebratenen und mit diversen Gemüsen und Kräutern und Käsen und Pilzen vermengten und mit Soßen und Salaten servierten Eierspeisen, die die Gäste zu bestellen pflegten. Wie es im Übrigen keine Form von Frühstücksbüfett gab – diese Unkultur der Aufreihung, des Protzens, des Austrocknens und Verhärtens, wie so viele Hotels sie betrieben –, sondern sämtliche Teile des Frühstücks folgten der Bestellung des jeweiligen Gastes. Frühstücke, die auch bis in die Mittagszeit dauern durften.

Es galt hier, dass die Zeit heilig sei. Und die Gäste zu keinerlei Eile getrieben werden durften.

Doch um alles in einem einwandfreien Zustand zu erhalten – all die vielen kleinen Landschaften und Meere –, brauchte es eine weitere Arbeitskraft. Jemand, der die Reinigung der Zimmer und der vielen Wäsche übernahm. Sander und Klee engagierten eine junge Frau, die aus Rumänien stammte, aber schon seit mehreren Jahren als Putzkraft in Deutschland lebte und arbeitete. Putzkraft war nicht das, was sie gelernt hatte. Sie sagte aber nicht, was es gewesen war. Sie sprach überhaupt nicht über früher. *Früher* war nicht mal eine Wand, hinter die man hätte schauen können.

Sie nannte sich Klara. Das war nicht der Name ihrer Geburt und Kindheit und Jugend, das war der Name ihres *Später*. Nur der Nachname war ihr geblieben, Popa, die Hintergrundstrahlung ihres *Früher*. Klara Popa, sechsundzwanzigjährig. Aber niemand im Hotel sprach sie mit ihrem Nachnamen an, wie auch umgekehrt Klara ihre Dienstgeber mit den Vornamen anredete und man ein gegenseitiges Du praktizierte.

Klara, die sich bestens mit Sanders Zwillingen verstand. Die natürlich ebenfalls Vornamen besaßen, obgleich Klee diese erst spät erfahren hatte und seinerseits oft von »den Zwillingen« sprach und weniger von Uwe und Iris.

Auch Klara bewohnte ein Zimmer in dem Haus, das Klee und Sander angemietet hatten. Sie hatte ihre viel zu teure und winzig kleine Wohnung unten in der Stadt aufgegeben und war – wie sie selbst sagte – hoch auf den Berg gezogen, hoch auf knapp fünfhundert Meter.

Zum angemieteten Haus gehörten zwei Ebenen eines kleinen Gartenstücks. Auf der oberen stand ein Glashaus, das ehemalige Atelier des Malers, der Klee die Bilder für seine Lounge lieh. Sobald es halbwegs warm geworden war, waren die Zwillinge an ihren Besuchswochenenden in dieses helle, gläserne, auf eine schmale steinerne Umrandung aufgesetzte Häuschen gezogen, hatten es nach ihrem Willen und Geschmack eingerichtet und pflegten dort auch zu schlafen.

Sie bestanden darauf, dass an den späten Abenden der Freitage und Samstage sich Klara zu ihnen legte und ihnen vorlas. Nicht gerade Kindergeschichten.

Man kann vielleicht sagen, dass, sowenig Inoue Sander die

Literaturbegeisterung ihrer japanischen Adoptiveltern übernommen hatte, Adoptiveltern, denen die Zwillinge ja nie begegnet waren, es dennoch so schien, als wäre Uwe und Iris ein Erbe übertragen worden. Wozu es ja nicht immer einer Blutsverwandtschaft bedarf. Wie man ja auch nicht unbedingt mit seinem Hund blutsverwandt sein muss, um ihm ähnlich zu sehen.

Jedenfalls verlangten die Zwillinge, dass ihnen Klara aus sehr dicken Büchern vorlas. Es war tatsächlich die Dicke, die sie faszinierte. Und sicher auch, dass sich auf diese Weise das Vorlesen tief in die Nacht zog. Dicke Bücher benötigen mehr Zeit, als rasch mal ein paar Minuten ein Gutenachtritual zu vollziehen. Darum auch hatten Uwe und Iris für den Sommer aus der Stadtbücherei zwei Bücher mitgenommen, die diese Forderung nach »Dicke« erfüllten: eine gebundene Ausgabe von Thomas Manns *Der Zauberberg* sowie Cornelia Funkes *Tintenherz*. Vor die Wahl gestellt, womit zu beginnen sei, meinte Klara, dass sich der erste Band der *Tintenwelt*-Trilogie doch sehr viel besser eignen würde, zwei Zehnjährigen vorgelesen zu werden. Nicht, dass sie es exakt so ausdrückte, aber die beiden bestanden plötzlich darauf, er müsse der *Zauberberg* sein.

»Da geht es nicht um Zauberei«, erklärte Klara, »das ist ein schwieriges Buch, und es ist für Erwachsene.«

»Super!«, sagten die beiden unisono.

Auch wenn sie darauf achteten, nicht wie eine Kopie des jeweils anderen daherzukommen, es also vermieden, ähnliche oder gar dieselbe Kleidung zu tragen, und bei aller Verwandtschaft der Gesichtszüge optisch auseinanderdrifteten, Uwe mehr brav, Iris mehr verrückt, beide blond, er aber sorgsam frisiert und kurzhaarig, sie eher zerrupft und punkig, so geschah es dennoch nicht selten, dass die beiden quasi aus einem Mund sprachen. Es schien ihnen nicht wirklich aufzufallen. Nur die anderen fanden es süß oder krank oder interessant. Die Zwillinge selbst lebten in der Parallelität mancher Gedanken und mancher Aussagen wie in einer guten Hülle. Einem gemeinsamen Panzer. Trotz unterschiedlicher Frisuren.

Und so waren die zwei bei der Wahl des Buches im gleichen Moment auf die gleiche Idee gekommen, nämlich es super zu finden, ein Buch zu wählen, von dem ihnen abgeraten wurde.

Es bestand nun keine geringe Mühe für Klara, sich auf den *Zauberberg*, auf die Passagen, die sie jeweils in den Nächten laut las, vorzubereiten, so als hätte sie untertags nichts zu tun. Aber sie ahnte ja, dass in dem Buch vieles nur schwer Verständliche vorkommen würde und darum die Zwillinge Fragen stellen würden, die sie, Klara, auch beantworten musste. Stimmt, dafür hätte man noch während des Vorlesens das Internet und Wikipedia bemühen können, aber Klara war eben doch entschlossen, einiges an Wissen bereits in die Leseabende einzubringen, um nicht ständig das Buch weglegen und nach ihrem Smartphone greifen zu müssen. Allein die Frage nach der Tuberkulose bedenkend, die das Kranksein der Sanatoriumspatienten im Roman bestimmt. Überhaupt die Zeit, in der das alles spielt. Wo genau liegt Davos? Was ist eine Plaidrolle? Was bedeutet echauffiert? Wie konnte jemand im Gesicht genau das sein, nämlich »auffallend echauffiert«? Und vor allem: Was war eine Seelenzergliederung? Es sollte das Lieblingswort von Uwe und Iris werden. Seelenzergliederung! Ein Wort, das ihnen Klara als eine Art von Höhlenforschung beschrieb, bei der die Zergliederung sich daraus ergab, beim Hinabsteigen in die Seele des Menschen verschiedene, genau bemessene Zonen hinter sich zu lassen und in die tiefsten Tiefen vorzustoßen.

Was aber ist eine Seele?

Diese Leseabende stellten sich bald täglich ein, nachdem die Sommerferien begonnen hatten und es Uwe und Iris' Wunsch war, nach einer ersten in Frankreich verbrachten Woche mit Vater und Stiefmutter den Rest ihrer schulfreien Zeit bei ihrer Mutter zu bleiben. Beziehungsweise in dem Glashaus zu wohnen, in dessen Innerem weiße, ein- und ausziehbare Leinenbehänge, die noch von dem Maler stammten, das Licht dämpften. Auch half der Schatten einer Buche mit ihrer dichten Baumkrone in diesem heißen Sommer. In Anlehnung an den Namen des Hotels und wegen ihres Vorhabens, die Nächte möglichst auszuweiten, sich also solange es irgendwie ging von Klara vorlesen zu lassen, nannten die Kinder ihr Glashaus *Hotel zur sehr kleinen Nacht*.

Man kann nicht sagen, dass Inoue davon begeistert war. Ihre Kinder waren ihr wie eh und je recht fern. Deren Entscheidung, bei ihr, der Mutter, sein zu wollen, irritierte sie. Umso mehr, als es auch bedeutete, dass Klara einen Job zu erfüllen hatte, für den sie nicht bezahlt wurde. Sie war als Putzkraft, nicht als Vorleserin engagiert worden.

»Du musst das nicht machen, wirklich nicht«, sagte Inoue.

»Das ist in Ordnung«, antwortete Klara. »Wenn's nur nicht ausgerechnet dieses Buch wäre.«

»Die sollen sich nicht so anstellen«, meinte Inoue, »und das andere nehmen.«

Aber sie stellten sich so an. Und Klara akzeptierte es. Sie selbst würde später sagen, es war der schönste Sommer ihres Lebens.

Dabei war einiges zu tun und wenig Zeit, all die Dinge zu genießen, deretwegen Gäste an einen solchen Ort kamen. Und doch meinte Klara gerade im Zusammensein mit den Kindern und dem merkwürdigen Eintauchen in die Welt dieses Romans als einer ausdauernd vorzutragenden Gutenachtlektüre sich ihrerseits auf einem Zauberberg zu befinden. Die von Krankheit, Philosophie und der Todesnähe geprägte Sanatoriumswelt in den Schweizer Alpen, dieser Sommer nahe Davos, während sie selbst den Sommer Süddeutschlands durchlebte, Tag für Tag Bettwäsche und Handtücher und Geschirrtücher und Tischtücher einsammelnd, waschend, auftragend, die Bäder reinigend, die Böden saugend, hinter dem Staub her, im Garten mithelfend, eine Hitze am Körper, die wie Fieber war. Sie meinte in diesen Wochen das Leben in einer Weise zu spüren, die neu war. Intensiv und neu. Aber schließlich geschah es in dieser Zeit auch, dass sie eine körperliche Liebe erfuhr, die ihr bislang fremd gewesen war. Sie hätte nicht einmal sagen können, ob damit eine geistige Liebe einherging. Ob sie Inoue liebte. Aber sie begehrte sie, und sie wurde von ihr begehrt. Dabei war keine der beiden Frauen lesbisch in dem Sinne, sich je nach anderen Frauen gesehnt zu haben. Aber es passierte. Es passierte wie all die Dinge, die höchstwahrscheinlich in irgendeinem präzisen Plan aufgezeichnet sind und die auch dann geschehen, wenn kein Gott sich um ihre Einhaltung kümmert. Sie geschehen wie Zusammenstöße auf Autobahnen und mit den richtigen Zahlen ausgefüllte Lottoscheine. Pläne, die das Schreckliche mit derselben gedankenlosen Logik bewirken wie das Schöne (und ein Beispiel für eine durchaus absichtsvolle höhere Intervention wäre dann wohl der mit den richtigen Zahlen ausgefüllte Lottoschein, der im Zuge absurder Verwicklungen verschwindet, bevor er abgegeben werden kann).

Inoues und Klaras Liebe war ein *guter* Zusammenstoß, und da war niemand, der diesen Zusammenstoß verunmöglicht hätte. Auch Klee nicht, so wenig es ihm gefiel, was da zwischen seiner Partnerin – seiner Partnerin im Leben wie in der Arbeit – und seiner Angestellten geschah. Aber auch er schien begriffen zu haben, wie hier ein Plan in Erfüllung ging, gegen den man weder drohen noch anschreien, noch dessen Vernunft infrage stellen konnte. Es war darum keine Eifersucht, die ihn erfüllte, sondern Bitterkeit. Er fühlte sich nicht beleidigt, sondern verzweifelt.

Nicht, dass er es gleich von Beginn an bemerkt hätte. Es fing in der Woche an, da die Zwillinge ihr *Hotel zur sehr kleinen Nacht* bezogen hatten. Also Anfang August, in der Zeit, in der auch Thomas Manns *Zauberberg* beginnt, der Moment, da Hans Castorp Davos erreicht. Eine Übereinstimmung, die Uwe und Iris mit Freude hervorhoben.

Den Tag über verbrachten die Zwillinge im nahe gelegenen Wald, um Äste zusammenzutragen, sie schnitzend zu bearbeiten und schließlich in den Garten zu verfrachten, wo sie seitlich des Glashauses eine schamanisch anmutende Konstruktion errichteten. Auf Nachfrage Klees erklärten sie, das kegelförmige Gebilde diene einem Totenkult. Die Zwillinge hatten hinter dem Glashaus eine tote Maus gefunden, sich Arbeitshandschuhe angezogen, ein tiefes Loch gegraben und das verstorbene Tier darin beerdigt. Sie befanden sich beide gerade in einer Phase, in der ihr Aufgeklärtsein – die Notwendigkeit, Handschuhe zu tragen, wenn man sich mit einem Leichnam beschäftigte – gepaart war mit dem spirituellen Bedürfnis, etwas jüngst Gestorbenes angemessen zu verabschieden. Den Weg ins Jenseits symbolisch zu ebnen. Weshalb die Zwillinge also nicht nur die hygienisch sinnvolle Maßnahme der Beerdigung vornahmen, sondern mittels zahlreicher Äste, Moose und Blüten, ergänzt um Rinde und Gräser und kleine Stückchen von Perlmutt, und nicht zuletzt dank einiger gefalteter und bemalter Papiere eine Art Mausoleum errichteten. Wobei sie gerne glauben wollten, dass sich der Begriff des Mausoleums irgendwie vom Wort Maus ableitete (und es unterließen, im Internet nachzusehen, zu schön war die Vorstellung, es könnte stimmen).

Übrigens hatten sie der toten Maus ein Stück Nuss unter die Zunge gelegt, eine Nuss, die sie zuvor mit Goldfarbe – Farbe aus der Hinterlassenschaft des einst hier arbeitenden Künstlers – übermalt hatten. Am Vorabend hatten sie von Klara etwas über den sogenannten Charonspfennig erfahren, jene in der Antike den Toten beigegebene Münze, die der Fährmann Charon bei der Überfahrt in den Hades als Obolus erhält. Die Zwillinge folgerten, dass es nicht schaden könne, der toten Maus nicht nur ein Lebensmittel mitzugeben, sondern dessen Wert mittels Vergoldung zu steigern. Wer oder was auch immer im Falle einer Maus sich als Fährmann erweisen würde. Die Nuss war für die Reise, während eben das Mausoleum dem Andenken diente.

Auf den ziemlich kleinkarierten Hinweis Klees, sie hätten die Maus doch persönlich gar nicht gekannt, entgegneten sie, es könne kein Zufall sein, dass das Tier ausgerechnet an dieser Stelle, in unmittelbarer Nähe des Glashauses, gestorben sei. Auch eine Maus verdiene jemanden, der an sie denke.

Das musste Klee einsehen und war im Übrigen dankbar, dass die Kinder Handschuhe trugen. Der Leiche wegen. Und nicht zuletzt wegen der Äste eines Dornbusches, die sie in die spitz zulaufende Konstruktion ihres Mausoleums eingebaut hatten. Eines Mausoleums, das dann im Zuge eines heftigen Gewitters, das in der Folgewoche die Sommerhitze weniger unterbrach, als sie stark anfeuchtete, zerstört wurde. Weshalb die Zwillinge an der gleichen Stelle einen kleinen bemalten und geritzten Stein in die Erde drückten. Für sie war das nicht nur ein ersatzweiser Grabstein im Andenken an die Maus, sondern er fungierte ebenso als Erinnerungsstück für das von ihnen geschaffene Grabmal. Auch wenn sie natürlich von alledem Handyfotos gemacht hatten: von der toten Maus, dem Mausoleum, den Auswirkungen des Gewitters und dem in die Erde gefügten verzierten Stein. Und von der kleinen Zeremonie, bei der sie einen Kreis aus Teelichtern entzündet hatten. Fotografiert mit genau jenem Handy, mit dem Wochen später die ersten Bilder jenes Ereignisses geschossen wurden, das als *Die große Rückkehr* die gesamte Menschheit in ihren Bann schlagen sollte.

An dem Tag, als die Kinder die Maus zu Grabe getragen hatten, kam Klara recht spät, um ihnen ihre Gutenachtgeschichte vorzulesen. Sie war noch mit dem Bügeln von Bettwäsche beschäftigt gewesen und hatte im Anschluss daran den Frühstücksraum für den nächsten Morgen hergerichtet. Als sie das auf einer kleinen Anhöhe des Gartens gelegene Glashaus erreichte, war von der untergegangenen Sonne ein letzter Rest von Rot auf den Dingen und in den Gesichtern der Kinder. Wie auch auf der seitlich aufragenden zeltartigen Konstruktion, über deren Bedeutung Uwe und Iris sie begeistert aufklärten.

»Wollen wir für die Maus beten?«, fragten die zwei, die bei ihrem Vater und ihrer Stiefmutter Atheismus lernten. Und erstaunlicherweise auch von ihrer leiblichen Mutter wenig Religiöses erfuhren.

Anders Klara. Sie war gerne bereit, ein Gebet zu sprechen, und glaubte ja durchaus an ein Jenseits. Allerdings bezweifelte sie, dass Mäuse dorthin gelangten. So wie sie bezweifelte, dass je ein Gebet geholfen hatte. Aber sie tat den Kindern den Gefallen.

»Möge die Maus heimkehren ins Glück, frei vom Kampf des Lebens!«

Dann holte Klara den *Zauberberg,* schlug die Seite auf, wo man am Vorabend nach mehreren Zugaben endlich Schluss gemacht hatte, und begann damit, weiter die Geschichte eines

Mannes vorzutragen, der in die Fänge eines Sanatoriums geraten war. Eigentlich eine Gruselgeschichte über die Eleganz des Krankseins.

Sie las fast bis Mitternacht, wobei immerhin die Kinder vor ihr eingeschlafen waren. Was sie nicht bemerkt und noch eine Weile weitergelesen hatte, um dann im praktisch nur noch halb blinden und schließlich auch halb stummen Vortrag gänzlich in den eigenen Schlaf zu geraten.

Ein Schlaf, aus dem sie eine halbe Stunde später von Inoue geweckt wurde, als diese sich soeben über sie beugte. Nicht um sie zu küssen, daran war nicht gedacht, natürlich nicht. Sondern um ihr zu sagen, sie könne jetzt endlich in ihr Zimmer gehen und sich in ihr Bett legen, morgen warte wieder ein harter Tag und man müsse …

Doch für einen Moment waren sich die Gesichter der beiden Frauen ganz nahe, zwei gleich große Körper, die soeben das erlebten, was so gut wie alles ausmacht: Anziehung.

Das klingt natürlich nach Ausrede. Aber die ganze Natur ist eine Ausrede. Und zwar eine gute.

Beide näherten sich. Dann zögerten beide. Doch das Zögern war wie ein kleines Katapult, das von der einen wie von der anderen Seite die Lippen zusammenführte. Und dort in der Mitte, im gerechten Dazwischen ihrer Begegnung, blieben sie viel zu lange, um noch irgendeinen Irrtum, irgendein Versehen behaupten zu können. Behaupten zu können, man sei in diesen Kuss hineingestolpert. Nein, die Lippen blieben zusammen. Ein Ereignis.

Ein Ereignis, das sie beide überraschte und beide erschreckte. So sehr, wie es sie in gleicher Weise danach verlangte, *nicht* aufzuhören.

»Einfach nicht nachdenken«, sagte Inoue, nachdem sie sich aus dem Kuss gelöst und sich erhoben hatte und nun ihre Hand Klara reichte, um ihr hochzuhelfen. Klara, die auch gar nicht nachdachte, sondern nach dieser Hand griff und so lange an ihr blieb, bis man das kleine Zimmer erreicht hatte, das Klaras Zimmer war und in dem ein Bett von mittlerer Größe stand. Kein Ehebett mit den Dimensionen möglicher Trennung und auch kein Einzelbett mit den Dimensionen kindhaften Alleinseins. Ein gutes Bett für zwei vereinte Körper.

Und das taten die Körper dann auch, sie vereinten sich.

6

Ohrfeige

Es war ungewöhnlich, aber es kam vor.

Es kam vor, dass ein Gast eins der Zimmer, die ja alle als Doppelzimmer konzipiert waren und in denen der Geist der Zweisamkeit herrschte, für sich allein buchte. Eine solche Möglichkeit sah das Angebot des Hotels vor, auch wenn es genau genommen für die Nebensaison gedacht war, dann, wenn manchmal Wanderfreunde und Wanderfreundinnen sich einquartierten, jedoch nicht in einem Bett schlafen wollten und jeder oder jede ein Zimmer für sich alleine nutzte.

Doch weder war der Mann, der Mitte August im Hotel ankam, ein Wanderfreund noch war er mit einer zweiten Person zusammen, die woanders ihr Zimmer hatte. Er war einfach ein einzelner Besucher, der rechtzeitig jene Lücke genutzt hatte, die sich aus dem Weggang von zwei dänischen Gästen und der Buchung dieses Zimmers durch ein in Köln lebendes Ehepaar für die letzte August- und die erste Septemberwoche ergeben hatte. Es war das Zimmer mit der Nummer drei, das der Gast also für jene Augustwoche gebucht hatte, in der auch Mariä Himmelfahrt lag. Die Fenster des Zimmers führten nach hinten auf den Garten, sodass man den Pool sehen konnte, die Bäume, die Beete, die frei stehende Pergola, und wenn man sich ein wenig streckte, konnte man hoch zum Glashaus der Sanderkinder schauen.

Es war eine etwas merkwürdige Sache in dieser Phase hochtechnisierter Kultur, dass, sobald der Name eines Menschen fiel, man daranging, ihn auszuforschen. Als wäre jeder sein eigener Geheimdienst. Googeln! Allein das Wort war schrecklich unangenehm, es klang nach einer perversen Penetration, nach einer Form des Bohrens, wie um Löcher in die zu recherchierenden Personen zu fräsen.

Klee war kein großer Freund dieser Art der Erkundung, aber als der Hotelier, der er war, gehörte es dazu, sich ein wenig auf den jeweiligen Gast vorzubereiten. Die Leute selbst waren ja in der Regel enttäuscht, wenn man nicht wusste, wer sie waren und was sie waren und worin ihre Vorlieben bestanden. Sie teilten es der Welt mit und empfanden es als Ignoranz, wenn die Welt sich blind gegen diese Offenbarung stellte.

Jedenfalls konnte auch Klee sich nicht ganz der Möglichkeit entziehen, auf eine moderate Weise ebenfalls ein paar Löcher zu bohren. Nicht nur die Nationalität und Wohnadresse seiner Gäste zu kennen und was die Leute arbeiteten oder worin sie der Menschheit auffielen oder wofür sie von der Menschheit Aufmerksamkeit erwarteten, sondern auch, ob der Gast anderswo Geld schuldig geblieben war oder sein Hotelzimmer als Ruine zurückgelassen hatte.

Bei dem Mann, den Klee an diesem Tag vom Bahnhof der unten am Fluss liegenden Stadt abholen sollte, handelte es sich um einen in Frankfurt lebenden ehemaligen Kriminalpolizisten namens Klemens Holl, der im Rang eines Polizeihauptkommissars für das Hessische Landeskriminalamt in Wiesbaden tätig gewesen war und der zwei Jahre zuvor in einen Skandal und damit in die Medien geraten war. Bei einem offiziellen Termin in Paris hatte er eine Abgeordnete der Front National geohrfeigt. Befragt nach dem Grund, hatte Holl erklärt, man könne sich doch gut vorstellen, dass die Dame etwas von sich gegeben habe, was eine solche Handlungsweise unbedingt rechtfertigen würde. Und nein, er pflege Frauen nicht zu schlagen. Aber die Bemerkung der sogenannten Abgeordneten sei eben von der Art gewesen, die mit einem bloßen Einspruch zu beantworten einfach zu schwach gewesen wäre. Das Einzige, was er, Holl, dazu sagen könne, sei, dass er im Falle eines Mannes vielleicht etwas heftiger ausgeholt hätte.

Es kam aber nie heraus, was die Dame von der Front National denn gesagt hatte. Sie erklärte es nicht, und Klemens Holl erklärte es ebenso wenig. Es blieb ein bizarres Geheimnis. Wie auch der Umstand, dass die Französin keine Strafanzeige stellte. Und zwar mit dem Argument, »dieser deutsche Polizist« sei nicht satisfaktionsfähig und eher ein Fall fürs Irrenhaus.

Gleich auf das Ereignis waren schwere Angriffe vor allem von Vertretern jener deutschen Partei erfolgt, die wie eine obszön anmutende Knospe aus der so erfolgreich sprießenden Pflanze der französischen Rechten herausgewachsen war (sosehr manche eher jenes nicht minder erfolgreiche Gewächs des österreichischen Rechtspopulismus für diesen »deutschen Auswuchs« verantwortlich machten). Natürlich wurde Holls Verhalten auch von seinen Vorgesetzten und dem zuständigen Minister aufs Schärfste verurteilt, »ganz gleich, was er sich dort in Paris habe anhören müssen«. Es erfolgte eine Suspendierung vom Dienst, die Holl seinerseits mit einer Kündigung beantwortete und sich vierundfünfzigjährig ins Privatleben zurückzog. Ein kleines Erbe seiner Mutter und der Umstand, keine Kinder oder sonstige Verpflichtungen zu haben, erleichterten diesen Schritt in eine Privatheit, über die aber nur wenig zu erfahren war. Was dieser Mann nun also anfing mit der im Zuge einer Ohrfeigengeschichte entstandenen vielen freien Zeit.

Schwer vorstellbar, dass Holl als einstiger Kriminalist sich damit zufriedengab, einfach nur am Leben zu sein. Anstatt etwa die Welt zu bereisen. Nicht nur die ferne Welt und die Welt der Ozeane, über die riesige Hotelschiffe dahinglitten, sondern eben auch eine nahe Welt. Eine wie die hügelige, bewaldete, sanfte Gegend im Umkreis des *Hotels zur kleinen Nacht.*

Natürlich hatte Klee Bilder des Mannes gesehen, der Holl war, und erkannte ihn, als er da in der Bahnhofshalle stand, neben sich einen Koffer und eine schmale Tasche, ein Mann in einem Anzug, der nicht aussah, als sei er zum Sporteln gekommen. Auch wenn Klee also sofort wusste, dass es sich um Holl handelte, war er doch ein wenig überrascht. Er hatte sich aufgrund der Fotografien im

Netz einen größeren Mann vorgestellt, aber es war doch ein eher kleiner, kein sehr kleiner, aber Holl mochte nicht viel mehr als ein Meter siebzig messen, so in der Humphrey-Bogart-Größe, überhaupt ein Humphrey-Bogart-Mann, mit dem eigentümlichen Phänomen, *neben* jemandem stehend größer zu wirken, als er war, und praktisch erst im Alleinestehen ganz zurück zur eigenen tatsächlichen Größe zu finden.

So geschah es, dass Klee, der ja selbst etwas über eins achtzig maß, nachdem er an Holl herangetreten war und ihm die Hand gereicht hatte, meinte, der Frankfurter sei um einiges größer, als es auf die Entfernung hin den Eindruck gemacht hatte. Vielleicht hing dies auch mit Holls kräftigem Händedruck zusammen, der allerdings nicht so kräftig war, dass man irgendeine versteckte Agenda hätte vermuten müssen. Oder mit Holls Stimme, mit der er sich nun vorstellte und dafür dankte, dass Klee sich die Mühe gemacht habe, ihn abzuholen. Eine Stimme aus Stein, aber halt von der Art Steine, von der die Esoteriker meinen, sie besäßen eine Seele und verfügten über heilende Kräfte. Im Falle Holls am ehesten ein … Granat, dachte Klee, der schon immer gerne Stimmen mit den Gegenständen der Natur verglichen hatte. Granat, ungeschliffen. Und wenn man wusste und sogar glaubte, dass Granate, die man auf die Schläfen legte, sich eigneten, starke Kopfschmerzen zu lindern, konnte man spekulieren, Holls Stimme besitze ähnliche Fähigkeiten.

Freilich sprach Klee jetzt nicht von der Heilkraft von Steinen und Stimmen, sondern erkundigte sich bei seinem Gast, wie die Fahrt gewesen sei.

Sein Zug sei ausgefallen, erzählte Holl, und ein Ersatzzug bereitgestellt worden. Nur war der leider halb so groß wie der zuvor ausgefallene, offensichtlich gut ausgelastete. Was also hieß, dass all die Passagiere, die einen großen ICE gefüllt hätten, sich in einen kleinen zwängen mussten. In dem dann natürlich die alten Reservierungen nicht mehr gegolten haben.

»Derartiges«, sagte Holl, »führt notgedrungen zu einem Sittengemälde ungeordneter Verhältnisse. Man kriegt eine Vorstellung davon, wie das sein muss, wenn Leute ein brennendes Kino oder ein sinkendes Schiff verlassen.«

»Sie mussten stehen, oder?«

»Ich hätte mich um einen Platz prügeln müssen. Und obgleich mir ein gewisser Ruf vorauseilt, prügle ich mich nicht so gerne. Dann lieber stehen.«

»Schön jedenfalls«, sagte Klee taktvoll, »dass Sie es geschafft haben.«

Der Wagen stand etwas abseits geparkt, da um den Bahnhof herum gebaut wurde, nicht so heftig wie drüben in Stuttgart, wo das Gefühl der Minderwertigkeit immer nur große Lösungen zuließ. Hier hingegen war es eher eine Baustelle gleich einem kleinen Unfall. Eine Baustelle wie ein aufgeschundenes Knie. Während man in Stuttgart, wo sich die Leute fast alle für Oberärzte hielten, versuchte, auf einen grippalen Infekt mit einer Herztransplantation zu antworten.

Als Klee und sein Gast dann im Wagen saßen und aus der Stadt hinausfuhren, am Fluss entlang, später die Anhöhe hinauf, von hundert auf fünfhundert Meter hoch, von achtunddreißig Grad Wärme auf sechsunddreißig herunter, da erkundigte sich Holl, ob denn der Name Klees in irgendeiner Weise …

»Ein Irrtum meiner Eltern«, sagte Klee.

»Irrtum?«

»Sie hatten keine Ahnung von Malerei, als sie mich Paul tauften. Nicht die geringste. Allerdings gibt es gar nicht mehr so viele Leute, die noch wissen, wer Paul Klee war. Eher die Jüngeren, weil die das in der Schule lernen müssen, bevor sie es dann wieder vergessen.«

Umgekehrt wollte Klee von Holl wissen, wieso er sich für seinen Aufenthalt das *Hotel zur kleinen Nacht* ausgesucht habe.

»Es wird sehr gelobt«, sagte Holl. »Die Zimmer, die Landschaft, das Frühstück. Also das Frühstück wurde ja schon mal als eines von Weltniveau bezeichnet.«

Klee lachte und meinte, dass er dennoch nicht glaube, Holl sei wegen des spitzenmäßigen Frühstücks gekommen. Doch eher wegen der Ruhe. Fast jeder, den es hierherverschlage, suche die Ruhe, eine undramatische Ruhe, wofür also nicht nötig sei, einsame Fjorde, gottverlassene Einöden oder höchste Berge aufzusuchen, wo man dann in der Schlange stehen müsse, um den Gipfel zu erreichen.

Holl überlegte. Es war ein geradezu *hörbares* Überlegen. In einer Weise, die keinen Zweifel ließ, wie er abwog, ob er jetzt lügen sollte. Indem er also von seiner Liebe zu dieser Landschaft sprach, dem Bedürfnis nach Ruhe und der Aussicht auf ein Frühstück von Weltniveau und zusätzlich davon, auch einmal ein Riffbewohner sein zu wollen, ein Begriff, der tatsächlich von Gästen des Hotels in Umlauf gebracht worden war. Oder aber, ob er lieber bei der Wahrheit bleiben wollte.

Er entschied sich. Er sagte: »Es ist Ihre Nachbarin.«

»Nachbarin?«

»Die Frau, die das Haus neben Ihrem Hotel bewohnt.«

»Frau Gehring?«

»Genau die.«

Eva Gehring also, oder auch »die schöne Eva«, wie man früher gerne von ihr gesprochen hatte und wie sie in Erinnerung an dieses Früher und mit ironischem Unterton von manchen noch immer genannt wurde. Eine Frau, mit der Klee nicht viel zu tun hatte. Anfangs beim Umbau des Hotels hatte es Schwierigkeiten mit ihr gegeben. Des Lärmes wegen, vor allem aber wegen der Erhöhung eines Bretterzauns, der als Sichtschutz zwischen den Grundstücken diente. Die leichte Anhebung des Zauns erfolgte absolut im Rahmen des Erlaubten und Genehmigten, dennoch hatte Klee seiner Nachbarin ein »Schmerzensgeld« bezahlt. Der Kontakt hatte sich im Weiteren nicht intensiviert. Klee achtete darauf, der Dame, die als Witwe ein Haus von ähnlicher Größe wie die *Kleine Nacht* bewohnte, scheinbar alleine bewohnte, keinen Anlass zu geben, weiteres Schmerzensgeld einzuklagen.

Und wegen dieser Frau sollte Holl gekommen sein? Einer Witwe, etwas über siebzig, die jeden Tag mit einer dieser für einen einzelnen Menschen viel zu großen Geländelimousinen – die auf den gänzlich geröllfreien Landstraßen wie stark beschleunigte Seekühe anmuteten – hinunter in die Stadt fuhr und mittags wieder zurückkam, um Haus und Garten in Schuss zu halten. Und über die Klee nicht viel mehr wusste, als dass sie früher als Geschäftsführerin eines kleinen Handelsunternehmens tätig gewesen war, keine Kinder hatte, Rosen züchtete und eine Katze besaß, von der man im besten Fall sagen konnte, sie sei zu fett, um auf jeden Baum zu kommen.

Wenn Klee ein kleines Resümee aus den wenigen Kontakten hätte ziehen müssen, er hätte einfach gesagt: »Eine eher unsympathische Person.«

»Das müssen Sie mir schon erklären«, meinte er nun zu Holl. »Ich hoffe, es wird keinen Ärger geben.«

Holl wog zweifelnd seinen Kopf. Offensichtlich konnte er den Verzicht auf jeglichen Ärger nicht gänzlich ausschließen. Er sagte: »Ich erzähle Ihnen das heute Abend, in Ordnung?«

»Sie sind der Gast«, antwortete Klee.

Man hatte das Hotel erreicht. Eben kam Inoue die kurze Treppe heruntergestiegen.

»Meine Partnerin«, sagte Klee. Und fügte an: »Im Hotel und im Leben.«

Er sagte es mit Bitterkeit. Nicht in der Stimme – die er übrigens im Rahmen seiner Stein-Vergleiche am ehesten den Plutoniten zugerechnet hätte, also einem Gestein, das in großer Tiefe entsteht. Etwa Granit. Und es war natürlich mehr als nur ein einziger Buchstabe, der seine Granit-Stimme von der Granat-Stimme Holls unterschied.

Wie gesagt, es war nicht die Stimme, die soeben seine Bitterkeit verriet, sondern sein Gesicht. Etwas Herbes, Vergängliches.

Es war am Abend davor gewesen, als er zum ersten Mal bemerkt hatte, wie Inoue zu Klara ins Zimmer gegangen war und die Türe hinter sich verschlossen hatte. Nicht, dass er hatte lauschen wollen. Aber er war nun mal zu nahe an die Türe geraten und zu lange davorgestanden – im Vorbeigehen erstarrt –, als dass er hätte überhören können, dass die beiden mehr taten, als sich über Waschgänge und das Falten von Servietten zu unterhalten.

Es war eine große Scham in ihm gewesen, als er sich wieder entfernt hatte. Eine vielfache Scham. Zugehört zu haben. Sich davongeschlichen zu haben. Der Umstand als solcher: zwei Frauen. Die leichte Erregung bei der Vorstellung, wie Inoue und Klara sich liebten. Die Wut, der Neid, das Gefühl der Niederlage. Eigentümlicherweise aber am wenigsten das Gefühl, wie hier das Gebot der Treue – das er selbst seit eineinhalb Jahren einhielt – gebrochen worden war. Als sei »Treuebruch« in diesem Fall einfach das falsche Wort. Aber Enttäuschung das richtige.

Am Morgen dann, beim sehr frühen Kaffee, den Inoue und Paul wie üblich gemeinsam einnahmen, hatte sie ihn gefragt, was er denn habe. Er schaue so »bissig«.

»Das ist nicht bissig.«

»Oder finster? Also, was ist?«

»Nichts!«, hatte er geantwortet.

Ihr war gleich klar gewesen, dass er etwas mitbekommen hatte. Aber sie fand, es sei an ihm, es auszusprechen. Und nicht an ihr. So ungerecht das auch sein mochte.

Und nun sagte er es auch. Er betonte, sie in keiner Weise ausspioniert zu haben, es sei ein Zufall gewesen. Er habe nicht schlafen können und war gerade am Weg nach draußen gewesen.

»Um was zu tun? Eine Zigarette rauchen? Du als Nichtraucher?«

»Meine Güte, ist das denn der einzige Grund, wieso man vors Haus will, wenn man nicht einschlafen kann. Überhaupt, muss ich mich jetzt rechtfertigen, dass ich nicht brav in meinem Bett gelegen bin, alleine, träumend, während du …? Wie lange geht das schon?«

»Du meinst, ich hätte es dir sagen sollen?«

»Das wäre eine Möglichkeit gewesen. Dann müssten wir jetzt nicht darüber streiten, ob auch Nichtraucher nächtens ins Freie dürfen.«

»Sei nicht kindisch«, sagte Inoue.

Ihm war jetzt aber sehr danach, kindisch zu sein. Weshalb er nicht darauf verzichten wollte, die dumme Frage nach dem Grund zu stellen. Nach dem Wieso.

»Sei ehrlich«, sagte Inoue, »der Sex zwischen uns hat rasch seinen Zauber verloren, oder? Dennoch habe ich mich in keinem Moment nach einem anderen Mann gesehnt.«

»Und mit Klara ist der Zauber zurück, wie?«

»Es ist ein anderer Zauber.«

»Der ebenfalls vergehen wird.«

»Mag sein. Über die Länge eines Zaubers denkt man erst nach, wenn er vorüber ist, meine ich.«

»Das ändert aber doch einiges zwischen uns«, fand Klee.

»Wieso?«, fragte sie. »Muss das so sein? Denk doch, was uns wirklich verbindet: das Hotel. Auch die Liebe, ja, okay, aber viel mehr dieses Haus. Wollten wir uns trennen, wir müssten es auseinanderschneiden. Was bei Häusern zwar leichter geht als bei Kindern, aber so richtig leicht auch nicht.«

Und das stimmte nun einfach. Guter oder schlechter oder gar kein Sex hin oder her, Treue, Untreue, egal, das Haus würde sich weder teilen lassen noch wäre das Haus damit zufriedenzustellen, nur von einem der beiden weitergeführt zu werden. (Genau dies geschah dann leider, jedoch unter ganz anderen Vorzeichen, Vorzeichen, die – wenn man so weit gehen durfte, das zu sagen – vom Haus verstanden und akzeptiert wurden.)

Es bestand das gemeinsame Bemühen, dieses Hotel in der bestmöglichen Weise am Leben zu erhalten. Und dabei herauszufinden, was nötig war, um es noch ein wenig besser zu machen. Die Lücken in der kleinen Perfektion der *Kleinen Nacht* zu schließen.

»Trotzdem …«, begann Klee, sprach aber nicht zu Ende.

Sie fasste seine Hand. Es hatte aber nichts Tätschelndes, Mitleidiges, nicht so ein Griff, der sagen will, es sei alles gut, denn es war ja nicht alles gut. Nein, es war ein Bekenntnis.

Sie tranken ihren Kaffee aus und fingen an, die Eier, die aus den zehngliedrigen Kartons schauten, herauszuholen, die Schalen zu brechen und den Inhalt von Eidotter und Eiklar in eine große Schüssel zu füllen. Um sie später einem Weltniveau zuzuführen.

Am Abend dieses Tages, dessen Hitze das Land in einer ähnlichen Weise zudeckte und alles leiser werden ließ, wie man das von großen Mengen Schnee kennt, und selbst der Gesang der Grillen sich anhörte wie hinter vorgehaltener Hand, befanden sich fast alle Hotelgäste im Freien. Zwei der Paare waren unten in der Pergola und unterhielten sich, die anderen beiden saßen auf der großen, halbkreisförmigen Terrasse, die von der Dachfläche des seitlichen Gebäudeteils getragen wurde. Zu betreten war die Terrasse durch jenen Raum, in dem das *Riff* lag. Und dort, im *Riff*, saß als einziger Gast Klemens Holl im Luftzug eines von der Decke hängenden großen Ventilators. Es herrschte so eine Stimmung von Jamaika oder Casablanca, viel verwirbelte warme Luft.

Passend dazu hatte Holl ein Glas Rum bestellt. Klee schenkte ein. Allerdings keinen Rum aus der Karibik, sondern einen Malecon aus Panama, der nach dem klassischen kubanischen Verfahren hergestellt wurde. Und von dem Klee sagen konnte, dass sämtliche Anteile fünfundzwanzig Jahre oder älter waren. Die Farbe dieses alten Herrn erinnerte an einen Nussschnaps, auch das Aroma verriet Nüsse. Walnüsse. Sowie eine kleine Erdigkeit, lockere Erde aus der obersten Schicht. Blumenerde. Und dann der Geschmack: kräftige Süße. Altherrensüße. Abgelaufener Honig, aber nicht verdorben.

Einen Moment sprachen Klee und Holl über den Rum, dann über das Hotel und die Gegend. Aber schon klar, das war bloß die Ouvertüre zu der Frage, was Holl mit Frau Gehring, der Nachbarin, zu tun hatte. Und wieso er sich in deren unmittelbarer Nähe einquartiert hatte.

»Sie wissen ja wohl«, sagte Holl, »dass ich einst für das LKA in Wiesbaden gearbeitet habe.«

Klee nickte. Dabei reizte es ihn für einen Moment, davon zu sprechen, dass Holl ja umgekehrt vielleicht wisse, dass er, Klee, einst der Chauffeur eines bekannten Politikers und Managers gewesen war. Aber was er sagte, war: »Ehrlich, eine Abgeordnete der Front National geohrfeigt zu haben, dafür gebührt Ihnen höchster Respekt.«

»Danke, aber mit meinem Besuch hier hat das nichts zu tun. Es geht um einen alten Fall.«

Holl berichtete, wie er im Zuge seiner Kündigung vom Polizeidienst und seinem Rückzug ins Privatleben damit begonnen habe, alte Fälle zu bearbeiten. Im Grunde zu dem Zweck, ein kriminalistisch-philosophisches Handbuch über den Umgang mit dem Phänomen des Ungelösten zu verfassen. Gar so viele Fälle waren es nicht gewesen, einige aber schon. Und natürlich waren sie es, die einen Kriminalisten schmerzten, gerade dann, wenn die absolute Gewissheit bestand, dass etwas anderes geschehen war als das Beweisbare. Oder – und das war natürlich noch viel schlimmer – das Bewiesene.

»Sagen Sie jetzt nicht«, meinte Klee, »dass Frau Gehring auf Ihrer Liste steht.«

»Das tut sie! Besser gesagt der ganze verzwickte Fall, der mit ihr zusammenhängt.«

Die Sache lag siebzehn Jahre zurück. Damals hatte Eva Gehring noch Seebach geheißen, nach ihrem ersten Mann, von dem sie da schon geschieden war. Eine lebenshungrige Frau, die auf die sechzig zuging und in wechselnden Beziehungen lebte. Bevor sie dann den sechzehn Jahre älteren Otto Gehring kennenlernte. Und zwar bei jener legendären Hauptversammlung der Deutschen Telekom im Mai 2002, bei der empörte Anleger den damaligen Konzernchef Ron Sommer auspfiffen. Seebach und Gehring gehörten zum großen Kreis geschädigter Kleinanleger, die nach Köln gekommen waren, um sich Sommers Ausflüchte anzuhören, beziehungsweise nicht anzuhören.

Ron Sommer war dann bald Geschichte gewesen, aber die beiden Geschädigten, der damals dreiundsiebzigjährige Geologe und die siebenundfünfzigjährige Kauffrau, die im Zuge privater Aktienverluste stark verschuldet war, aber immer noch eine schöne

Frau, die beiden also waren am Abend nach der Hauptversammlung und nach einem Restaurantbesuch – sowie dem Gefühl, inmitten der Aktienkatastrophe auf den Ursprung des Lebens gestoßen zu sein, wenn dieser in der Anziehung zweier Menschen besteht – miteinander ins Bett gegangen. Als Ron Sommer dann im Juli auf Drängen der Bundesregierung von seinem Amt zurücktrat, allerdings unter dem Vorwand, sein Vertrauensverhältnis zum Aufsichtsrat sei gestört, da war das Liebesverhältnis der beiden Kleinanleger noch immer intakt. Nicht nur gehörten sie zu denen, die die Telekom auf Schadenersatz verklagten, sie beschlossen auch, in Zukunft ihr Leben gemeinsam bestreiten zu wollen. Wogegen zunächst der Umstand sprach, dass der in Fulda lebende Otto Gehring ein verheirateter Mann war. Allerdings gestand er im Herbst des gleichen Jahres seiner Frau die Liebe zu Eva Seebach und bat um die Scheidung. Woraufhin offensichtlich ein Sturm entbrannt war, den nicht allein die Ehefrau bewirkt hatte, sondern auch die gemeinsamen erwachsenen Kinder. Nicht zuletzt spielte eine Rolle, dass … nein, es ging vor allem ums Geld, weil es immer ums Geld geht. Der vom Geld genetisch veränderte Mensch bildet kleine Münzschlitze in seinem Herzen. Manche werden Sparschweine, andere Spielautomaten.

Es gab Krieg. Es gab Intervention. Aber kaum Diplomatie. Und die Situation der T-Aktie wurde derweil auch nicht besser. Doch der Geologe tat einen entscheidenden Schritt, indem er aus der Villa in Fulda, die er mit seiner Frau bewohnte, auszog und zu Eva Seebach in deren ebenfalls nicht ganz kleines, aber finanziell stark belastetes Haus wechselte. Ein Haus, in dessen unmittelbarer Nachbarschaft eineinhalb Jahrzehnte später ein Hotel als Hommage an das Phänomen einer »Nacht in der Nacht« entstehen sollte. Was Otto Gehring allerdings nicht mehr erleben würde, weil er 2014 an den Folgen eines Herzinfarkts verstorben war.

Es war aber nicht *sein* Tod, der den ehemaligen Kriminalhauptkommissar Holl beschäftigte, sondern der von Gehrings erster Frau Lore. Welche im Sommer des Jahres 2003 spurlos verschwunden war. Angeblich hatte Otto Gehring ihr, seiner Frau Lore, versprochen, wieder in das heimische Haus und also in die Ehe zurückzukehren. So behaupteten die erwachsenen Kinder, zwei Töchter und ein Sohn, einhellig. Nicht aber Otto Gehring selbst. Faktum war, dass seine Noch-immer-Ehefrau in diesem Sommer 2003 von einer Tour durch das Erzgebirge, die sie, die leidenschaftliche Wanderin, unternommen hatte, nie zurückgekehrt war. Eine Wanderung, die nach Aussage ihrer Kinder eine Art Danksagung der Mutter für die bevorstehende Rückkehr des Gatten und Vaters ihrer Kinder darstellen sollte. Eine Verneigung vor der Gnade des Schicksals. Der Gnade, die sich in einem letztendlich und Gott sei Dank zur Vernunft gekommenen Mann offenbarte.

Kann man im Erzgebirge spurlos verschwinden? Nicht irgendwo im Erzgebirge, sondern auf einer regulären Route, die von Freital aus zur Teufelskanzel und Himmelsleiter führt. Keine einfache Strecke, das nicht, sondern eine schwierige, für die gutes Schuhwerk notwendig ist und alpine Erfahrung von Vorteil, aber halt keine in irgendeiner so gut wie unbewohnten und unbewanderten Gegend an den Rändern dieser Welt. Lore Gehring war jedenfalls an einem Vormittag von ihrem Hotel in Freital gut ausgerüstet aufgebrochen und am Abend dieses Tages nicht wie geplant zurückgekehrt. Die Suche nach ihr blieb ebenso erfolglos wie auch nur der Versuch festzustellen, an welcher Stelle des Weges sie ein letztes Mal gesehen worden war. Sie hatte diese Wanderung alleine unternommen, und da war niemand, der Angaben darüber machen konnte, in welchem Bereich dieser fünfzehn Kilometer langen Strecke sie vom Weg abgekommen sein konnte. Es gab keinen Hinweis, es wurde nichts gefunden, was auf ihren Verbleib hingewiesen hätte. Um es im Jargon eines Märchens zu sagen, da war kein einziger Brotkrumen am Wegesrand zu finden, der bezeugt hätte, dass diese Frau überhaupt je vorbeigekommen war.

»Ein Unglück also«, kommentierte Klee, der ja ganz gut wusste, wie problematisch dieser Begriff war, wenn man damit andeuten wollte, Unglücke würden so ganz frei von Schuld geschehen. Einfach von Himmel fallen.

»Bei einem Unglück«, antwortete Holl, »hätten wir die Frau gefunden. Das ist ja nicht im Himalaja passiert. Weder ist die Frau in eine Gletscherspalte geraten noch unter eine Lawine. Nicht im Hochsommer. Nicht in ein paar Hundert Metern Höhe. Wir hätten sie finden müssen. Etwas von ihr.«

»Vielleicht wollte sie nicht gefunden werden«, meinte Klee.

»Das ist natürlich immer eine Möglichkeit. Bei einem Selbstmord genauso wie im Falle einer Flucht. Aber sehen Sie, die Frau plante doch, demnächst wieder mit ihrem Mann zusammen zu sein.«

»Laut der Kinder«, erinnerte Klee und meinte, erwachsene Kinder seien selten auf der Suche nach der Wahrheit, sondern immer nach dem Geld. »Das sagten Sie doch selber, oder?«

»Schon richtig«, antwortete Holl. »Und dennoch, deren Aussagen erschienen mir glaubwürdiger als die des Herrn Gehring, der eher das Bild eines Mannes abgab, der sich nicht entscheiden kann, was er denn sagen möchte. Ungewöhnlich konfus für einen Naturwissenschaftler. Aber nicht so konfus, dass er nicht zweieinhalb Jahre später seine Geliebte geheiratet hätte.«

Lore Gehring war nach zweijähriger Suche, die zuerst von den Behörden, dann von einem Bergführer im Auftrag ihrer Kinder vorgenommen wurde, aber ohne jegliches Ergebnis geblieben war, auf Antrag ihres Mannes und gemäß Paragraf 7 des Verschollenheitsgesetzes für tot erklärt worden. Die offiziellen Stellen gingen von einem Unglücksfall aus, einem tödlichen Sturz, im Zuge dessen der Leichnam an einen Ort geraten sein musste, der besonders schwer einsehbar war. Irgendeine gottverdammte Lücke oder Spalte, die den Körper ins Innere der Erde geholt hatte. Das konnte zwar kaum als ein befriedigender Abschluss der Ermittlungen gelten, aber ein Abschluss war es gleichwohl.

»Das hat mir nie gefallen«, sagte Holl. »So sollte eine Untersuchung nicht enden. Gewissermaßen mit einem Achselzucken ob der Schwierigkeiten eines Geländes. Der toten Winkel, die sich auch im Erzgebirge bilden. Aber was sollten wir tun? Gehring und seine Geliebte, die dann bald seine Frau wurde, hatten ein gemeinsames Alibi. Sie waren an diesem Wochenende in Paris.«

»Ausgerechnet Paris?«

»Sie meinen wegen der Ohrfeigengeschichte. Ja, das kam aber sehr viel später. Wobei es stimmt, dass ich mir damals, als ich in Paris war, das Hotel angesehen habe, in dem die beiden abgestiegen sind, also zur gleichen Zeit, als Lore Gehring zwischen Bäumen und Felsen verschwand. Sie sehen, es hat mich nie losgelassen.«

»Und wenn es nichts zu bedeuten hat? Wenn die Leiche seit … wie vielen Jahren?«

»2002 lernten sich Otto und Eva kennen, 2003 verschwand Lore. Sechzehn Jahre also.«

»Seit sechzehn Jahren hinter einem Felsen verborgen liegt? Ein dummer Sturz. Pech halt.«

»Die Frau liegt hinter keinem Felsen«, bestimmte Holl stur. Stur, aber mit einer Ruhe in der Stimme. Der Ruhe eines Langstreckenläufers.

»Na, hoffentlich meinen Sie nicht, sie sei im Garten meiner Nachbarin begraben.«

»Das wäre schlecht für Ihr Hotel, nicht wahr?«

»Interessant, dass Sie das sagen«, meinte Klee, »als mir meine Lebensgefährtin dieses Haus verkauft hat – sie war damals die Maklerin –, sprachen wir darüber, ob man das überhaupt wissen wolle, wenn ein Haus oder Grundstück, das man gerade im Begriff ist zu erwerben, ein dunkles Geheimnis birgt.« Dazu lachte er und fügte an: »Aber es geht ja um das Haus der Nachbarin.«

»Trotzdem kein schöner Gedanke.«

»Nein, sicher nicht«, sagte Klee.

Holl erklärte, nicht ernsthaft zu meinen, es befinde sich eine Leiche auf dem Grundstück jener Frau, die 2005 Otto Gehring geheiratet und seinen Namen angenommen hatte und 2014 zur Witwe geworden war. Ihr Mann hatte ihr ein beträchtliches Vermögen hinterlassen, auch wenn die T-Aktie bis heute weit von ihrem Einkaufswert entfernt ist. Aber der alte Gehring, der –

etwas untypisch für einen Geologen – in den 1970er-Jahren einige Patente im Bereich der Verpackungstechnologie angemeldet und damit viel Geld gemacht hatte, hatte die Bewegungen des Aktienmarktes ganz gut vorausgesehen. Nur die Bewegung dieses einen verfluchten Wertpapiers nicht. Fast schien es, als hätte er allein darum in jene so unglücklich sich entwickelnde sogenannte Volksaktie der Telekom investiert, um auf diesem Weg Eva kennenzulernen.

»Die Kinder Gehrings«, sagte Holl, »haben sich mit ihren Pflichtteilen zufriedengeben müssen. Wohl als Strafe dafür, sich niemals mit ihrer Stiefmutter angefreundet zu haben. Und niemals aufgehört zu haben, den Verdacht auszusprechen, es sei etwas nicht in Ordnung an dem Verschwinden ihrer Mutter.«

»Dann stehen Sie also auf der Seite der Kinder?«

»Das sind eher widerliche Leute«, sagte Holl, »aber das hat mich nicht zu kümmern. Sondern die Wahrheit. Als Kriminalist ist sie mein Beruf wie meine Leidenschaft. Und Kriminalist zu sein hört man ja nicht auf, gleich wie sehr einen eine bloße Ohrfeige aus dem Geschäft geworfen haben mag. Ich verfolge meine alten, ungelösten Fälle. Oder die, deren Auflösungen mir stets verdächtig vorkamen. Menschen verschwinden nicht einfach. Sondern kompliziert.«

»Weiß Eva Gehring, wer Sie sind?«

»Ich hatte damals mit Otto Gehring gesprochen, natürlich, aber nie mit seiner Frau, Eva. Zwar wurde auch sie befragt, allerdings von einem Kollegen, nicht von mir persönlich. Sie kann mich nicht kennen.«

»Und was haben Sie vor?«

»Ich bin Gast in diesem Hotel.«

»Ja, schon.«

»Bitte verlangen Sie nicht«, sagte Holl, »dass ich Ihnen verrate, wie ich vorgehen werde. Vor allem schreibe ich an meinem Buch. Man könnte sagen, das Buch gibt den Weg vor. Es zeichnet die Spur auf, die zu Frau Gehring führt.«

Klee dachte daran, wie er früher stets ein sehr einfaches und ein sehr kompliziertes Buch – ein leichtes und ein schweres – auf dem Beifahrersitz liegen gehabt hatte. Eine Gepflogenheit, die ihm eine geliebte Extravaganz gewesen war. Die er aber gänzlich aufgegeben hatte, seitdem er Hotelier geworden war und immer wieder mal Personen auf dem Beifahrerplatz zu sitzen kamen, vor allem Inoue. Klee hatte in der Tat mit dem Lesen aufgehört. Aufgehört, ein Ritual zu pflegen. Vielleicht auch, weil ihn bis heute die Vorstellung bedrängte, sich damals im Tunnel für das falsche Buch und damit für den falschen Weg entschieden zu haben, indem er die *Agonie des Realen* eingeschlagen hatte, anstatt *Vergiss, wenn du leben willst*. Vielleicht aber umgekehrt. Es mochte auch diese Unsicherheit sein, die Klee dazu gebracht hatte, aufzuhören, zwei Bücher in seinem Wagen mitzuführen. Neben dem Umstand, einfach kein Chauffeur mehr zu sein mit all den Wartezeiten und Pausen und nächtlichen Ausfahrten.

Er schenkte Holl noch ein weiteres Glas Rum ein, etwas ganz Spezielles, noch ein wenig spezieller als der »alte Herr« von zuvor, nicht zuletzt darum, weil die Destillerie, aus der der Rum stammte, ein Caroni, nicht mehr existierte. So besaß dieser Rum etwas Schattenhaftes und Jenseitiges. Auch er nicht mehr ganz jung, aber mit seinen siebzehn Jahren nicht ganz so alt wie der Malecon (es existiert übrigens auch für den Rum ein Umrechnungssystem, um wie im Falle von Tieren das Alter des Rums in das Alter von Menschen übertragen zu können und eine Vorstellung von den Relationen zu erhalten, und zwar in folgendem Verhältnis: 1 Rumjahr sind 4,2 Menschenjahre).

Eine irre Nase, fand Holl. Freilich ein Rum, von dem Klee empfahl – so selten er das tat –, ihn mit Wasser zu versetzen, weil die fünfundfünfzig Prozent Alkohol einfach zu stark waren, um diesen siebzehnjährigen, der, wäre er ein Mensch gewesen, gerade seinen einundsiebzigsten Geburtstag hinter sich gebracht hätte, unverdünnt zu genießen. Ein Rum, auf dessen reiche, fruchtige Süße versprechendes Aroma ein erstaunlich würziger Geschmack folgte, etwas von einer Suppe. Freilich einer Suppe, in der so etwas wie »goldenes Fleisch« gekocht worden war, und zwar siebzehn

Jahre lang. Und die dann lauwarm unter der Sonne Trinidads in eine Flasche gefüllt worden war. Eine Flasche, die ein günstiges Schicksal an diese Bar, in dieses *Riff* gelenkt hatte.

Während Holl sein zweites Glas genoss, ging Klee nach draußen, um nachzufragen, was er für seine anderen Gäste Gutes tun könne.

Von der Terrasse aus konnte er das Glashaus der Zwillinge sehen, das weiter oben am Hang in einer der Nischen des Hügels lag und aus der Nacht herausleuchtete. Es war wohl gerade Lesezeit, Zauberbergzeit. Vollkommen verrückt, dachte Klee, dass die Kinder darauf bestanden, so ein Buch vorgetragen zu bekommen. Wahrscheinlich spielten sie unter der Decke mit ihren Handys, während Klara sich mit Thomas Mann abmühte. Bevor dann Inoue kommen und die beiden Frauen sich ins Angestelltenzimmer zurückziehen würden. Klee musste immer wieder daran denken. Der Gedanke machte ihn inzwischen aber weniger wütend als traurig. Wie wenn etwas verloren geht. Als sei er selbst auf eine gewisse Weise Vergangenheit. Und das war er ja auch.

Als er sich jetzt einem der Gäste zuwandte, wanderte sein Blick in die entgegengesetzte Richtung, dorthin, wo das Haus der Eva Gehring lag. Klee hatte es nie anders gesehen als etwas, von dem er sich wünschte, man könnte das obere Stockwerk abreißen, damit mehr Luft und Licht von dieser Seite her auf das Grundstück der *Kleinen Nacht* gelangte. Beziehungsweise hielt er es für eine gute Idee, einmal über das Geld zu verfügen, um der alten Gehring das Haus abkaufen zu können.

Umso mehr gefiel ihm die Vorstellung, Eva Gehring könnte ins Gefängnis wandern, weil sie von einem ehemaligen Beamten des LKA überführt wurde. Nicht, dass er wirklich daran glaubte. Das war Unsinn. Natürlich verschwanden Menschen ganz einfach so, fielen in irgendwelche Schluchten, geradezu unsichtbar, bevor dann wilde Tiere und fleißiges Gewürm diese Unsichtbarkeit weiter verstärkten. Irgendwann würde man dann ein Gerippe finden und hätte alle Mühe, sich daran zu erinnern, wie das war, als einst nach diesem Menschen gesucht worden war.

Nachdem Klee auf der Terrasse und dann unten in der Pergola einige Bestellungen aufgenommen hatte, kehrte er ins *Riff* zurück. Soeben rutschte Holl von seinem Hocker. Wie er es tat, verriet sein Alter. Keine Behäbigkeit, aber doch eine Mühe, die entsteht, wenn immer und überall ein kleines Hindernis zu überwinden ist. Und sei das Hindernis der eigene Bauch.

Er verabschiedete sich von Klee. Er sagte, er wolle noch ein wenig spazieren gehen.

Klee nickte und wünschte eine gute Nacht. Dann machte er sich an die Zubereitung der Getränke. Er holte Eis aus der Eismaschine und setzte zugleich die Espressomaschine in Gang.

Hinter ihm im Aquarium rangelten zwei kleine Krebse. Aber vielleicht war es ja Liebe.

7

Kuchen

In den nächsten beiden Tagen bekam Klee seinen Gast Klemens Holl kaum zu Gesicht. Natürlich erschien er zu den Frühstücken, die sämtliche Gäste im Freien, unter der Pergola oder auf einer kleinen, dem Frühstücksraum vorgelagerten Terrasse, einnahmen, dann aber verließ Holl alsbald das Hotel. Dabei trug er weder Sport- noch Wanderkleidung, sondern einen dünnen hellgrauen Leinenanzug, das Sakko über die Schulter geworfen, weißes Hemd, ein schmales, zartrosa Schweißtuch um den Hals gebunden, dessen Farbe ihm jene dandyhafte Note verlieh, die einem Mann, der Mitte fünfzig war, in derselben Weise zustand wie umgekehrt der Verlust an Kraft und Haar. Und dort, wo das Haar schon schwach war, trug Holl einen hellen Strohhut.

Da Holl ja ohne Auto war, konnte Klee nur vermuten, dass er einen Bus nahm, um in eine der anderen Ortschaften zu gelangen oder sich hinunter in die Stadt zu begeben. Weniger vorstellbar war, dass er sich den gesamten Tag in der kleinen Gemeinde aufhielt, mit den zwei Cafés und den paar Wirtschaften, einer Winzigkeit von Bücherei und einer Winzigkeit von Supermarkt sowie einem Rathaus, dessen funktionaler Charme sich so vollständig der im gleichen Haus untergebrachten freiwilligen Feuerwehr anpasste. Ein Haus, von dem nur schwer vorstellbar war, es könnte brennen. Schon gar nicht vor Leidenschaft.

Jedenfalls tauchte Holl auch am Nachmittag nicht auf, während die meisten Gäste spätestens um zwei, drei von ihren Wanderungen zurückkamen und den Pool sowie den vom Blätterwerk der Bäume mild eingeschatteten Garten aufsuchten. Oder aber einen kleinen klimatisierten Trainingsraum, in dem Inoue jeden Nachmittag eine Gymnastikstunde abhielt. Klee war noch kein einziges Mal dabei gewesen, aber er hörte von den teilnehmenden Gästen, wie wunderbar man sich danach fühle. Es handelte sich um eine ganz spezielle Mischung aus Yoga und Tai-Chi, chiropraktischen Techniken und Meditation. Dazu hielt sie Vorträge in Mathematik. Ja, ausgerechnet über den Umweg dieser gymnastischen Stunden hatte Inoue zu ihrer größten Leidenschaft zurückgefunden. Während die Übungen vollzogen wurden, referierte Inoue über mathematische Probleme. Sie zeichnete sie nicht etwa auf eine Tafel auf, sondern beschrieb sehr bildhaft Wesen und Schönheit dieser Fragestellungen. Da war kaum jemand, der das verstand, natürlich nicht, aber offensichtlich besaßen auch diese Vorträge eine heilende Wirkung. Wahrscheinlich in einem ähnlichen Sinn wie jenes berühmte dritte clarkesche Gesetz, welches besagt, dass jede hinreichend fortschrittliche Technologie von Magie nicht zu unterscheiden sei. Auch Inoue Sanders Yoga- und Tai-Chi-Techniken waren aufgrund ihrer Fortschrittlichkeit schwer von Magie zu trennen – beziehungsweise besaß die Magie der Mathematik, die sie vortrug, die gleiche undurchschaubare Wirkung wie die Technik ihrer Gymnastik.

Man könnte auch sagen: Es half.

Dass es half, war gewissermaßen das sandersche Gesetz.

Am zweiten Tag seines Aufenthalts kam Holl am Abend nur kurz in der Bar vorbei, um einen Whisky zu trinken. Im Hintergrund lief Musik. Keine typische Barmusik. Sondern Pop aus den Sechzigern. Seitdem Klee Hotelier geworden war, hatte er ein rätselhaftes Faible für die Klänge dieser Zeit entwickelt. Als handle es sich um die Musik seiner Jugend. Was sie natürlich nicht war. Nicht für ihn, den 1974 Geborenen. Trotzdem erschien ihm diese Musik als die Erinnerung an etwas einst Erlebtes und in der Zeit Verschollenes. Darum die Bitterkeit, die er empfand. Eine lustvolle Traurigkeit. Vor allem, wenn er Petula Clark hörte. Und vor allem auch das von Richard Harris gesungene *MacArthur Park*, diese poetische Referenz an eine verlorene Liebe. Darin befinde sich, so meinte Klee, eins der stärksten Bilder der Musikgeschichte: diese gesungene Verzweiflung ob eines Kuchens, den jemand draußen im Regen hat stehen lassen. Was einfach nicht mehr wiedergutzumachen sei. Man weiß ja, was mit Kuchen geschieht, die im Regen stehen.

Auch ein Satz aus Petula Clarks *Kiss Me Goodbye* erschien Klee nun geradezu pragmatisch für seine eigene Situation: »That girl is your tomorrow, I belong to yesterday.«

Ja, das war eben sein Gefühl, dem Gestern anzugehören. Ein »vergangener Mann« zu sein.

Das mochte absolut lächerlich sein, aber er bemerkte, in diese Lächerlichkeit verliebt zu sein, in das Unglück, das er empfand und an das er ja ständig erinnert wurde, indem er Klara sah, die Geliebte Inoues, das Tomorrow-Girl, wie es da in den Zimmern, in der Lounge, im Garten arbeitete. Eine Angestellte, aber was für eine! Er hätte in tausend Jahren nicht eine solche Anmut entwickeln können. Wie vollkommen ihre Bewegungen waren, nicht allein, wie sie die Arbeit bewerkstelligte, sondern eben auch, wie sie selbst dabei wirkte, ein Tuch faltend, eine Bettdecke in die Höhe werfend, über einen Spiegel wischend, den Staubsauger durch die Gänge und Zimmer führend. In einer grandiosen Weise.

War das sexistisch, es so zu sehen? Nun, nach Klees Auffassung wäre es sexistisch gewesen, hätte er diese grandiose Arbeit schlecht bezahlt. Was er aber nicht tat. Obgleich er nicht etwa an die Hölle oder das Fegefeuer glaubte, meinte er doch, dass alle Menschen, die andere schlecht bezahlten, irgendwie und irgendwann dafür büßen würden. Und zwar auf eine schlimmere Weise, als in einem späteren Leben ebenfalls schlecht bezahlt zu werden. Er fühlte das mit großer Gewissheit.

Nebenbei gesagt hatte Klara Popa auch einige Ähnlichkeit mit der Petula Clark der Sechzigerjahre mit ihren kurzen, blonden Haaren und den Fransen in der Stirn. So gänzlich Britisch. Immer ein wenig blass. Aber es war eine schöne, englische Blässe. Wie ja die meisten Menschen, um ehrlich zu sein, stets etwas interessanter aussehen, wenn sie krank sind. Was niemand so ausdrücken will, weil es zynisch klingt. Aber es ist so.

Als sich Holl an die Bar setzte, drang aus den Lautsprechern gerade das in einer gefühlten Dauerschleife von Jimmy Webb komponierte und vom irischen Schauspieler Richard Harris interpretierte Lied über den MacArthur Park in Los Angeles, das als eine weltliche Kantate gedacht gewesen war. »Someone left the cake out in the rain / I don't think that I can take it / 'Cause it took so long to bake it / And I'll never have that recipe again.«

Mitunter verschwinden Rezepte wie Menschen.

Während Klee einschenkte, wollte er von Holl wissen, wie dessen Tag gewesen war. Holl sagte aber nur, sich erst einmal etwas Übersicht verschafft zu haben.

Übersicht worüber? Das Gelände? Das hätte Klee fragen wollen. Doch er merkte schon, dass Holl keine Lust hatte zu reden, es möglicherweise bereute, sich Klee anvertraut zu haben. Er saß nur kurz an der Bar, trank aus und ging bald zu Bett.

Um ein Abendessen einzunehmen, besuchten die meisten Gäste der *Kleinen Nacht* eins der Restaurants, die es im Ort oder in den umliegenden Ortschaften gab. Oder man fuhr hinunter in die Stadt, wo im Sommer der Tourismus blühte und sich in den Straßen der Altstadt die Lokale drängten und in den Lokalen die Menschen.

Zum späteren Trinken kamen Klees und Inoues Gäste dann in der Regel wieder zurück ins Hotel, wo ja nicht nur ein *Riff* existierte, sondern auch ein Weinkeller. Ein kleiner, dieser aber war mit viel Feingefühl für jenes Prinzip der Vernunft zusammengestellt worden, bei dem Preis und Leistung nicht unvernünftig weit auseinanderliegen sollen.

Es war der Tag von Mariä Himmelfahrt und eine Stunde nach Sonnenuntergang, als Klee soeben dabei war, dem Paar, das als Erstes vom Abendessen ins Hotel zurückgekehrt war, eine im Kühlbehälter gelagerte Flasche *vernünftigen* Chardonnay auf der

Terrasse zu servieren. Er öffnete in erprobter Weise die Flasche, kredenzte einen ersten Schluck und nahm das wohlwollende Nicken zum Anlass, beide Gläser zu füllen. Während er das tat, ging sein Blick hinüber auf das Grundstück seiner Nachbarin, auf das gehringsche Haus und damit auch auf den großen, die Gebäuderückseite dominierenden Balkon. Klee konnte den mit Silbergeschirr gedeckten Tisch und das Flackern der Kerzen sehen. Und ebenso zwei Personen, die am Tisch saßen und sich unterhielten. Er vernahm das Lachen Eva Gehrings, die manche noch immer die »schöne Eva« nannten und die in der Tat auch mit ihren vierundsiebzig Jahren das war, was man eine aparte Erscheinung nennt. Nicht, dass sie jünger aussah, als sie war, und schon gar nicht wirkte sie wie eine dieser Frauen, die bis in alle Ewigkeiten versuchen, den Reiz einer Barbiepuppe zu erhalten. Aber sie hatte es verstanden, im Alter nicht wie eine aus der Not geborene Heilige daherzukommen. Nein, heilig war sie sicher nicht und wäre es selbst in der größten Not nicht geworden.

Und die andere Person? Klee war sich nicht gleich sicher. Dann aber doch. Derselbe helle Leinenanzug. Ein Mann, der nicht so klein wirkte, wie er in Wirklichkeit war. Nicht nur, weil er saß, sondern eben nicht *alleine* saß. Ein Bogart-Mann. Ja, es war Klemens Holl.

»Unglaublich!«, stieß Klee hervor.

»Bitte?«, erkundigte sich die Frau, der er soeben einen rheinhessischen Chardonnay eingefüllt hatte.

Er lachte verlegen und entschuldigte sich. Und stammelte etwas von der unglaublichen Qualität dieses Weins, was schon sehr übertrieben war. Vernünftig und anständig war er, der Wein, aber nicht unglaublich.

Klee wünschte »Zum Wohl!« und entfernte sich. Im Entfernen wandte er sich aber noch einmal um und spähte hinüber zu Gehrings Haus. Nein, kein Irrtum. Es war Holl.

Wie konnte man so etwas nennen? Kriminalistisches Geschick? Verdecktes Ermitteln? – So schnell war also aus Holls Ansinnen, sich Übersicht zu verschaffen, der Weg ins Detail gelungen.

Eben kam Klara vorbei, die die Gäste unten in der Pergola bediente. Sie fragte Klee: »Sag, Paul, was macht eigentlich dieser Holl drüben bei der Gehring?«

»Hast du's auch schon gesehen?«

»Würde ich sonst fragen?«

»Ich weiß es nicht«, log Klee. Und fügte an: »Vielleicht ist er an ihr interessiert.«

In den verbleibenden Tagen seines Aufenthalts erschien Holl zwar zu jedem Frühstück, aber ins *Riff* kam er kein einziges Mal mehr. Nur einmal noch, recht spät am Abend – Klee befand sich in der Lounge –, lief ihm der eintretende Holl über den Weg. Klee begrüßte ihn und erkundigte sich, ob Holl mit der Recherche zu seinem Buch vorankomme.

Holl schien verwirrt und fragte: »Was für ein Buch?«

»Na, Ihre Studie über das Unaufgelöste.«

»Ach, ich dachte, Sie sprechen von einem Roman oder so.«

Eine Antwort war das nicht. Und dabei blieb es.

Auch ließ sich Holl am Tag der Abreise, einem Sonntag, nicht wieder von Klee hinunter in die Stadt und zum Bahnhof fahren. Es war Eva Gehring, die draußen vor dem Hotel wartete und zu der Holl, nachdem er sich von Paul und Inoue verabschiedet hatte, ins Auto stieg.

»Ich glaube«, sagte Klee, »den werden wir nicht wiedersehen.«

»Im Gegenteil«, meinte Inoue, und ihr Blick ging wissend hinüber zum gehringschen Anwesen, »den werden wir schon bald wiedersehen. Aber nicht als Gast. Was mir auch lieber ist. Der Mann ist komisch.«

»Wusstest du«, fragte Klee, »dass er früher Kommissar war?«

»War?«

»Er wurde wegen einer Ohrfeige vom Dienst freigestellt und hat später gekündigt.«

»Wen hat er denn geohrfeigt?«

»Eine Frau von der Front National. Also in Paris.«

»Die heißen jetzt anders«, korrigierte ihn Inoue.

»Aha?«

»Rassemblement National«, klärte ihn Inoue auf.

Weiter kam man nicht, weil soeben der Wagen eines Handwerkers vorfuhr. Die Pumpe des Pools hatte sich am Morgen als defekt erwiesen. Und das war im Moment kein Spaß. Die Gäste liebten den Pool. Und es war das Letzte, was Klee und Sander wollten, an solchen von der Hitze verwundeten Tagen eine derartige Liebe unterbinden zu müssen.

Über die Ohrfeige wurde kein weiteres Wort verloren. Aber Inoue hatte recht. Es sollte nicht lange dauern, da würde man Holl erneut begegnen.

Es war nur eine Woche später, wieder ein Sonntag – und damit nur zwei Sonntage von jenem Ereignis entfernt, das als *Die Große Rückkehr* in die Geschichte eingehen und so manches in Bewegung setzen würde –, als Inoue und Paul hinunter in die Stadt fuhren, um die Finissage der Ausstellung des städtischen Kunstvereins zu besuchen. Der Verein feierte in diesem Jahr sein hundertfünfzigstes Jubiläum und zeigte Werke aus den Sammlungen seiner Mitglieder. Nicht, dass Inoue zu den Ausstellern gehörte, sie besaß ja auch gar keine Sammlung, war aber eines von mehr als achthundert Mitgliedern. Diese Mitgliedschaft gehörte zu den Dingen, die sie der Stadt, in der sie in den vergangenen Jahren gelebt hatte und noch immer eine Wohnung besaß, schuldig zu sein meinte.

So wie es sich gleichfalls gehörte, zu diesem Abschlussfest zu gehen, obgleich Klee dafür wenig Begeisterung aufbringen konnte. Ihm lag die moderne und erst recht die modernste Kunst einfach nicht. Die Alten Meister schon. Klar, auch die verstand er nicht wirklich, all die Andeutungen, Metaphern, historischen und religiösen Bezüge, dennoch verfügten die Alten Meister über eine Wucht, die ihn erfasste, selbst wenn er ihre Symbolik nicht begriff. Die zeitgenössische Kunst hingegen, so fand Klee, definierte sich in keiner Weise durch irgendeine Wucht. Sondern allein dadurch, Ornament zu sein. Ornament und Preisschild. Ein kleines, hilfloses Stück Avantgarde – mehr ein Häufchen von Kunst –, das weit hinter die Literatur zurückfiel.

Inoue hingegen war in diesen Kunstdingen absolut versiert und verstand es, ihre Gefühle präzise zu formulieren. So, wie sie auch ohne eigene Sammlung als ein engagiertes Mitglied Anerkennung fand.

(Die Bilder in der Lounge der *Kleinen Nacht* waren aber dennoch Klees Entscheidung gewesen, nicht nur als eine Hommage an die Landschaft draußen vor der Türe, sondern vor allem an den Maler, von dem sie stammten und der einst das Glashaus, das nun die Zwillinge als ihr *Hotel zur sehr kleinen Nacht* nutzten, besessen hatte. Klees Auswahl dieser Bilder war in erster Linie, wie vieles, was er tat, eine sentimentale gewesen.)

Das Gebäude des Kunstvereins befand sich zusammen mit dem des Landesmuseums in einem Hinterhof. Ein ganz wunderbarer Hinterhof, der die Besucher aus der Hektik der stets übervollen Fußgängerzone in ein traumhaft schönes Parkgrün entführte. Eine geschickt angelegte, romantische Anordnung von Blumenbeeten, freier Wiese, einem Brunnen, einer Stele, Bäumen und dem Blick auf das aus den Achtzigerjahren stammende neue Gebäude.

»Geh schon mal vor«, sagte Klee zu Inoue, als sie nur noch ein kurzes Stück vom Museum entfernt waren. Er wollte noch rasch in ein Schuhgeschäft schauen. Er liebte Schuhe. Sie erschienen ihm sowohl in einem modischen wie auch einem existenziellen Sinn als wichtigster Teil der Kleidung. Er hatte einmal gesagt, dass die zwei letzten Dinge, die kleidermäßig einem Mann bleiben würden, wenn alles den Bach runterging, Unterhose und Schuhe wären. Der Rest sei verzichtbar.

Er blieb eigentlich viel zu lange in dem Laden, unterhielt sich in bester und vergnüglichster Weise mit dem Verkäufer, fühlte sich wohl in dem Geschäft und fürchtete das Unwohlsein, das ihm im Kunstverein drohte.

Aber er konnte nicht ewig in dem Laden bleiben, um sich über das absolute Primat des Schnürschuhs zu unterhalten.

Es war also die Kunst selbst – nicht bloß Klees Gefühl, fehl am Platz zu sein –, das ihm sein Unwohlsein bescherte. Unwohl zwischen all den Objekten, die ihm so vollkommen blutleer erschienen. Kein Wunder, dass Klee am ehesten die hohen weißen Wände des Museums schätzte, an denen all die Kunst hing und vor deren Hintergrund diese Kunst stand oder lag. Und davor und dazwischen verteilten sich die Besucher.

Dabei konnte Klee nicht sagen, dass er diese Leute als unsympathisch empfand. Er selbst, der hier schweigend und gelangweilt stand und in Gedanken noch bei den Schuhen war, beziehungsweise sich auf später freute, empfand sich als unsympathisch. Wortlos nörgelnd.

Und während er sich genau das dachte, nämlich: Ich fühle mich echt unsympathisch!, sah er ihn. Er sah Holl.

Er sah Klemens Holl, wie dieser vor einem der Wandobjekte stand und es betrachtete. Und als Klee nun weiter in Holls Richtung schaute, erkannte er hinter ihm auch Eva Gehring. Sie befand sich ein paar Meter entfernt von Holl und war soeben im Gespräch mit einer anderen Besucherin.

»Was sehen Sie?«, fragte Klee, als er von hinten an Holl herangetreten war. Das Gebilde, das Holl soeben studierte, setzte sich aus Streifen von wild verklebtem Papier zusammen.

Holl wandte sich um. Er wirkte jetzt um einiges freundlicher als vor einer Woche, als er sich zwar höflich, aber spürbar distanziert von Klee verabschiedet hatte und zu Eva Gehring in den Wagen gestiegen war.

Holl und Klee gaben einander die Hand. Dann wandte sich Holl wieder dem Kunstwerk zu und sagte: »Um Ihre Frage zu beantworten: Ich sehe viel zerschnittenes Papier. Aber es hat was, oder? Man hat das Gefühl, das Papier würde sich bewegen. Dabei ist es hier völlig windstill. Es täuscht einen.«

»Ja, vielleicht ist das tatsächlich der Sinn von Kunst«, meinte Klee, »dass sie einen täuscht.«

»Sie mögen es nicht, oder?«

»Ehrlich gesagt«, antwortete Klee, »mir kommt es vor, als stünden wir alle in einem großen weißen Kühlschrank. Die Kunst ist das Gemüse, wir sind das Fleisch.«

Holl lachte. Und sagte: »Ich hatte Sie gar nicht so witzig in Erinnerung.«

»Und ich hatte in Erinnerung, dass Sie zurück nach Frankfurt wollten.«

»War ich auch. Aber seit gestern bin ich wieder hier. Frau Gehring hat mich eingeladen.«

»Bei ihr zu wohnen?«

»Nun, der Sommer ist noch nicht vorbei. Sie hat mich gefragt, ob ich die verbleibenden Wochen in ihrem Haus verbringen möchte.«

»Sie beide sind sich offensichtlich nähergekommen.«

»Moment mal, Herr Klee, Sie wollen mir doch keinen Vorwurf daraus machen, dass ich meine Sache ernst nehme. Und dass ich Ihnen davon erzählt habe.«

»Gott behüte«, sagte Klee. »Sie können sich auf mich verlassen. Ihre Vorgehensweise ist Ihre Vorgehensweise. Aber ich bin nun mal der Hotelier gleich daneben. Wir werden uns also hin und wieder sehen. Nicht nur vor einem Haufen von zerschnipseltem Papier.«

»Ja, gut möglich«, sagte Holl, »dass ich auf ein Glas Rum bei Ihnen vorbeischaue. Oder dürfen nur Hotelgäste in Ihr Aquarium?«

»Sie sind immer willkommen«, versprach Klee.

In diesem Augenblick hatte sich Eva Gehring von ihrer Gesprächspartnerin gelöst und kam herüber.

»Ah, Herr Klee.« Einen Moment schien sie zu überlegen, eine dumme Bemerkung darüber zu machen, dass ein Mann mit einem solchen Namen sich in einem Kunstmuseum aufhielt. Überlegte es sich aber und ließ sich von Klee die Hand reichen.

Klee kam nicht umhin, erneut festzustellen, wie wenig er ihre Art mochte und wie gut sie für ihr Alter aussah. Wie dominant. Und wie sehr in ihrem schönen reifen Frauengesicht sich Überheblichkeit und Wille kreuzten. Dieser Wille, die Dinge zu bekommen, die man sich wünschte. Das lag in ihrem Gesicht wie ein fester Biss. Wie es schien, hatte sie es diesmal auf den siebzehn Jahre jüngeren Holl abgesehen, so wie sie es einst auf den sechzehn Jahre älteren Otto Gehring abgesehen hatte.

Allerdings galt ihr Wille auch der Kunst. Mit einem Blick auf das Papierobjekt erklärte sie, dass es sich um eine ihrer liebsten Anschaffungen handelte.

Das erstaunte Klee. Er war ja nie im Haus Eva Gehrings gewesen und hatte nicht die geringste Ahnung gehabt, dass sie Kunst sammelte. Er sagte etwas ... ja, in seiner Not zitierte er Holl und sprach davon, es scheine so, als seien die verklebten Streifen dünnen Papiers in ständiger Bewegung.

Ach ja!

Das schien Eva Gehring aber nicht zu kümmern. Sie fragte: »Ist Ihre Frau hier?«

Sie war nicht eigentlich seine Frau, aber Eva Gehring war nicht die Einzige, die von Klees Partnerin im Leben und im Hotel immer nur als von seiner Frau sprach.

»Ja, dort drüben«, sagte Klee und wies auf die andere Seite des Raums.

»Ich muss sie kurz sprechen. Wegen eines Ankaufs für das Landesmuseum«, sagte Eva Gehring, löste sich von den beiden Männern und dem ausgestellten Objekt aus ihrem Besitz, um sich dorthin zu bewegen, wo Inoue Sander stand.

»Der Picasso«, sagte Holl zu Klee.

»Was für ein Picasso?«, fragte Klee.

»Sie wollen einen für das Landesmuseum erstehen. Ein absolut bedeutendes Bild aus Picassos Spätphase. Es war schon auf dem Weg aus der Schweiz nach London zu Christie's, aber dann ist der Besitzer ... Also, ich weiß nicht, vielleicht hatte er einen Schlaganfall und ist knapp dem Tod entronnen oder hat einen Engel gesehen oder ist sonst wie irre geworden, jedenfalls hat er sich entschlossen, das Bild ausgerechnet diesem Provinzmuseum anzubieten, weil er hier einmal studiert hat. Nichts gegen Slevogt, Lehmbruck und diesen wunderbaren kleinen Jawlensky, den sie in diesem Haus haben, aber das ist streng gesehen nicht die Sammlung, die für ein Schlüsselwerk aus Picassos späten Jahren infrage kommt. Doch die Chance scheint zu bestehen. Ganz umsonst dürfte das Bild aber trotzdem nicht sein, und darum wird im Freundeskreis des Landesmuseums und unter den Mitgliedern des Kunstvereins derzeit eifrig gesammelt.«

»Holla«, sagte Klee, »ich hoffe, Inoue verpfändet unser Hotel nicht.«

»Keine Angst«, meinte Holl lächelnd, »es sollen die richtig Reichen in dieser Stadt zur Kasse gebeten werden. Und es heißt, Ihre Frau hätte einiges Talent, die betreffenden Herrschaften von Ihrer Pflicht zu überzeugen.«

»Ach, das wissen Sie also.«

»Ich sagte Ihnen doch, Herr Klee, dass ich hier bin, um mir eine Übersicht zu verschaffen. Wozu auch gehört, dabei zuzusehen, was alles unternommen wird, um einen Picasso in die Hand und an die Wand zu bekommen.«

»Und Sie meinen, das wird Ihnen helfen zu verstehen, wie eine Frau vor vielen Jahren im Erzgebirge verschwinden konnte?«

Holl erklärte, es sei ein Prinzip seines Buchs ...

»Sie schreiben also doch ein Buch«, meinte Klee etwas spöttisch.

Holl blieb vollkommen ernst, als er erklärte: »Die Wahrheit hat das Bedürfnis, sich durchzusetzen. Das ist ihre Natur. Aufzutauchen.« Die Wahrheit sei letztlich ein Lungenatmer. Sie müsse an die Oberfläche kommen, um Luft zu holen. Benötige aber mitunter jemanden, der den Weg dorthin begünstigt. Zu welchem Zweck Physiker und Polizisten auf der Welt seien.

»Und darum stehe ich hier«, sagte Holl, »und schaue mir einen Haufen Papierstreifen an und gebe vor, sie ganz toll zu finden, und unterstütze meine neue Freundin dabei, Sponsoren für den Ankauf eines Picassos aufzutreiben. Und ja, Herr Klee, so verrückt es klingen mag, ich hoffe, dass, indem am Ende ein Meisterwerk der Moderne in einem Provinzmuseum hängt, das Schicksal einer vor vielen Jahren verschwundenen Frau offenkundig wird. Und damit ein Verbrechen.«

»Weiß Frau Gehring, dass Sie einst Kommissar waren? Abgesehen davon, dass Sie mit dem Fall der Lore Gehring zu tun hatten.«

»Sie kennt die Hälfte. Sie weiß von der Ohrfeigengeschichte und meiner Karriere beim LKA in Wiesbaden. Es wäre dumm gewesen, ihr das zu verschweigen. Mehr aber nicht. Sie glaubt an den Zufall unserer Begegnung und an die Macht ihrer Anziehung, Alter hin oder her. Und das hat ja etwas für sich. So attraktiv, wie sie ist. Und absolut sexy, muss ich sagen. Ihre Selbstsicherheit wiegt sie in Sicherheit. Mein Vorteil.«

»Ich bin gespannt, was dabei herauskommt«, sagte Klee und schwor, niemandem davon zu erzählen, was Holl an diesem Ort wirklich treibe.

Dann sagte er, weil er es gerade bemerkt hatte: »Meine Frau winkt.« Ja, manchmal sprach er selbst davon, von ihr als seiner Frau.

Holl und Klee verabschiedeten sich. Der Kriminalist und der Hotelier.

Und dann kam alles so ganz anders. In jeder Hinsicht. In Hinsicht auf Holl. Und in Hinsicht auf die ganze Welt.

8

Kapsel

Uwes und Iris' Vater wollte seine Kinder eigentlich bereits an diesem einen Wochenende übernehmen, bevor dann am Mittwoch der folgenden Woche wieder die Schule losging. Doch die Zwillinge machten ein Riesentheater darum, diesen letzten Samstag und diesen letzten Sonntag und den letzten Montag und Dienstag, vor allem diese letzte Nacht auf den Mittwoch dort zu verbringen, wo sie die gesamten Ferien gewesen waren und einen beträchtlichen Teil von Thomas Manns *Zauberberg* vorgelesen bekommen hatten. Manfred Sander und dessen Lebensgefährtin, die den Zwillingen seit mehreren Jahren eine zweite Mutter war, vermuteten – wie ja fast alle –, dass sich hinter der Zauberberg-Geschichte etwas ganz anderes verbarg, mindestens eine Strategie zur Verlängerung des Abends in die Nacht. Offensichtlich hatten die Kinder verstanden, wie sehr sich das Toleranzbedürfnis von Erwachsenen steigern ließ, sobald das Wort »Buch« fiel. Dennoch, die beiden standen im Verdacht, die langen Sommernächte für irgendeine ihre Smartphones involvierende Sache moderner Unterhaltung genutzt zu haben.

Die Zwillinge wehrten sich. Sie argumentierten, es würde ihnen um das Glashaus gehen, um ihr *Hotel zur sehr kleinen Nacht*. Es sei ihnen absolut wichtig, diese Tage und Wochen eines heißen, spannenden, wunderbaren Sommers – wozu nicht nur die langen Leseabende, die Stunden im Meerwasser des Pools, die abenteuerlichen Erkundungen im Wald gehörten, sondern ebenso die kunstvolle Errichtung eines Grabmals für eine Maus –, all das auf eine Weise abzuschließen, die keinesfalls in einer vorvorletzten oder vorletzten, sondern eben nur in einer *letzten* Feriennacht zu bewerkstelligen war. Ganz gleich, wie unbequem früh der nachfolgende Morgen beginnen würde, um hinunter in die Stadt und dort in jene Privatschule zu gelangen, die sie auf Wunsch des Vaters und ihrer zweiten Mutter seit drei Jahren besuchten. Und zwar mit dem Gefühl, dass dabei unheimlich viel Zeit verloren ging, unwiederbringliche Zeit.

Es fiel übrigens schon ein wenig auf, dass die Argumentation der beiden juligeborenen Zehnjährigen sprachliche Eigenheiten aufwies, die etwas an den Duktus eines der größten Schriftsteller des 20. Jahrhunderts erinnerten. Ob die beiden nun während der späten Stunden unter ihren Decken liegend mit ihren Smartphones gespielt hatten oder nicht, einiges von den Vorlesungen Klaras aus dem *Zauberberg* dürfte wohl hängen geblieben sein.

Entscheidend war bei all dem, dass die Zwillinge in der Nacht, die vom letzten Tag der Schulferien in den Morgen des ersten Schultages hineindämmerte, noch sehr spät wach waren. Oder schon wieder wach. Jedenfalls waren sie es, die frühzeitig erkannten, wie ein kleiner heller Punkt am Nachthimmel sich der Erde näherte.

Klara hatte da längst den *Zauberberg* zugeklappt und das Glashaus verlassen, um sich mit Inoue zu treffen und mit ihr ins Bett zu gehen, wo die beiden nach einem zuerst heftigen Liebesspiel, dann aber in den schwächer werdenden, traumhaft schönen Bewegungen ihrer Umarmungen eingenickt waren. Klee schlief, die Gäste schliefen, der Ort schlief. Nicht hingegen die Zwillinge, die durch das gläserne Dach ihrer Behausung deutlich den hellen Punkt wahrnahmen, der mit großer Geschwindigkeit aus dem klaren Nachtgewölbe auf die Erde zuraste. Aber nicht etwa verglühte, sondern nach einiger Zeit stark abgebremst wurde. Mit ihren Feldstechern konnten die Zwillinge, die ins Freie hinausgetreten waren, den im Mondlicht weißlich schimmernden Fallschirm erkennen, an dem das Objekt abwärtssank. Nicht um in einer menschenleeren Tundra zu landen oder auf der Oberfläche eines der statistisch dafür infrage kommenden Ozeane, sondern auf jener großen, steilen, buchtartig in den Hügel geschnittenen, fast rechteckigen Wiese, die vom Glashaus der Zwillinge nur durch ein kurzes Waldstück getrennt war. Die beiden zögerten keinen Moment, die Sicherheit ihrer Unterkunft aufzugeben und den zehnminütigen Weg durch den Forst zu nehmen, den sie ja in- und auswendig kannten. Ausgestattet mit den in diesem Sommer angeschafften und häufig benutzten Stirnlampen liefen sie hinüber zu jener steilen Wiese, die im unteren Drittel einen Knick besaß, um an dieser Stelle deutlich abzuflachen.

Sie waren bereits auf halbem Weg dorthin, als das von einem Fallschirm abgebremste Objekt im oberen steilen Bereich aufprallte und eine erhebliche Erschütterung bewirkte. Das Ding rollte den Hang hinunter und blieb an jener fast ebenen Stelle liegen. Sofort ging das Gebell der Hunde im ganzen Ort los und riss einen Teil der Menschen aus ihrem Schlaf. Zuerst die Hunde, dann die Menschen. Aber es waren eben die schlaflosen Zwillinge, die vor allen anderen – man kann sagen vor dem Rest der Menschheit – dort ankamen, wo das aus dem Nachthimmel gestürzte Objekt gelandet war.

So zeitig Klee aufzuwachen pflegte, so tief war sein Schlaf. Wenn er schlief, schlief er und war schwer zu wecken. Doch auch wenn der tiefe, traumlose Schlaf als der beste gilt, hatte Klee beim Erwachen oft das Gefühl, von einer langen, anstrengenden Reise zurückzukehren, einer Reise jenseits der Träume. Ihm war oft, als würde er gar nicht mehr träumen, als bestünde sein Schlaf nicht aus dem üblichen Wechsel von Schlafphasen und einer gegen Morgen hin einsetzenden Phase des Übergangs hin zum Erwachen. Sein Erwachen fühlte sich dann an, als sei er aus einer Faust heraus geboren worden.

Wenn er in seiner Kindheit über die Möglichkeiten einer sogenannten kleinen Nacht fantasiert hatte, während der man Zugang zu unheimlichen und grandiosen Orten besaß und etwa in schwarze Löcher eindringen konnte, so kam ihm in den letzten Jahren vor, dass er im Schlaf tatsächlich in Sphären geriet, in denen die Zeit stillstand und die Dunkelheit vollkommen war. Eine Dunkelheit, durch die er unkontrolliert trieb. Nicht wie eine Spaghettinudel – ein Bild, das immer wieder bemüht wurde –, sondern in den vertrauten Proportionen, aber ohne Hoffnung auf etwas wie ein Ende oder einen Durchgang. Sodass er sich mitunter nach den Dämonen seiner Träume sehnte. Es war die absolute Einsamkeit und Leere, die ihm dort begegnete.

Es war an diesem frühen Morgen aber nicht das Gebell der Hunde, das Klee aus dem Schlaf holte, sondern erst später das »Gebell« der Hubschrauber, die über den Ort flogen und auch über das Hotel und das benachbarte kleine Haus, das Klee für sich und Inoue und die Angestellte, die Klara war, angemietet hatte. Hubschrauber, die mehrere Kreise zogen, bevor sie nahe der Stelle landeten, an der das Objekt niedergegangen war.

Eine vielstimmig vibrierende Kraft, ein surrendes Geschwader, das den faustartig erwachenden Klee in die Dunkelheit seines Schlafzimmers hinein zu der Frage veranlasste: »Die Russen oder die Amerikaner?«

Gleich darauf aber bemerkte er, dass die Bettseite neben ihm leer war. Das war ungewöhnlich, denn gleich, wie intensiv der Sex zwischen Inoue und Klara sein mochte, irgendwann in der Nacht kam Inoue stets in das gemeinsame Bett und unter die gemeinsame Decke.

Klee griff neben sich, fühlte eine verlöschende Wärme, das Vergehen einer Einbuchtung. Er stieg aus dem Bett, ging zum Fenster, schob die Vorhänge zur Seite und blickte vom obersten Stockwerk des Hauses in das morgendlich Halbhelle: Blaulichter, Hubschrauber, Bewegung auf den Straßen, Erregung. Sirenen, die Bienengeräusche von Motoren. Auf der gegenüberliegenden Seite des Tals konnte er die gelb leuchtenden Absperrbänder sehen. Er öffnete das Fenster. Unten vor dem Hotel standen Gäste und Nachbarn.

Und dann sah er Inoue, die wie von Panik erfasst in den Wagen sprang und losfuhr. Jene Straße nehmend, die nach einer ersten Kurve in einem weiten Bogen um das Waldstück führte, hinter dem die große Wiese lag, die das Ziel der Hubschrauber und Einsatzkräfte war.

Es war Klee sofort klar, dass Inoues Eile und ihre auch von hier oben deutlich zu erkennende Aufregung nur daher rühren konnte, dass etwas mit den Zwillingen geschehen war. Allerdings konnte sich Klee schwer vorstellen, dass Uwe und Iris, gleich, was sie angestellt haben mochten, der Grund für einen derartigen kriegsartigen Auflauf waren. Er zog sich rasch an, lief nach unten und nach draußen. Von Klara, die bei einem Gästepaar stand, erfuhr er, dass Inoue, als sie nach den Zwillingen hatte sehen wollen, feststellen musste, dass diese nicht mehr im Glashaus waren. Was ja nur bedeuten konnte, dass sie früher als alle anderen etwas mitbekommen hatten und hinüber in den Wald gelaufen waren. Inoue würde jetzt versuchen, an den Absperrungen vorbei nach den beiden zu schauen.

»Wäre es ein Chemieunfall«, sagte Klara, »man hätte es in den Nachrichten durchgegeben. Und wir würden nicht hier draußen stehen, oder? Es muss etwas anderes sein.«

Es war etwas anderes.

Zunächst war in den Medien nur von einem »Zwischenfall« die Rede, der zu großräumigen Straßensperren geführt habe. Wobei die üblichen Anweisungen fehlten, die besagten, die Leute sollten in ihren Häusern bleiben. Bald darauf hieß es, der Einschlag eines Objekts sei erfolgt, bei dem es sich aber nicht – wie zuerst angenommen – um einen Meteoriten handeln würde, sondern um ein Artefakt.

Es brauchte dann noch einige Stunden, bevor die ersten Meldungen durchsickerten, das niedergegangene Artefakt sei ein russischer Satellit. Diese Nachrichten wurden kurz darauf dahingehend korrigiert, dass man genau genommen nicht von einem russischen, sondern von einem sowjetischen Satelliten sprechen müsse, der somit aus jener Zeit stamme, als die KPdSU noch an der Macht gewesen war.

Wie bitte?!

Stimmt, die KPdSU war nach dem gewaltigen Aufwand ihres

Entstehens und ihrer titanischen Geschichte bereits 1991 infolge des gescheiterten Augustputsches gegen Gorbatschow zerfallen.

Die Partei schon, nicht aber diese Kapsel.

Eine Kapsel, die auf einer abschüssigen Wiese in der Mitte Europas niedergegangen war und bei der es sich ... Man konnte es zunächst einfach nicht glauben. Es war fern jeder Wahrscheinlichkeit. Weshalb allgemein von einem irrwitzigen Scherz, einem gigantischen »Practical joke« gesprochen wurde, einem Streich von Leuten, die offensichtlich über das Kapital und die Technik verfügten, etwas Derartiges zu bewerkstelligen, und auf solche Weise versuchen würden, die ganze Welt an der Nase herumzuführen. Vielleicht sogar Leute, denen daran gelegen war, mittels einer mystischen Fälschung doch noch die Überlegenheit des real existierenden Sozialismus, zumindest die Überlegenheit der sowjetischen Raumfahrt zu behaupten.

Aber so verrückt es klingen mag, nach und nach wurde immer klarer – und ließ sich durch keinerlei Fälschungsvorwürfe entkräften –, dass es sich bei dem von einem Fallschirm gebremsten und sodann zur Erde getragenen Objekt um genau jenen Satelliten namens *Sputnik 2* handelte, den die Sowjetunion im November 1957 in eine Umlaufbahn um die Erde geschickt hatte.

Natürlich, dieser Satellit war, nachdem er 162 Tage im Orbit verbracht und dabei die Erde 2570-mal umflogen hatte, im April 1958 beim Eintritt in die Erdatmosphäre verglüht. Die letzten Teile dieses in der Menschheitsgeschichte erst zweiten künstlichen Satelliten waren über dem Karibischen Meer verbrannt.

Und jetzt also sollte dieses alte Ding, dieser lang schon »Tote«, ziemlich unversehrt einen Wiesenhang im Südwesten von Deutschland erreicht haben?

Aber das war noch nicht alles. Denn zu dieser Sputnik-Kapsel gehörte bekanntermaßen auch ein Hund. Das erste jemals in den Weltraum beförderte Lebewesen, bevor man dann mit Juri Gagarin einen Menschen hochgeschickt hatte. Eine Hündin mit dem Namen *Laika*. Von der aber im Unterschied zu Gagarin niemals geplant gewesen war, sie wieder heil zur Erde zurückzubringen. So war etwa 2002 bekannt geworden, dass Laika wohl bereits einige Stunden nach dem Start gestorben war. Ein Teil der Hitzeabschirmung musste sich von der Kapsel gelöst haben, woraufhin das Kontrollsystem nicht mehr in der Lage gewesen war, den Anstieg der Innentemperatur zu verhindern. So war das Tier bei über vierzig Grad an Überhitzung gestorben. Wenn nicht der ganze extreme Stress in dem extrem beengten Innenraum seinen raschen Tod verursacht hatte. Während ursprünglich die Idee darin bestanden hatte, Laika nach zehn Tagen im Orbit an vergiftetem Futter sterben zu lassen. Und was sonst noch an Vermutungen und Gerüchten kursierte. Aber gestorben war sie. Nach zehn Tagen oder nach wenigen Stunden.

Und nun?

Genauso bizarr wie der Umstand, dass zweiundsechzig Jahre nach dem Start von Sputnik 2 deren Kapsel auf der Erde gelandet war … nein, noch viel bizarrer und fantastischer war es, dass sich im Inneren der Kapsel genau jene Hündin befand, die damals, 1957, darin gestorben war und deren Leichnam zusammen mit dem ganzen Raumflugkörper verbrannt sein musste. Ein Flugkörper, der nach den offiziellen Angaben ja in keiner Weise darauf ausgerichtet gewesen war, den Passagier sicher zurückzubringen. Für eine solch komplizierte Unternehmung – Chruschtschow drängte – hatte einfach die Zeit gefehlt. Das ursprünglich dafür vorgesehene Gerät war noch nicht fertig gewesen, sodass man Sputnik 2 ziemlich wild zusammengebastelt hatte. Gerüchteweise war der Satellit nach Entwürfen entstanden, die eher an hingekritzelte Skizzen erinnerten. Wie ja übrigens auch die ersten Raumlandefähren der Amerikaner etwas Hobbykellermäßiges besaßen. Etwas Händisches, Verklebtes, Genageltes und Improvisiertes. Etwas zutiefst Menschliches und, ja, etwas Sympathisches.

Die offiziellen Angaben besagten, dass sechs Tage nach dem Start von Sputnik 2 die Batterien erschöpft gewesen seien und keinerlei Daten mehr hatten übertragen werden können, sodass die Kapsel samt dem toten Hundekörper die verbleibenden hundertsechsundfünfzig Tage gleich einem fliegenden Sarkophag eine Runde nach der anderen gedreht hatte.

Wenn man alles zusammenrechnete, dann musste dieser Hund hier, dieser damals dreijährige Mischling aus Husky und Terrier, nun fünfundsechzig Jahre alt sein.

Wie alt konnten Hunde werden? Der Rekord lag offiziell bei dreißig Jahren. Das war dann allerdings auch kein Hund, der sechs Jahrzehnte im Weltraum zugebracht hatte.

Mindblowing war für diese Geschichte ein allzu schwacher Begriff.

Aber sosehr die Umstände sich eigneten, den Verstand des Publikums unnatürlich aufzublähen, befand man sich dennoch weder in einem Fantasyroman noch in einer Netflix-Serie. Noch handelte es sich um eine dieser Zeitungsenten, mit denen sogenannte Sommerlöcher gefüllt wurden. Der Sommer geriet an sein Ende und verlor seine Löcher.

Es brauchte freilich seine Zeit, um das Unglaubliche vom Verdacht extremer Fälschung zu befreien. Zahllose Untersuchungen fanden statt. Untersuchungen am Objekt der Sputnik-Kapsel, um ihre Echtheit auszumachen. Durchaus in der Art, wie alte Gemälde geprüft werden. Untersuchungen vor allem an einem Hund, der eindeutig am Leben war und bei dem es sich mit immer größerer Wahrscheinlichkeit um denselben handelte wie jenen, der im Dienste der früheren Sowjetunion auf eine Reise ins All vorbereitet worden war, indem man ihn in Zentrifugen und immer engere Käfige gesteckt, ihn den simulierten Bedingungen eines Raketenstarts ausgesetzt, seine ganze physiologische Verwandlung studiert hatte – er hörte auf, Kot zu produzieren, was wohl das fatalste Zeichen einer unnatürlichen Entwicklung ist –, um ihn nicht zuletzt an »Weltraumnahrung« zu gewöhnen.

Eine Menge Experten diverser Fachrichtungen wurden nach Deutschland geholt, natürlich auch viele aus Russland, darunter zwei, die als junge Wissenschaftler am damaligen Weltraumprogramm teilgenommen hatten und – man kann sagen, gleich der Hündin Laika – die vergangenen zweiundsechzig Jahre überlebt hatten. Einer von ihnen war Assistent von Oleg Gasenko gewesen, jenem Physiologen, der die Hündin Laika und später dann den Menschen Gagarin trainiert hatte und der nicht zuletzt auch den Hund einer gescheiterten Sputnik-Mission bei sich aufgenommen und vierzehn Jahre lang gepflegt hatte. Gasenkos Rolle im ganzen Sputnik-2-Projekt führte im Zuge von *The Big Return* zu diversen Spekulationen. Gasenko war ja nicht nur Laikas Trainer gewesen, sondern ein Begründer der Weltraummedizin. Sein wissenschaftliches Hauptinteresse hatte der Schwerelosigkeit gegolten und was sie bei Tier und Mensch auslöste. Seine Bedeutung in dem Projekt war dubios und romantisch. Man kann vielleicht sagen, dass diese ganze Geschichte sich dadurch auszeichnete, dubios und romantisch zu sein. Wie vielleicht sogar – um hier einen Abschluss zu bilden – die Existenz des Menschen dubios und romantisch ist (und damit ebenso die der Hunde).

Bald führten die neuerlichen Untersuchungen der Sputnik-2-Mission zu einer bedeutenden Neubewertung der als bislang historisch anerkannten Fakten. Es stellte sich heraus, dass, obgleich das damalige Projekt in aller Eile durchgeführt worden war – immerhin sollte der Start mit dem 40. Jahrestag der Oktoberrevolution zusammenfallen –, es dennoch stets das Ziel gewesen war, Sputnik 2 wieder zur Erde zurückzubringen und damit auch den »ersten sowjetischen Kosmonauten im Weltraum«. Als solchen hatte man die Hündin durchaus angesehen. Die Überlegenheit des Sowjetsystems sollte sich nicht zuletzt im Überleben dieses Hundes zeigen. Nicht aus Gründen des Tierschutzes, natürlich nicht, aber doch um die Verwirklichung des Möglichen zu demonstrieren. Wenn vorsorglich behauptet wurde, eine Rückkehr von Satellit und Hund auszuschließen, so dürfte es sich dabei um eine Sicherheitsmaßnahme für den Fall des Scheiterns gehandelt haben. Es war ein Unterschied, ob ein Hund starb, der ohnehin im Dienste der Wissenschaft dem Tod geweiht war, oder einer, dessen Überleben man lautstark eingeplant hatte. Wäre Laika gesund zur Erde zurückgekehrt, hätte man dies propagandistisch immer noch verwerten können.

Jetzt jedenfalls war Laika zurückgekehrt, allerdings mit sechs Jahrzehnten Verspätung. Die Verspätung war das große Mysterium. Auf den sogenannten Sputnik-Schock der Fünfzigerjahre und des Kalten Krieges folgte ein weit bedeutenderer Sputnik-Schock im 21. Jahrhundert.

Es zeigte sich, dass die 2002 als »Wahrheit über die Geschehnisse« kolportieren Äußerungen eines Biologen, Laika wäre bereits sieben Stunden nach dem Start ums Leben gekommen, genauso wenig stimmten wie jene Angaben aus dem Jahre 1999, bei denen behauptet worden war, Laika sei am vierten Tag des Flugs gestorben. Vielmehr tauchte mit einem Mal Archivmaterial auf, das Vitalfunktionen Laikas noch Wochen nach dem Start dokumentierte, allerdings in Kombination mit telemetrischen Daten, die schlichtweg als »exotisch« zu bezeichnen waren. (Was umso mehr erstaunte, als es früher geheißen hatte, dass mit dem Ende der Batterien am sechsten Tag nach dem Start die Übertragung von Daten unmöglich geworden war.)

Nicht weniger exotisch mutete freilich an, dass die ersten Menschen, die die Hündin Laika nach dieser langen Zeit ihrer mysteriösen Reise zu Gesicht bekamen, ausgerechnet die sanderschen Zwillinge waren. Schlaflose Kinder aus einem Glashaus, dessen durchsichtiges Dach ihnen den Blick in den Nachthimmel ermöglicht hatte. Und die – dies wurde immer wieder in den Medien erwähnt und führte zu einer gigantischen Thomas-Mann-Renaissance – den Sommer ausgerechnet mit einem Buch des großen deutschen Romanciers zugebracht hatten, sosehr gerne unterschlagen wurde, dass die zwei Zehnjährigen den Roman nicht selbst gelesen hatten.

Es sollte in der Folge einige Mühe bereiten, die beiden Kinder aus dem Strudel ihrer Berühmtheit zu befreien, um ihnen das zu gewährleisten, was man eine »normale Kindheit« nennt.

Auch wenn sich Inoue in den vergangenen Jahren recht wenig um ihre Zwillinge gekümmert hatte, war sie es nun, die es mit größter Vehemenz unternahm, den Kindern zu ersparen, die nächsten Jahre als »Heilige« zu verbringen, Demonstrationszüge und andere Prozessionen anführen und die dünne Luft in den Studios der Talkshows atmen zu müssen.

Die beiden hatten, nachdem sie die Sputnik-2-Kapsel am unteren Rand der Wiese im Dämmerlicht des beginnenden Tages entdeckt hatten, festgestellt, dass die Wucht des Aufpralls oder das Herabrollen vom Hang ein Aufbrechen des gesamten Vorderteils der Kapsel bewirkt hatte. Die ganze kegelförmige Konstruktion, wenngleich auf der Seite liegend, bot einen ähnlichen Anblick wie auf den vielen bekannten Abbildungen, die das offene Modell des Satelliten mit seinen drei Modulen aus poliertem Metall zeigt: das kleine Messinstrument an der Spitze, die versiegelte Kugel in der Mitte und im unteren Drittel eine inwendig gepolsterte Kabine. Auch von ihr war ein Teil aufgebrochen, die Sichtscheibe zersplittert. Die Zwillinge mussten noch Stücke davon herunterbrechen, dann war es ihnen möglich, den eingeklemmten Hund aus der Kapsel herauszuholen. Anschließend befreiten die Kinder die Hündin auch von dem verkabelten Korsett, das ihr vor zweiundsechzig Jahren umgeschnallt worden war, den Elektroden, ebenso dem Beutel, der bestimmt war, die Fäkalien aufzunehmen. Das würde später zu einem häufigen Argument der Zyniker und Skeptiker werden, die Frage nämlich, wie ein Beutel aussehen sollte, in dem die Scheiße von zweiundsechzig Jahren steckte.

Nun, Fragen wurden eine Menge gestellt. Natürlich auch an die Kinder, die beim Eintreffen der ersten Polizisten neben der Kapsel saßen und die zwischen ihnen sitzende, hechelnde Hündin umarmt hielten und streichelten. Hund und Kinder wurden dann sehr bald ins Rathaus der Ortschaft gebracht, wo ein Krisenstab eingerichtet worden war: Kriminalpolizei, Geheimdienstmitarbeiter, Mediziner, erste Experten von der nahen Universität, der eingeflogene Innenminister, ein eingeflogener Berater des neuen Kanzlers. Als Erstes aber wurde den Zwillingen das Handy abgenommen, mit dem sie gleich zu Beginn die Kapsel, den Hund und sich selbst zusammen mit dem Hund fotografiert hatten. Sodann wurden Uwe und Iris medizinisch untersucht und stellten sich glücklicherweise als vollkommen gesund und genauso unverstrahlt heraus wie das Tier. In den Befragungen berichteten die Zwillinge von ihrem Glashaus und davon, den Sommer über wegen des Thomas-Mann-Buchs, aus dem ihnen vorgelesen worden war, immer recht spät eingeschlafen zu sein. In dieser letzten Nacht dann, bevor wieder die Schule beginnen sollte – in Wirklichkeit würden an diesem Tag nicht nur die Sanderzwillinge *nicht* zur Schule gehen –, hatten sie den Plan verfolgt, die Nacht, wie man so sagt, durchzumachen. Plaudernd und spielend und im Licht ihrer Smartphones wie auch im Licht eines vom zunehmenden Mond erhellten Nachthimmels einfach aufzubleiben. Mag sein, dass sie dazwischen mal eingenickt waren, aber gegen Morgen hin waren sie wach gewesen. Und hatten den hellen Punkt am Himmel erkannt.

Und zwar als Einzige, so ungewöhnlich sich das anhörte. Da war keine zivile Flugsicherung, keine Luftraumüberwachung, die das Objekt auf ihrem Schirm gehabt hätte, kein Teleskop, keine Beobachter des Nachthimmels. Kein Kampfflugzeug der Bundeswehr war aufgestiegen, nur diese beiden Kinder aus ihren Betten gesprungen. Der dann recht massive Einsatz von Hubschraubern des Heeres und der Polizei schien darum wie eine Kompensation für die hinter zwei aufmerksame Kinder zurückgefallene Staatsmacht.

Wenn in den folgenden Tagen und Wochen im Zuge der *Großen Rückkehr* nicht wenige Menschen und Medien das Ereignis als *The Other Nine-Eleven* bezeichneten, dann hatte dies auch dahingehend seine Berechtigung, als die Landung der Sputnik-2-Kapsel samt der Moskauer Straßenhündin Laika in einer ähnlichen Weise in die Geschichte einging. Fast jeder Mensch, der 9/11 bewusst erlebt hatte, wusste, was er an diesem Tag getan hatte und wo er gewesen war, als ihn die ersten Meldungen von den nicht für möglich gehaltenen Selbstmordattentaten erreicht hatte. Was er sich gedacht, was er gefühlt hatte, welche Vermutungen er angestellt, welches Mitleid, welche Wut und welche Angst er empfunden hatte. Oder auch welche Form von Genugtuung (denn das wird natürlich in der westlichen Welt gerne vergessen, die Triumphgefühle, die diese Anschläge in manchen Teilen der nicht westlichen Welt ausgelöst hatten. Beziehungsweise verdrängte man gerne, wie viel wohligen Schauer das Ereignis so manchem erschütterten Betrachter beschert hatte.)

Mit der Landung von Laika geschah etwas ganz Ähnliches, nur dass natürlich nicht eine Katastrophe, ein Anschlag oder kriegerischer Akt sich tief ins Bewusstsein und in die Erinnerung der Menschen brannte, sondern etwas, das man als Wunder, als Zeichen oder als »das erste Phänomen seiner Art« begriff. Ein Phänomen, das zu verstehen man erst noch würde lernen müssen. Jahre und Jahrzehnte später würden die meisten Menschen, die an diesem 11. September das erste Mal in den Nachrichten davon erfahren hatten, dass die sowjetische Sputnik 2 mit der Hündin Laika an Bord sicher im Nordwesten des Bundeslandes Baden-Württemberg gelandet war, sich daran erinnern, was sie an diesem Tag getan hatten und wie sie augenblicklich auf ihren Smartphones und in ihren Computern nachgesehen hatten, was es über die sechs Jahrzehnte alte sowjetische Mission zu erfahren gab: die Kapsel betreffend, den Hund betreffend, die beteiligten Wissenschaftler betreffend. Aber auch, was das denn für eine Gegend war, in der nun mit der allergrößten Verspätung dieses sowjetische Vehikel niedergegangen war (mit einem Mal wussten Menschen auf Bali oder in Vietnam oder Kanada, wo das nördliche Baden-Württemberg liegt und wo das südliche Hessen und wie man das Mittelgebirge nennt, in dem die Landung erfolgt war. Es dauerte keine halbe Stunde, da existierte auf Wikipedia eine eigene mit »Sputnik-2-Ereignis« bezeichnete Seite, die mit enormer Geschwindigkeit anwuchs, immer detaillierter die neuen Erkenntnisse sammelte und später in *Die Große Rückkehr* umbenannt wurde).

Natürlich fanden sich in den russischen Archiven des ehemals sowjetischen Weltraumprogramms diverse Trockenblutproben jener Hündin Laika, die zusammen mit zwei anderen Hunden aus den Straßen Moskaus ausgewählt und trainiert worden war. Der DNA-Abgleich zwischen diesen Proben und denen der zurückgekehrten Laika ergab, dass die beiden Tiere absolut identisch waren. Was auch für jene Proben galt, die von der Kapsel und den Instrumenten stammten und deren Authentizität bestätigten. Wobei man im Falle der Kapsel durchaus davon sprechen konnte, dass sie in diesen sechs Jahrzehnten und unter den Umständen einer langen Reise gealtert war, nicht aber die Hündin, die also keineswegs eine Supergreisin darstellte. Die nicht nur keinen Tag älter als drei Jahre aussah, sondern es auch wirklich nicht zu sein schien. Zumindest nicht in einer messbaren Weise.

Unter all den Spekulationen, die aufgrund der nach und nach an die Öffentlichkeit geratenen Fakten ins Spiel kamen, erlangten zwei die allergrößte Popularität. Einerseits die Annahme, die frühere Sowjetunion hätte bei ihren Forschungen mehr im Sinn gehabt, als bloß das bisschen erdnahen Weltraum zu erobern und wie blöd im Kreis herumzufliegen. Etwas, das ja, von der kurzfristigen Monderoberung und dem Verstreuen von Satelliten einmal abgesehen, bis heute das Einzige zu sein schien, wozu die Menschheit imstande oder willens war. Vielmehr dürfte es den Sowjets darum gegangen sein, das Problem des Alterns und des Verfalls zu lösen und einen absolut »neuen Menschen« zu schaffen, indem man erst einmal einen »neuen Hund« schuf. Kein System war so sehr dem Quasireligiösen, Neospirituellen und Paranormalen verpflichtet gewesen wie der atheistische Kommunismus mit seinem Hang zum Experimentellen. Man kann Gott nicht einfach aufgeben, ohne dass das massive religiöse Folgen hat.

Das andere populäre Gerücht bestand darin, dass – nicht weiter überraschend – die Rückkehr Laikas nach zweiundsechzig Jahren den ersten sichtbaren Beweis für die Existenz einer außerirdischen Intelligenz bedeutete. Einer Intelligenz, die nicht aus Hollywood stammte und darum auch nicht mit riesigen Raumschiffen, Klonkriegern und Laserkanonen und einer an das amerikanische Militär erinnernden Kommandostruktur die Welt angriff. Und sich ebenso wenig erblödete, vorwitzige Katzenfresser, hässliche Schleimmonster oder sechsundsechzig Zentimeter große, zu absurder Grammatik neigende Besserwisser auf die Erde zu entsenden.

Vielerorts bestand die Überzeugung, die Wahl sei nicht darum auf Sputnik 2 und vor allem auf Laika gefallen, um in irgendeiner Form die Überlegenheit des sowjetischen Systems von einem außerirdischen Standpunkt aus zu bestätigen, nein, die Außerirdischen hätten sich schlichtweg des ersten Wesens bedient, dem es gelungen war, den Orbit und damit das All zu erreichen. Und wäre es ein amerikanischer Schimpanse gewesen, hätten die einen amerikanischen Schimpansen genommen.

Damit einher ging freilich auch der Verdacht, dass zusammen mit der zurückgekehrten Kapsel – von der Internetgesellschaft formelhaft als *Sp2-L* (ɛspiːtuː-ɛl) bezeichnet – sowie der zurückgekehrten Mischlingshündin Laika diverse Informationen einer außerirdischen Intelligenz mitgeliefert worden waren, die man eben zuerst einmal herausfiltern müsse. Aus den Teilen der Kapseln wie aus dem Körper und der Psyche des Hundes. Und vielleicht auch aus dem, was die Zwillinge Uwe und Iris bei ihrem »ersten Kontakt« erfahren hatten. Etwas, das möglicherweise in ihre Hirne übertragen worden war. Und das man aus diesen Hirnen herausbekommen konnte.

Genau das zu verhindern, darum ging es Inoue. Zu verhindern, dass die beiden über einen ersten Gesundheitscheck und eine erste unmittelbare Befragung hinaus in irgendwelche Labors gesteckt wurden. Kinderfreundlich, natürlich. Legal, klar. Die Gesundheit der Zwillinge gewährleistend, selbstverständlich. Nein danke! So, wie Inoue auch zu verhindern gedachte, dass die Kinder in die Klauen der Politik und der Medien gerieten. Dass die beiden dem Kanzler die Hand schütteln mussten, eine Audienz beim Papst erhielten, vor dem EU-Parlament sprechen sollten, vor der UNO, zum Klimawandel befragt wurden, zum Tierschutz, zur Raumfahrt, weltweit Liebe auf sich zogen, möglicherweise auch weltweit Hass, weil ihnen vielleicht etwas Blasphemisches entglitt, sie gar bezweifelten, der Hund könne mehr sein als eben ein ganz normaler Hund. Für sie, Inoue, war es ein simpler Zufall. Ein Zufall, dass dieses sowjetische Vehikel ausgerechnet nahe des *Hotels zur kleinen Nacht*, beziehungsweise nahe des *Hotels zur sehr kleinen Nacht* auf die Erde gefallen war. Sie wehrte sich gegen den Verdacht, es könnte irgendeine Form von Bestimmung sein, dass gerade *ihre* Kinder in diese privilegierte Rolle geraten waren. Noch dazu Zwillinge!

Inoue machte sich keine Illusionen darüber, wie wenig es nützen würde, darum zu bitten, ihre Privatsphäre zu respektieren und ihre Kinder in Frieden zu lassen. Sie wusste, wie nötig es war, die Zwillinge von dem Ort, an dem dies alles geschehen war, fortzubringen. Mit den beiden, Schulpflicht hin oder her, für eine Weile unterzutauchen.

Und zwar schnell.

Sie bat Klara, sie zu begleiten, nicht, weil sie eine Geliebte benötigte, sondern eine Hilfe. Eine Hilfe beim Untertauchen und Verstecken. Eine Hilfe, die Kinder zu schützen, zu unterrichten, ihnen bei all dem Durcheinander so etwas wie Ordnung und Geborgenheit zu verschaffen. Keine Frage, dass ihr die offiziellen Stellen genau dabei gerne behilflich gewesen wären, um die Kontrolle nicht zu verlieren.

Genau die Kontrolle, auf die Inoue gerne verzichten konnte. In einer Nacht-und-Nebel-Aktion packte sie alles zusammen und verließ mit den Zwillingen und Klara den Ort. Sie traten eine Flucht an. Ein Flucht, die Inoues Ex-Mann und Vater der Kinder erstaunlicherweise guthieß. Er erkannte die Notwendigkeit von Inoues Handeln. Er erkannte die kombinatorische Optimierung ihres Handelns, die diskrete Mathematik. Und wie sehr ein Aufschub ein Fehler gewesen wäre.

Und Klee?

Klee blieb zurück.

Ja, einer musste nun mal beim *Hotel zur kleinen Nacht* bleiben. Wobei natürlich in der ersten Zeit nach der *Großen Rückkehr* der Wahnsinn über den Ort und damit auch über das Hotel hereinbrach. Eine Menge Leute kamen, und keiner davon hatte Interesse an der schönen Landschaft und der Ruhe, die ja ohnehin nur mehr als Reminiszenz existierte. Als Erinnerung an die Zeit *vor* dem Ereignis.

Klee stellte zwei Frauen aus dem Ort an, die ihm halfen, das Hotel so weit es ging in der bisherigen Form weiterzuführen, wobei sich die Gäste in den ersten Monaten aus Journalisten, Wissenschaftlern und Wahnsinnigen zusammensetzte, eine Zeit lang dann nur noch Wahnsinnige kamen, bevor endlich eine gewisse Entspannung eintrat und sich wieder vermehrt Gäste einfanden, wie sie Klee vor den Geschehnissen beherbergt hatte: Paare, Liebespaare, Eheleute, Wanderfreunde, wobei natürlich auch sie nicht nur wegen der schönen Landschaft, des Meerwassers und des *Riffs* kamen, sondern unbedingt die Stelle besuchen wollten, wo das alles geschehen war.

Eine Bodenplatte aus Marmor war in die Erde gefügt worden, eine Platte, auf der die Umrisse von Sputnik 2 sowie diverse Daten bezüglich des Ereignisses eingraviert waren, nicht zuletzt eine Biografie Laikas, der Laika von früher und der von heute.

Irgendein Besucher hatte damit begonnen, ein Hundehalsband an einen Ast des nahen Waldrands zu hängen. Was auch immer er damit hatte aussagen wollen, andere machten es ihm nach. Es erinnerte schon sehr an diverse Brücken, deren Geländer mit bunten Vorhängeschlössern dicht behängt waren, ein Brauch verliebter Paare. Bald war der Wald der Landestelle von Sputnik 2 voll mit Hundehalsbändern, viele davon mit Glitzersteinen, Sprüchen, Schwüren und Liebesbekundungen besetzt (*per sempre*, für immer).

Es brauchte ein Jahr, bis eine Beruhigung eintrat. Also weniger ein Nachlassen des Interesses hinsichtlich *Sp2-L*, aber doch bezüglich des Ortes, an dem die Kapsel niedergegangen war. Es mochte später noch Leute gegeben haben, die meinten, es könne kein Zufall gewesen sein, dass die Kapsel genau an dieser Stelle gelandet war, aber die meisten Kommentatoren und bald auch die meisten Menschen auf der Welt konnten und wollten sich nicht vorstellen, dass irgendein steiler Hang im Südwesten Deutschlands praktisch »ausgewählt« worden war. Wieso auch? Nein, der Ort verlor nach und nach an Bedeutung. Wer weiß heute noch, wo genau jenes 3,2 Millionen Jahre alte und nach einem Beatles-Song benannte Skelett eines weiblichen Vormenschen gefunden wurde? Östlich von Düsseldorf? Nein, das war der Neandertaler. Afrika? Ja, sicher, aber wo in Afrika? Doch jeder kennt den Namen dieser weiblichen Vormenschen: Lucy.

Lucy und Laika.

Im Falle der Hündin war es freilich umgekehrt. Zuerst der Hund, dann der Hit. Bereits vor *The Big Return* hatte es diverse künstlerische Hommagen an sie gegeben, aber mit ihrer Rückkehr wurde es wirklich heftig. Wie durch ein Wunder entdeckte man ein Lied, das angeblich der 2016 verstorbene David Bowie komponiert hatte, ein kleiner, irrer Song mit dem Titel *Laika,* von Bowie mit einem visionären Text versehen. Wenn denn der Text tatsächlich von ihm stammte. Jedenfalls hatte Bowie den Song nicht mehr einspielen können. Das tat dann Annie Lennox, die ja zusammen mit Bowie beim legendären Freddie-Mercury-Tribute aufgetreten war. Es ging aber auch das Gerücht um, die Entscheidung, Bowies *Laika* von Lennox interpretieren zu lassen, würde damit zusammenhängen, dass die 1954 geborene Sängerin genauso alt wie Laika war. So oder so, das Lied wurde zum Welthit. Wie vieles andere auch, das sich einer populären Umsetzung von *Sp2-L* bediente. Vom T-Shirt und Computerspiel über einen Energydrink bis hin zu einem kontroversiellen Theaterstück aus der Feder einer großen österreichischen Dramatikerin.

Was Klee bei all dem ganz gut gelang, war es, jene Leute abzuwehren, die hofften, von ihm zu erfahren, wo sich die Zwillinge befanden. Nicht zuletzt, weil er selbst es nicht wusste. Inoue hatte es ihm bei ihrer Abreise nicht gesagt und sagte es ihm auch später nicht. Später, das bedeutete, wenn er hin und wieder mit ihr skypte. Wozu er allerdings nie seinen eigenen Computer benutzte. Sondern den einer älteren Dame aus der Nachbarschaft. Einer Frau, die Klee aus der winzig kleinen öffentlichen Bücherei kannte, wo sie mit anderen Damen strickend zwischen den Büchern wie in einem Labor saß, als versuche man, verwandte Strukturen im System des Strickens und des Bücherlesens zu entdecken. Ein Muster.

Die Frau hatte Klee zu einer Tasse Tee auf die Terrasse ihres Hauses eingeladen, und er hatte die Einladung aus einem nachbarschaftlichen Pflichtbewusstsein heraus angenommen. War dann aber bald von ihr gebeten worden, sie in ein kleines Zimmer zu begleiten, wo sie ihn zu seiner Überraschung und ohne ein weiteres Wort zu verlieren alleine ließ. Zusammen mit einem Computer. Und dort auf dem Schirm … Inoue. Ihr Gesicht schien etwas verändert. Zum ersten Mal meinte Klee einen asiatischen Zug darin zu erkennen, was ja Unsinn war. Weder das japanische Waisenheim noch die japanischen Adoptiveltern konnten dafür verantwortlich sein. Und schon gar nicht gab's einen Hinweis, Inoue könnte sich mit Klara und den Kindern in Japan aufhalten. Der Hintergrund, vor dem Inoue saß und nun mit Klee sprach, gab rein gar nichts preis. Eine weiße Wand. Sie hätte genauso gut unten in der Stadt im Gebäude des Kunstvereins sitzen können.

»Frag mich nicht, wo ich bin«, sagte sie als Erstes.

»Denkst du, ich verrate dich?«

»Natürlich nicht. Aber schau, was du nicht weißt, kann man dir nicht entlocken. Das musst du doch zugeben.«

»Na, die werden mich nicht foltern«, sagte Klee.

Darauf Inoue: »Man kann auch ohne einen Schraubenzieher in das Hirn eines Menschen eindringen, oder?«

Klee schüttelte angewidert den Kopf, fragte dann aber, wie es ihr und den Kindern gehe. Dort, wo sie jetzt waren.

»Es geht uns gut. Wir sind in Sicherheit. Und jetzt sehen wir mal zu, wie lange es dauert, bis sich das alles beruhigt hat und die Leute wieder zur Vernunft kommen.«

»Ohne euch«, klagte Klee, »ist es anders hier.« Er meinte natürlich ohne Inoue.

»Natürlich«, sagte sie. »Aber es war nun mal dumm von uns,

von dir und mir, uns einen Ort auszusuchen, wo dann eine sowjetische Kapsel heruntergeht.«

»Ja, um Himmels willen, das konnten wir doch nicht ahnen!«

»Es war dennoch ein Fehler«, sagte Inoue. »Mathematisch gesehen. Und diesen Fehler müssen wir jetzt ausbaden. Du in nächster Nähe und ich in großer Ferne.«

»Die große Ferne scheint dir gutzutun«, meinte Klee wehmütig. Bitter und sehnsüchtig. Er empfand eine beträchtliche Begeisterung für Inoues ins Asiatische verschobene Gesicht. Oder auch nur eingebildet Asiatische.

Klee kam nun des Öfteren zu jener aus der Bücherei-Strick-Fraktion stammenden älteren Dame zum Tee, um dann stets nach einer ersten Tasse zum Skypen mit Inoue in einen kleinen, fensterlosen Raum zu wechseln. Manchmal sah er auch die Zwillinge, die aber immer nur ganz kurz. Sie sagten Hallo und waren gleich wieder verschwunden. Sie hatten wohl Besseres zu tun.

Inoue erzählte von dem Leben, das sie mit den Kindern und Klara und einer weiteren Frau führte, keiner Freundin, sondern einer Frau aus der Umgebung, die ihnen half, ein altes Haus an einer entlegenen Bucht zu führen. Die Kinder zu unterrichten, den Garten zu pflegen, einen zugelaufenen Hund, keinen Hund aus dem All ...

Der arme Uwe, dachte sich Klee angesichts des Frauenhaushalts, in dem der Junge nun aufwuchs. Andererseits war das sicher besser als im deutschen Fernsehen auftreten zu müssen. Schlimm genug, dass der Name Uwe, der zwischen den 1930er- und 1960er-Jahren seine Hochblüte erlebt hatte, aber mit den Achtzigerjahren gänzlich aus der Mode gekommen war, nun eine erstaunliche Renaissance erlebte. Wie ja auch die Bücher von Thomas Mann. Vom Namen Iris – immerhin die Botin der Götter in der griechischen Mythologie – ganz zu schweigen.

Es gefiel Klee, auf welche Weise – mit einem geradezu lyrischen Ton – ihm Inoue von dem Haus berichtete, in dem sie lebten, ein Haus, zu dem die Kinder übrigens *Berghof* sagten, benannt nach dem Zauberbergschen Sanatorium in Davos. Nur, dass ihr *Berghof* nicht in den Bergen, sondern am Meer lag, in einer Gegend, von der Klee nicht viel mehr wusste, als dass sie sich in der nördlichen Hemisphäre befinden musste. Wäre es die südliche gewesen, er hätte es aus den Beschreibungen des jahreszeitenbedingten Wetters erkannt. Näheres aber fand er nicht heraus. Und unterließ es, erneut nachzufragen. Wie er es auch unterließ, sich nach Klara zu erkundigen. Nach der anderen Frau hingegen, der einheimischen, fragte er schon.

»Die Zwillinge lieben sie«, erklärte Inoue.

»Ihr seid eine ganze Menge Frauen da«, kommentierte Klee.

»Na ja, du kommst ja auch nicht völlig ohne Weiber aus«, bezog sich Inoue auf die Tatsache, dass Klee nicht zwei Männer, sondern zwei Frauen angestellt hatte, die nun in der *Kleinen Nacht* arbeiteten. Abgesehen von der Tatsache, dass es eine strickende und Bücher verwaltende ältere Dame war, zu der Klee regelmäßig zum Tee erschien.

Es war tatsächlich das Richtige gewesen, dass Inoue sich keine Zeit mit der Entscheidung gelassen hatte, ob sie die Kinder fortbringen sollte oder nicht. Vielmehr hatte sie diesen Entschluss gleich getroffen, nachdem Uwe und Iris aus der ersten medizinischen Untersuchung und der ersten psychologischen Betreuung sowie einer ersten Befragung durch Beamte des BND und Vertreter des Bundeskanzleramts entlassen worden waren. Wobei die beiden dort, in jenem Rathaus, auch von einem Mann »verhört« wurden, von dem niemand so genau wusste, zu welcher Institution er überhaupt gehörte. Uwe und Iris sagten später, er sei ihnen wie ein freundlicher Onkel erschienen, aber eben mit einer gewaltigen Macht ausgestattet, als wäre er der Direktor eines sehr großen Sanatoriums. Vieles, was die Zwillinge in dieser Zeit von sich gaben, war irgendwie mit den Figuren, Landschaften und Geschichten des Zauberbergbuchs verbunden. *Gestringt*, wie sie selbst dazu sagten, den Begriff der String-Theorie verwendend, ohne eine Ahnung zu haben, was genau damit gemeint war. Sie fühlten einfach, wie passend es war.

Sofort nachdem die Zwillinge am Tag zwei nach den Ereignissen und einer erneuten Befragung im feuerwehrhausartigen Rathaus von Zivilbeamten zurückgebracht worden waren – nicht ohne den ausdrücklichen Hinweis, dass sie, die Mutter, sich zusammen mit den Kindern für weitere Aussprachen, medizinische Tests und eine dringend nötige Pressekonferenz zur Verfügung halten sollte –, sofort danach also hatte Inoue alles zusammengepackt und Klara hinunter in die Stadt geschickt, wo man sich treffen wollte. Da aber jeder Wagen, der in die Ortschaft hinein- oder aus ihr hinauswollte, kontrolliert wurde, machte sich Inoue mit den Kindern über einen der vielen Wander- und Forstwege zu Fuß auf den Weg. Für die Kinder war's ein Spaß. Schade fanden sie nur, dass die Hündin Laika nicht bei ihnen sein konnte. Unten in der Stadt dann, in die zu den ohnehin vielen Touristen eine Flut von interessierten Menschen hereinbrach, herrschte Chaos. Ein ideales Chaos. Vor allem, wenn man diesem Chaos entfliehen wollte. Und zwar mit einem der Züge, die die Stadt verließen.

Die Beamten, die wenig später bei Klee auftauchten, wollten ihm weder glauben, dass er über Inoues Fortgang nicht informiert gewesen war, noch, dass er keine Ahnung habe, wohin sie mit den Kindern gefahren sei. Doch sosehr manche in diesem Lande am Rechtsstaat zweifeln mochten, geschah es nicht, dass man Klee mit Konsequenzen oder gar mit irgendeiner Art von Folter drohte.

Immerhin aber erschien jener Mann bei Klee, den die Zwillinge als »guten Onkel« und »Direktor eines sehr großen Sanatoriums« bezeichnet hatten. Er verfügte in der Tat über eine ungemeine Souveränität, als gehöre ihm das Land, vor allem, als gehöre ihm die soeben gelandete Kapsel, die er ganz sicher nicht an die Sowjetunion zurückgeben wollte. Besser gesagt an deren Rechtsnachfolger, also die Russen von heute, merkwürdige Leute mit einem Hang zum Protzen und dem irrationalen Bedürfnis, nicht nur alles Mögliche zu kaufen, sondern vor allem zu überhöhten Preisen. Geld zu verbrennen.

Dieser Mann, der keinen Namen zu haben schien und über eine Aura verfügte, die Männer besaßen, die durch Wände gehen, überraschte Klee damit, ihm zu erklären, dass er selbst – im Gegensatz zu den Spezialisten aus den Geheimdiensten – wenig davon halte, die Kinder weiter zu befragen.

»Was sollen die schon wissen?«, sagte der Namenlose. »Das sind Zwillinge, die einen Hund befreit haben. So was tun Kinder. Hätte sich der Hund unter den Trümmern eines brennenden Formel-1-Wagens befunden, hätten sie ihn genauso herausgeholt, nicht wahr?«

»Da haben Sie absolut recht«, sagte Klee. »Aber wieso sind Sie dann hier?«

»Uwe und Iris«, so der Mann, »sind nun mal Personen des öffentlichen Interesses geworden. Nicht, dass ich Frau Sander nicht verstehen kann. Sie hat vernünftig gehandelt. Aber wenn wir diese Kinder nicht zeigen können, also ich meine, Seite an Seite mit Vertretern aus Politik und Wissenschaft, macht das den Eindruck, als hätten wir etwas zu verbergen. Menschenversuche und Ähnliches. Der Verdacht könnte entstehen, den Kindern sei etwas zugestoßen. Wir müssen die beiden der Bevölkerung präsentieren, gesund und munter, vor allem zusammen mit dem Hund, der dann nicht minder gesund und munter wirken sollte.«

»Das verstehe ich«, meinte Klee. »Aber ich kann Ihnen dabei nicht helfen. Ich denke, das war ja der Grund, warum mir Inoue nicht gesagt hat, *dass* sie geht und *wohin* sie geht. Sie können mich gerne einem Lügendetektortest unterziehen.«

Der Mann lachte und sagte: »Hören Sie! Wenn Frau Sander mit Ihnen Kontakt aufnimmt, sagen Sie ihr bitte, dass ich sie sprechen möchte.«

»Und wen darf ich ihr nennen?«, fragte Klee.

»Frau Sander«, antwortete der Mann, »soll sich bei ihren Kindern nach mir erkundigen. Die beiden kennen mich ja bereits.«

»Und Sie meinen, das genügt?«

»Es wäre die einzige Referenz, die zu überzeugen versteht, oder?«

Damit war das Gespräch beendet, und er ging.

Hätte Klee ihn später beschreiben müssen, er hätte nur sagen können: »Der normalste Mensch, den man sich vorstellen kann.« Aber zu mehr hätte es nicht gereicht. Alles Äußere an diesem Mann war in der Mitte und im Durchschnitt angesiedelt, derart, dass er praktisch unsichtbar war. So, wie man sich das bei einem Gott vorstellte, der unerkannt unter die Menschen kam.

Als sich Inoue dann nach einer Woche das erste Mal meldete, auf dem Bildschirm jener älteren Dame aus der Bücherei, erzählte ihr Klee natürlich von jenem namenlosen Regierungsvertreter aus dem Kreis der ermittelnden Beamten, der empfahl, sich auf das Urteil der Kinder zu verlassen.

»Keine Chance«, sagte Inoue. »Der kann mich mal! Und nein, ich werde die Kinder nicht fragen, ob sie Spaß mit diesem Mann hatten. Wir werden erst zurückkommen, wenn sich dieser ganze Unsinn als Unsinn herausgestellt hat.«

Aber genau das tat der Unsinn leider nicht.

9

Gespenster

Ein Jahr verging, und das erste Jubiläum der Landung von Sputnik 2 stand kurz bevor. Es war also wieder Ende August, bevor dann der Sommer in den September brechen würde wie in einen Einkaufsladen, wo alle etwas verunsichert herumstehen und nicht wissen, ob sie sich freuen oder ängstigen sollen. Weil sie nicht genau sagen können, ob das jetzt ein Überfall oder eine Werbeaktion ist. Wenn der Sommer langsam zu Ende geht, besteht stets ein merkwürdiges Hin und Her aus Schwermut und Erleichterung.

Stimmt, in vielen Teilen der Welt war ja nicht mal Sommer, ganz im Gegenteil, und doch wurde die Landung von Sputnik 2 immer auch ein wenig mit dem Umstand verbunden, dass die Kinder, die damals als Erste bei dem Objekt gewesen und die Hündin Laika befreit hatten, ihre letzte Sommerferiennacht damit verbracht hatten, wach zu bleiben. Und darum auch im einzig richtigen Moment durch die Scheibe ihres zauberischen Glashauses in den Nachthimmel gesehen hatten. Kinder, von denen niemand wusste, wo sie sich derzeit aufhielten, was zu diversen Spekulationen führte, sosehr die Behörden immer wieder darauf verwiesen, die Mutter der Kinder habe diese an einen geheimen Ort gebracht. An einen Ort, der den Behörden leider nicht bekannt sei. Was viele nicht glauben mochten. Und natürlich versuchten Journalisten immer wieder, Paul Klee zu befragen, was er über den Verbleib der Kinder wusste. Doch Klee ignorierte jegliche Bemühung. Wie er auch ignorierte, dass in einigen Medien der Verdacht geäußert wurde, es könnte sich bei ihm um jenen Chauffeur handeln, der einst im Dienste des heutigen …

Es war nicht weiter überraschend, dass mit dem ersten Jahrestag der Sputnik-2-Landung ein großer Ansturm auf die gesamte Region erfolgte. Natürlich waren in der Ortschaft wie der gesamten Gemeinde neue Privatquartiere und zu Pensionen umgewandelte Wohnhäuser hinzugekommen, um die vielen Gäste aufzunehmen, die seit einem Jahr die Gegend in einer Weise besuchten, die an die Begeisterung für die Geheimnisse eines schottischen Sees erinnerte. Es ging also nicht allein darum, die Stelle der Landung aufzusuchen und eventuell als Zeichen von Liebe und Sehnsucht oder als Ausdruck einer gewissen Idealisierung vierbeiniger Begleiter ein Hundehalsband in den Wald zu hängen, sondern viele Besucher hofften auch, dass noch einmal etwas geschehen würde. Ein weiteres überraschendes Ereignis. Eventuell ein Mann, der vom Himmel fiel. Es gab durchaus Menschen, die bezüglich der Landestelle nicht an einen reinen Zufall glaubten. Und davon träumten, in einer ähnlichen Weise Zeugen zu werden wie zwei schlaflose Kinder.

Die Wissenschaft war in diesem einen Jahr nicht wirklich weitergekommen. Sosehr sich im Zuge vieler Analysen die Annahme bestätigte, dass es sich bei dem sowjetischen Satelliten und dem Hund von 2019 um die Originale von 1957 handelte, fand man keinerlei Hinweise darauf, *wo* die Kapsel und der Hund in diesen Jahrzehnten gewesen waren. Die Batterien, die offiziell nach dem sechsten Tag der Mission erschöpft gewesen waren, waren voll, die Instrumente zur Datenübertragung intakt wie am Tag ihres Einbaus, aber auch ebenso ungebraucht. Und selbst die Elektroden, die dem Hund implantiert worden waren und die man ihm wieder entfernt hatte, zeigten keinerlei Spur einer Abnutzung. Das Einzige, was defekt zu sein schien, waren die beiden in der Experimentiereinheit befindlichen Geigerzähler, was geradezu als ein Glück empfunden wurde, dass hier wenigstens *ein* Ding innerhalb von sechs Jahrzehnten den Geist aufgegeben hatte.

Vor allem begriff man noch immer nicht, wie Kapsel und Hund das überhaupt gemacht hatten, kaum gealtert zu sein. Es stand die Annahme im Raum, die Sputnik-2-Kapsel hätte sich mit

Lichtgeschwindigkeit oder annähernder Lichtgeschwindigkeit, vielleicht sogar mit einer Geschwindigkeit jenseits der von uns bekannten und gedachten Geschwindigkeiten durch den Raum bewegt und habe so den Alterungsprozess der Hündin Laika auf ein kaum messbares Minimum reduziert.

In diesem einen Jahr seit der Landung war Laika freilich genau in der Weise gealtert, wie es für eine etwa dreijährige gesunde Hündin auf der Erde normal ist. Wie alles an ihr sich normal entwickelte. Sie begann nicht zu reden, begann nicht zu fliegen, wurde nicht zu *Krypto the Superdog*, sondern blieb Laika, auf ihre Weise super, gerade dadurch, völlig normal zu sein, aber das unter völlig unnormalen Umständen. Ja, ihre Normalität erschien als das große Rätsel. Eine Normalität, die für die Wissenschaft und für die in die Wissenschaft verliebte Industrie eine große Enttäuschung war, für manche aber das wesentliche Zeichen darstellte. Die Macht des unveränderlich Natürlichen. Wie hier ein Hund, der auf unergründliche Weise zweiundsechzig Jahre unterwegs gewesen war und dessen Landung der Menschheit wie eine Art von Rückkehr des verlorenen Sohns vorkam, dennoch nichts von seinem freundlichen Wesen eingebüßt hatte. Und auch wenn Laika gezwungen war, immer wieder in Labors untersucht zu werden und in TV-Shows hechelnd und schwanzwedelnd aufzutreten, so hatte man insgesamt den Eindruck eines glücklichen Hundes. Vor allem dann, wenn Laika, von ihren Betreuern begleitet, durch den Park des großen Institutsgeländes lief, was ein wenig so anmutete, als würde ein Staatsoberhaupt von joggenden Leibwächtern bewacht seiner Bewegungslust frönen. Man ließ sie nicht aus den Augen, aber für einen Hund war das wiederum ganz normal.

Laika blieb also in Deutschland. Zwar wurden die Überreste der Sputnik-2-Kapsel nach eingehenden Untersuchungen an Russland übergeben, aber eben nicht der Hund, was durchaus zu Misstönen zwischen den beiden Nationen führte. Doch die deutsche Regierung blieb in diesem Punkt hart. Auch aus Rücksicht auf die Stimmung in der Bevölkerung. Auf jene gut achtzig Prozent, die eine »Herausgabe« des Hundes an die Russen strikt ablehnten.

Offensichtlich machten sich die Deutschen, bekanntermaßen eines des hundefreundlichsten Völker der Welt, keine Illusionen darüber, was man in Moskau mit der ehemaligen Moskauer Straßenhündin anstellen würde, wenn man sie in die Finger bekam. Da war es der Bundesregierung schon lieber, die Russen zu verärgern, die zeitweilig ihren Botschafter aus Berlin zurückbeorderten und Verhandlungen über die Rückführung deutschen Kulturguts, etwa den Eberswalder Goldschatz oder die trojanische Sammlung Heinrich Schliemanns, einfroren. Ein Großteil der Deutschen war durchaus bereit, so etwas wie eine Eiszeit zwischen Deutschland und Russland zu akzeptieren.

Was nun aber völlig fehlte – zumindest offiziell –, waren Indizien, die den Verdacht bestätigten, eine außerirdische Intelligenz hätte dieses scheinbare Wunder bewirkt. Man entdeckte rein gar nichts. Nichts in den Instrumenten der Kapsel und nichts im Blut oder Hirn des Hundes, was geholfen hätte, eine revolutionäre Maschine zu bauen. Oder den Alterungsprozess privilegierter Menschen zu stoppen.

Was zu dieser Zeit einfach noch nicht verstanden wurde, war, dass die Landung selbst eine Veränderung bewirkt hatte, eine radikale Veränderung. Welche im Moment aber noch nicht richtig wahrgenommen wurde. Man befand sich gewissermaßen in der Inkubationszeit dieser Veränderung. Obgleich erste Anzeichen bestanden – wenn man so will, ein Kratzen im Hals der Menschheit –, führte dieses »Kratzen« bloß zu statistischen Verschiebungen, die zunächst in keiner Weise mit $Sp2\text{-}L$ in einen Zusammenhang gebracht wurden. Etwa der weltweite Anstieg von Verkehrsunfällen, der die Experten allein darum verwunderte, weil doch angeblich die Autos immer sicherer wurden. Oder die global schlechter werdenden Schulnoten, was man sich auf verschiedene Weise erklärte, aber nicht damit, dass ein Hund aus dem Jahre 1957 auf die Erde zurückgelangt war. So wenig wie dafür, dass es immer mehr Badeunfälle gab, als hätten die Menschen das Schwimmen verlernt. Auch das ließ sich erklären. Weniger

Schwimmunterricht, Personalmangel, geschlossene Bäder, dunkle Teiche, die große Hitze, jugendliche Flüchtlinge ohne Schwimmkenntnisse. Und doch …

Es fing langsam an, schleichend, aber es kam. Und es würde sich letztlich als ein Glück erweisen.

Betreffs der Wochen vor dem Jahrestag der *Großen Rückkehr* hatte Klee besonders darauf geachtet, welchen Gästen er eine Reservierung zusagte. Er brauchte keine von den Verrückten und Journalisten, die er nachlässigerweise in der Zeit nach der Landung in sein Hotel gelassen hatte, umso mehr, als diese Leute die *Riff*-Bar belagert und die Nacht zum Tage gemacht hatten. Sie hatten eine Atmosphäre der Kriegsberichterstattung in die *Kleine Nacht* gebracht, ein Gefühl von »Saigon«, etwas, das Klee stets aufs Neue an die Hubschrauber erinnerte, die am Morgen der Sputnik-2-Landung über die Ortschaft geflogen waren. Diese Belagerung seiner Bar war zwar gut fürs Geschäft gewesen, aber schlecht für die Aura des Hotels. Eine Aura, die Klee erst wieder hatte bereinigen müssen. Er verspürte wenig Lust, in den Tagen vor dem Jahrestag eine neuerliche Verschmutzung zuzulassen.

In der letzten Augustwoche bewohnten vier Paare die fünf Zimmer. Nur in dem einen, aus dem gerade ein altes englisches Ehepaar ausgezogen war, würde nun eine Einzelperson unterkommen. Eine gewisse Sarah Scheer, eine renommierte Choreografin aus dem Bereich des modernen Tanztheaters, von der sich Klee nichts anderes vorstellen konnte, als dass sie sich eine Inspiration von diesem Ort erwartete. Immerhin gehörte der zeitgenössische Tanz zu den wenigen künstlerischen Ausdrucksformen, in die *Sp2-L* noch keinen Eingang gefunden hatte. Klee hatte also recherchiert. Er hatte Löcher gebohrt. Er wusste, dass die dreiunddreißigjährige Scheer als Choreografin für die in den späten 1990er-Jahren gegründete Tanzkompanie *Olympus Mons* tätig war. In dieser Kompanie war Scheer lange Zeit als Tänzerin engagiert gewesen, bevor sie dann vor einigen Jahren begonnen hatte, ausschließlich als Choreografin und Pädagogin zu arbeiten. Der bisherige Höhepunkt ihrer Karriere war ein Tanzstück mit dem Titel *Law*, worin sie den Modern Dance mit Elementen der Martial Arts verband. Für die Bekanntheit dieses Stücks war es keine geringe Hilfe gewesen, dass Scheer für die Berliner Uraufführung Keanu Reeves hatte gewinnen können, der sich in der sogenannten »Matrix-Sequenz« selbst spielte. Beziehungsweise selbst tanzte. Um in den weiteren Aufführungen von einem Tänzer ersetzt zu werden, von dem einige Kritiker meinten, er sei noch mehr Reeves als Reeves selbst.

Privates über Scheer fand Klee wenig. Beziehungsweise suchte er nicht wirklich danach. Ihn beruhigte der Umstand, dass es sich bei ihr um keine Journalistin handelte.

Als Sarah Scheer am letzten Montag des August um die Mittagszeit mit ihrem kleinen, offenen VW-Käfer in die Einfahrt des *Hotels zur kleinen Nacht* fuhr, trat Klee aus dem Gebäude und stieg die in einem leichten Bogen angeordneten Stufen hinunter, um seinen neuen Gast zu empfangen.

Natürlich kannte er Sarah Scheer von den Fotos, die einem das Internet lieferte, sobald man sich für jemanden interessierte, der nur ein bisschen länger als eine Viertelstunde berühmt gewesen war und dessen Bekanntheit nicht massiv überlagert wurde von anderen, noch viel berühmteren Menschen gleichen Namens. Wie zum Beispiel Paul Klee.

Es brauchte bei ihrem Beruf nicht zu verwundern, wie ungemein dünn sie war. Aber nicht auf die verhungerte Weise von Leuten, die vor lauter Yoga nicht zum Essen kommen. Ihr Dünnsein besaß eher die Qualität von Menschen und Tieren, die zum Wasserholen eben nicht schnell mal in die Küche gehen, sondern dafür ein paar Kilometer unterwegs sind.

Klee erkannte augenblicklich die Traurigkeit dieser Frau. Selbst wenn sie lächelte. Ihre Traurigkeit ging wie ein Strich durch alles, was sie tat. Ganz gleich, ob sie den Blick hob oder senkte, redete oder schwieg, selbstbewusst schien oder ein Zögern einsetzte. Dieser Strich ging durch die Dinge, aber nicht im Sinne eines Durchstreichens, sondern einer Mahnung. Einer Mahnung genau in dem Sinne jener berühmten Rede von Goethes Mephistopheles, dass nämlich alles, was entsteht, wert sei, dass es zugrunde geht.

Es war eine Traurigkeit, die Klee in höchstem Maße vertraut war. Denn ganz gleich, was in seinem Leben geschehen war, Gutes wie Schlechtes, alles war von diesem Gefühl der Trauer bewachsen. Tatsächlich wie eine Art von Gras, das an jeder Stelle sprießen konnte. Auf dem härtesten Stein noch. Sodass gleichermaßen der feste Diamant wie auch das weiche Knäuel Watte von diesem Gras umhüllt waren. Für einen traurigen Menschen war die ganze Welt einfach grün im Sinne ihres radikalen Bewuchses. Und die Gegenstände selbst nur durch ihre Form erkennbar und unterscheidbar. Was eben auch für die Form des Glücks galt, so wie für die Form des Unglücks. Sie mochten sich unterscheiden, die Formen, waren aber beide gleich stark vom grünen Gras der Trauer besetzt. – Natürlich, allgemein wurde von Depression gesprochen. Aber für Klee war es die »grüne Krankheit«.

Sarah Scheer besaß einen sehr hellen Teint. Sie trug rotblondes, in der Mitte gescheiteltes Haar, das sie zu einem kleinen, festen Knäuel zusammengebunden hatte. Ihr Augenbrauen standen auffällig dunkel und auffällig begradigt über Augen von lichtem Grau. So ein Grau, bevor Blau zurückkehrt. Ihr ganzes Gesicht war von jener strengen Schönheit, die schmale Gesichter oft besitzen, dabei nicht ohne Weichheit, aber eben in ein kompaktes Gerüst gesetzt. Es war kein Gesicht, das auseinanderzufallen drohte, ganz gleich, was an Unglück und Schaden und Verletzung auch geschah. Darin bestand ein sichtbarer Widerspruch: die Traurigkeit und das Robuste.

Im Angesicht ihrer dünnen Gestalt und der gewandten Leichtigkeit, mit der sie aus dem Wagen stieg und die Türe hinter sich ins Autoschloss warf, als würde sie mit größter Beiläufigkeit einen von Velàzquez gemalten Zwerg zurück in sein Gemälde befördern, in diesem Moment also musste Klee an einen Artikel denken, den er kürzlich gelesen hatte und der anlässlich des achtzigsten Geburtstages von Audrey Hepburn erschienen war. Darin wurde Billy Wilder zitiert, der meinte, dass wegen der Hepburn am Ende noch der Busen aus der Mode kommen würde. Eine Äußerung, die sich ja bei aller Scherzhaftigkeit darauf bezogen hatte, dass sich das Äußere einer Frau auch noch anders ableiten ließe als von einem stilbildenden Paar sekundärer Geschlechtsmerkmale.

Klee reichte ihr die Hand und sagte: »Schön, Sie hierzuhaben, Frau Scheer. Ich bin Paul Klee.«

Sie nickte.

»Hatten Sie eine gute Fahrt?«

»Es waren ein paar Wahnsinnige auf der Straße«, antwortete sie, »aber ich bin gut durchgekommen.«

»Von Berlin?«

»Nein, aus Lyon.«

Er vermutete, dass sie dort probte. Fragte aber nicht nach. Wonach er hingegen fragte, war ihr Gepäck. Sie hatte jedoch bloß einen kleinen Koffer und eine Tasche, die sie von der schmalen Rückbank ihres Wagens zog. Klee nahm sie ihr ab und bat sie, ihm zu folgen. Er führte sie hinauf in ihr Zimmer, sprach über die Anlage des Hotels.

»Wieso zur *Kleinen Nacht?*«

»Eine Reminiszenz«, antwortete er. »Ein Begriff aus meiner Kindheit. Als wir Kinder uns vorstellten, Teile der Nacht seien ein Portal.«

»In eine bessere Welt?«, fragte Scheer.

»In eine andere«, antwortete Klee. »Ob eine andere Welt auch die bessere ist, erweist sich aber stets aufs Neue. Wie ich schon sagte, eine Erinnerung an meine Kindheit.«

Wonach sich Sarah Scheer nicht erkundigte – und das taten fast alle neuen Gäste –, war die Frage nach Klees Namen und ob denn irgendeine Form der Verwandtschaft mit einem der wichtigsten Künstler des 20. Jahrhunderts bestehe.

Es erschien Klee auf eine erfreuliche Weise verdächtig, dass Frau Scheer diese Frage einfach nicht stellen wollte. Umso bemerkenswerter, als sich in der Liste ihrer Choreografien ein Tanzstück befand, das sich auf den Titel eines Klee-Bildes bezog, nämlich auf das berühmte *Gespenst eines Genies*.

In dieser Hinsicht also unbefragt geblieben, führte Klee seinen neuen Gast nach oben ins Zimmer. Eins von den beiden, die allein Inoue gestaltet hatte. Nüchtern, kompakt, nirgends Firlefanz, die Wände aus verschiedenen Materialien: eine aus hellem Holz, eine aus hellem Stein sowie ein Shōji, ein mit Papier bespannter Raumteiler, durch den das Tageslicht in gedämpfter Form ins Badezimmer drang. In der Außenwand führte ein breites, dreigliedriges Fenster den Blick hinüber zu jenem Wald, hinter dem Sputnik 2 gelandet war. Das Futonbett aus Kirschholz stand auf »unsichtbaren« Sockeln und besetzte thronartig die Mitte des Raums. Es handelte sich übrigens um jenes Zimmer, in dem einst ein horribel anmutender Zahnarztstuhl gestanden hatte, ein Stuhl, der von der ehemaligen Besitzerin des Hauses trotz mehrfacher Aufforderung nicht abgeholt worden war, sodass es Inoue schließlich übernommen hatte, einen Käufer für das wuchtige Stück aufzutreiben. So, wie es dann auch ihre Entscheidung gewesen war, trotz der – wie Klee das ausdrückte – »bedenklichen Seele« dieses Raums, ihn dennoch zu einem Gästezimmer umzugestalten. Und da war niemals jemand gewesen, der sich über eine schlechte Atmosphäre in diesem Raum beklagt hätte.

»Das Zimmer mit dem schönsten Ausblick«, erklärte Klee, obgleich er beim Eintreten immer wieder aufs Neue den Zahnarztstuhl zu bemerken meinte, gewissermaßen den Geist des Stuhls, der nicht weichen wollte.

»Ich danke Ihnen«, sagte Sarah Scheer.

»Dann lasse ich Sie jetzt einmal zur Ruhe kommen und sich einfinden«, sagte er, verwies aber im Gehen auf den schattigen Garten und den Meerwasserpool. Und auf die Möglichkeit, sich in einem kleinen Leseraum, den Inoue mit Büchern in deutscher, französischer und japanischer Sprache ausgestattet hatte, an einem hochwertigen kleinen Kaffeeautomaten zu bedienen. Natürlich umsonst.

Die Unart mancher Hotels und Pensionen, ihre Gäste für den untertags genossenen Kaffee zur Kasse zu bitten, sah Klee als simple Schweinerei an. Keine, der er folgen wollte.

Übrigens befanden sich in diesem kleinen, im Sommer gut gekühlten Kaffee- und Leseraum auch Inoues »Evangelien«, die acht mathematischen Hauptwerke aus ihrer alten Wohnung, die sie hierherverfrachtet und in eine an die Wand montierte Glasvitrine gesperrt hatte. Ja, es gab einen Schlüssel, den jeder verlangen konnte, der sich etwa den ersten Band der dreibändigen *Principia Mathematica* von Bertrand Russell und Alfred North Whitehead ausborgen wollte, das englische Original in der zweiten Auflage von 1925. Allerdings war es so, dass noch nie ein Gast um den Schlüssel zu den sanderschen Evangelien gebeten hatte.

Sarah Scheer würde die Erste sein.

Zwei wesentliche Dinge geschahen an diesem Tag.

Die eine Sache war, dass Paul Klee also zum ersten Mal Sarah Scheer sah. Ohne aber in diesem Moment ahnen zu können, dass sie beide weit mehr verband als der bloße Umstand des Verhältnisses zwischen zahlendem Gast und bezahltem Gastgeber.

Das andere passierte nur ein paar Stunden später, als Klee mit seinem Wagen aus der Stadt kam, in der er kurz gewesen war, um ein paar Besorgungen zu machen. Anschaffungen für das *Riff*. Einerseits ein paar neue Flaschen Whisky und andererseits ein neues Exemplar für das Aquarium, einen Doktorfisch, wobei der etwa acht Zentimeter große *Schwarze Segelflossen Doktor* mit einem Preis von über siebenhundert Euro die drei Flaschen eines achtjährigen *Talisker*, die ja auch nicht gerade umsonst waren, doch deutlich überbot. Es war sicher verrückt, sich diesen Fisch zu kaufen, ein absoluter Einzelgänger. Weshalb oft von Paarhaltung abgeraten wurde, was bei einem solchen Preis wiederum ein guter Rat war. Nein, das war ein wunderschöner Fisch – schwimmender Samt –, jedoch kein ganz einfacher Fisch, wie man vielleicht aber ebenso sagen kann, der schottische Talisker-Whisky sei kein ganz einfacher Whisky. Allerdings wunderschön.

Mit dem Whisky auf der Rückbank und dem Fisch auf dem Beifahrersitz, gepackt in einen zweifachen Plastikbeutel, kam Klee also nach halbstündiger Fahrt im Ort an, dort, wo zwei Landstraßen und eine Tankstelle zusammenfanden. Und an dieser Stelle, seitlich der kleinen, geradezu winzigen, pavillonartigen Bücherei, sah er etwas.

Klee wurde sofort langsamer, viel zu abrupt. Hinter ihm hupte ein erboster Fahrer, der scharf hatte abbremsen müssen. Auch der Schwarze Doktorfisch tat einen Ruck nach vorn und stieß sich den Kopf an der weichen Plastikblase, in der er schwamm. Klee sah nach draußen, hinüber zu der Parkbank am Rande einer gepflegten, hellen Boule-Bahn. Auf der Bank saß seine Nachbarin Eva Gehring in einem Sommerkleid aus leuchtendem Gelb. Und neben ihr in einem Rollstuhl sitzend …

Ein Gespenst! Aber eben nicht eines in einem Zahnarztstuhl, sondern in einem Rollstuhl.

Klee lenkte seinen Wagen an den Rand. Wurde überholt, erneut angehupt, mit einer obszönen Geste bedacht, schaute jedoch konzentriert auf den Mann, der dort drüben in dem beräderten Stuhl saß. Klee hätte es nicht beschwören können, aber er meinte doch …

Klee dachte, es könnte sich bei dem Mann – das Gesicht von einem grauen Bart bedeckt, den Blick ins Leere gerichtet, die Hände im Schoß gefaltet – um jenen ehemaligen Kriminalhauptkommissar Klemens Holl handeln, den er zuletzt vor über einem Jahr im Gebäude des Kunstvereins gesehen hatte. Holl hatte damals angekündigt, die verbleibenden Sommerwochen im Haus der Witwe, der legendären »schönen Eva« verbringen zu wollen. Und vielleicht auf ein Glas Rum im *Riff* vorbeizusehen. Was jedoch nie geschehen war. Klee hatte den um die Aufklärung eines alten Falls bemühten Ex-Kriminalisten nie wieder im Ort oder auf der Terrasse des gehringschen Hauses gesehen. Er war davon ausgegangen, dass Holl die Unsinnigkeit seines Unterfangens eingesehen und zurück nach Frankfurt gegangen war. Überhaupt hatte Klee nie wieder an Holl gedacht, es war ja einiges geschehen, was weit mehr Aufmerksamkeit hervorgerufen hatte als so ein plötzlich aufgetauchter und plötzlich verschwundener Kommissar.

Und jetzt?

Er spürte den Blick auf sich. Nicht Holls Blick, wenn das denn tatsächlich Holl war, welcher gar nicht in der Lage schien, woanders hinzusehen als in eine Leere hinein. Nein, es war natürlich Eva Gehring, diese noch immer irgendwie giftig anmutende Frau, die nun prüfend zu ihm herübersah und dabei sehr wohl zu bemerken schien, *wem* Klees Aufmerksamkeit galt. Wobei es sehr unwahrscheinlich war, dass Frau Gehring darum wusste, was für ein Verdacht es gewesen war, der Holl im vergangenen Sommer an diesen Ort geführt hatte. Und vor allem, dass Holl ihm, Klee, davon berichtet hatte.

Ja, es war eindeutig ein kleiner Mann, der dort drüben saß. Nicht, dass Klee eine Hand darauf hätte verwetten wollen, dass es wirklich Holl war, der sich in einen bärtigen, unbeweglichen, in irgendeiner Form betäubten Invaliden verwandelt hatte.

Klee nickte Frau Gehring zu, dann fuhr er los. Was hätte er sonst tun sollen? Erst einmal galt es, den eben gekauften Fisch in sein neues Zuhause zu befördern und zu hoffen, dass dieser als schwierig und empfindlich, ja, als wehleidig geltende Einzelgänger in keine größeren Kalamitäten mit den anderen Bewohnern des *Riffs* geraten würde. Auch wenn es natürlich nicht allein ums Geld ging, so war es dennoch eine bedrückende Vorstellung, dass mit einer einzigen Attacke alteingesessener Riffbewohner, etwa der zahlreichen »gelben Doktoren«, ein siebenhundert Euro teurer Tod erfolgen könnte.

Als Klee wenig später den neuen Doktorfisch, den er in Erinnerung an einen Schlagerstar *Roy* taufte, in das große, beinahe viertausend Liter fassende Riffaquarium gleiten ließ, geschah rein gar nichts. Niemand hier schien Roy zu bemerken, während er selbst sich in eine Ecke des umfangreichen, lang gestreckten Bassins zurückzog, um dort in Form einer kleinen, wackeligen Endlosschleife eine sehr enge Bahn zu ziehen. Auch hatte er im Moment sein sattes, samtiges Schwarz gegen ein dunkles Grau eingetauscht, ein *beleidigtes* Grau. Natürlich, er würde sein schönstes Schwarz erst zeigen, wenn sich der Stress gelegt hatte. Hoffentlich.

Was Klee aber keine Ruhe ließ, war die Frage, ob es wahr sein konnte, dass der Mann, den er soeben stark verändert und im Zustand vollkommener Entrückung an der Seite der Witwe Gehring gesehen hatte, Klemens Holl war. Er würde es herausfinden müssen. Das würde er ganz sicher müssen.

10

Rettung

Als Klee am Abend seine Gäste auf der Terrasse bewirtete, ging sein Blick immer wieder hinüber zum Haus der Frau Gehring. Zwar fiel aus einigen Zimmern Licht, doch es war niemand zu sehen, auch nicht auf dem großen Balkon. Offensichtlich war seine Nachbarin nicht zu Hause. Gleich anderen Bewohnern der Ortschaft ließ sie gerne das Licht brennen, um Einbrecher abzuschrecken. Wobei die Nähe zum Hotel dahingehend ein beträchtlicher Vorteil war. Ein Hotel, wo es naturgemäß oft spät wurde und naturgemäß früh losging und das auf solche Weise die Wirkung eines großen Wachhundes besaß.

Die Person, die Klee an diesem Abend durchaus noch traf, war Sarah Scheer, die den Nachmittag im Garten zugebracht, danach in einem nahe gelegenen und für seinen Blick auf das Tal bekannten Restaurant zu Abend gegessen hatte und nun gekommen war, um sich an die Bar zu setzen.

»Eine Bar ohne Cocktails?«, staunte sie. »Nicht einmal einen Martini?«

»Ich habe eine Auswahl an hervorragenden Gins und einen guten Wermut aus Chambéry«, nannte Klee die Zutaten, aus denen üblicherweise ein Martini hergestellt wurde. Und darin bestand schließlich sein Programm, eben *nicht* zu mischen. Nicht zu schütteln und zu rühren und ständig irgendwo zerhacktes Eis und gepresste Früchte reinzutun und alles – wie er das sah – zu »versauen«. Und im schlimmsten Fall noch zu dekorieren, was dann an jenen berühmten Aufsatz von Adolf Loos »Ornament und Verbrechen« erinnerte. Obgleich Klee ausgerechnet beim

Gin – als Zugeständnis an den Sommer – eine Ausnahme machte und ihn mit Tonic und Eis servierte. Was er nun auch anbot.

»Nein«, sagte Scheer, »ein Rum ist, denke ich, das Richtige.«

»Sie denken ganz richtig«, sagte Klee. »Ich darf Sie einladen, bitte! Mein Favorit. Aus einer Brennerei aus Guadeloupe. Ich weiß auch nicht, aber ich begeistere mich am meisten für Rum aus Destillerien, die schon lange nicht mehr existieren. Dieser hier ist von 1972, dem Jahr der Schließung. Wie gesagt, mein Liebling.«

»Und Ihre Fische? Haben Sie da ebenfalls einen Liebling?«

»Den gelben.«

»Da sind viele gelbe«, meinte Scheer mit Blick auf das in der Tat mit einer Menge sogenannter Gelber Segelflossendoktoren besetzte Becken, in dem bereits die Blauphase begonnen hatte, also das Vorspielen einer Mondnacht. Auch wenn man nicht behaupten konnte, es sei »Ruhe im Zimmer«.

»Stimmt«, sagte Klee. »Die Fische sehen sich tatsächlich recht ähnlich. Doch da ist einer dabei, also ich kann mir nicht helfen, aber er erinnert mich an meinen Vater.«

»Und das bedeutet etwas Gutes?«, fragte Scheer.

»Das kann man so nicht sagen. Aber auch nichts Schlechtes. Mein Vater war kein Unmensch. Es schien mir nur immer so, als sei er an der Welt desinteressiert. Als würde er darauf warten, das dumme Leben hinter sich zu bringen.«

»Und?«

»Er lebt schon lange nicht mehr.«

»Sie meinen aber nicht, er sei jetzt ein Fisch.«

»Sagen wir so«, begann Klee und überlegte, ob er anders gesprochen hätte, wäre hier eine Frau gesessen, deren schöne Traurigkeit ihm weniger nah gewesen wäre, »mir kommt dieser eine Fisch wirklich wie mein Vater vor, noch immer an der Welt desinteressiert, einer Welt, die jetzt halt ein Riff ist. Und doch wirkt er auf mich zufriedener. Als wäre das Desinteresse am Leben leichter und besser zu ertragen, wenn man ein Fisch ist.«

»Sie haben da eine bemerkenswerte Theorie«, sagte Scheer und nahm einen Schluck von jenem Rum, der seit dem Jahre 1972 darauf gewartet hatte, von ihr getrunken zu werden.

Klee lachte und meinte: »Ich spinne manchmal, Sie müssen entschuldigen.«

Sie darauf: »Nein, der Rum schmeckt richtig gut.«

Was für eine Antwort!

Klee musste die Bar verlassen, um eine bestellte Flasche Champagner nach draußen zu bringen. Er selbst hielt Champagner eher für ein Klischee als für ein Getränk, eine Art Alkohol gewordenes Abendkleid, dessen Textur eben völlig verloren ging, sobald man sich den feierlichen Anlass wegdachte. Aber es wäre natürlich zu weit gegangen, nach dem Cocktailverbot auch noch ein Sekt- und Champagnerverbot oder gar ein Weinverbot auszusprechen.

Als Klee zurückkam, fragte ihn Sarah Scheer, ob es denn möglich sei, sich eins der mathematischen Werke aus der versperrten Glasvitrine auszuleihen.

»Im Ernst?«, fragte Klee.

»Wieso nicht?«

»Ich dachte, Sie sind Tänzerin.«

»Choreografin.«

»Ja, richtig.«

»Die Geschlossenheit des Tanzes«, erklärte Sarah Scheer, »und die Geschlossenheit der Mathematik sind einander verwandt. System und Ordnung.«

»Also ich weiß nicht, das ist eine Ordnung, die einem den Kopf zerbricht. Was dann ja eigentlich keine Ordnung mehr ist.«

»Das sind also gar nicht Ihre Bücher.«

»Die meiner Freundin.«

»Die Frau, die sich mit den beiden Kindern in Sicherheit gebracht hat.«

»Genau die. Wenn Sie jetzt aber wissen wollen, wo die drei sich aufhalten, muss ich Sie enttäuschen.«

»Ich mag es sowieso nicht wissen.« Und dann sagte sie: »Übrigens, der Kaffee im Leseraum ist der beste, den ich je aus einer Maschine getrunken habe.«

Klee wusste, wie sie es meinte, musste jedoch bei der Vorstellung schmunzeln, Kaffee *aus* einer Maschine zu trinken. Was er dann aber sagte, war: »Warten Sie mal das Frühstück ab.«

»Ich habe gelesen, dass Sie dafür berühmt sind. Und auch, dass Sie früher Chauffeur waren. Das stimmt doch?«

Klee verspürte einen kleinen Schub der Panik. Das kam jetzt immer wieder vor. Geradezu ansatzlos und oft in Situationen, die so dramatisch gar nicht waren. Er bemerkte dann, wie ihm für einen Moment die Luft wegblieb und sich eine Hitze in seinem Inneren ausbreitete. So ein knisterndes Feuer etwa auf Höhe seines Magens, das leider dort nicht blieb, sondern nach oben in den Kopf stieg. – Kürzlich hatte er einen Film gesehen, in dem eine Frau sagt, sie würde sich fühlen, als sei soeben ein Hund in ihrem Kopf gestorben. Was für ein passendes Bild, fand Klee. Und bemerkte nun, wie er am Rücken zu schwitzen anfing. Auch im Gesicht, auch unter den Achseln, aber sehr viel heftiger im Bereich des Rückens. Er spürte die leichten Schlangenlinien der Rinnsale.

Dabei war die Frage, ob er tatsächlich Chauffeur gewesen war, so schlimm nicht gewesen. Nur das, was hinter der Frage stand, ob er nämlich der Mann sei, der, wenn man es auf die Spitze getrieben formulierte, ein Kind hatte verbrennen lassen.

Klee antwortete: »Ja, ich war früher Berufschauffeur. Aber ehrlich, das ist wie aus einem anderen Leben.«

»Sie haben für Martin Rehberg gearbeitet, nicht wahr? Als er noch nicht Kanzler war.«

»Wie gesagt, wie aus einem anderen Leben. Dass Rehberg jetzt Kanzler ist, hat für mich keine Bedeutung. Wenn man als Fahrer arbeitet, dann ist das wie der Job eines Auftragskillers, der für den mordet, der ihn dafür bezahlt.«

»Wow, was für ein Vergleich!«, staunte Scheer. Und fügte an: »Aber die meisten Killer haben schon ihre Prinzipien, denke ich. Also so etwas wie: keine Kinder, keine Frauen, keine Tiere. Oder keine Schriftsteller.«

»Wie denn? Sie kennen einen Killer, der keine Schriftsteller umbringt.«

»Das war nur so ein Beispiel.«

»Also gut«, meinte Klee, »ich wäre jedenfalls nie einen BMW gefahren. Immer nur Audi. Das war zwar Rehbergs Entscheidung, war ja sein Wagen. Aber in meinem Sinne.«

»Was haben Sie gegen BMW?«

»Und wieso wollen Sie Schriftsteller schonen?«

Sarah Scheer verzichtete darauf zu erklären, keine Killerin zu sein, sondern nur ein Beispiel dafür gebracht zu haben, was Skrupel sind. Stattdessen fragte sie: »Kann ich jetzt den Schlüssel haben?« Und nach einer kurzen Pause: »Für die Bücher.«

Klee schob seine Unterlippe nach vorn und blies sich etwas Atemluft übers verschwitzte Gesicht und in die Nase, dann sagte er: »Aber natürlich. Warten Sie bitte einen Moment.«

Er verließ seine Theke und ging nach unten in die Lounge, trat aber kurz nach draußen, um in der milden Nachtluft seine Fassung wiederzufinden. Beziehungsweise abzukühlen. Nur wenig später stellte er fest, dass er am Rücken zu frieren begann. Er kehrte zurück ins Gebäude und holte jenen Schlüssel aus der Schublade, der bis heute noch nie von einem Gast verlangt worden war.

Der Leseraum lag gleich hinter der Bar. Genauer gesagt hinter dem kleinen Zwischenraum, der angelegt worden war, um einen Zugang zur Aquariumstechnik zu ermöglichen.

Nachdem Sarah Scheer den Schlüssel entgegengenommen hatte, rutschte sie vom Barhocker – und es ist eine Banalität, aber eine notwendige, hier festzuhalten, dass noch nie jemand formvollendeter von einem dieser hohen Hocker geglitten war – und fragte, ob es eine Art von Sperrstunde für den Leseraum gebe.

»Sie können dort übernachten, wenn Sie mögen«, meinte Klee und sagte, es bestehe eine gewisse Tradition im Haus, lesend die Nacht zum Tage zu machen.

»Zauberberg«, sagte Scheer und zeigte so, dass sie wusste, wovon er sprach. Sie erklärte, sie wolle sich mit Gottlob Freges

Grundlagen der Arithmetik beschäftigen, jener berühmten Untersuchung über den Begriff der Zahl.

Klee erinnerte sich, sogar einmal dieses Buch aufgeschlagen zu haben, dann aber nur einen einzigen Satz aus dem Inhaltsverzeichnis gelesen und das Buch erschrocken zurück in den Schrank getan zu haben. Wenn er nicht ganz falschlag, hatte der Satz gelautet: »Leibnizens Beweis von 2 + 2 = 4 hat eine Lücke.« – Was für eine Lücke denn? Zudem war er überzeugt gewesen, viel zu dumm zu sein, um zu kapieren, wovon überhaupt die Rede war.

»Ich hol mir jetzt den Frege«, kündigte Scheer an.

»Ganz, wie Sie mögen.«

»Mein Glas Rum würde ich gerne mitnehmen, wenn das in Ordnung ist.«

»Selbstverständlich«, erklärte Klee. Er schenkte noch ein wenig nach und merkte an, dass er ab sieben Uhr das Frühstück serviere.

»Ich werde kommen«, sagte Sarah Scheer, nahm das Glas und ging.

Klee, hinter der Theke stehend, schaute ihr nach, als betrachte er eine untergehende Sonne. Aber eine Sonne aus einem anderen Sonnensystem.

Vier Stunden Schlaf. Tief, aber kurz. Mehr war es selten. Auch in dieser Nacht nicht. Aber das war nun wirklich ein Allgemeinplatz des Hotelierlebens, dass man als Letzter ins Bett kam und als Erster wieder aufstand. Sodass sich auch in diesem Punkt der Satz von der »Kleinen Nacht« realisierte.

Um halb fünf stand er auf. Ohne sich einen Wecker gestellt zu haben. Nach jenem Ereignis im September des letzten Jahres, als das filmreife »Gebell« von Helikoptern ihn geweckt hatte, pflegte er stets aufzuwachen, bevor noch die Weckfunktion seines Smartphones ihn summend oder brummend aus dem Schlaf holen konnte. Also hörte er irgendwann damit auf, den Wecker zu stellen und ließ sein Handy länger schlafen.

Er stand auf, duschte kalt, zog sich an, band sich eine Schürze um und trat aus dem Haus, das er nun ganz alleine bewohnte. Von dort waren es nur wenige Meter hinüber zum Hotel.

Noch bevor er in die Küche ging, sah er im Lesezimmer nach. Und tatsächlich, Sarah Scheer saß schlafend in einem der beiden ledernen Drehsessel. Beziehungsweise lag sie quer über dem Sitz. Ihre Beine hingen über den Rand hinaus, und auf ihrem Bauch lag Freges *Arithmetik*, die sich im Atemtakt der Schlafenden hob und senkte. Zusammen mit der Lücke von Leibnizens Beweis. Durch einen Spalt im Vorhang leuchtete das Licht der Dämmerung gleich dem Röntgenbild eines sehr dünnen Mannes.

Klee ließ sie schlafen und begab sich hinüber in die Küche, um erste Vorbereitungen zu treffen, Frühlingszwiebeln zu schneiden, frischen Schnittlauch aus dem Beet hinterm Haus zu holen, Früchte zu pressen, die Eier aus dem Kühlschrank zu nehmen, die Gerätschaft zu ordnen und Nüsse zu zerkleinern. Und zwar für die Eierspeisen, nicht fürs Müsli. Er servierte kein Müsli. Er hätte nicht sagen können, was er für unnötiger hielt, Cocktails oder Müslis? Wobei der Anblick von Müslis fraglos noch ekelhafter war als der von dekoriertem Alkohol.

Zehn nach sechs erschien Gannet. Eine knapp zwanzigjährige Äthiopierin, eine Falaschamura. Das hatte Klee erst einmal begreifen müssen. Falaschamura waren keine Falaschen, also Äthiopier jüdischen Glaubens, wie er anfangs gedacht hatte. Nachdem er nämlich nachgesehen hatte, aber eben unsauber nachgesehen. Vielmehr handelte es sich nach rabbinischer Auffassung um zwangschristianisierte Äthiopier, die ursprünglich jüdischen Glaubens gewesen waren.

Geboren war Gannet nahe Addis Abeba und kam später mit ihrer Mutter ins Flüchtlingslager Gonder, von wo aus man an die achttausend Falaschamura während der sogenannnten Operation Taubenflügel in den Jahren 2011 bis 2013 nach Israel ausgeflogen hatte. Nicht aber Gannet und ihre Mutter. Wieso auch immer. Klee wusste es nicht. Ebenso wenig wusste er, welchen Wegen und Umwegen es zu verdanken war, dass diese zwei irgendwie christlichen und irgendwie jüdischen Frauen schließlich im Vorjahr nach Deutschland und an diesen Ort im Südwesten des Landes gelangt waren. Wobei Gannets Mutter offensichtlich noch immer versuchte, eine Genehmigung zu erwirken, nach Israel auszureisen. Anders Gannet, obwohl sie wie ihre Mutter während der Flucht nach und durch Europa nicht etwa Deutsch, sondern Hebräisch gelernt hatte. Doch sie schien einfach nicht zu glauben, dass es ihr in Israel besser ergehen könnte, und hatte sich im letzten Jahr in einer Weise die deutsche Sprache angeeignet, als sei es die letzte Sprache in ihrem Leben. Sie sagte selbst, sie sei fremd in der Welt, in der ganzen Welt. Es war übrigens Klee, der sie auf das berühmte erste Lied aus Schuberts Winterreise, jenes *Gute Nacht,* hingewiesen hatte, »Fremd bin ich eingezogen, fremd zieh ich wieder aus«. Er hatte ihr die Interpretation von Thomas Quasthoff empfohlen. Jenem durch das Medikament Contergan geschädigten Bariton, von dem der Spruch stammte, in Deutschland würden achtzig Millionen Behinderte leben, nur dass *er* den Vorteil habe, dass man ihm das auch ansehe.

Gannet liebte dieses Lied. Und liebte diese Interpretation. Vielleicht auch, weil dieser zwergenhaft kleine, behinderte, wie ein körperliches Ungemach dastehende, aber in diesem Ungemach ungemein fest und gerade wirkende Sänger alles Fremdsein in der Welt in ein merkwürdiges Glück verwandelte. Überhaupt Schubert! Gannet sagte selbst: »Mein Gott, zwanzig Jahre alt, tiefschwarz, getauft, im Hintergrund jüdisch, tatsächlich völlig ungläubig, ach ja, eigentlich auch äthiopisch, und jetzt lebe ich mit einer Aufenthaltserlaubnis in Deutschland, immer noch fremd, was aber so viel besser ist, als sich in einem Flüchtlingslager fremd zu fühlen, und liebe Schubert.«

Was übrigens dazu führte, dass sie im Ort bei einer älteren Dame – ebenfalls eine aus der Bücher verwaltenden Strickgruppe – Gesangsunterricht nahm. Das konnte noch keiner ahnen, sie selbst am allerwenigsten, aber sie besaß eine Stimme aus Gold. Das Gold musste nur erst zutage gefördert werden. Und das würde es.

Noch aber arbeitete sie für Klee. Sie erschien jeden Morgen, um ihm beim Frühstück zu helfen. Danach reinigte sie zusammen mit einer zweiten Frau – einer alleinerziehenden Mutter, die erst kommen konnte, wenn sie ihren Kindern das Frühstück gerichtet und sie in die Schule gebracht hatte – die Zimmer und Räume, und zwar in einer präzisen und liebevollen Art, die jemand auf einer Hotelbewertungsseite mit »clean, fresh, stylish and astonishing high-end« beschrieben hatte. Allein die Blumengestecke zwischen Barock, Moderne und Ikebana! Währenddessen kümmerte sich Klee um den Garten, den Pool, also das »sandersche Meer«, das *Riff*, also sein eigenes Meer, und um die Verwaltung. Und selbstverständlich um die Pflege der Gäste, sofern sie eine solche Pflege beanspruchten. Obgleich er natürlich nicht Inoues famose nachmittägliche Gymnastikstunde hatte übernehmen können.

Zu Klees Pflege gehörte nicht zuletzt, in mathematischen Hauptwerken lesende Frauen sich in Leseräumen ausschlafen zu lassen.

»Das war sehr freundlich von Ihnen«, sagte Scheer, als sie gegen halb elf zum Frühstück auf die Terrasse kam, ein Frühstück, das in der *Kleinen Nacht* bekanntermaßen bis in die Mittagszeit hinein serviert wurde. Nach Klees Anschauung ohnehin die einzige Mahlzeit von echter Bedeutung. Alle anderen Mahlzeiten hielt er für eine Erfindung von Köchen und Restaurants. Eine Erfindung, die den Menschen zum Essen zwang. Und deren Sinn neben dem Erhalt ebenjener Restaurants und Köche entweder die Anbahnung eines Geschäfts oder die Anbahnung einer Liebe oder Liebschaft darstellte. Jetzt abgesehen davon, dass die Mahlzeiten dem Tag eine simple Struktur verliehen, eine Art kulinarische Dreifaltigkeit.

»Was denn?«, fragte Klee, als er von Scheer auf seine Freundlichkeit angesprochen wurde.

»Na, dass Sie mich bei den Büchern haben ausschlafen lassen.«

»Ich bitte Sie, wenn Sie mögen, dürfen Sie die ganze Nacht über im Pool schwimmen«, antwortete Klee und stellte einen Teller mit Eierspeise auf Scheers Tisch, eine Eierspeise, die neben den Zwiebeln und der Sahne, den klein gehackten Tomaten aus eigenem Anbau, den angebratenen Stücken von Steinpilz und dem gleichmäßig verteilten Schnittlauch auch über ein im Zentrum langsam zerrinnendes Stück Kräuterbutter verfügte.

Klee bezog die Butter – man könnte sagen: schon wieder – von einer Dame aus dem Ort. Keine Bäuerin, Bauern gab es hier kaum noch, sondern die ehemalige Leiterin eines Finanzamtes, die ihre eigene Butter herstellte und eine eigene Kräutersalzmischung dazu und das Ganze in Form kleiner quadratischer Würfel an Klee verkaufte. Also, diese Würfel waren allen Ernstes innen hohl, was man in anderem Zusammenhang wohl als Mogelpackung bezeichnet hätte. Doch die meisten Gäste hätten geschworen, nie eine bessere Butter genossen zu haben. Und alle sahen ein, dass auf eine wunderliche Weise – wenn auch alles Wunderliche, wie Inoue erklärt hätte, auf Logik basiert – der Geschmack der Butter erst durch diese Leere des Hohlraums den entscheidenden Kick erhielt.

Dazu gab es Scheiben von knusprig angebratenem Brot, das beim Hineinbeißen so ein Geräusch machte, als breche jemand durch einen Bühnenboden ins echte Leben.

»Genießen Sie es!«, sagte Klee.

Scheer nickte. Dann meinte sie: »Ich würde Sie gerne heute sprechen.«

»Wegen der Mathematikbücher? Die gehören wirklich meiner Partnerin.«

»Aber nein«, sagte sie. Sagte aber nicht, worüber sie reden wolle. Sondern fragte: »Hätten Sie am Nachmittag Zeit?«

Klee schlug fünf Uhr vor. Im Garten. Wieder nickte Sarah Scheer.

Klee vermutete eine Menge Dinge. Aber nicht das, worum es dann gehen würde. Beziehungsweise gegangen wäre, wäre er tatsächlich um fünf Uhr im Garten erschienen, um sie zu treffen.

Aber es kam anders.

Es kam darum anders, weil Klee kurz nach der Mittagszeit, als er soeben anfangen wollte, an der Dachbespannung der Pergola eine Reparatur vorzunehmen, eine Katze in einem der bepolsterten Sessel entdeckte. Eine Katze, die er kannte. Gehrings Katze. Er wusste nicht, wie das Miststück hieß, eine voluminöse, langhaarige Sibirische Katze, die es immer wieder vorzog, anstatt dort ihre Haare zu verteilen, wo Haus und Garten ihrer Besitzerin waren, dies auf den Bezügen, Polstern und Decken des Hotelgartens zu tun. Jetzt abgesehen davon, dass sie schon mal in Klees Gemüsebeet kotzte oder eine von diesen halb angebissenen Mäusen auf der Pergola ablegte.

Klee hatte ein paarmal versucht, mit seiner Nachbarin wegen des Tiers zu sprechen, aber Eva Gehring hatte ihn schroff darauf hingewiesen, dass Katzen Katzen seien und sich also nicht etwa an eine Leine binden ließen. Und schon gar nicht könne man sie dazu abrichten, eine Jagdquote beim Fangen von Mäusen oder Vögeln einzuhalten, die Leichen geschmackvoller zu filetieren oder sich ganz dem Tierschutz zu verschreiben. Und am allerwenigsten, aufzuhören, Haare zu verlieren.

In der Regel begnügte sich Klee damit, die Katze, wenn er sie auf einem der Hotelmöbel erwischte, »Dreckviech«, »Serienmörderin« oder »du Sibirische!« zu schimpfen und zu verjagen. Wozu es aber nötig war, sie von ihrem Platz wegzustoßen. Auf Zuruf allein, vulgär oder nicht, pflegte sie nicht zu reagieren. Hernach säuberte Klee den betreffenden Ort vom Katzenhaar. Katzenhaare waren das Letzte, was er auf der Kleidung seiner Gäste sehen wollte. Umso mehr, als ihm Katzen weder als ein Teil der Natur noch der Kultur erschienen, sondern von irgendetwas unaussprechlich Drittem. Etwas aus der Unterwelt Stammendem.

Jetzt aber, mit Blick auf das »Drecksvieh« und eingedenk des Vorhabens, herauszufinden, ob es sich bei dem Mann im Rollstuhl tatsächlich um jenen Polizisten von vor einem Jahr handelte, hob Klee die Katze hoch und nahm sie auf den Arm. Was diese auch gerne zuließ, weil sie in purer Selbstüberschätzung meinte, eine Liebkosung zu erfahren.

Das schnurrende Tier tragend, begab sich Klee hinüber zum Haus seiner Nachbarin und läutete an. Hätte niemand geöffnet, hätte Klee die fette Katze halt auf dem Fußabstreifer abgesetzt, damit sie dort ihr langes, rotbraun-silbernes Haar verteilen konnte.

Doch die Türe ging auf, und im Rahmen stand Eva Gehring. Sie sah verblüfft zuerst auf das Tier und dann auf ihren Nachbarn.

»Ihre Katze«, sagte Klee.

»Und Sie meinen *was*, lieber Herr Klee? Dass ich Felia jetzt bestrafe, weil sie bei Ihnen eingebrochen ist.«

»Hören Sie, Frau Gehring«, sagte Klee, »ich will keinen Streit, ich wollte Ihnen nur Ihre Katze zurückbringen. Und dann hätte ich noch eine Frage. Darf ich kurz hereinkommen?«

Gehring zögerte einen Moment. Dann machte sie einen Schritt zur Seite und ließ Klee in den Vorraum. Klee trat ein und öffnete seine Arme, sodass Felia gezwungen war herunterzuspringen. Mit gewichtiger Eleganz setzte sie auf dem Boden aus dunklen Fliesen auf.

Eva Gehring machte keine Anstalten, Klee weiter in das Innere des Hauses zu bitten, sondern stand unverrückbar im Vorraum, ein wenig breitbeinig, was ihr eine unschöne Haltung verlieh, und wartete, was er ihr mitzuteilen hatte.

»Ich habe Sie gestern mit einem Mann gesehen«, begann Klee unsicher.

»Ach was!«

»Nein, ich meine oben bei der Bücherei. Einem Mann im Rollstuhl.«

»Ja und?«

»Ich glaube, ich kenne ihn.«

»Das glaube ich nicht«, entgegnete Gehring.

Klee ging es nun direkt an. Er sagte: »Holl! Klemens Holl! Mein Gast aus dem vorigen Jahr. Ein ehemaliger Kriminalbeamter aus Frankfurt.«

»Unsinn!«, antwortete Gehring. »Wie kommen Sie auf so was? Nur, weil meine Katze Sie ärgert.«

Klee hätte sich entschuldigen müssen, augenblicklich, aber etwas trieb ihn an. Und anstatt also wieder zurück zu seinem

Hotel zu gehen, erklärte er, Holl das letzte Mal bei jener Veranstaltung unten im Kunstverein begegnet zu sein, wo auch ein Bild aus Eva Gehrings Besitz ausgestellt gewesen war. »Holl hat mir damals erzählt, er wolle den Rest des Sommers bei Ihnen verbringen.«

»Es geht Sie zwar rein gar nichts an, Herr Klee«, sagte Gehring, »aber wenn es Sie beruhigt, Herr Holl hat *nicht* den Rest des Sommers bei mir verbracht. Ein paar Tage vielleicht. Das war's dann aber schon. Er ist zurück nach Frankfurt. Ich hoffe, das genügt Ihnen.«

»Um ehrlich zu sein, nein, tut es nicht.«

»Werden Sie nicht frech! Was ist überhaupt mit Ihrer Frau? Nimmt einfach die Kinder und geht.«

»Es sind nicht meine Kinder, Frau Gehring. Und das ist eine andere Geschichte.«

»Ja, aber Ihre Frau ist verschwunden, und ich frage Sie auch nicht, wohin denn. Sie wollen aber umgekehrt von mir wissen, wo ein Mann ist, den ich schon lange nicht mehr gesehen habe.«

Klee hob seine Hand, wie um zu schwören, und meinte, was er wissen wollte, war, ob der Mann im Rollstuhl mit Klemens Holl identisch sei. Was ihm nämlich der Fall zu sein scheine.

»Was Ihnen *scheint*, ist Ihre Sache«, sagte Gehring. »Dieser Mann ist nicht Holl.«

»Sondern?«

»Wieso sollte ich Ihnen das sagen?«

»Etwas stimmt nicht«, erklärte Klee. Und das empfand er nun ganz stark, dass etwas nicht stimmte.

»Ihr Problem«, entgegnete Gehring.

Klee entschied sich für ein offenes Visier und sagte: »Sie wissen schon, wieso Herr Holl überhaupt in unserem Ort aufgetaucht ist.«

»Was meinen Sie damit? Er hat Urlaub gemacht.«

»Ach, denken Sie, unsere schöne Gegend hat ihn gekümmert. Nein, was ihn interessiert hat, war ein alter Fall, ein ungeklärt gebliebener. Das hat ihn beschäftigt, das viele Ungelöste. Worüber er ein Buch schreiben wollte. Auch über das Verschwinden einer gewissen Lore Gehring im Sommer 2003. Sie wissen, die Frau, die vor Ihnen mit Otto Gehring verheiratet war.«

»Ich weiß, wer Lore ist. Verschonen Sie mich.«

Er hätte jetzt endlich gehen sollen, sicherlich. Es war überhaupt nicht seine Art, in solcher Weise lästig und hartnäckig und ausgesprochen unverfroren zu sein. In diesem Vorraum stehend, mit Katzenhaaren auf dem dunklen Hemd, störrisch. Aber etwas ritt ihn. Etwas saß auf seinen Schultern und gab ihm die Sporen. Ein Teufel oder Engel. Jedenfalls ließ Klee jegliches gute Benehmen vermissen, ignorierte Frau Gehrings Bitte, sie zu verschonen, und erklärte ihr, Holl habe an ein Verbrechen geglaubt. Und zwar mit der größten Überzeugung.

»Er war sicher«, so Klee, »dass Lore Gehring nicht einfach beim Wandern umgekippt und auf Nimmerwiedersehen in irgendein tiefes Erdloch gefallen ist. Und zwar ausgerechnet zu jener Zeit, als ihr Ehemann eingelenkt hatte und bereit gewesen war, zu ihr zurückzukehren.«

»Blödsinn!«, ärgerte sich Gehring. »Otto war mit mir in Paris und dachte zu keinem Zeitpunkt daran, wieder mit dieser Furie zusammenzuziehen. Das haben sich Lores Kinder ausgedacht. Ich weiß jetzt aber nicht, wieso, Herr Klee, Sie diese Idiotie ausgraben.«

»Holl hat sie ausgegraben.«

»Ach was, das erfinden Sie doch«, sagte Gehring. Ihre Stimme schwankte zwischen Wut und Selbstbeherrschung.

Klee erkannte die hellen Punkte ihrer Fingerknöchel, die sich aus der Bildung einer Faust ergaben. Er lächelte. Er fühlte sich ganz wohl dabei, diese Frau, die er noch nie hatte leiden können, in Bedrängnis zu bringen. Er sagte: »Na, es wird sich sicher feststellen lassen, wie es Klemens Holl geht, ob er gesund und munter da in Frankfurt sitzt und an seinem Buch über ungelöste Kriminalfälle schreibt. Oder ob er …«

Klees Blick war vom Vorraum durch das Wohnzimmer und die geöffnete Schiebetüre auf jenen Teil der Terrasse gefallen, den er von seiner eigenen, der Hotelterrasse aus, nicht einsehen konnte. Und dort erblickte er, in einen Nebel von Sonnenlicht eingehüllt, die Silhouette des Mannes im Rollstuhl.

»Wer, sagten Sie, ist der Mann im Rollstuhl?«, fragte Klee.

»Gar nichts sagte ich«, antwortete Gehring scharf und tat einen Schritt vor Klee hin, um ihm den Blick und den Weg zu versperren, und erklärte: »Was ich gesagt habe, war allein, dass er nicht der Mann ist, für den Sie ihn halten. Und jetzt verlassen Sie mein Haus. Sofort! Oder wollen Sie ernsthaft, dass ich die Polizei rufe, weil Sie mich belästigen.«

»Die Polizei ist doch schon da«, sagte Klee und nickte mit dem Kopf in Richtung Terrasse. Er war nicht bereit, von seiner Idee abzurücken. Der Idee, dort drüben sitze Klemens Holl in einem stark veränderten, invaliden Zustand.

War es die Hitze? War es eine wildromantische Regung? Klee befand sich im Rausch seiner Überzeugung.

Er drängte sich vorbei an Eva Gehring.

»Hey, Sie können da nicht einfach reinmarschieren«, rief sie ihm hinterher. Und erneute ihre Drohung, die Polizei zu rufen.

»Tun Sie das doch bitte«, bat Klee, vollkommen die Möglichkeit ignorierend, was er sich damit einhandeln könnte: die Peinlichkeit, sich geirrt zu haben. Dass das alles ganz harmlos war und in der Tat ein Bekannter der Eva Gehring im Rollstuhl saß. Vielleicht jemand, dem sie half, ein Verwandter oder Freund, vielleicht ein Fremder, den sie ehrenamtlich betreute und hin und wieder ausführte. Sodass also er, Klee, sich demnächst dafür würde rechtfertigen müssen, unbefugt in diese Wohnung eingedrungen zu sein: Hausfriedensbruch, tatsächlich Polizei, vielleicht sogar Presse, die davon Wind bekommen und sich erinnern würde, dass er der gleiche Mann war, dessen »Kinder« – die berühmten Zwillinge der Sputnik-2-Geschichte – verschwunden waren, und möglicherweise derselbe Mann, der einst als Chauffeur für den jetzigen Bundeskanzler gearbeitet und diesen auf eine fatale Weise vor dem Flammentod bewahrt hatte.

Aber Paul Klee war in diesem Moment blind für die Möglichkeit der Schmach. Er stürmte durch den großen, weiten Wohnzimmerraum, vorbei an der eigentümlichen Mischung aus alten Möbeln und moderner Kunst, dem wuchtigen offenen Kamin, darüber eine sogenannte Fettecke von Joseph Beuys (die nicht wirklich aus Fett und nicht wirklich von Joseph Beuys war, sondern aus Marmor und von einem anderen Künstler stammte), trat auf die Terrasse und vor den Mann im Rollstuhl hin.

Klee konnte ihn nun gut sehen, musste aber in die Knie gehen, um besser in das Gesicht des vorgeneigten Kopfes schauen zu können. Und in diesem Moment, so unmittelbar am Gesicht des Mannes mit dem grauen Bart und den toten Augen und den eingefallenen Zügen, in diesem Moment also wurde Klee sehr unsicher.

Scheiße, dachte er sich, so aus der Nähe betrachtet erinnerte der Mann nur noch recht vage an Klemens Holl. Ein kleiner Mann, jawohl. Aber Teufel noch mal!

Trotzdem sprach Klee ihn an: »Herr Holl!?« Und in der Hoffnung, die Nennung des einstigen Titels würde ein Wunder bewirken, fügte er an: »Kommissar Holl!?«

Tatsächlich reagierte der Mann im Rollstuhl. Sein Kopf rückte ein Stück nach oben, wie von einer unsichtbaren Hand geschoben. Sein linkes Auge sah weit an Klee vorbei ins Leere, das andere aber schien jetzt auf ihn gerichtet. Dazu öffnete sich leicht der Mund. Der Mann sagte etwas. Es klang wie »Verzicht«. Oder nicht doch eher wie … »Vorsicht«?

Paul Klee neigte sein rechtes Ohr.

Den Schlag spürte er nicht mehr.

Das ist etwas, was man sich schwer vorstellen kann, solange man es nicht erlebt hat. Beziehungsweise erlebt man es ja nicht wirklich. Die Plötzlichkeit, mit der eine Ohnmacht eintritt. Ein Punkt, den man nicht kommen sieht. Mal ist es der Tod, mal eine Bewusstlosigkeit, ein Unfall, der berühmt berüchtigte Ziegelstein, der herunterfällt. Ein Eiszapfen, der im Sonnenlicht fast unsichtbar von der Dachrinne bricht. Elektrischer Strom, ein ansatzlos versagendes Herz. Oder ein Schlag von hinten.

In Klees Fall war es Letzteres gewesen. Mit einer Wucht, die der extremen Plötzlichkeit diente. Viel zu schnell, um noch überlegen zu können, wie dumm es doch war, einer Frau wie Eva Gehring in einem Moment wie diesem den Rücken zuzuwenden.

Ein Ende stellte sich ein, punktartig. Aber ein Punkt ohne Gestalt.

Sein Erwachen – der Anfang, der auf das Ende folgte – geschah schon sehr viel weniger plötzlich, sondern mit der Allmählichkeit einer stummfilmhaften Kreisblende, die sich nach und nach öffnet, um endlich ein zuerst schwarz-weißes und dann blassfarbenes Bild freizugeben. Dazu ein Schmerz im Kopf und die Erkenntnis, sich nicht mehr oben auf der Terrasse zu befinden, sondern offenkundig im Keller des Hauses.

Klee wurde sich rasch dessen bewusst, was geschehen war. Gehring musste ihn niedergeschlagen und hier heruntergebracht haben. Was kein so großes Problem gewesen sein dürfte, da sich auf einer Seite des Kellers ein Lastenaufzug befand. Er selbst, Klee, war an einen Stuhl gefesselt. Absolut professionell fixiert, mit einem breiten, festen Klebeband. Er konnte bloß seinen Kopf bewegen. Über seinen Lippen klebte fest gestrafft ein Band. Es fühlte sich an, als stecke seine untere Gesichtshälfte in einem Felsen.

Ihm gegenüber saß der Mann im Rollstuhl. Er war aber nicht gefesselt. Was auch gar nicht nötig schien. Zwar hielt er seinen Kopf jetzt wieder aufrecht, doch sein Blick – der Blick beider Augen – zog an Klee vorbei ins Leere.

Nein, dieser Mann würde ihm nicht helfen, auch wenn er zuvor – in einem Anfall von kurzfristiger Klarheit – ein wie »Verzicht« klingendes »Vorsicht« von sich gegeben hatte.

Klee schüttelte den Kopf. Immerhin, das konnte er noch. Er schüttelte den Kopf ob einer Situation, die er zigfach aus Filmen kannte, aus Thrillern und Horrorfilmen und unguten Serienmörderepen: ein in einen Keller gesperrter, an einen Stuhl gefesselter Mann.

Aber man kann es eben kaum glauben, wenn solche Dinge in der Realität geschehen und diese Realität noch dazu die eigene ist.

Klee war nicht nur in einem Keller gefangen, sondern auch in einem Klischee.

Natürlich, man würde irgendwann nach ihm suchen. Immerhin hatte er sich um fünf Uhr mit Sarah Scheer verabredet. Immerhin würde er seinen Gästen abgehen. Aber wie lange würde es brauchen, bevor man *richtig* nach ihm zu suchen begann? Und wenn man es dann tat, würde man wohl kaum auf die Idee kommen, das Haus Eva Gehrings zu durchforsten. Außer, jemand hatte gesehen, wie er mit einer Sibirischen Katze im Arm das Grundstück seiner Nachbarin betreten hatte. Aber das war hier keine Fußgängerzone oder Einkaufsstraße, wobei ja sogar in Einkaufsstraßen Leute abhandenkamen und hinterher niemand etwas gesehen hatte. Nein, es war schon eher wie im Falle eines dieser Wanderwege im Erzgebirge, wo vor so vielen Jahren Lore Gehring verschwunden war. Wie mit einem Fingerschnippen.

Auch er, Klee, war mit einem Fingerschnippen verschwunden.

Es war ein großer Keller. Und obgleich er nicht übertrieben gruselig wirkte – da war nirgends Folterwerkzeug zu sehen, da klebte kein Blut an den Wänden –, besaß er die einschüchternde Wirkung einer unterirdischen Dunkelheit. Durch die drei niedrigen, mit einer blickdichten Folie versehenen Fenster drang das Licht schwach wie ein erschlagenes Gespenst. Gerade so viel, um die Dinge nicht für etwas anderes zu halten als für das, was sie waren: Weinregale, alte Möbel, Verpackungsmaterial, eine verrostete Vespa, eine gegen einen hohen Schrank gelehnte Metallstange, eine Werkstattbank, an der Wand einige Handwerkergeräte, ein Stapel alter Reifen. Und eben der Mann im Rollstuhl.

Erneut begann Klee ihn zu studieren. Erneut stellte er sich die Frage, ob es sich nicht doch um Klemens Holl handeln könnte, auch wenn die Ähnlichkeit aus der Nähe betrachtet eine geringe war. Ob es also möglich war, dass irgendeine unsachgemäße Behandlung diesen Menschen, der noch ein Jahr zuvor ein vitaler Mittfünfziger gewesen war, derart verändert haben konnte.

Verdammt, dachte Klee, soll es denn ganz umsonst gewesen sein?

Denn sollte er jetzt sterben – und das fürchtete er durchaus –, so bedeutete es doch wohl einen Unterschied, ob es darum geschah, weil er mit seiner Vermutung richtiggelegen hatte. Sich der Blick aus der Ferne als der treffende erwies. Und er, Klee, also zu Recht in diese Wohnung eingedrungen und sich in diese Situation gebracht hatte. Oder ob Holl schon die längste Zeit tot war und dieser Mann im Rollstuhl ein gänzlich anderes Opfer darstellte. Wenn überhaupt ein Opfer.

»Das ist nicht Holl«, sagte mit einem Mal eine Stimme hinter Paul Klee. Die Stimme Eva Gehrings. »Warum konnten Sie sich nicht damit zufriedengeben, mir zu glauben? Jetzt haben wir den Schlamassel.«

Sie trat zwischen ihn und den Mann im Rollstuhl, griff nach dem Plastikband auf Klees Mund und fragte: »Werden Sie schreien?«

Klee schüttelte den Kopf.

»Also gut.« Mit einem raschen Zug riss sie ihm das Band herunter.

Er verschluckte einen kleinen Aufschrei. Fing sich aber rasch und meinte – ihm war jetzt nach Sarkasmus –, dass es doch leicht übertrieben sei, ihn derart zu behandeln, nur weil er sich in der Person dieses Mannes geirrt habe.

Gehring darauf: »Hören Sie doch auf! Holl hat Ihnen erzählt, wieso er damals hierherkam. Holl hat sich hier eingeschlichen, genauso wie Sie sich jetzt hier eingeschlichen haben.«

»Holl ist tot, nicht wahr?«

»Er ist fort.«

»Fort also. Verschwunden«, sagte Klee und meinte, dies sei ja offensichtlich eine Spezialität von ihr, Leute verschwinden zu lassen. »Sie können wohl zaubern.«

»Erstaunlich«, fand Eva Gehring, »was für einen zynischen Ton Sie sich erlauben. In Ihrer Situation. Was müssen Sie sich denn einmischen und in mein Haus stürmen. – Ich bin keine Kriminelle, wie Sie sich das vorstellen. Ich habe ja nicht aus einem Vergnügen gehandelt, aus einem perversen Bedürfnis, Gott behüte. Lore hat das selbst verschuldet, sie wollte keine Ruhe geben, hat versucht, Otto mit Erpressung und Betrug zurückzugewinnen. Und hätte es fast geschafft. Also habe ich getan, worum die Gute ja geradezu gebettelt hat.«

»Von Paris aus?«

»Ja, glauben Sie denn, ich hätte Lore eigenhändig aus dem Verkehr gezogen. Nein! Ich hätte die dumme Kuh nicht angreifen mögen. Dafür habe ich jemanden engagiert. Und zugesehen, dass Otto das bezahlt, auch wenn ihm das zunächst nicht ganz klar war. Aber das ist ohnehin eine Schwäche der Männer, nie genau zu wissen, wofür sie eigentlich bezahlen. Und wenn sie es dann endlich kapieren, müssen sie erkennen, wie sehr sie Gefangene ihrer Finanzen sind.«

Was also bedeutete, dass Otto Gehring sehr wohl davon gewusst hatte, auf welche Weise seine Lore umgekommen war. Doch entweder war es ihm ohnehin recht gewesen, eingedenk der Sicherheit eines Pariser Alibis, oder er sah sich im Zuge der Bezahlung eines beauftragten Mörders viel zu tief in die Sache verstrickt und hielt darum den Mund. Um zwei Jahre später seine Frau für tot erklären zu lassen und Eva Seebach zu heiraten.

»Und was ist mit der Person«, fragte Klee, »die Sie dafür bezahlt haben, Lore Gehring verschwinden zu lassen?«

»Das braucht Sie nicht zu kümmern. Mancher Mord ist einfach ein notwendiges Mittel. Ein Mittel, das nicht der Mörder, sondern der Ermordete erzwingt.«

»Und Holl?«

»Er hat versucht, mich hereinzulegen. Man könnte fast sagen, er war eine Art Heiratsschwindler.«

»Im Dienste seines Buches«, sagte Klee. »Und im Dienste der Kriminalistik. Wie der Wahrheit.«

»Ach was, der Ehrgeiz eines gewesenen Polizisten, den eine dumme Ohrfeige seine Karriere gekostet hat und der nun auf meine Kosten doch noch berühmt werden wollte.«

»Was haben Sie mit ihm gemacht?«, fragte Klee.

»Das brauchen Sie nicht zu wissen.«

»Wieso? Wollen Sie mich denn freilassen?«

»Eher nicht.«

»Dann können Sie mir auch sagen, was mit Holl geschehen ist.«

Eva Gehring lachte. Und sagte: »Nein.« Das gleiche Nein, wie Klee es zuvor ausgesprochen hatte, als Gehring ihn gebeten hatte, sie bitte zu verschonen.

Mittels dieser Verneinung durchbrach Gehring jene von Klee als »Klischee« empfundene Regel, nach der Männer, die in Kellern auf Stühlen gefesselt saßen, zumindest die ganze Wahrheit erfuhren, bevor es ihnen an den Kragen ging.

Stattdessen erklärte Eva Gehring, dass ihr Klees Hotel schon immer ein Dorn im Auge gewesen sei. Ja, er selbst sei ihr ein Dorn im Auge.

»Sie wollen mich einfach weghaben«, stellte Klee fest.

»Ich sehe überhaupt keine andere Möglichkeit. Sie werden ja nicht einfach zurück in ihr dummes kleines Hotel gehen und alles vergessen.«

»Würde es etwas nützen, wenn ich Ihnen genau das verspreche?«

»Nein, natürlich nicht. Allerdings gibt es verschiedene Wege, jemanden aus dem Spiel zu nehmen. Das muss nicht immer der Tod sein.«

»Was kann ich tun, damit Sie mich leben lassen?«

»Geduld«, sagte sie. Und meinte, er könne sich für all das bei Holl bedanken, weil der ihn unnötigerweise eingeweiht habe. »Nun ja, vielleicht haben Sie bald die Möglichkeit, ihm das persönlich zu sagen.«

»Ist das jetzt eine gute oder schlechte Nachricht?«, fragte Klee.

»Mal schauen.« Man konnte sehen, dass sie ernsthaft nachdachte. Dass sie etwas abwog. Einen Gedanken gegen einen anderen. Ein Gift gegen ein anderes.

In Klees Stimme lag nun echte Verzweiflung, als er ihr erklärte, anfangs gedacht zu haben – und es ja noch eine ganze Weile geglaubt zu haben –, der Mann im Rollstuhl sei Klemens Holl.

»Lächerlich«, antwortete Gehring. Und verriet nun doch, um wen es sich handelte. Der Mann im Rollstuhl sei ihr jüngster Bruder. »Halbbruder«, korrigierte sie sich. »Er kam fünfzehn Jahre nach mir auf die Welt. Eine späte Ungeschicklichkeit meines Vaters. Na, Sie können ja sehen, dass er nicht mehr der Gesündeste ist.«

»Das passt gar nicht zu Ihnen, ich meine die Rolle als Krankenschwester.« Sogleich bereute er das Gesagte.

Doch Gehring antwortete: »Da haben Sie jetzt mal recht. Aber Sie kennen das Testament meines Bruders nicht, das er verfasst hat, als es ihm noch besser ging. Glauben Sie mir, ich tue nichts ohne guten Grund.«

Und indem sie das sagte, verklebte sie mit verblüffendem Geschick, eine einzige rasche Bewegung vollziehend, erneut Klees Mund. Wenn er noch etwas hatte sagen wollen, er hätte es schriftlich in eine Sprechblase fügen müssen, besser gesagt in eine Gedankenblase.

Aber ein Comic war das hier nicht. Zumindest keiner mit Blasen.

Eva Gehring griff in eine Tasche, die auf der Werkstattbank lag, und holte etwas heraus. Weil die Spitze dieses Gegenstands im diffusen Licht des Raums einen kleinen, kurzen Lichtblitz erzeugte, dachte Klee zuerst an die Reflexion auf einer Messerscheide. Doch als Eva Gehring näher kam, begriff er, dass die schöne Witwe eine Injektionsspritze in der Hand hielt. Es war die Kanüle, die diesen Blitz von Licht verursacht hatte.

Eine Spritze war sicher besser als ein Messer. Zumindest würde es kein Blutbad geben. Allerdings hingen Glück oder Unglück einer Injektion naturgemäß von der Flüssigkeit und der Dosierung dieser Flüssigkeit im Hohlraum der Spritze ab. Alles zwischen Heilung, Zähmung, Verwünschung und Tötung.

Oder Betäubung. Darin bestand Klees Hoffnung. Dass er, anstatt hier und jetzt ein Gift oder eine Überdosis verabreicht zu bekommen, vorerst einmal betäubt und an einen anderen Ort gebracht wurde. Nicht, um dann, am anderen Ort, doch noch aufgeschlitzt und zerstückelt zu werden, sondern irgendwie zu verschwinden. Zum Verschwinden gebracht zu werden, ohne dass dazu aber nötig sein würde, getötet zu werden. Von Gehring nicht und auch nicht von jemandem, den sie dafür bezahlte. Ja, das wollte er gerne glauben. Und meinte, verstanden zu haben, dass zwar Otto Gehrings erste Frau Lore definitiv tot war, auftragsgemäß umgebracht vor siebzehn Jahren, dies aber nicht unbedingt für Klemens Holl zu gelten brauchte. Verschwunden, das schon, aber nicht tot.

Oder doch?

Klee hatte jetzt wirklich Angst um sein Leben, ein Leben, dessen Wert er doch nie sonderlich hoch eingeschätzt hatte, weshalb ihm das Erschrecken vor dem Tod immer ein wenig kleinlich und spießig erschienen war.

In diesem Moment drückender Todesangst, die Injektionsnadel vor Augen, erkannte Klee mit ebendiesen Augen, wie da eine Gestalt von der Seite her rasch näher kam.

Auch Eva Gehring hatte sie bemerkt und wandte sich in deren Richtung, auf diese Weise die Nadel von Klee wegschwenkend. Noch im Wegschwenken wurde Gehring die Spritze aus der Hand geschlagen und nahm dabei eine Flugbahn, die knapp über Klees rechte Schulter führte. Klee spürte die Spitze der Kanüle, wie sie einen feinen Ritz in seine Wange zog, bevor das ganze Gerät hinter ihm auf dem Boden landete.

Keine Frage, Eva Gehring war für ihr Alter, Mitte siebzig, ganz schön fit. Aber die Person, die in den Keller geschlichen war und ihr das Instrument aus der Hand geschlagen hatte, war für ihr Alter, nämlich dreiunddreißig, noch um einiges fitter.

Es war Sarah Scheer.

Was Scheer soeben entwarf, war eine Choreografie des Rettens. Indem sie unter dem gestreckten Arm Eva Gehrings hinwegtauchte, in deren Rücken wieder hochkam und ihr mit dem vorschnellenden Fuß, dabei die Kraft des zu einer »runden Spitze«

geformten Fußballens nutzend, in den Bereich der Lendenwirbel stieß. Gehring stürzte mit einem Aufschrei nach vorn und fiel auf den Boden, kam aber überraschend schnell wieder auf die Beine und griff nach einer Motorsäge, die neben ihr an der Wand hing. Und die Klee übersehen hatte. Ein Gerät, das nun also doch noch den Horror eines solchen Kellers bestätigte.

»Aber echt nicht!«, sagte Scheer und schüttelte den Kopf.

Gehring wollte soeben den Motor in Gang setzen, da wurde sie mit großer Wucht von einer Metallstange im Gesicht getroffen. Das andere Ende dieser Stange hielt Sarah Scheer fest in den Händen. Gehring lag am Boden und rührte sich nicht. Und auch Scheer verblieb eine Weile in ihrer Position. Für einen Augenblick sah es aus, als würden die vier Personen einem Maler Modell stehen: Mann im Rollstuhl, Mann in Fesseln, liegende Frau und Frau mit Stange.

Als dann Scheer wieder in Bewegung kam, die Stange senkte und das Standbein wechselte, schaute sie hinunter zu Eva Gehring, die offensichtlich das Bewusstsein verloren hatte. In der Folge sagte Scheer etwas, was Klee verwunderte. Etwas möglicherweise Mathematisches, wie auch Inoue es vielleicht von sich gegeben hätte, hätte sie jetzt an Scheers Position gestanden, über einer bewusstlosen Frau thronend, die nun nicht mehr in der Lage sein würde, Klee einen Schaden zuzufügen.

Scheer sagte: »So wäre also die Lücke gefüllt!«

Meinte sie die Lücke, die wiederum der Mathematiker Gottlob Frege meinte, wenn er Leibnizens Beweisführung von $2 + 2 = 4$ infrage stellte?

Aber Klee wollte das gar nicht wissen. Er wollte …

Sarah Scheer wandte sich zu ihm hin und zog ihm das Klebeband vom Mund. Nicht weniger zügig, als es zuvor Eva Gehring getan hatte.

Wie unterschiedlich man doch ein und dieselbe Handlung empfinden konnte! Elend und Befreiung.

Absurderweise verstummte Klee für einen Moment, wenn man sich nämlich vorstellte, dass er gedanklich die ganze Zeit über gesprochen hatte, wütend, verzweifelt, fragend, hoffend, nun aber, da er endlich wieder hörbar etwas sagen konnte, ins Stocken kam. Er brauchte ein paar Sekunden. Als er dann wieder seine Sprache fand, sagte er: »Frau Scheer, Sie hat mir der Himmel geschickt.«

Scheer darauf: »Ach, wenn Sie wüssten.«

Zum ersten Mal nach der Landung von Sputnik 2 geriet der kleine Ort erneut in die Schlagzeilen. Und sowenig ein Zusammenhang zwischen der *Großen Rückkehr* und den Verbrechen der Eva Gehring bestand, kam man nicht umhin, zumindest eine mystische Verbindung zwischen alldem zu sehen. Vor allem bezüglich des guten Ausgangs der Geschichte, immerhin war jener Mann und Hotelbesitzer, der Lebenspartner der Mutter der berühmten Zwillinge Uwe und Iris, gerettet worden, bevor noch Eva Gehring ihn hatte narkotisieren können – in der Tat war es keine Gift-, sondern eine Betäubungsspritze gewesen –, um ihn wo auch immer hinzubringen und auf welche Art auch immer verschwinden zu lassen. So, wie sie vor vielen Jahren den Auftrag gegeben hatte, Lore Gehring in einer spurlosen Weise aus dem Verkehr zu ziehen, und wie sie es wohl ohne fremde Hilfe mit Klemens Holl getan hatte. Holl, der seit dem letzten Sommer als verschollen galt, ohne dass irgendjemand einen Bezug zu Eva Gehring hergestellt hatte. Man kann sagen, dass ausgerechnet das Verschwinden eines ehemaligen Polizisten von der Polizei selbst mit geringem Engagement untersucht worden war. Man hatte weniger ein Verbrechen vermutet als eine Art unangemeldeter Entfernung. Manche hatten zynisch kommentiert, dass Holl vielleicht nach Paris zu jener Dame von der Rassemblement National gezogen sei.

Den Bezug zu Eva Gehring hatte erst Paul Klee hergestellt. Dies aber ausgerechnet mittels einer Verwechslung. Mittels der völlig irrigen Annahme, bei dem Mann im Rollstuhl handle es sich um Klemens Holl: stark verändert, unter Drogen stehend, in einen Rollstuhl gezwungen, aber um Klemens Holl. Schwer zu sagen, wie spontan oder überlegt Gehring gehandelt hatte. Und wieso sie es nicht weiter unternommen hatte, das Missverständnis aufklären zu wollen. Und stattdessen Klee bewusstlos geschlagen hatte. Aber sie hatte wohl befürchten müssen, dass ihr Nachbar dank dieses Irrtums praktisch auf den Geschmack gekommen war und nicht aufhören würde, nach dem Verbleib seines ehemaligen Gastes Klemens Holl zu forschen.

Vielleicht war sie gar nicht in Panik geraten, sondern hatte in der ihr eigenen eiskalten Art die Möglichkeit genutzt – hatte hier zwar nicht zwei und zwei zusammengezählt, aber doch eins und eins –, nicht nur einen neugierigen Nachbarn loszuwerden, sondern letztlich auch einen unliebsamen. Und damit dessen Hotel.

Wie auch immer, Klee war also in diesen Keller geraten, um ausgerechnet von einem Gast seines Hotels gerettet zu werden.

Der Schlag, den Sarah Scheer mittels einer Metallstange Eva Gehring verabreicht hatte, entsprach einer Technik des Jōdō, einer alten japanischen Kampfkunst, die Sarah Scheer für ihre Choreografie des Stückes *Law* erlernt hatte.

Niemand, auch nicht die Polizei, wäre auf die Idee gekommen, diesen Vergleich anzustellen, aber die Metallstange, nach der Scheer gegriffen hatte und die »wie zufällig« an einem alten, hohen Schrank gelehnt hatte, diese Stange also besaß exakt die gleichen Maße wie ein klassischer Jō. Worauf die Polizei aber sehr wohl kam, war es, diesen Schrank zu untersuchen, in dessen Innerem man zwar nicht auf Klemens Holl stieß, aber doch auf DNA-Spuren des ehemaligen LKA-Kommissars.

Scheers gezielter Schlag gegen Gehrings Schläfe hatte somit zu einer Ohnmacht, aber keiner ernsthaften Schädelfraktur geführt. Dennoch schien Eva Gehring bei den ersten Verhören so, als hätte sie den Verstand verloren. Sie schwieg. Sie schwieg zu allem. Und hörte nicht mehr auf damit. Weder erklärte sie, wo genau sich die Leiche von Lore Gehring befand noch was genau sie mit Klemens Holl, der nachweislich in dem Schrank im Keller eingesperrt gewesen war und höchstwahrscheinlich da noch gelebt hatte, was sie mit ihm also angestellt hatte. Sie sagte nicht einmal »Ihr könnt mich mal!«. Sie sagte gar nichts mehr. Nie wieder.

Für Paul Klee wiederum wurde bald klar, wie sehr seine Pflicht darin bestehen würde, den einmal begonnenen, aus einem Irrtum heraus geborenen Weg fortzusetzen. Nachforschungen anzustellen, was mit Holl geschehen war, so gering auch die Hoffnung sein mochte, er könnte noch leben. Indem er selbst, Klee, überlebt hatte, fühlte er sich moralisch verpflichtet, Holl zu finden. Tot oder lebendig.

Klees eigenes Überleben allerdings besaß für sich gesehen einen ganz anderen Hintergrund. Einen Hintergrund, in dessen Zentrum Klees ewige Schuld stand. Etwas, das er erst noch begreifen musste.

Nachdem er eine medizinische Untersuchung unten in der Stadt und eine erste Befragung durch die Polizei hinter sich gebracht hatte, war er zusammen mit der ebenfalls einvernommenen Sarah Scheer zurück ins *Hotel zur kleinen Nacht* gebracht worden. Es war weit nach Mitternacht. In Gehrings Haus war noch immer die Spurensicherung zugange. Bänder umgaben das Haus. Man war nun recht emsig bemüht, Hinweise auf Holl zu finden. Und keine Frage, man würde darangehen, den Garten umzugraben.

Natürlich war noch keiner der Hotelgäste zu Bett gegangen. Gannet hatte es übernommen, die Leute an der Bar zu bedienen. Wo sich auch alle eingefunden hatten und fassungslos waren, was Paul Klee da widerfahren war. Alle wollten wissen, wie sich das für ihn angefühlt hatte, derart dem Tod in die Augen zu sehen. Um dann im allerletzten Moment gerettet zu werden. Von einer Frau, noch dazu einem Gast des Hotels, die es verstanden hatte, eine simple Metallstange in der gleichen Weise wie einen traditionellen japanischen Schlagstock zu führen. Mit einer Art heiliger Souveränität.

Was für eine Geschichte!

Man mochte meinen – und viele meinten es auch –, dass hier ein gütiges Schicksal es bewirkt hatte, dass Sarah Scheer, die doch sicherlich an diesen Ort gereist war, um die Landschaft der *Großen Rückkehr* für ein Tanzstück zu studieren, sich genau in diesem

Hotel einquartiert hatte. Und zwar zum einzig richtigen Zeitpunkt.

Sarah Scheer aber sagte nichts. Sie wartete.

Nachdem alle anderen endlich schlafen gegangen waren und nur noch der Gerettete und seine Retterin an der Theke der Bar zusammensaßen, offenbarte Scheer eine ganz andere Geschichte. Eine Geschichte, in der rein gar nichts zufällig geschehen war.

Sie redete. Erzählte davon, Klee dabei beobachtet zu haben, wie er die Sibirische Katze aus dem Sitzmöbel der Pergola gehoben und sie hinüber zu Gehrings Haus gebracht hatte.

»Ich bin Ihnen gefolgt«, sagte sie.

»Warum überhaupt?«

»Ich wollte mit Ihnen sprechen und wollte einfach nicht warten, bis es fünf war. Ich wollte vor dem Haus auf Sie warten. Vor dem Haus Ihrer Nachbarin. Ich dachte mir, dass es besser wäre, Ihnen das, was ich zu sagen habe, auf der Straße zu sagen und nicht im Hotel. Bin dann aber doch die Treppen nach oben. Ich weiß auch nicht, die Türe stand offen. Nicht, dass das meine Art ist, ungeladen in fremde Häuser zu treten. Aber mir kam es merkwürdig vor. So was riecht man.«

Scheer erzählte, wie sie vorsichtig in den Vorraum getreten war und irgendetwas Entschuldigendes von sich hatte geben wollen, eine Ausrede für ihr Eindringen. Dann aber hatte sie durch den großen Wohnraum hindurch erkannt, wie eine Frau einen Mann in einem Rollstuhl in einen Aufzug schob.

»Ich dachte auf die Entfernung hin, dass Sie das sind, Herr Klee«, sagte Scheer. »Sonst war ja niemand zu sehen. Nur diese Frau und ein offensichtlich willenloser Mann in einem Rollstuhl.«

Klee musste schon schmunzeln angesichts des Umstands, dass also nicht nur er sich in Bezug auf die Person im Rollstuhl geirrt hatte, sondern ebenso Scheer. Und wie hier der eine Irrtum sich in den anderen fügte.

»Was sollte ich davon halten?«, meinte Scheer. »Ich habe dann gehört, wie sich der Aufzug nach unten bewegt hat. Nach unten, das fand ich bedenklich und habe mich nach einer Treppe umgesehen, die hinunter in den Keller führte, und sie auch gefunden.«

Scheer beschrieb, wie sie sich vorsichtig und im Dunkel des unbeleuchteten Abgangs in die untere Etage bewegt hatte und erkennen musste, dass er, Klee, nicht der Mann im Rollstuhl war, sondern der Mann auf dem Sessel, gefesselt und geknebelt. Und wie sie sich einen Moment gefragt hatte, ob sie soeben Zeuge einer unheimlichen und recht perversen Form von Rollenspiel werde.

»Ich bin wieder hoch, habe überlegt und mir gedacht, dass das vielleicht doch kein Rollenspiel ist. Und mich darum entschieden, die Polizei zu benachrichtigen.«

Eine Polizei, die freilich nicht gerade um die Ecke stationiert war. Und die sich Zeit ließ. Vielleicht nicht glauben konnte, was sie da zu hören bekam.

»Eigentlich wollte ich warten«, sagte Scheer. »Und habe auch gewartet. Als dann aber noch immer keine Polizei kam, bin ich wieder hinunter in den Keller. Ich wollte verdammt noch mal nicht, dass diese verrückte Frau Ihnen etwas antut, bevor ich mit Ihnen gesprochen habe.«

Solcherart wurde Scheer Zeuge des Gesprächs zwischen Gehring und dem zwischenzeitlich von seinem Knebel, aber nicht seinen Fesseln befreiten Klee. Und damit Zeuge des Moments, als Eva Gehring daranging, Klee eine Injektion verabreichen zu wollen.

Der Rest ist Geschichte.

Aber es war eben *kein* Zufall gewesen. Scheer hatte Klee beobachtet. Auch schon davor. Sie war ihm gefolgt. Hatte begreifen wollen, was für ein Mensch er war. Sie hatte sich mittels der Beobachtung auf den Moment vorbereiten wollen, da sie ihm sagen würde, in welch fürchterlichem Verhältnis sie zu ihm stand.

Und jetzt, am Übergang von der Nacht zum Tag, während hinter ihnen im vom Mondlicht beschienenen künstlichen Meer träumende Korallenbewohner dahintrieben und nachdem sie ihm das Leben gerettet hatte, was ihr so vollkommen absurd erschien, sagte sie: »Ich bin Romans Mutter.«

»Ich verstehe nicht.«

»Wirklich nicht?«

»Woher sollte ich wissen, dass Sie ein Kind haben?«

»Ich hatte eines«, sagte Scheer. »Mein Junge ist tot. Es ist bei einem Unfall gestorben. In einem Tunnel. In einem brennenden Wagen.«

»Aber ...?!« Klee hatte nie gefragt, wie der Junge geheißen hatte, wie seine Eltern geheißen hatten. Woher sie gekommen, wohin sie unterwegs gewesen waren. Schon gar nicht hatte er sich darum gekümmert, was die Medien darüber berichtet hatten. Es war ihm wichtig gewesen, sich *kein* Bild zu machen. Nicht von diesem Jungen, der elfjährig auf solch sinnlose Weise aus dem Leben gerissen worden war. Und den er, Klee, hätte retten müssen. Es zumindest hätte versuchen müssen.

Klee sagte, er sei überzeugt gewesen, dass es die Eltern des Jungen gewesen waren, die zusammen mit dem Kind in diesem Wagen umgekommen seien.

Scheer schüttelte den Kopf. »Das waren meine Schwiegereltern. Sie hatten Roman mit in den Urlaub genommen.«

Klee griff sich mit dem Finger an den Kopf, als müsste er einen Riss schließen.

»Glauben Sie mir«, sagte Scheer, »mir wäre viel lieber gewesen, ich wäre in diesem Wagen gesessen und nicht meine Schwiegereltern. Es ist eine große Wahrheit, dass kein Kind vor seinen Eltern sterben sollte. Und es ist das größte erdenkliche Unglück, wenn es doch so kommt. Nichts ist schlimmer. Es ist eine unerklärliche Bösartigkeit, dass Gott uns nicht die Möglichkeit gegeben hat, anstelle unserer Kinder den Tod anzunehmen.«

»Und Ihr Mann?«

»Unsere Ehe ist darüber zerbrochen. Eine Beziehung hält einen solchen Verlust nicht aus. Keine Beziehung tut das. Man kann zusammenbleiben oder sich trennen, egal, die Zerstörung ist nicht aufzuhalten. Sowenig der andere Schuld haben mag, man gibt sie ihm.«

Und nach einer kurzen Pause, in der ein Beobachter hätte meinen können, die Luft weinen zu hören: »Hat es Sie denn nie interessiert, wer die Menschen waren, die in diesem Tunnel starben?«

»Ich habe den Unfall nicht verschuldet«, wehrte sich Klee.

»Das weiß ich. Aber Sie haben mein Kind nicht gerettet, und genau das hätten Sie doch tun müssen. Auch auf die Gefahr hin, selbst umzukommen. Und auf die Gefahr hin, den Mann zu opfern, für den Sie gearbeitet haben.«

»Es stimmt«, sagte Klee. Und dann, noch einmal, als füge er mit diesem Satz in die alte Narbe eine neue Wunde: »Es stimmt.«

»Ich kam hierher«, sagte Scheer, »um mir den Menschen anzusehen, der es unterlassen hat, mein Kind zu retten.«

Lange Zeit, so Scheer, hätte sie nicht gewusst, wer er, Klee, überhaupt sei und wo sie ihn würde finden können. Man habe ihr die Information verweigert. Wohl um Rehberg zu schützen. Erst in einem Artikel über die Sputnik-Geschichte hatte sie dann von dem Verdacht gelesen, der Besitzer des Hotels, aus dem die berühmten Zwillinge stammten, habe einst für Rehberg als Chauffeur gearbeitet.

Klee darauf: »Glauben Sie mir bitte, ich habe das auch nie verstanden, wie ich so handeln konnte. Eine dumme Verpflichtung gegenüber der Person, für die ich gefahren bin. Ein Reflex der Treue.«

»Aber nicht der Treue zum Leben«, sagte Scheer. »Die Kinder stehen für das Leben, nicht ein Mann in seiner Limousine, der von einem Termin zum nächsten hetzt und über die Welt wie über eine kleine goldene Zündholzschachtel herrscht.«

Ja, es sei eine falsche Entscheidung gewesen, sagte Klee. Aber: »Eine, die ich nicht zurücknehmen und die ich nicht wiedergutmachen kann. Ganz gleich, was ich seither tue oder unterlasse, wie gut oder schlecht ich seither handle. Letztlich hätten Sie mich dort unten in dem Keller meinem Schicksal überlassen sollen.«

»Wäre das bloß möglich gewesen«, sagte Scheer voller Kummer. »Endlich habe ich Sie gefunden, und anstatt Sie zur Verantwortung zu ziehen, Sie in irgendeiner Form zu bestrafen, muss ich Ihnen das Leben retten. Grotesk!«

»Grotesk, das stimmt. Aber auch wundersam.«

»Grotesk, wundersam und … logisch.«

Klee dachte: Das hätte jetzt Inoue sagen können.

Beide, Klee und Scheer, waren sie gefangen. Er in einer falschen Handlung, sie in der Notwendigkeit, den Mann, der in dieser falschen Handlung gefangen war, gerettet zu haben. Auf solche Weise waren sie auch ineinander gefangen. Beinahe wie rettungslos Verliebte.

Klee kam hinter seiner Theke hervor und stand nun vor Scheer, die vom Hocker gerutscht war. Die beiden fielen sich in die Arme. Klee drückte seine Wange fest an die ihre und sagte: »Es tut mir so unendlich leid.«

Er spürte Sarah Scheers Tränen. Sie berührten ihn in einer Weise, die ihn unweigerlich an die Stelle eines Gedichts von E. E. Cummings erinnerte. Worte, deren Sinn er nie verstanden hatte, aber restlos von deren Schönheit überzeugt gewesen war, und die er in diesem Moment, da sie wie eine *gute* Injektion in ihn einschossen, als einen letzten großen Trost empfand. Einen, nach dem kein anderer Trost mehr kommen würde: »niemand, nicht einmal der regen, hat solch kleine hände«.

Paul Klee fühlte sich jetzt auf ungemein lebendige Weise tot.

11

Übergabe

Es geschah selten, dass Klee sich ins sandersche Meer begab, was also bedeutete, in den kleinen Salzwasserpool zu steigen und die wenigen Meter hinauf- und hinunterzukraulen. Wobei es ihm aufgrund der angewinkelten Lage des Pools so vorkam, als beschwimme er eine Ecke. Und eine Ecke war es ja auch.

Natürlich stand der Pool in erster Linie den Gästen zur Verfügung und war früher auch ein Pool für die Zwillinge gewesen, aber keiner für Klee, dem nach dem Fortgang Inoues nun die Pflege oblag.

Doch nachdem jetzt auch Sarah zu Bett gegangen war und bereits die Dämmerung eingesetzt hatte und nachdem Klee das Frühstück in derselben Weise wie immer vorzubereiten gedachte, Kriminalfall hin oder her, entschloss er sich, anstatt eines eher verderblichen Kürzestschlafs ausnahmsweise eine Runde schwimmen zu gehen.

Er zog sich nackt aus und stieg in den Pool. Vorsichtig und langsam. Das warme Salzwasser umhüllte ihn. Mit sachten Kraulbewegungen, genau vier Tempi einsetzend, erreichte er den Beckenrand, wo er sich abstieß und mit der gleichen Ordnung von vier Schlägen die Bahn zurückglitt. Und dabei so gut wie kein Geräusch verursachte (man kann vielleicht sagen, dass das Hineintippen dieser Textstelle in die Computertastatur mehr Lärm erzeugte als die Kraulbewegungen jenes Mannes, der wie ein berühmter Maler hieß).

Während Klee hier mit präziser, ruhiger Gleichförmigkeit seine kurzen Bahnen zog, dachte er an Inoue. Er dachte daran, wie sehr sie ihm abging, obgleich ein Beobachter hätte meinen können, Klee hätte sich ganz damit abgefunden, ohne diese Frau zu sein, die ihre Kinder in Sicherheit gebracht hatte. Aber das war nicht der Fall. Er vermisste sie. Gerade in diesem Haus, das ihrer beider Hotel war, ihre gemeinsame Schöpfung.

Klee erinnerte sich, wie er Inoue kennengelernt hatte, wie sich die Bedingungen eines Hauskaufes und die Bedingungen einer Schlägerei mit vier Engländern, die einem fijianisch-japanischen Rugbyspieler einen genialen Spielzug nicht vergönnen wollten, dazu geführt hatte, dass sie ein Paar wurden. Vielleicht hätte es der Engländer gar nicht bedurft, und doch war Klee den vier Männern auf gewisse Weise dankbar, ihn verletzt zu haben, damit Inoue sich dieser Verletzung hatte annehmen können.

Klee dachte daran, wie er und Inoue in diesen vielen Wochen und Monaten ein wirklich großes Einfamilienhaus in ein wirklich kleines Hotel verwandelt hatten. Die Mühe und Liebe, die sie hineingesteckt hatten, auch die Mühe und Liebe einer vernünftigen Finanzierung. Eine Gediegenheit der Einrichtung, die jedoch keinen Ruin nach sich gezogen hatte, bevor noch der erste Gast eine erste Nacht bezahlt hatte. Wie sie Stunden um Stunden über Plänen gebrütet hatten, Stunden um Stunden mit Handwerkern diskutiert und diese Handwerker niemals aus den Augen gelassen hatten, wie sie das Konzept von fünf Gästezimmern entwickelt hatten, wo jedes für sich stand, aber alle fünf gemeinsam, auch zusammen mit den übrigen Räumen – bis hin zu jenem Raum, der ein Aquarium war –, doch so etwas wie das »Runde der Welt« symbolisierten.

Wie gut ihre Liebe in dieser Zeit gewesen war, ihre körperliche Zuneigung, die gewissermaßen den Umbau des Hauses begleitet hatte, als wäre gelungener Sex eine gute Basis für das Gelingen der Errichtung einer *Kleinen Nacht*. Oder auch umgekehrt.

Und genau dieses Körperliche hatte mit der Beendigung des Umbaus und der Eröffnung des Hotels einen Bruch erfahren. Keinen dramatischen. Eher wie eine Verletzung, die man erst im Nachhinein bemerkt, wenn sie bereits vernarbt ist. Aber eine

Narbe eben, die Folgen hat. So, wie es oft der Fall scheint, wenn ein Kind auf die Welt kommt und die Libido nachlässt. Nicht nur die der Mütter. Konnte man also sagen, das Haus, das fertige Haus, das *Hotel zur kleinen Nacht,* sei das »Kind«, das Klees und Sanders Verhältnis verändert hatte?

Eigentlich schon. Klee fügte sich in diesen Gedanken, während er fortgesetzt Wasser nach unten und zur Seite schob und damit Bewegung erzeugte. Bewegung des Wassers und eigene.

Er fügte sich in den Gedanken. Und dennoch, jetzt, wo er überlebt hatte – und er meinte noch immer die Nähe des Todes zu spüren, sosehr die Injektion, die Eva Gehring ihm hatte verabreichen wollen, zunächst einmal nur seine Betäubung bewirkt hätte –, sehnte er sich mehr denn je nach Inoue. Auch konnte man vielleicht sagen, dass die Zuneigung zu zwei anderen Frauen wie eine Bestätigung seiner Sehnsucht nach Inoue wirkte: seine Zuneigung zu Gannet und seine Zuneigung zu Sarah Scheer.

Was er jetzt noch nicht wissen konnte, war, dass Scheer am selben Tag, ohne ihm noch ein einziges Mal zu begegnen, abreisen würde. Wobei sie zuerst zwecks einer weiteren Befragung die Kriminalpolizeidirektion der nahe gelegenen kleinen Großstadt aufsuchen und danach wieder zurück nach Lyon fahren würde, um erneut die Arbeit an einem Tanzstück aufzunehmen, in das sie tatsächlich Aspekte jener Sputnik-2-Geschichte einarbeiten wollte. In ihrem Stück würde ein Mann einen Hund tanzen. Und vielleicht würde dieser Mann sogar Keanu Reeves sein.

Sie hinterließ keinerlei Nachricht für Klee. Aber er würde es auch verstehen, würde verstehen, wie richtig es war, dass sie so handelte. Sie war gekommen, um den Mann zu treffen, der ihren Sohn im Stich gelassen hatte. Und indem sie ausgerechnet diesem Mann das Leben gerettet hatte, hatte sie auf eine unerwartete Weise Rache geübt. Eine Rache freilich, die den Schmerz nicht verstärkte, wie das bei der meisten Rache der Fall ist. Nein, es war eine Rache, die Sarah mit sich selbst versöhnte.

Nachdem Klee den Pool eine gute Viertelstunde lang in kleinweiser Manier durchschwommen hatte – ein Doktorfisch seiner selbst –, stieg er aus dem Wasser, trocknete sich ab, zog sich an, band sich die obligate Schürze um und begab sich in die Küche.

»Du hättest dir heute freinehmen können«, sagte er zu Gannet, die nur kurz nach ihm eingetreten war, und die ja kaum mehr als zwei, drei Stunden geschlafen hatte.

»Das wäre noch schöner«, sagte sie. Und war sich dabei der Eigentümlichkeit dieser Phrase bewusst. Denn genau das wäre es ja *nicht* gewesen, nämlich schöner, wenn sie, Gannet, ihn, Paul, dieses Frühstück allein herrichten und alleine hätte servieren lassen. Aber sie lebte mit dieser Sprache – einer Sprache, die Franz Schubert vertont hatte – wie mit einem vertrauten Fremden. Bei dem sie fremd eingezogen war. Aber nicht ohne Begeisterung für manch Wunderliches. Und im starken Bewusstsein des Sprechens an sich. Des Sprechens als Vorstufe zum Singen, das noch so wichtig für sie werden sollte.

Erstaunlicherweise kamen – von Sarah Scheer abgesehen – alle Gäste ausgesprochen zeitig zum Frühstück, obwohl schließlich auch die nicht viel geschlafen hatten. Und sie erschienen fast gleichzeitig, was so gut wie nie der Fall war. Solcherart entstand eine kleine Hektik in der Küche, eine Beschleunigung, während im Frühstücksraum noch immer die Erregung spürbar war, sich so nahe an einem begangenen wie an einem verhinderten Verbrechen zu befinden. Man kann aber nicht sagen, dass die Eierspeisen schlechter oder schlampiger zubereitet gewesen wären. Eher im Gegenteil. Gannet hätte es mit einer Tempobezeichnung aus der Musik ausgedrückt: sehr lebhaft, sehr lebendig.

Bereits mittags erschienen erneut zwei Kriminalpolizisten bei Klee, die ihn detaillierter als in der Nacht zuvor über die Umstände befragten, die ihn in gefesseltem Zustand in den Keller seiner Nachbarin befördert hatten. Im Vordergrund stand natürlich Klees Verhältnis zu Klemens Holl, dessen Verschwinden überhaupt erst bemerkt worden war, weil eine Schneiderin, die eine Anzughose für Holl gekürzt hatte, sich bei der Polizei meldete, nachdem Holl weder die Hose abgeholt noch die Schneiderin ihn telefonisch hatte erreichen können. Keine Frage, es gab sicher Schneidereien und Wäschereien, da hätte diese Hose noch hängen können, bis sie eher ein Fall fürs Modemuseum als für die Polizei gewesen wäre. Nicht aber bei dieser Schneiderin, einer Griechin mit einem Hang zu Genauigkeit in allen Dingen. Die Polizei hatte sich schließlich Zutritt zu Holls Frankfurter Wohnung verschafft, um festzustellen, dass er sich wohl schon seit einigen Wochen nicht mehr darin aufgehalten hatte. Dennoch war in der Folge wenig unternommen worden, um nachzuforschen, wo sich der kinderlose und partnerlose Holl aufhielt, dessen Eltern beide tot waren und der in seinem Leben offensichtlich immer nur Kollegen, nie Freunde gehabt hatte. Für verschwundene Menschen galt in verwandelter Weise jener Spruch, dass, wo kein Kläger, da kein Richter. Zudem hatte ja rein gar nichts auf ein Verbrechen hingedeutet. Bis zum gestrigen Tag.

Mit dem gestrigen Tag war ein »Fall Klemens Holl« entstanden. Wie auch das Verschwinden jener ersten Frau Otto Gehrings neu aufgerollt wurde. Und man die Frage stellte, was mit Paul Klee hätte geschehen sollen, hätte nicht Sarah Scheer eingegriffen und mittels einer geschickt eingesetzten Stange Schlimmeres verhindert. Viele Fragen, auf die aber Eva Gehring keinerlei Antwort gab.

Zwar konnte die Spurensicherung, die das gehringsche Haus und Anwesen auf den Kopf stellte, keinerlei Leiche oder Leichenteile entdecken, aber doch einiges, was darauf hinwies, dass sich Holl an diesem Ort befunden hatte. Und zwar nicht nur am Esstisch, auf der Terrasse oder im Schlafzimmer, sondern eben auch in einer ähnlichen Weise wie Klee gefesselt und geknebelt, um eine gewisse Zeit in jenem alten Kleiderschrank im Keller eingesperrt gewesen zu sein, bevor er dann, tot oder lebendig, von dem Anwesen weggebracht worden war. So viel war zu rekonstruieren. Ebenso bestätigte sich Klees Aussage, Holl sei Eva Gehring auf der Spur gewesen. Man fand unter den Sachen Holls, die dessen Frankfurter Vermieter in einem Lager hatte unterstellen lassen, auch seinen Computer und auf mehreren Dateien seine Untersuchungen zum Fall der verschwundenen Lore Gehring. Und man fand in einer Mail, die sich Holl offensichtlich selbst zugeschickt hatte, die Fotografie eines Briefes, der von jenem Mann verfasst worden war, der von Eva Seebach – wie sie damals noch geheißen hatte – den Auftrag erhalten hatte, Lore Gehring auf einer Wanderung im Erzgebirge verschwinden zu lassen. Offensichtlich war der Mann mit seiner Bezahlung unzufrieden gewesen und hatte Nachforderungen gestellt. Nicht, dass er gedroht hatte, zur Polizei zu gehen. Aber er hatte gedroht.

Dieser Mann war tot. Er war nur ein Jahr nach Lore Gehring verstorben. Die böse Ironie bestand darin, dass er seinerseits bei einer Wanderung, angeblich infolge eines Herzversagens, umgekommen war. Der entscheidende Punkt bei all dem war, dass man bei der Durchforstung von Eva Gehrings Haus – plötzlich war man sehr genau, so wie man ein Jahr zuvor sehr ungenau gewesen war – auf das Original exakt dieses Briefes stieß, den dieser Mann verfasst und in dem er seine »Nachforderungen« formuliert hatte.

Diesen Brief aufbewahrt zu haben passte nun rein gar nicht zu Eva Gehring. Nachlässigkeit? Ein Irrtum? Ein Missgeschick. Denn dieses Schreiben war in einem Konvolut von Briefen gefunden worden, die alle von Otto Gehring stammten.

Doch Lore Gehrings Leichnam sollte nie auftauchen. Da hätte man schon das Erzgebirge befragen müssen, was zwar eine schöne Vorstellung ist, sich mit einem Gebirge zu unterhalten, dem Gebirge ein paar Geheimnisse zu entlocken, allerdings fragt sich, was man einem Gebirge im Gegenzug anbieten kann. Mehr Wanderwege? Oder im Gegenteil, eingeschränkten Tourismus? Mehr Hütten? Weniger Hütten? Rücksichtsvollere Wanderer? – Es ist ein merkwürdiger Widerspruch im Leben der Menschen, bei aller Intelligenz und wunderbaren Sprachfähigkeit, sich kaum mit Dingen wie Bergen unterhalten zu können. Auch wenn die Wissenschaft das Gegenteil behauptet und sich auf die Sprache der Geologie beruft. Man könnte sagen, ein Gebirge pfeift auf die Geologie.

Lohre Gehring blieb im Berg. Und der Mann, der sie mit größter Wahrscheinlichkeit im Zuge eines Auftrags getötet und zum Verschwinden gebracht hatte, war auf dem Kölner Friedhof Mülheim begraben, der – nicht ganz unpassend – an der Frankfurter Straße liegt.

Stellte sich die Frage, was mit Klemens Holl geschehen war. Klee wusste, dass es seine Aufgabe sein würde, dessen Verbleib – in welchem Zustand auch immer – herauszufinden. Holls Aufenthaltsort aus der Wahrheit zu kratzen. Klee hielt es für seine Pflicht, sosehr er sich selbst darüber wunderte. Aber die Pflicht wirkte stärker als die Verblüffung.

Der erste wesentliche Hinweis, den Klee einige Tage nach den Ereignissen erhielt, nachdem er mit einem der ermittelnden Beamten gesprochen hatte, war der Name eines Ortes: Passau. Jene deutsche Stadt an der Grenze zu Österreich, deren barocke Altstadt sich mittels einer Landzunge zuspitzt, dort, wo Inn und Donau zusammenfließen und sich dabei wie die Finger zweier kräftiger Hände – Holzfällerhände – ineinander verhaken (wobei die Donau kurz vor diesem Aufeinandertreffen bereits mittels der von Norden zufließenden Ilz praktisch einen zusätzlichen kleinen Finger erhält. Einen schwarzen Finger, wenn man die Farbe der Ilz bedenkt).

Wie die Kriminalisten herausfanden, war Eva Gehring kurz nach jenen Feierlichkeiten im Kunstverein, als Klee dem Ex-Kommissar Holl das letzte Mal begegnet war, nach Passau gereist. Und sie war nicht allein gewesen. Ein Mann hatte sie begleitet. In dem Hotel, in dem die beiden abgestiegen waren, hatten sie sich als Ehepaar Gehring eingetragen. Die Dame von der Rezeption konnte sich aber – als ihr nun die Polizei fast ein Jahr später ein Foto von Holl vorlegte – durchaus an ihn erinnern, allerdings war er damals unter dem Namen Gehring aufgetreten. Sie sagte, sie erinnere sich darum so gut, weil ihr der Altersunterschied zwischen den zwei Ehepartnern aufgefallen war. Man kenne das ja eher umgekehrt, gerade in einem Hotel, alte Männer und junge Frauen. Wobei ihr Frau Gehring als ungemein attraktive Dame erschienen sei, Herr Gehring hingegen, also Holl, nun, nicht un-gepflegt, aber etwas verstört, vor allem aber im Vergleich doch recht klein. Etwa in der Größe von diesem österreichischen Extremsportler, der einmal hier im Hotel Gast gewesen sei. Oder wie Justin Bieber, der freilich noch nie hier genächtigt habe.

Passau also.

Gehring und Holl waren vier Tage in der sogenannten Dreiflüssestadt geblieben. Was sich sonst noch bestätigen ließ, war, dass Eva Gehring eine Woche nach ihrem Aufenthalt in Passau wieder in ihrem Haus gesehen wurde. Und dass niemand hätte sagen können, die »schöne Witwe« hätte sich dabei in Begleitung eines Mannes befunden. Dennoch blieb die Frage, ob sich die Fesselung Holls und sein Eingesperrtsein im Schrank ereignet hatte, *bevor* er mit Gehring in Passau gewesen war oder doch danach.

Bei der Polizei bestand einiger Druck, Licht ins Dunkel dieser Geschichte zu bringen, umso mehr, als erneut die Sache mit der Ohrfeige in die Medien kam, auch wenn keinerlei Bezug zwischen Eva Gehring und der Dame von der Front National bestand – jetzt Rassemblement National, was ein Namenswechsel war wie der von Weißer Hai zu Großer Weißer Hai. Nein, die »Patrioten« in Paris hatten Holl längst vergessen.

Die Polizei bemühte sich. Aber solange Eva Gehring schwieg, blieb vieles im Unklaren.

»Meine Güte, wozu?«, fragte Gannet. »Du bist weder Polizist noch Detektiv.«

Gannet und Klee standen in der Küche und machten sauber. Auch wenn es früh am Morgen war, lief im Hintergrund soeben Schumanns Klavierkonzert op. 54. Keine typische Küchenmusik, mag sein, aber Gannet bestimmte, was in diesen Räumen gespielt wurde. Am liebsten, wie sie sagte, die drei großen »Sch«: Schubert, Schumann, Schönberg.

Klee hatte sie soeben darum gebeten, für einige Tage die Verantwortung für das Hotel zu übernehmen. Gewissermaßen für einen kurzen Zeitraum zur Direktorin der *Kleinen Nacht* zu werden. Weshalb Klee auch die zweite Hilfskraft ersuchen wollte, ein paar Tage lang früher zu kommen und später zu gehen.

»Ich muss nach Passau und schauen, ob ich etwas über Holl herausfinde.«

Gannet stöhnte und meinte: »Die alte Hexe hat ihn wahrscheinlich umgebracht und irgendwo verscharrt.«

»So sicher ist das nicht. Und selbst wenn! Du musst das so sehen: Holl war unser Gast, er hat sich mir anvertraut. Ich bin ihm das schuldig. Und zwar genau dadurch, dass ich diese Geschichte überlebt habe.«

»Wie viele Tage war er denn hier Gast?«, fragte Gannet und verzog ihr ebenmäßiges Gesicht zu einer kleinen Verunstaltung.

»Das ist keine Frage der Dauer.«

»Könnte es vielleicht ein Ersatz dafür sein«, spekulierte Gannet, »dass du in Wirklichkeit nach Inoue suchen möchtest, hättest du nur die geringste Ahnung, *wo* du sie suchen musst. Passau ist immerhin ein konkreter Ort.«

»Ich werde Inoue sicher nicht in Passau finden.«

»Das habe ich ja nicht gesagt.«

»Wie auch immer, übernimmst du das Hotel oder nicht?«

»Sicher«, sagte Gannet, »ich werde meiner Mutter sagen, sie soll mithelfen. Dann müssen deine Gäste halt damit leben, dass gleich zwei Schwarze hier herumlaufen.«

»Juden noch dazu«, sagte Klee. Er sagte es ernst, aber er lachte. Das uneindeutig Jüdische Gannets erschien ihm in einer ähnlichen Weise ein Erbe zu sein wie seine eigene Verbindung zum Namen eines der größten Künstler des 20. Jahrhunderts. Jedenfalls unterwies Klee Gannet in dem wenigen das Hotel Betreffende, was sie noch nicht wusste. So klärte er sie etwa über die Pflege des Aquariums auf. Übrigens, der Schwarze Segelflossen Doktor lebte noch immer, obgleich er hin und wieder ein beleidigtes Grau zum Besten gab. Er verbrachte nicht wenig Zeit damit, darauf zu achten, Abstand zur »gelben Gefahr« zu halten.

Am Abend lernte Paul Klee dann Gannets Mutter kennen, eine ungemein stolze und gravitätische Frau, die allerdings kein Wort

Deutsch sprach und sich mit ihrer Tochter ausschließlich auf Hebräisch unterhielt. Sie schien etwas zu sein, was ein von Woody Allen gespielter Protagonist einmal über seine Schwester gesagt hatte, nämlich sie sei »mit aller Macht jüdisch«. Ja, das war diese Frau, wie man vielleicht sagen kann, Gannet sei »mit aller Macht musikalisch« beziehungsweise »mit aller Macht romantisch«.

Es würde also an einer älteren jüdischen und einer jüngeren musikalischen Frau sein, die *Kleine Nacht* am Laufen zu halten.

Dritter Faden

12

Wasser

Klee brach am Mittag des nächsten Tages nach Passau auf. In seinem aus der dritten Generation der Audi A3s stammenden fünftürigen Wagen. Ein Auto, von dem er meinte, es sei ein vernünftiges Auto, so wie er manchmal von einem vernünftigen Chardonnay sprach.

Auf dieser Fahrt tat er etwas, was er erstens schon lange nicht mehr gewagt hatte, und von dem er zweitens überzeugt gewesen war, es nie wieder zu tun: dieses etwas mystisch angehauchte Verfahren, ein *leichtes* und ein *schweres* Buch neben sich auf den Beifahrersitz zu legen. Dort, wo eigentlich Inoue hätte sitzen sollen.

Man kann sagen, dass Klee auf eine gewisse Weise wieder zum Chauffeur geworden war. Auch wenn da niemand war, den er chauffierte. Und doch meinte Klee zu spüren, wie der Sitz im Fond des Wagens etwas von einer Okkupation verströmte. So, als würde sich dieser Sitz auf den demnächst darauf Niederlassenden vorbereiten. Sich im wahrsten Sinne *aufwärmen*.

Und darum auch die Bücher. Gemäß der Usance, die Klee betrieben hatte, als er noch Fahrer gewesen war. Die zwei Bände stammten natürlich aus der kleinen Bibliothek, dem Leseraum des Hotels. Klee sah es als naheliegend an, das *schwere* Buch aus Inoues Evangelienschrank zu entnehmen, ein Buch mit dem Titel *153*, das sich mit jener Zahl beschäftigte, die als eine außergewöhnliche Zahl innerhalb der Mathematik gilt – die kleinste unter den Armstrong-Zahlen, eine sogenannte narzisstische Zahl, eine Zahl, die sich auch im Johannesevangelium wiederfindet.

Und das *leichte* Buch?

So einfach war es nicht gewesen, in dieser eher am Schwergewichtigen orientierten Bibliothek etwas Leichtes zu finden. Aber es gelang. Höchstwahrscheinlich war das Buch von einem Gast des Hotels zurückgelassen worden und dann im Zuge des Aufräumens zwischen die angestammten Bücher gelangt. Das Erfreuliche dabei war, dass auch dieses vom Gewicht her »entgegengesetzte« Buch etwas mit Mathematik zu tun hatte, zumindest spielte darin ein Mathematikprofessor eine so tragende wie tragische Rolle. *Als die Libellen starben* war der Titel. Von der Autorin hatte Klee noch nie gehört.

Jedenfalls lagen diese beiden Bücher – die er bei sich nur das 153er-Buch und das Libellen-Buch nannte – auf dem Beifahrersitz, während er Passau entgegensteuerte. Als er auf halber Fahrt an einer Autobahnraststätte eine Pause einlegte und in einem Restaurant, das den Charme eines Gebrauchtwagencenters besaß, einen gar nicht so schlechten Kaffee trank, blätterte er in den beiden Werken. Und fragte sich, ob er sich auch diesmal für eins davon würde entscheiden müssen.

Für eine besondere Zahl oder ein sterbendes Insekt?

Er las die Einführung zum Buch *153*, dann das Vorwort zum Libellen-Buch und schickte schließlich eine WhatsApp-Nachricht an Gannet, in der er sich – zwei Stunden, nachdem er losgefahren war – erkundigte, ob alles in Ordnung sei.

»Nein, das Hotel brennt.«

Stimmt, es war dumm gewesen, nachzufragen, als rufe er die Babysitterin an.

Klee setzte seine Fahrt fort.

Am späten Nachmittag erreichte er Passau, eine Stadt, die ganz zufrieden mit sich selbst unter einem blauen Himmel lag. Eine eng bebaute Sichel, zugleich gestreckt wie auch aufragend. Inselartig zwischen dem vom Schmelzwasser gespeisten Inn (der weniger grün als betongrau anmutete) und der Donau gelegen (die bekanntermaßen als schön und blau besungen wird, obgleich ihr Blau wie durch ein rostiges Rohr geblasen wirkt).

Klee hatte für zwei Nächte ein Einzelzimmer in genau jenem Hotel gebucht, in dem einst Eva Gehring und Klemens Holl als vermeintliches Ehepaar abgestiegen waren. Das alte, massive Gebäude, in dem eine moderne, mit vier Sternen versehene Herberge untergebracht war, befand sich auf Höhe der unteren Donaulände. Klee parkte auf einem der reservierten Plätze und begab sich hinüber zur Rezeption, wo man ihm eröffnete, sein Standard-Einzelzimmer kostenfrei in ein Comfort-Doppelzimmer »upgegradet« zu haben.

Das Upgrade war der Liebesbeweis des Hotelgewerbes.

»Wieso das denn?«, fragte Klee.

Die junge Frau hinter der Theke lächelte ein wenig verzweifelt. Was sollte sie sagen? Dass man hier im Haus durchaus wusste, wer er, Paul Klee, war. Weil er nämlich mit seiner *Kleinen Nacht,* erst recht nach den Ereignissen jener großen Nacht im Vorjahr, durchaus eine gewisse Berühmtheit unter den Hoteliers erlangt hatte. Abgesehen davon, dass einem gebildeten Menschen sein Name natürlich auffiel.

Ein solcher gebildeter Mensch war auch die Hoteldirektorin, die in diesem Augenblick erschien und Klee sogleich begrüßte. Sie übernahm es, ihm zu erklären, dass es ihr ein persönliches Bedürfnis sei, ihm ein größeres Zimmer mit Blick auf die Donau zur Verfügung zu stellen.

»Ich kenne Ihre Arbeit«, sagte sie, als würde sie jetzt doch die beiden Paul Klees verwechseln. Schloss aber gleich drauf an: »Ihr wunderbares kleines Hotel.«

Klee dankte für das Lob und für das Upgrade und fragte die Direktorin, ob sie kurz für ihn Zeit hätte.

»In einer halben Stunde in meinem Büro, wäre das in Ordnung?«, schlug die Dame vor, deren grüngrau gefärbtes Haar an den Farbklang jenes der beiden Flüsse erinnerte, der von diesem Hotel aus *nicht* zu sehen war.

»Sehr gerne«, sagte Klee.

Ein halbe Stunde später saß er in ihrem Büro und sagte etwas Nettes über das komfortable Doppelzimmer, auch wenn er sich dachte: Na, vier Sterne eben, die brav in einer Reihe stehen.

Nachdem er genug gelobt hatte, kam er zur Sache.

»Herr Holl!«, sagte er.

»Wie soll ich das verstehen?«

»Er war hier in Ihrem Hotel.«

Natürlich wusste die Direktorin, von wem Klee sprach. Es lag nicht lange zurück, da hatte ihr die Polizei Fragen über diesen ehemaligen Kriminalkommissar gestellt, der unter dem Namen seiner Begleiterin im Hotel eingecheckt hatte. Was die Direktorin freilich nicht wusste, war, dass dieser Mann namens Holl auch in Klees Hotel einmal Gast gewesen war. Sowenig sie wusste, dass Eva Gehrings Haus gleich neben dem *Hotel zur kleinen Nacht* lag.

»Die Frau hat einen Mord begangen, nicht wahr?«, sagte die Direktorin und strich sich über ihr innfarbenes Haar, als bringe sie eine kleine Welle zur Ruhe, die ein Luftzug aus dem offenen Fenster in Bewegung gesetzt hatte.

»Nun«, sagte Klee, »sie hat vor vielen Jahren einen Mord in Auftrag gegeben. Und sie hat diesen Mann, der Holl ist, verschwinden lassen. So viel ist sicher.« Unterließ es aber, davon zu berichten, seinerseits ein Opfer Gehrings gewesen zu sein.

»Und wieso beschäftigt Sie das alles?«, fragte die Direktorin.

»Herr Holl war ein Freund«, sagte Klee.

Aha! Nun also ein Freund. Aber vielleicht war das gar nicht so falsch, Holl einen Freund zu nennen. Immerhin stellte es eine gute Begründung dar, hier zu sitzen und Fragen zu stellen.

»Ich bin auf der Suche nach ihm«, sagte Klee.

»Mein Eindruck war«, sagte die Direktorin, »als spreche die Polizei von jemand, der wohl tot ist.«

»Ja, vielleicht suche ich einen Toten. Das ist gut möglich.«

»Und trotzdem ...«

»Ich muss herausfinden«, sagte Klee, »wohin Gehring und Holl gingen, nachdem sie dieses Hotel verlassen haben.«

»Das kann ich Ihnen nicht sagen.«

»Sie meinen, Sie wissen es nicht.«

»Ich meine, ich weiß es nicht. Ja.«

Ihr Blick war jetzt ein wenig verschwommen, wie das ist, wenn die Geduld an eine Grenze kommt, aber der Schlagbaum der Höflichkeit einen zurückhält.

»Ich will nicht lästig sein«, sagte Klee. »Ich bräuchte aber irgendeinen kleinen Hinweis, um nicht völlig ziellos durch Passau zu wandern.«

»Ich würde Ihnen gerne etwas sagen, was Ihnen weiterhilft, Herr Klee. Wobei Sie sicher verstehen werden, dass ich froh war, den Namen unseres Hotels aus der Angelegenheit heraushalten zu können. Medial. Es wäre schon gut, wenn das so bliebe. Das verstehen Sie doch.«

»Keine Angst. Es war Klemens Holl, der ein Buch schreiben wollte. Ich habe nichts dergleichen vor.«

»Ein Buch?«

»Ein Buch über ungelöste Fälle. Die Ironie will es, dass er jetzt selbst ein ungelöster Fall ist.«

»Was Sie ändern wollen.«

»Was ich ändern will.«

»Tja«, sagte die Direktorin und setzte sich ein wenig aufrechter, als sie ohnehin schon aufrecht saß. Dann fragte sie, ob sie ihm, Klee, für das Abendessen ein Restaurant empfehlen dürfe.

Er nickte. Sie empfahl. Aber er hörte schon nicht mehr zu.

»Soll ich einen Tisch für Sie reservieren lassen?«

»Nicht nötig«, sagte Klee und verabschiedete sich.

Er verließ das Hotel. Er war noch nie in dieser Stadt gewesen. Verwinkelt, barock, sauber, katholisch, sozialdemokratisch und christsozial, touristisch. Man könnte auch sagen, trotz der Enge der Gassen *gut gelüftet*, was wohl den beiden großen Flüssen und dem waldreichen Umland zu verdanken war.

Er spazierte durch die Altstadt und erreichte dabei den berühmten Dom St. Stephan, dessen reiches Inneres mit der Stuckierung und den Fresken der kindlichen Vorstellung einer durch eine Cremetorte führenden hohen Tunnelung entsprach. Beeindruckend üppig, wenn nicht *geil*, um ein altes Wort in seiner alten Bedeutung zu verwenden. Ja, eine geile Kirche, wenn auch mehr weltlich als spirituell. Was wiederum zu einem Bischofssitz, also einer ungemein weltlichen Einrichtung, ganz gut passte, diese begierige Lust am Dekor.

Dennoch zündete Klee drei Kerzen an. Einfach in dem Sinne, dass es nicht schaden könne. Und zwar stellte er sie so über drei Reihen verteilt auf, dass ein wissender Beobachter die Zahl 153 hätte herauslesen können.

Nachdem Klee die »Torte« verlassen hatte, bewegte er sich von dieser höchsten Stelle der Altstadt hinunter auf die Südseite und gelangte zum Innkai. Er spazierte in Richtung jener berühmten Ortsspitze, wo die eng verschachtelte Architektur der Altstadt endete und überging in ein letztes Stück aufgeschüttetes Land. Land aus hohen Pappeln, einem Spielplatz und den beiden in einer Kurve zusammenfindenden Uferwegen. Und dazu eine Menge von Menschen, die von hier aus die Vereinigung eines grünen mit einem von einem kleinen schwarzen Finger gespeisten braunen, jedoch als blau besungenen Flusses beobachteten.

Und dann sah Klee den Kinderwagen.

Beziehungsweise handelte es sich um einen dieser vollverschalten Fahrradanhänger, die man eben auch als Kinderwagen oder Babyjogger verwenden kann. Er bemerkte das Gefährt natürlich darum, weil es nicht dort war, wo es hingehörte, an ein Fahrrad montiert oder von zwei achtsamen Händen geschoben oder am Rande des Spielplatzes abgestellt. Vielmehr trieb es nahe am Ufer im Inn dahin und war so weit eingesunken, dass allein der Kabinenteil aus dem Wasser ragte. Allerdings entfernte es sich durch die starke Strömung weiter vom Uferrand, sodass es einer Frau, die dicht am Wasser stand und nach dem Wagen zu greifen versuchte, nicht mehr gelang, ihn zu erreichen. Sie rief etwas zu einem Kind, das hinter ihr auf dem Weg stand. Also glücklicherweise nicht im Wagen war. Allerdings konnte Klee nicht erkennen, ob nicht vielleicht ein anderes Kind sich in dem seitlich von einem Sonnenschutz abgedunkelten Vehikel befand. Oder ein kleiner Hund. Oder bloß irgendeine Tasche, Geldbörse oder sonst etwas, dessen möglichen Untergang die Frau befürchten musste.

Es ging alles merkwürdig langsam und zugleich merkwürdig schnell, die starke Verzögerung, mit der alle Umstehenden wohl meinten und hofften, die Strömung würde den Kinderwagen zurück ans Ufer drängen, während der Fluss aber genau das Gegenteil tat. Endlich schickte sich jemand an, die kurze Böschung hinunterzusteigen, um ins Wasser zu treten. Ein älterer Mann, der nun aber von einem jüngeren, offensichtlich Ortskundigen zurückgerufen wurde. »Nicht hier! Die Strömung!« Gleichzeitig hatte dieser junge Mann eine mit einem Haken versehene lange Stange herbeigeholt, die genau für solche Einsätze am Wegrand bereitgestellt war. Er musste aber auf einen vom Ufer wegführenden, fast waagrecht über das Wasser gewachsenen Baumstamm steigen, wollte er noch an das dahintreibende Objekt gelangen. Die erregt Umherstehenden gaben derweil Anweisungen von sich. Immerhin war einer dabei, der den jungen Mann von hinten sicherte. Doch umsonst. Der Fluss war unwillig und trieb den Kinderwagen – nun bereits in einer kreiselnden Bewegung – weg von dem Haken. Zehn Sekunden früher vielleicht … Aber es war eben zehn Sekunden später.

Es war nun auch deutlich zu sehen, dass der mit luftgefüllten Reifen ausgestattete Wagen sich nicht mehr allzu lange an der Oberfläche halten würde. Er befand sich bereits in beträchtlicher Schieflage.

War es denkbar, dass sich noch ein Kind darin befand? Nie und nimmer! Die Mutter, Schwimmerin oder nicht, Strömung hin oder her, wäre ins Wasser gesprungen. Welche Mutter nicht? Welche Mutter wäre nicht lieber ertrunken, als es unversucht zu lassen, das eigene Kind zu retten? Und auch der junge Mann, mehr ein junger Athlet, wäre sicher, nachdem er einsehen musste, mit der Stange nicht mehr an den Wagen heranzukommen, sofort ins Wasser gesprungen. Und hätte keine zehn Sekunden damit gewartet, zehn Sekunden, in denen der Wagen nun rasch in jenen Bereich geriet, wo der Inn auf die Donau trifft, derart dominant, dass man meinen konnte, es würde hernach nicht ein Fluss namens Donau, sondern ein Fluss namens Inn über die Grenze nach Österreich fließen, in einen Landstrich hinein, der ja zumindest am südlichen Uferrand auch tatsächlich Innviertel genannt wird.

Ja, es war die Wucht des Inns – dessen Name übrigens, aus dem Keltischen stammend, einfach *Wasser* bedeutet –, die hier wirkte.

Und alle sahen zu. Auf ihre Weise auch die, die das Geschehen mit ihren Smartphones filmten.

Für einen Moment stellte sich Klee die Frage, was wäre, wenn doch noch eins der Kinder in diesem Wagen säße und alle Leute hier, selbst die Mutter, an die sich jetzt ein kleines Mädchen klammerte, paralysiert waren. Zwar nicht so sehr, dass nicht einige, statt mit ihren Handys zu filmen, diese benutzten, um Polizei und Wasserrettung zu benachrichtigen, aber doch dahingehend, am Uferrand stehen zu bleiben, anstatt ins Wasser zu springen.

Klee tat es. Er tat es so schnell, dass jener junge Mann mit der Stange und auch sonst niemand ihn hätte aufhalten können. Er trat an dem über das Wasser hängenden Baum vorbei an die Uferkante und vollzog einen Hechtsprung. Ein Sakko hatte er nicht an, dessen er sich hätte entledigen müssen. Kurzes Hemd und lange Hose, so kraulte er hinüber zu der Stelle, wo Inn und Donau widerstreitende Wirbel bildeten. Dort, wo ein Kinderwagen unterzugehen drohte.

Mit einem Mal geriet Klee unter Wasser. Er, der immerhin die hundert Meter Freistil in einer Minute geschwommen war. – Wie lange war das her? Auch war er damals natürlich nicht im Inn geschwommen, nicht einmal in der Donau, sondern in einem Freiburger Hallenbad. Während er zuletzt im nur schwach bewegten Poolwasser des sanderschen Meers fast lautlos sehr kurze Bahnen gezogen hatte.

Es ging ungemein schnell, wie sich das kalte Wasser über ihm schloss. Und es absolut dunkel wurde. Die Geräusche erloschen: das Stimmengewirr aufgeregter Menschen, die vom Wind gepeitschten Blätter der Pappeln, der hohe Ton der Stadt. Stattdessen ein tiefes Brummen. Donauschifffahrt wohl.

Ihm kam es plötzlich so vor, als sei er wieder an einen Stuhl gefesselt und hocke mit verklebtem Mund im dunklen Keller von Eva Gehrings Haus. Als stamme das tiefe Dröhnen von irgendeinem Heizkessel oder einer Pumpe. Ja, Klee erschrak ob des Eindrucks, sich noch immer in Gehrings Haus zu befinden und bloß einem Wahn erlegen zu sein, bloß fantasiert zu haben, eine Choreografin habe ihn mit dem gut gezielten Schlag einer Stange gerettet. So, wie er danach geträumt hatte, nach Passau zu fahren, um Holl zu suchen, und wie er dann an der Uferpromenade entlangspaziert war, um … was zu retten?

Das Gute war, dass sein Körper es besser wusste. Und dass dieser Körper offensichtlich nicht bereit war, in diesem, wie es hieß, »mäßig verunreinigten« Gewässer sein Leben zu lassen. Umso mehr, als Klee ja noch nicht einmal Holl gefunden hatte.

Sein rechter Arm griff nach der über der Wasseroberfläche flutenden Luft, wie um sich dort an einem unsichtbaren Haken hochzuziehen. Sprich, Klee kam wieder nach oben, setzte heftig die Beine ein, die für einen Augenblick lahm – wie gefesselt – gewesen waren, und erreichte mit einer wütenden Kraft den Kinderwagen. Man kann vielleicht sagen, es wäre leichter gewesen, ein Kind aus dem Wagen zu holen, als das ganze Vehikel zurück an Land zu ziehen. Aber ein Blick in das Innere bestätigte die Tatsache, dass kein Mensch und kein Tier sich darin befand. Aber eine Tasche. Eine Damenhandtasche. Rosa Leder. Klee konnte sie eindeutig durch den dunklen Sichtschutz des Seitenfensters erkennen. Kein Kind also, was ihn natürlich erleichterte. Einerseits. Was aber andererseits hieß, dass er soeben sein Leben riskierte, um eine Handtasche zu retten. Das hatte etwas Komisches und Beschämendes. Schon gar nicht konnte er auf solche Weise gutmachen, was er einst in einem Tunnel verabsäumt hatte.

Er versuchte nun, den ganzen Kinderwagen durch die Strömung zu ziehen, was aber viel zu schwer war. Eher zog der Wagen ihn. Darum öffnete er rasch ein Stück der Abdeckung, griff in das

Innere und holte die Handtasche heraus. Als wäre der Kinderwagen endlich um eine entscheidende Last befreit, trieb er rasch davon und ging rasch unter.

Klee schob den Henkel der Tasche über seinen linken Arm bis zur Schulter hoch und beeilte sich, gegen die Strömungsrichtung ankämpfend, das Ufer zu erreichen. Wenn es jetzt noch etwas gab, um das er rang, dann darum, nicht selbst gerettet zu werden. An Land zu kommen, bevor noch die Wasserpolizei eintraf oder sich ein paar der jungen Männer am Uferrand doch noch ihre T-Shirts auszogen, um ins Wasser zu springen und ihn, den nun Sechsundvierzigjährigen, aus den Fluten zu zerren, einen Mann, der vor etwa zweieinhalb Jahrzehnten die hundert Meter Freistil in famoser Zeit bewältigt hatte.

Es gelang. Und zwar knapp. Womit gemeint ist, dass Klee es schaffte, das Ufer zu erreichen, als soeben ein Boot der zum Bayerischen Roten Kreuz gehörenden Wasserwacht eintraf.

»Mein Gott, wieso denn?«, fragte die Frau, als ihr Klee die Handtasche reichte. In der Tat aus rosafarbenem Echtleder, übrigens von Christian Dior, eine Tasche, für die man selbst in diesem gebrauchten Zustand an die zweitausend Euro hätte bezahlen müssen.

»Ich dachte, es sei noch ein Kind im Wagen«, keuchte der vom Innwasser triefende Paul Klee (mag sein, dass da auch ein wenig Donauwasser an ihm herunterfloß, aber es fühlte sich schon sehr viel mehr nach dem grünen, vom Schmelzwasser der Alpen durchmischten Wasser-Wasser an).

Die Frau umarmte den triefenden Klee, wohl weniger wegen der Tasche als dafür, dass er ein *mögliches* Kind hatte retten wollen.

Währenddessen legte das Boot der Wasserwacht an. Retter kamen, die Umstände wurden geklärt. Offensichtlich hatte ein Windstoß den am Uferrand geparkten Kinderwagen die kurze Böschung hinunter in den Fluss getrieben.

Einer der Männer vom Roten Kreuz schüttelte den Kopf. Nicht über die Frau, sondern über Klee. »Eha! Sie hätten ertrinken können.«

Klee wiederholte, gefürchtet zu haben, ein Kind befinde sich in dem Wagen, und dass er in all der Eile einfach nicht daran gedacht habe nachzufragen. Er habe gehandelt.

Und fügte an: »Ich finde, dass das immer noch besser ist, als dass es einem nachher leidtut, nichts getan zu haben. Ich würde, ja, ich würde lieber ertrunken sein, als meine Chance nicht genutzt zu haben.«

Der Begriff der Chance hörte sich merkwürdig an. Man hätte Klees Geschichte kennen müssen.

Der Mann von der Wasserrettung meinte jedenfalls: »Das sind dann die Helden, die wir aus dem Wasser ziehen müssen.«

»Mussten Sie mich denn aus dem Wasser ziehen?«, fragte Klee.

»Na, vielleicht beim nächsten Mal«, antwortete der Helfer, der in der Tat schon einige Leute hatte retten müssen, die, von irgendeiner Idiotie angetrieben, von irgendeinem Leichtsinn oder Übermut oder Überdruss, in einen der beiden großen Flüsse geraten waren.

»Ich schwöre Ihnen«, sagte Klee, »das war das letzte Mal.«

»Es wird viel geschworen auf der Welt«, antwortete der Mann von der Wasserwacht.

Es war aber nicht so, dass er bloß tatenlos dastand und spöttische Kommentare von sich gab. Vielmehr legte er Klee eine dieser gelbgoldenen Thermodecken um, in denen man aussah wie eine kleine Raumsonde, fühlte seinen Puls und erkundigte sich sodann nach Klees Adresse in Passau.

Klee nannte das Hotel.

»Na, da können wir Sie gleich mit dem Boot hinbringen, damit Sie sich was Trockenes anziehen können.« Und fügte an, leiser sprechend: »Sie wissen schon, wer die Frau ist, der Sie da die Tasche gerettet haben?«

»Nein, weiß ich nicht.«

Offensichtlich handelte es sich bei ihr um ein Mitglied des Passauer Stadtrats, vor allem aber um eine bekannte ehemalige Spitzensportlerin, Eiskunstlaufen wohl, zudem um die Ehefrau eines Mannes, der noch ein bisschen berühmter war als sie selbst.

Und diese Frau, die mit ihrer kleinen Tochter den Spielplatz besucht und dabei einen Kinderwagen verloren hatte, allerdings froh sein durfte, ihre Handtasche mit einem in der Tat recht wertvollen Inhalt zurückbekommen zu haben, wandte sich nun an Klee und bat ihn, ihr irgendeine Möglichkeit zu nennen, wie sie sich erkenntlich zeigen könne.

»Da gebe es schon etwas.« Er zögerte.

»Sagen Sie es, bitte.«

»Ich bin auf der Suche nach einem verschwundenen Mann«, antwortete Klee und fügte – seine neue Strategie verfolgend – an: »Einem Freund.«

Er nannte den Namen dieses »Freundes« und präsentierte eine Kürzestversion jener Ereignisse, die zum Verschwinden des ehemaligen Hauptkommissars Holl geführt hatten.

»Dafür ist eigentlich die Polizei zuständig«, sagte die Stadträtin, die Klee allerdings nicht ihren Namen nannte.

»Die Polizei«, erklärte Klee, »gibt sich Mühe, kommt aber nicht so richtig weiter. Darum bin ich ja in demselben Hotel abgestiegen wie damals Holl und diese Frau Gehring, die jetzt so dreist ist, einfach nicht mehr den Mund aufzumachen. Ich muss selbst herausfinden, was geschehen ist, nachdem Gehring und Holl Passau wieder verlassen haben. Wieso die beiden überhaupt hier waren.«

»Ich weiß nicht so recht, wie ich da helfen kann«, sagte die Stadträtin, ließ sich aber von Klee seinen Namen, den Namen des Hotels wie auch seine Handynummer geben. Dann meinte sie: »Jetzt schauen Sie erst mal, dass Sie in trockene Tücher kommen.«

Sie hatte sicher »trockene Kleidung« gemeint, aber als Politikerin dachte sie wohl stark in Abschlüssen.

Im Boot der Bayerischen Wasserwacht wurde Klee das kleine Stück die Donau aufwärts zu seinem Hotel befördert. In Gold gehüllt, an der Spitze des Boots stehend. Nein, er dachte nicht an *Titanic*, sondern an jene ebenso berühmte Szene aus dem Film *Wenn die Gondeln Trauer tragen*. Wie hatte der Hauptdarsteller geheißen? Kiefer Sutherland? Nein, so hieß der Sohn. So wie bei Michael und Kirk Douglas. Wenn einem plötzlich eher die Söhne als die Väter einfielen, dann konnte man sagen, eine Zeit sei verloren gegangen.

Es war jetzt Abend. Die Donau glühte.

13

Meditation

Er war froh, dass seine Ankunft an der Anlegestelle vor dem Hotel keinerlei Beachtung fand, also nicht etwa vom Hotelpersonal oder von Gästen bemerkt worden war. Er hatte bereits während der Fahrt den gelbgoldenen Umhang abgelegt und war im Fahrtwind so weit getrocknet, dass er nun, nachdem er sich bei der Wasserwacht für den Transport bedankt und das Boot verlassen hatte, in einem nicht weiter auffälligen Zustand das Hotel betreten konnte. Nur seine Schuhe machten ein eigentümliches Geräusch, sie schmatzten.

»Neue Schuhe«, hätte Klee gesagt, hätte jemand ihn gefragt. Aber er gelangte gänzlich unbelästigt in sein Zimmer, zog sich aus und stellte sich eine Weile unter die Dusche, weniger, weil er fror, mehr, weil er sich verdreckt vorkam, vor allem sein Haar. Nach dem Duschen legte er sich noch kurz aufs Bett, um für einen Moment die Augen zu schließen. Eine halbe Minute vielleicht. Danach gelangte er endlich in »trockene Tücher«, was bedeutete, dass er ein weißes Hemd anzog und in einen leichten, graublauen Sommeranzug schlüpfte. Und dazu in ein Paar Schuhe, die nicht schmatzten.

So wenig er über Holls möglichen Verbleib erfahren hatte und so peinlich seine Rettungsaktion auch gewesen war, hatte er dennoch das Gefühl, etwas in Bewegung gesetzt zu haben. Und wahrhaftig, das hatte er.

Mit sauberem Haar und ruhigen Schuhen suchte Klee den Gastgarten eines italienischen Restaurants auf, um wieder einmal festzustellen, wie ungemein deprimierend und schwierig es war, alleine Essen zu gehen. Bereits die Tischwahl. Der einzelne Esser erscheint irgendwie als eine Frechheit, eine Impertinenz, weil er ja, so klein der Tisch auch sein mag, einen Tisch besetzt, an dem zwei Leute sitzen und bestellen und eine sehr viel größere Rechnung zustande bringen könnten. Und dazu dann die mitleidigen Blicke anderer Gäste, die das Glück, sich in Gesellschaft zu befinden, genau dadurch erkennen, dass jemand anderer es nicht ist.

Richtig, Inoue fehlte. Seine Gefährtin. Das war ohnehin der bessere Begriff als Geliebte oder Ehefrau oder Partnerin. Ihm fehlte die Frau, die mit ihm die Gefahren teilte. Oder auch nur half, diesen Kellner zu ertragen, der jetzt endlich gekommen war und Klee mit einer Beiläufigkeit behandelte, die etwas Ekelhaftes besaß. Klee ließ sich aber nicht einschüchtern und bestellte trotz der etwas hingerotzten Empfehlung, den Hauswein zu nehmen, ein stilles Mineralwasser, sosehr ihm Leitungswasser lieber gewesen wäre. Immerhin, die Tortellini schmeckten ganz gut. Das stille Mineralwasser aber hätte er sich sparen können. Überhaupt schmeckt stilles Mineralwasser so, als habe es eine Grippe. Es schmeckt einfach nicht gesund.

Wenn Klee auf den Wein verzichtete, dann, weil er vorhatte, noch eine Bar aufzusuchen und einen Whisky zu trinken, und dabei nicht mischen wollte, auch nicht in einem seriellen Sinn.

Er verließ alsbald das Restaurant, wobei er den Kellner mit einem durchaus anständigen Trinkgeld bedachte. Der Kellner lächelte breit. Allerdings ein wenig unsicher, ängstlich. In seinem Schnurrbart glänzten Tröpfchen von Schweiß.

Die Entscheidung für dieses Restaurant hatte Klee selbst getroffen, des hübschen Gastgartens wegen. Bei der Wahl der Bar hingegen hatte er sich zuvor von der Hoteldirektorin beraten lassen.

»Eine Bar, wo es keine Cocktails gibt, werden Sie hier nicht finden«, hatte die Hotelchefin bewiesen, dass sie auch über Klees *Riff* Bescheid wusste. »Außer, Sie wollen unser bekanntes *Irish Pub* besuchen.«

Das wollte Klee nicht. So gut die Whiskyauswahl in Pubs auch sein mochte, er fühlte sich in solchen Lokalen wie in einen Baumstamm eingemauert. Nein, wenn er einen Whisky an einer Bar trinken wollte, bevorzugte er Theken, die nicht den Charme eines mittelalterlichen Blocks besaßen.

Das Lokal, auf das er sich nun gemäß der Empfehlung der Hoteldirektorin zubewegte, war vor allem für sein Angebot an Gins und Tonics bekannt und eben auch für einen Barbereich nicht ohne Anmut.

Auf dem Weg dorthin läutete Klees Smartphone. Er kannte die Nummer nicht, das heißt, sein Handy kannte die Nummer nicht. Er hob ab. Eine männliche Stimme meldete sich und fragte, ob sich Klee noch für die »Holl-Geschichte« interessiere.

»Wer spricht denn?«

Anstatt einen Namen zu nennen, sagte der Mann: »Sie haben einer Dame eine Tasche gerettet. Und jetzt wünscht die Dame, dass ich Ihnen einen Gefallen tue. Also?«

»Ich bin auf dem Weg in eine Bar«, sagte Klee und nannte eine Adresse.

»Kenne ich.«

»In zehn Minuten«, schlug Klee vor.

»Zwanzig Minuten«, antwortete der Anrufer, als versuche er, höher zu bieten.

»Sehr gut«, sagte Klee.

Wie gesagt, er hatte – trotz der Peinlichkeit einer Taschenrettung anstelle einer Kinderrettung – etwas in Bewegung gesetzt.

Zwei Dinge mochte Klee an dieser Passauer Bar besonders. Einerseits die Art und Weise, wie die stählerne Kaffeemaschine in die mit Flaschen vollgestellte Rückwand integriert war: familiär. Und ihm gefielen die Beleuchtungskörper, die über der Theke hingen, kristalllusterartige Säulen, die von Kugeln aus Rauchglas umhüllt waren: in durchsichtige Tresore gefügte Colliers sehr großer Frauen.

Als er zuvor auf der Internetseite der Bar noch einmal nach der genauen Adresse gesehen hatte, war ihm gleich deren Motto ins

Auge gestochen, das von Ernest Hemingway stammte: »A man can be destroyed but not defeated.«

Er mochte den Satz, weil der Satz einfach gut klang. – Aber stimmte er auch? War das nicht einer dieser Sätze, deren ganze Wahrheit aus ihrem Pathos resultieren? Sätze, die allein dadurch wahr werden, indem sie ein Gefühl und ein Bedürfnis bestätigen, nur leider nicht die tatsächlichen Verhältnisse widerspiegeln. Was für einen »Mann« meinte Hemingway überhaupt, der da zwar zerstört, aber nicht besiegt werden konnte? Klee überlegte, ob dieser Satz nicht mittels einer Umkehrung eine viel größere Berechtigung erhalten würde, wenn man sich nämlich vorstellte, dass der Mann – und keine Frage, dass dieser Mann auch eine Frau sein konnte – zwar besiegt, aber nicht zerstört werden konnte. Wobei natürlich für nicht wenige Menschen galt, dass sie in gleichem Maße besiegt wie zerstört worden waren und sich das eine aus dem anderen ergeben hatte.

Wie gesagt, die schöne Wahrheit von Hemingways Satz bestand darin, ein Traum zu sein.

Klee setzte sich an die Bar, sodass er praktisch unter dem *eingerauchten* Collier einer sehr großen Frau zu sitzen kam, und bestellte einen Jack Daniels, was vielleicht etwas überraschte, wenn man um seine Vorliebe für Single Malts wusste. Aber seine Lieblingswhiskys waren selten in einer anderen Bar als der eigenen zu finden, da war ihm schon lieber diese günstige Standardvariante der meisterverkauften amerikanischen Whiskymarke: Old No. 7. Er mochte die rauchige Süße, das leicht Ölige, die zurechtgebogene Schärfe, das Schwere im Leichten, wenn nicht gar das Leichte im Schweren. Und er mochte den Namen!

Wir trinken immer auch einen Namen.

»Was trinken Sie?«, fragte der Mann, der sich zu Klee in dem ansonsten leeren Lokal an die Theke stellte. Bei diesem Wetter saßen die meisten Gäste draußen auf der Straße.

»Jack Daniels«, antwortete Klee.

»Ich nehme auch einen«, sagte der Mann und fragte: »Sie sind doch Klee, oder?«

»Ja.«

»Ich bin Pavić.«

Der Mann war Kroate. Dazu hätte es freilich nicht der Nennung seines Vornamens bedurft. Er trug eines dieser T-Shirts mit Camouflage-Muster und kroatischem Landeswappen, dessen Muster aus fünfundzwanzig in Rot und Silber geschachtelten Feldern nicht zu Unrecht umgangssprachlich als Schachbrett bezeichnet wird. So wie Schachbretter nicht zu Unrecht an Schlachtfelder erinnern.

Nachdem Pavić ebenfalls ein Glas serviert bekommen hatte, prostete man sich zu. Klee erwartete, dass der Mann den Inhalt des Glases hinunterstürzen würde. Tat er aber nicht, sondern nippte in der gleichen genießerischen Weise daran wie Klee.

»Ich fahre ein Taxi«, eröffnete Pavić.

»Darf ich raten«, sagte Klee, »Sie haben Eva Gehring und Klemens Holl gefahren.«

»Na, meine Gäste«, erwiderte Pavić, »nennen mir in der Regel nicht ihre Namen. Weder die echten noch die erfundenen.«

»Natürlich.«

»Aber ich habe die beiden wiedererkannt. Auf Fotos, die ich heute Nachmittag auf mein Handy bekam. Ich fahre oft Gäste zu diesem Hotel. Oder von diesem Hotel weg.«

Und das hatte er auch am vorletzten Tag jener vier Tage getan, in denen das »Ehepaar Gehring« ein Zimmer im Hotel gebucht hatte.

»Ich habe die zwei hinüber nach Österreich gebracht. An einen Ort, der heißt Wesenufer. Eine gute Fuhre. Das sind immerhin fünfunddreißig Kilometer. Da fährt man über eine halbe Stunde.«

»An welche Adresse?«

»Die wollten einfach in der Ortsmitte hinausgelassen werden. Die zwei haben während der Fahrt kein Wort gesprochen. Der Mann kam mir ein wenig deprimiert vor. So ein kleiner Kerl. Die Frau dagegen war wohl eher eine von der strengen Sorte. Älter als er. Und kräftiger. In jeder Hinsicht.«

»Er ist ein ehemaliger Polizist.«

»Ja, das weiß ich jetzt auch. So hat er aber nicht gewirkt.«

»Sie haben die zwei aber nicht wieder zurückgefahren.«

»Nein. Das hat dann spät am Abend ein anderer Fahrer gemacht, ein österreichischer Kollege.«

»Woher wissen Sie das?«

Er hob die Hände, kehrte die Innenfläche nach außen und fragte: »Wollen Sie mich verhören?«

»Nein, ich will mich nur auskennen.«

Pavić erklärte, dass er, nachdem er die beiden Personen auf den Fotos als seine damaligen Fahrgäste wiedererkannte, noch einen Rundruf unter den Kollegen vorgenommen habe. Einer »von drüben« hätte sich gemeldet und ihm erzählt, in dieser Zeit einmal von Wesenufer nach Passau gefahren zu sein. Was ja selten vorkomme, daran erinnere man sich.

»Aber das eigentlich Interessante«, sagte Pavić, »kommt erst noch.«

»Und zwar?«, fragte Klee, während er dem Barkeeper mittels Handzeichen zu verstehen gab, die beiden Gläser nachzufüllen.

»Die Frau«, sagte Pavić, »ist alleine zurückgefahren.«

»Wie bitte?«

»Ja. Der Kollege hat sie nach Passau gebracht. Die gleiche strenge Person. Aber alleine.«

»Das heißt, Holl ist dortgeblieben. Wie heißt der Ort noch mal?«

»Für einen Detektiv«, meinte Pavić, »haben Sie ein ziemlich schlechtes Gedächtnis.«

»Ich bin kein Detektiv«, versicherte Klee und wiederholte die Frage nach dem Ort.

»Wesenufer«, antwortete Pavić. »Die haben da keine hundert Häuser. Aber ein Seminarhotel.«

Was Klee nicht begriff, war der Umstand, dass es doch hieß, die »beiden Gehrings« hätten die vier Tage gemeinsam in ihrem Passauer Hotel verbracht. War Holl also alleine zurück nach Passau gefahren? Oder war es vielleicht so, dass Eva Gehring ohne ihn aus dem Hotel ausgecheckt hatte? Wem hätte das auffallen sollen, ob Gehring alleine oder mit ihrem angeblichen Ehemann das Hotel verlassen, alleine oder zu zweit ihre Heimreise angetreten hatte?

»Klar«, sagte der Taxifahrer, »so genau kann man so was nicht wissen. Wenn Sie mich fragen, ich würde eher schätzen, dieser Mann, dieser Holl, dieser Polizist, der wie keiner aussieht, ist dortgeblieben, in Wesenufer.«

»Das will ich gerne glauben«, sagte Klee. Und er glaubte es auch gerne.

Und dann fragte er: »Fahren Sie mich dorthin?«

»Ich habe Feierabend«, sagte Pavić und zeigte auf das Glas Whisky, das er vor sich stehen hatte.

»Natürlich. Ich meine morgen früh.«

»Das macht siebzig Euro.«

Klee bot an, hundert zu bezahlen.

»Ich muss Sie dafür aber nicht noch aus der Donau retten, oder?«, erwies sich Pavić als gut informiert.

»Wenn wir nicht von der Straße abkommen, sicher nicht«, antwortete Klee.

»Wann soll ich Sie abholen?«

»Zehn Uhr vor dem Hotel«, antwortete Klee. Nicht, dass er vergessen hatte, selbst einen Wagen zu besitzen und damit über ein funktionierendes GPS-System. Aber er hielt es einfach für vernünftig und passend, von dem gleichen Mann nach Wesenufer gebracht zu werden, der auch Holl an diesen Ort chauffiert hatte.

»Wieso«, fragte Klee, »helfen Sie mir?«

»Sie haben einer bestimmten Dame geholfen«, sagte Pavić, »und diese bestimmte Dame hat mir geholfen. Das halbe Leben funktioniert auf solche Weise, oder?«

»Und wie funktioniert die andere Hälfte?«

»Indem man sich selbst hilft«, sagte Pavić, ließ einen letzten Tropfen Whisky über die Innenwand des Glases in seinen Mund gleiten, rutschte vom Barhocker und erklärte, noch Freunde treffen zu wollen.

Klee sah ihm nach. Anders als Holl schien Pavić jemand zu sein, der in der Entfernung nicht mehr ganz so mächtig wirkte wie in allernächster Nähe. Seine Wucht schrumpfte.

Als Klee zeitig am Morgen in seinem Hotelbett erwachte, spürte er einen Schmerz, als würde jemand in seinem Kopf … nicht wie in diesem Zitat, wo eine Frau meint, es würde sich so anfühlen, als sei da ein Hund in ihrem Kopf gestorben, sondern vielmehr so, als sei derselbe Hund noch recht lebendig und würde mit seiner kalten, feuchten Schnauze gegen das Innere der Schädelwand stoßen. Einen Ausgang suchen, der naturgemäß nicht existierte.

Klee ordnete die Kopfschmerzen eher dem Gemisch aus Inn und Donau zu, in das er am Vortag geraten war, als dem Jack Daniels vom Abend, drehte die Schreibtischlampe an, griff nach seinem Smartphone und schaute nach der Zeit. Kurz nach vier.

Vor sieben Uhr würde er kaum ein Frühstück bekommen. Sich bis dahin mit Pornografie die Zeit zu vertreiben wäre zwar eine Möglichkeit gewesen – Pornografie war ein merkwürdiger Trost, eine Religion, die versprach, dass alles nur Einbildung ist –, aber es war dann doch die Wikipedia-Enzyklopädie, in die Klee geriet und in der er sich mal umschaute, was es über diesen Ort namens Wesenufer zu erfahren gab.

Schöne Flusslage, erste Siedlungsspuren im Neolithikum. Der ursprüngliche Name lautete *Wesenurfar*, was »Überfuhr für Wesen« bedeutet. Klee fand es außerordentlich hübsch, nicht von Menschen zu sprechen, die über die Donau fuhren, sondern von Wesen, bevor er dann aber begriff, dass dies der Name jener Erhebung war, auf der man zu Beginn des 12. Jahrhunderts eine Höhenburg errichtet hatte, die Burg Wesen, nach der sich wiederum der Sohn des Erbauers benannt hatte. So war das Geschlecht der Herren von Wesen entstanden, das mit dem Tod des Erchanger von Wesen im Jahre 1322 seinen Abschluss fand.

Fast siebenhundert Jahre später wurde die Gemeinde Waldkirchen am Wesen – mit Wesenufer als dem größten Ort mit etwas über zweihundert Seelen (man hätte gerne von »Wesen« gesprochen) – von einem Bürgermeister der Österreichischen Volkspartei angeführt.

Beim Durchschauen der Ergebnisse der letzten Landtagswahl passierte Klee der hübsche Irrtum, zu meinen, es existiere an diesem Ort eine »Christliche und Kommunistische Partei Österreichs«, so eine Art austriakische Don-Camillo-und-Peppone-Allianz, aber bei genauerer Betrachtung waren es dann doch zwei verschiedene Parteien, die bloß über einen ähnlich geringen Stimmenanteil verfügten.

Der Ort Wesenufer, ein Markt, befand sich nicht unweit der touristisch berühmten Donauschlinge von Schlögen, besaß eine dem heiligen Wolfgang geweihte Pfarrkirche, einen Fußballverein, einen Musik- und einen Eisschützenverein und neben jenen vier Wählern der Kommunistischen Partei auch mehrere Männer und Frauen der freiwilligen Feuerwehr (und irgendetwas sagte Klee, dass die, die die Kommunisten wählten, *nicht* Mitglieder dieser Feuerwehr waren). Zudem existierte ein Schloss, das eine Zeit lang eine Brauerei gewesen war, bevor dort jenes Seminarhotel untergebracht worden war, das Pavić erwähnt hatte. Wesenufer verfügte über ein eigenes Postamt, laut Wikipedia über einen einzigen Schriftsteller, und in der Nähe des Ortes befand sich die sogenannte Bräukapelle, in der es eine frei zugängliche Wasserquelle gab. Dem Wasser dieser Quelle war einst eine heilende Wirkung nachgesagt worden, und die wundersam geheilten Leute hatten ihre Krücken in der Kapelle zurückgelassen. Sehr passend übrigens, dass Klee bei der Suche nach Informationen diese magische Quelle betreffend auf den Eintrag des Geschäftsführers des hiesigen Tourismusverbandes stieß, wo unter dem Satz »Wir sprechen folgende Sprachen« einzig und allein die rot-weiß-rote Flagge Österreichs aufleuchtete. Und nicht etwa der Begriff »Deutsch«, was ja auch nicht ganz gestimmt hätte.

Klee forschte noch ein wenig nach jenen Herren von Wesen, fand aber nicht viel mehr als einige Hinweise auf die Burgruine und dass nach dem Aussterben dieses Geschlechts es ein Hadamar von Waldeck gewesen war, der die Burg übernommen, sie aber bald dem Hochstift Passau als »ewiges Seelgerät« vermacht hatte, als ewige Messstiftung für ihn und seine Familie.

»Ewiges Seelgerät« war ein fabelhafter Begriff, der Klee daran erinnerte, dass die Zwillinge so gerne von der »Seelenzergliederung« gesprochen hatten, ein Wort aus ihrem *Zauberberg*-Vokabular.

Mit der Fantasie, sich ein Seelgerät als eine Art homöopathisches Messer vorzustellen, mit dem man sich die Sünden wegschnitt, stand Klee auf und begab sich unter die Dusche.

14

Wesen

Als Klee aus dem Hotel trat, wartete Pavić bereits mit seinem Taxi auf ihn. Klee setzte sich auf den Beifahrersitz. Er hatte eine Tasche bei sich, darin sich ein paar Kleidungsstücke befanden, falls er entgegen aller Schwüre doch noch einmal ins Wasser geraten sollte, zudem einen gut gefüllten Kulturbeutel, da er beschlossen hatte, zumindest eine Nacht in Wesenufer zu verbringen, sowie das *schwere* Buch und das *leichte* Buch. Für alle Fälle.

»Gibt es einen Tunnel auf der Fahrt?«, fragte Klee.

»Wenn ich nicht extra einen Umweg fahre, damit Sie durch einen Tunnel durchkommen, eigentlich nicht. Warum?«

»Nur so.«

»Wir nehmen den Weg über die Nibelungenstraße. Kürzer, schöner, besser. In Ordnung?«

»Sie sind der Fahrer«, sagte Klee.

»Ja, es wäre gut, wenn alle Kunden das so sehen würden«, meinte Pavić und startete den Wagen.

Es kam dann etwas, was Klee schon befürchtet hatte. Nicht etwa ein paar Tunnelröhren, die Pavić verschwiegen hätte. Nein, der in den Sechzigern geborene Danko Pavić erzählte von seiner Familie und davon, im Kroatienkrieg gekämpft zu haben. Er sprach aber nicht allein von dem Stolz, mitgeholfen zu haben, sein wunderbares Land von den Serben zu befreien, er sagte auch etwas, was den Kern der Sache traf, er sagte: »Es ist schon unglaublich, was man alles bereit ist zu tun, wenn Krieg ist.«

Leider ließ er den Satz nicht einfach so stehen, sondern ergänzte ihn – seiner Stimme merklich eine Wendung gebend –, indem er meinte, eine Grausamkeit sei immer nur die Reaktion auf eine sehr viel größere Grausamkeit.

Klee war bemüht, das Gespräch in eine andere Richtung zu lenken: Fußball natürlich. Obgleich man sagen konnte, Fußball sei die Fortführung des Krieges mit anderen Mitteln. Aber es war ja glücklicherweise der deutsche Fußball, über den man sich nun unterhielt, beziehungsweise über Bayern München. – Es hat wiederum etwas Eigentümliches, ausgesprochen Trauriges, dass so viele Menschen sich in der Ablehnung dieses einen Vereins wie in einer Kirche treffen, in der man nicht *für* etwas betet, sondern *gegen* etwas.

Wie auch immer, auf diese Weise – rechts zog die Landschaft des Innviertels vorbei, links die im Sonnenlicht glänzende Donau – gelangte man an den Ort Wesenufer.

»Wohin genau?«, fragte Pavić, als sie von der Nibelungenstraße in den südlichen Ortsteil abfuhren.

»Zum Seminarhotel«, sagte Klee, der sich ja entscheiden musste und dem die Schlossanlage als der zentrale Punkt des Ortes erschien. Und damit auch als der Ausgangspunkt seiner Suche nach Holl.

Also lenkte Pavić das Taxi in die Mitte der Ortschaft und hielt an der gewünschten Stelle, wo Klee nun seine Schuld beglich. Hundert Euro.

»Hier meine Nummer«, sagte Pavić und drückte Klee seine Karte in die Hand. »Rufen Sie mich an, wenn Sie zurückwollen.«

»Das werde ich«, sagte Klee und stieg aus dem Wagen.

Pavić fuhr davon. Ironischerweise kam es Klee so vor, als sei soeben die letzte Postkutsche dieser Woche abgefahren.

Es war kurz vor elf Uhr. Der Tag schon nicht mehr nur warm, sondern richtig heiß. Eine angeblich letzte sogenannte Hitzewelle rollte über den September und über Europa hinweg, verschonte nicht mal die Skandinavier. Nur die Isländer und die Iren brauchten nicht das Gefühl zu haben, von hoch oben ausgebrütet zu werden.

Aber Belfast und Dublin und Reykjavík waren weit weg. Klee trat aus der Glut des Vorplatzes in den vergleichsweise kühlen Bereich der Rezeption. Eine junge Frau schaute nach ein paar Sekunden gespielter Schwerarbeit von ihrem Computer hoch und lächelte Klee an, als balanciere sie viele kleine Brotkrumen zwischen ihren Lippen, als wäre ihr Mund ein kleines, schmales Vogelhäuschen. Und begrüßte den Gast mit Worten der Herzlichkeit.

Klee stellte sich mit seinem Namen vor.

»Hatten Sie eine gute Anfahrt?«, fragte die Rezeptionistin.

»Ich bin mit dem Taxi aus Passau gekommen.«

»O ja«, sagte sie. Stellte aber zugleich fest, dass die vier Buchstaben seines Namens nicht auf ihrem Computerschirm erschienen. »Haben Sie reserviert?«

»Nein. Ich war mir gar nicht sicher, ob ich bleiben möchte. Wäre denn noch ein Zimmer frei?«

»Leider keines mit Blick auf die Donau, aber … Sie reisen alleine?«

»Ich reise alleine. Auch wenn ich hoffe, nicht alleine wieder abzureisen, aber verzeihen Sie, das müssen Sie nicht verstehen.«

Die Rezeptionistin ignorierte die Bemerkung und meinte, sie könne ihm noch ein Doppelbettzimmer im ehemaligen Brauereigebäude anbieten.

»Fein«, sagte Klee.

»Wie viele Nächte?«

»Eine«, erklärte er, als könne er sich da ganz sicher sein.

»Gerne«, antwortete die junge Frau, schob Klee ein Meldeformular entgegen und bat ihn, es auszufüllen.

Während Klee daranging, seinen Namen zu schreiben, fragte er: »Könnten Sie mir sagen, ob ein gewisser Herr Holl vor einem Jahr sich hier einquartiert hat. Ende August. Klemens Holl. Möglicherweise aber auch unter dem Namen Gehring.«

»Wir dürfen keine solchen Auskünfte geben.«

»Ich will nur wissen, ob er hier genächtigt hat. Er ist ein alter Freund. Und es ist wirklich wichtig. Bloß, ob er in diesem Hotel war, nicht mehr.«

Sie zögerte, sagte dann aber: »Gut. Das kann ich schon nachsehen, ob wir je einen Gast mit Namen Holl oder Gehring hatten.«

»Sie sind ein Schatz«, meinte Klee, dachte aber gleich, wie blöd das klang. Schatz! Warum nicht gleich Fräulein?

Die junge Frau ließ sich erneut nichts anmerken, und während Klee sein Formular zu Ende ausfüllte, schaute sie im Gästeverzeichnis des Hotels nach.

»Kein Holl, kein Gehring, definitiv«, sagte sie.

»Schade.«

»Es gibt natürlich noch andere Unterkünfte im Ort und in der Nähe. Ich könnte Ihnen eine kleine Liste zusammenstellen.«

Klee ersparte ihr eine weitere dumme Anrede. Vielmehr nickte er und dankte ihr und wartete, bis sie die Liste fertig hatte. Welche die Rezeptionistin handschriftlich verfasste. Das hatte etwas geradezu Verwegenes. Die Handschrift der Menschen war im Laufe nur weniger Jahrzehnte zu einer Art von Geheimwissenschaft geworden. Ein handgeschriebener Zettel, so banal die Information sein mochte, die daraufgeschrieben stand, fühlte sich an wie das Resultat eines alchemistischen Prozesses.

Natürlich, in der Schule wurde noch immer viel mit der Hand geschrieben. Dort erschien es jedoch mehr als eine Schikane. Außerhalb davon aber … Wow!

Freilich hätte Klee, als er die in sehr sauberer, gut leserlicher Schreibmanier verfasste kurze Aufstellung entgegennahm, nicht sagen können, ob er sich damit einen Fluch oder Segen einhandelte. Ob er für die Anrede »Schatz« bestraft werden würde oder irgendetwas Gutes dabei herauskam.

Er war nun aber doch noch so unverschämt, der Rezeptionistin ein Foto von Holl hinzuhalten und zu fragen, ob sie ihn vielleicht einmal gesehen habe.

»Sind Sie etwa Detektiv?«, wollte sie wissen.

»Das werde ich jetzt öfters gefragt. Nein, keineswegs. Wie ich schon sagte, ich bin ein Freund dieses Mannes. Ein Mann, der schon lange vermisst wird.«

»Tut mir leid«, erklärte sie, »den habe ich noch nie gesehen.«

»Gut, danke«, sagte Klee und nahm die Chipkarte – ein extrem verflachter Zimmerschlüssel –, die ihm die Rezeptionistin entgegenhielt. Gemäß ihrer präzisen Anleitung bewegte er sich durch einen langen Gang dieses von vielen langen Gängen bestimmten Hotels, um schließlich im ehemaligen Verwaltungsgebäude eines Bier und Limonaden erzeugenden Betriebs in ein Zimmer von schlichter Moderne zu treten. Ein Zimmer ohne Aufregung. Nicht ungemütlich. Nicht unhübsch. Ein Zimmer für eine Nacht.

Klee legte das 153er-Buch auf das eine Kissen, das Libellen-Buch auf das andere, ohne sich schon entschieden zu haben, auf welcher Seite er schlafen wollte. Näher beim Fenster, wo die Libelle war, oder näher beim Badezimmer, wo die Zahl lag? Das Fenster öffnete er, ins Badezimmer ging er. Dort machte er sich frisch und trat eine halbe Stunde später wieder hinaus ins Freie. Es blieb ihm im Moment nicht viel anderes übrig, als sich einen Überblick zu verschaffen. Den Ort kennenzulernen, so wie einst Holl es getan hatte, als er erstmals bei Klee aufgetaucht war und dann die Umgebung der *Kleinen Nacht* studiert hatte, den Ort, an dem die Frau lebte, die zu überführen sein Ziel gewesen war.

Klee begann damit, sich die ausgedehnte Anlage des Seminarhotels anzusehen, die um diese Mittagszeit wie eine im grellen Licht erstarrte Yogaübung wirkte: eine Kobra, die eine Krähe verschlungen hatte und nun jede Menge Zeit benötigte, sie zu verdauen. Danach ging er hinunter zur Donau und bestellte sich in einem Gasthof einen Kaffee, erhielt dazu sein bevorzugtes Glas Leitungswasser und spazierte danach weiter flussaufwärts. Er kam an diversen Häusern vorbei, die er zuvor auf Google Earth studiert hatte, was freilich ein Blick aus einiger Höhe und zudem ein Blick auf eine zehn Jahre zurückliegende Vergangenheit gewesen war, abgesehen von der völlig verwaschenen Straßenansicht. Während er nun eine recht unverwaschene Gegenwart betrachtete: eine herrschaftliche Villa, vor der die Fahne Österreichs wehte, besser gesagt, sie hing herunter wie eine sehr dünne und sehr weiche Scheibe Speck. Ein Speck wie von Dalí gemalt.

Später kam er an einem modernen, vieleckigen Komplex vorbei, gegenüber einer Kapelle, die keine Kapelle war, sondern ein Schuppen der freiwilligen Feuerwehr. Eine sogenannte Zeugstätte. Danach viele Gärten, Häuser, Pools. Da lag kein einziges Papierchen auf der Straße, keine Zigarettenkippe, nichts. Kaum Leute, die zu sehen waren. Am Ende der Ortschaft kehrte Klee um und geriet über eine etwas südlicher führende Straße zum Friedhof und zur Pfarrkirche, in die er eintrat und seine üblichen Kann-ja-nicht-schaden-Kerzen anzündete.

Gegenüber der Pfarrkirche befand sich eine kleine Pension samt Gasthof, die die Rezeptionistin auf ihrer Liste angeführt hatte. Klee trat ein. Ein Mann, der Besitzer des Hauses, begrüßte den vermeintlichen Gast. Klee ging es direkt an, legte eine Fotografie Holls auf die Theke, nannte dessen Namen und offenbarte, sich auf der Suche nach der Person auf diesem Bild zu befinden.

Der Name sagte dem Hotelier nichts, aber das Foto brachte ihn ins Grübeln.

»Könnte sein, dass …«, begann er und hielt inne.

»Was?«

»Es gab da einen Vorfall im letzten Herbst. Oben bei der Bräukapelle. Zwei Burschen, keine von hier. Schwer zu sagen, was die dort wollten, sicher nicht beten. Die beiden haben zwei Mädchen belästigt, die zufälligerweise vorbeikamen. Die waren noch keine fünfzehn, die Mädchen.«

Der Hotelier sagte, es hätte sich nicht genau klären lassen, worauf die zwei Burschen denn aus gewesen waren. Aber bevor Schlimmeres hatte geschehen können, hätte sich ein Mann eingemischt. Die zwei Mädchen hätten ihn später als klein, aber massiv beschrieben, schon etwas älter, hohe Stirn, städtisch elegant. Angeblich hatten sie gesagt, er erinnere sie an den komischen Vater in einer bestimmten Netflix-Serie.

Dieser Mann jedenfalls hatte die beiden Jungs aufgefordert, Frieden zu geben. Sei aber von den beiden ausgelacht worden. Zuerst. Nachher nicht mehr. Er hatte sie gepackt und ihre Köpfe mit einiger Wucht gegeneinandergeschlagen. Derart, dass man die zwei hinterher in die Notfallambulanz nach Schärding hatte bringen müssen.

»Der Mann aber«, sagte der Hotelier, »war gleich wieder verschwunden. Er war eine Zeit lang eine kleine Berühmtheit in unserer Gegend. Ein Phantom sozusagen. Ein moderner Waldgeist. Und die Beschreibung … Also, der Mann auf dem Foto hier, er könnte es sein. Aber das ist nur eine Vermutung.«

»Ist es weit zu der Kapelle?«, wollte Klee wissen.

»Fünfzehn Minuten, nicht mehr«, antwortete der Hotelier, der nicht wissen konnte, dass der, dem er diese Auskunft gab, ebenfalls Hotelier war. Und welcher sich nun nach dem Weg erkundigte.

Der Hotelier beschrieb die Strecke, die zu der Stelle hochführte, wo man von der Bezirksstraße auf einen Forstweg abbog, um über ein kleines, steil ansteigendes Stück in den Wald und zu der Kapelle zu gelangen.

»Was wollen Sie von dem Mann?«, fragte der Hotelier.

Klee war nach etwas Ehrlichkeit zumute, weshalb er bekannte, auf der Suche nach einem verschwundenen Kriminalkommissar zu sein.

»Können Kommissare denn verschwinden? Das sind doch eher die, die fahnden, wenn einer vermisst wird«, meinte der Hotelier und fügte die Frage an, ob Klee denn auch von der Polizei sei, also praktisch auf der Suche nach einem Kollegen.

»Nein«, sagte Klee. Er sagte auch nicht, Detektiv zu sein, sondern gestand: »Ich gehöre dem gleichen Gewerbe wie Sie an.«

»Sie sind Wirt?«

Konnte man es so sehen? Konnte man jemanden, der perfekte Frühstücke servierte, bereits als Wirt bezeichnen?

Klee nickte. Unterließ es aber zu erklären, wieso er sich auf der Suche nach einem verschwundenen Kommissar befand. Vielmehr dankte er und trat aus dem kleinen Empfangsraum heraus, um jetzt hoch zu jener Kapelle zu marschieren, über die er in der Nacht zuvor einiges gelesen und ihn dabei die Vorstellung begeistert hatte, dort seien früher die Krücken Geheilter abgelegt worden. Eine für ein heutiges Krankenhaus schwer vorstellbare Praxis. Was wiederum schade ist. Interessanterweise würde es aber zu den zahlreichen Auswirkungen des durch das Sputnik-Ereignis ausgelösten und nach und nach eintretenden Veränderungen der Welt gehören, dass die Leute wieder mehr mit Symbolen und Ritualen arbeiteten. Dass der Aberglaube eine Renaissance erlebte. Aber eine gute Renaissance.

Es war in der Tat kein langer Weg, den Klee marschieren musste. Kurz, aber steil. Bald nachdem er die Bezirkssstraße gequert und über eine Wiese in den Wald gelangt war – der etwas von einer ins Stocken geratenen belaubten Lawine an sich hatte, einer Lawine, die Klee dunkel und kühl umfing –, konnte er in der Ferne die gelben Mauern der Kapelle erkennen. Als sei's ein Pilzhäuschen. Aber es war dann doch der versprochene und erwartete kleine Kirchenbau.

Klee betrat die Kapelle, die eine Immaculata-Statue von Lourdes beherbergte, in der freilich keine einzige Krücke mehr abgelegt war. Unterhalb des mit einem Schmiedeeisengitter abgetrennten und mit Blumen und Kerzen, Figurinen und den Bildern Verstorbener bestückten Altarraums befand sich eine kleine gemauerte, kaminartige Öffnung. Sie führte hinunter zur Quelle. Der Stiel einer Schöpfkelle ragte heraus.

Klee ging in die Knie und steckte seinen Kopf halb in die Öffnung. Mit der integrierten Taschenlampe seines Smartphones beleuchtete er den engen, dunklen Schacht. In einer Armlänge Entfernung floss das frische, klare Quellwasser über einen Untergrund aus Kies. Es wäre nötig gewesen, die Schöpfkelle zu benutzen, um etwas von dem heilsamen Wasser nach oben zu holen.

Klee scheute sich. Er fragte sich, wie viele Leute zuletzt ihre Lippen auf dem Rand des halbrunden Schöpfteils abgelegt und dort ihre Bakterien zurückgelassen hatten. Wie lange hielten sich solche Bakterien im kalten Quellwasser? Das hatte er sich schon als Kind gefragt, wenn er mit seinen katholischen Eltern in die Kirche hatte gehen müssen und dann erlebt hatte, wie die Leute ihre Finger in das Weihwasserbecken tauchten. Wo waren all diese Finger vorher gewesen? Ihn hatte davor geekelt, diese versammelten »Fingerspuren« in dem Wasser zu wissen, in das er dann seinen eigenen Finger zu tauchen hatte.

Aber Bakterien hin oder her, Klee war auch ungemein durstig. Er hatte nämlich vergessen, trotz der beträchtlichen Hitze eine Wasserflasche mitzunehmen. Zudem fühlte er sich aus einem »kriminalistischen Bedürfnis« heraus verpflichtet, das Wasser zu kosten. Und er befand sich – nicht zum ersten Mal – in dem widersprüchlichen Zustand, in keiner Weise an Wunder zu glauben und dennoch ein Wunder stiftendes Ritual für sinnvoll zu erachten.

Er fasste nach dem langen Griff, führte den Schöpfer durch das tief gelegene, subaltarische Quellwasser, holte es nach oben, umfasste den Schöpfteil nun mit beiden Händen und war bemüht, den kalten Inhalt in seinen Mund zu befördern, ohne dabei den Rand der Kelle mit seinen Lippen zu berühren. Er war jetzt seinerseits ein Gefäß, welches das Wasser auffing.

Sein Mund füllte sich mit dem Wasser: kalt, mineralisch, von einer Lourdesstatue bestrahlt und mit dem Aroma des Waldes gesegnet. Diese Mischung aus Frische und Verwesung. In erster Linie aber der Geschmack von Stein. Glatt!

Er kam nicht umhin zu meinen, selten noch so gutes Wasser getrunken zu haben. Wasser, das tatsächlich nach Wasser schmeckte und nicht nach einer Parodie von Wasser, so wie es aus vielen Leitungen strömte, dort als komische Verwandlung.

Aber würde es ihn heilen können? Und wovon?

Nun, erstens löschte dieses Wasser seinen Durst in idealer Weise, und zweitens half es, seinen Blick zu schärfen. Denn nachdem er noch einen weiteren Schöpflöffel voll in der gleichen Weise genossen und das Gerät wieder abgestellt hatte, fiel sein Blick erneut auf den versperrten Altarraum. Halb von Blumen, Kerzen und Figuren verdeckt, erkannte er ein kleines, unregelmäßig zugeschnittenes Papier, das gegen eine der Vasen gelehnt stand. Darauf war eine mit stumpfem Bleistift angebrachte Zeichnung zu sehen.

Eine ganz ausgezeichnete Zeichnung, wie Klee feststellte, als er näher trat. Eine Zeichnung, die das Gesicht der von oben herunterblickenden unbefleckt Empfangenden in erstaunlich präziser Weise wiedergab. Erstaunlich dadurch, weil die Genauigkeit nicht aus einer Vielzahl von Strichen und Schraffuren erwachsen war, sondern vielmehr aus nur wenigen Strichen, die aber so sicher gesetzt waren, dass keine Frage bestand, wer hier Modell gestanden hatte.

Ein kleines Meisterwerk auf einem von der Feuchte gewellten Papier, und zwar inmitten herkömmlichen katholischen Kitsches.

Klee streckte seine Hand zwischen den gebogenen Streben des Gitters hindurch und griff nach dem kleinen Papier, holte es heraus und betrachtete es aus der Nähe.

Er war ja bekanntermaßen kein großer Freund der bildenden Künste, aber in diesem Fall doch ziemlich verblüfft. Das war schon ungewöhnlich an einem solchen Ort, der schließlich kein Museum war. Diese kleine Zeichnung, die weder gerahmt noch irgendwie alarmgesichert war, wie etwa die harmlos durchschnittlichen Gemälde unten in der Pfarrkirche. Vielmehr schien es sich einfach um das Erzeugnis von jemandem zu handeln, der hier vorbeigekommen war, wandernd, spazierend, und der sodann mit raschem Strich die Muttergottes im wahrsten Sinne verewigt hatte. Und zwar mittels einer derartigen Meisterschaft, die nur Leute zustande brachten – so war Klee überzeugt –, die ganz sicher nicht an eine Mutter glaubten, die einen Gott zu zeugen verstand. Große Kunst stammte in der Regel von gänzlich ungläubigen oder zumindest stark zweifelnden Menschen. (Klee würde noch begreifen müssen, dass er damit nicht ganz richtiglag.)

Und dann fiel Klees Blick auf den unteren Rand des Papiers, auf die Initialen, auf ein großes K und ein großes H, die beide von einem Punkt abgeschlossen wurden: K. H.

Klemens Holl?

Im Ernst?

War das jetzt ein Wunschgedanke? Hatte Holl irgendwann davon erzählt, es würde zu seinen Leidenschaften gehören, Striche so aufs Papier zu bringen, dass sie die Wirklichkeit ersetzen konnten?

Ja, richtig, als Klee Holl das letzte Mal begegnet war, war dieser in einem Museum gestanden und hatte ein künstlerisches Geschnipsel an der Wand betrachtet. Aber das hatte ja Klee ebenfalls getan, ohne darum gleich zu Stift oder Pinsel zu greifen.

Klee bemerkte, dass etwas durch das Papier durchschien. Striche, die sich auf der Rückseite befinden mussten. Darum drehte er den kleinen, unregelmäßigen Fetzen um und erkannte nun eine weitere Grafik. Die aber keine Heilige und ebenso wenig einen Heiligen darstellte. Ein weiteres Gesicht, das schon, aber es war eben kein irgendwie glorifiziertes Gesicht, sondern das eines völlig ungesegneten Menschen, auch dieses perfekt mit wenigen Strichen in Szene gesetzt. Das faltenreiche Antlitz eines lachenden Mannes, wobei man sehen konnte, dass sich keinerlei Zähne in seinem Mund befanden. Wie das eben aussieht, wenn jemand, der ein Gebiss besitzt, dieses gerade nicht trägt und trotzdem seinen Mund vergnügt aufreißt.

Nicht, dass Klee die Person bekannt gewesen wäre, die da in wenigen Strichen lauthals lachte.

In diesem Moment, noch während er die »lachende« Rückseite des Immaculata-Bildnisses betrachtete – möglicherweise nach einer längeren Funkpause im Zuge ungünstiger Lage oder ungünstigen Wetters –, meldete sich sein Smartphone mit dem Signalton einer eingegangenen Nachricht. Klee stellte fest, dass es sich um keins der in letzter Zeit gehäuften Angebote handelte, eine Sterbegeldversicherung abzuschließen oder an seine Immobilien zu denken, sondern um eine Mail jener Dame aus dem Kreis strickender Bibliothekarinnen, über deren Computer er mit Inoue in Kontakt treten konnte. Die Dame hatte ihm im Anhang eine Videonachricht gesendet. Eine Videonachricht, die von Inoue stammte.

»Was für ein passender Augenblick!«, dachte Klee, der ja soeben aus einer angeblich Heil bringenden Quelle getrunken und zudem diesen möglichen Hinweis auf einen zeichnenden und damit auch lebenden, zumindest im Moment der Herstellung der Zeichnung lebenden Klemens Holl entdeckt hatte. Oder jedenfalls jemanden mit Initialen, die zu Klemens Holl passen konnten.

Von Novalis stammt der Ausspruch, der Zufall sei nicht unergründlich, er habe seine Regelmäßigkeit. – Ja, mitunter war die Regelmäßigkeit ein wenig deutlicher als in anderen Fällen, besser einsehbar. Oder geradezu aufdringlich. Aufdringlich in Form jener *gestringten* Variation.

Sosehr Klee das Bedürfnis hatte, die Zeichnung einzustecken, er tat es nicht. Stattdessen machte er mit seiner Handykamera mehrere Aufnahmen davon und tat hernach das Madonnenporträt samt lachender Rückseite zurück an seine angestammte Stelle. Schließlich trat er aus dem Dunkel der Kapelle ins Halbdunkel des vom dichten Wald beschatteten Tages und setzte sich auf eine kleine Bank, stützte das Handy gegen seine Schenkel und spielte das Video ab. Ein Video, auf dem wie üblich Inoue zu sehen war, die Paul in einer Weise ansprach, als sitze er ihr direkt gegenüber. So, als höre sie seine Verwunderung. Seine Fragen und seine Freude.

Wenn nun der Zufall in Form einer *gestringten* Gestalt sich erneut bemerkbar machte, dann in erster Linie darum, weil Inoue zum ersten Mal seit ihrer »Flucht« Klee anvertraute, wo sie sich zusammen mit den Kindern und Klara befand. Und dass es sich um einen Ort in Österreich handelte. Natürlich nicht um die Ecke – das wäre dann doch *überstringt* gewesen –, sondern ganze zweihundertfünfzig Kilometer entfernt, aber in Österreich eben, in der sogenannten Semmering-Rax-Region, einer zum Weltkulturerbe gehörenden Gegend. Was die Gegend einer Eisenbahnstrecke verdankte, einer unter Schutz gestellten, wahrhaft einmaligen Gebirgsbahn romantischer Ingenieurskunst.

Der Ort, von dem Inoue sprach, war Dechla an der Rax, in nächster Nähe zu den berühmten Marktgemeinden Reichenau und Payerbach.

Wie Klee aus Inoues Nachricht erfuhr, hatte sie sich mit Klara und den Kindern bislang an einem versteckten Winkel der walisischen Küste aufgehalten. Dort, in einer nahe gelegenen kleinen Stadt, war sie einer urlaubenden österreichischen Ärztin begegnet. Einer Ärztin, die als Psychotherapeutin in dem kleinen Sanatorium am Fuße der Rax, einem der Hausberge der Wiener, arbeitete. Eine bezüglich Kuraufenthalte geradezu historische Gegend, die für etwas stand, was einst als »Sommerfrische« bezeichnet worden war. Eine »adelige Region« mit vielen Villen, an der dramatischen Semmeringbahn gelegen.

Und in diese von Krankheit und Gesundheit gleichermaßen beherrschte Landschaft waren Inoue, Klara und die Kinder vor Kurzem gezogen. Was wohl nicht zuletzt mit dem massiven Wunsch der Zwillinge zusammenhing, in einem Sanatorium zu leben. Und damit endgültig an einen zauberbergartigen Ort gelangt zu sein.

Inoue, Klara und die Kinder wohnten in einem kleinen Gebäude auf dem Gelände des Sanatoriums, in dessen Zentrum sich ein Hotel befand, das allein den Sanatoriumsgästen vorbehalten war. Kein so riesiger Kasten, wie man sie man vom Semmering kannte, wo die traditionellen Häuser wie das *Panhans* und das *Kurhaus* sich in der Hand kasachischer und ukrainischer Investoren befanden und in diesen Händen schwitzten und stöhnten. Nein, diese Klinik, die sich auf die Behandlung von so modernen Erkrankungen wie dem Burn-out und so althergebrachten wie der Depression, früher Melancholie genannt, spezialisiert hatte – somit die psychosomatische Verwicklung des Menschen kurierte –, war irgendwie der Spekulation entkommen und tatsächlich mehr an der Heilung der Patienten als an ihrer Schröpfung interessiert. Ein weitläufiges Landhaus aus der Jahrhundertwende, an das im Laufe der Jahre und Jahrzehnte diverse Anbauten gefügt worden waren. Alles inmitten eines Parks alter Bäume und freundlicher geschlungener Wege.

»Die haben mich engagiert«, sagte Inoue.

»Als Therapeutin? Echt?«, hätte Klee gerne fragen wollen, hätte er sich mit einer in der Vergangenheit aufgezeichneten Nachricht unterhalten können.

Aber da war Inoue bereits dabei zu erklären, beauftragt worden zu sein, die Neugestaltung des Hotels zu planen und zu organisieren. Verantwortlich zu sein für die Modernisierung der schon etwas verstaubten Einrichtung, und zwar in jeder Hinsicht, angefangen vom Eierbecher bis zu den Gästezimmern und den Räumen der Klinik: den Behandlungsräumen, dem Speisesaal, dem Spielzimmer. Ohne dass aber der Betrieb des Sanatoriums ausgesetzt wurde. Peu à peu, wie man so sagt.

»Das wird dauern, aber ich arbeite dran, auch am Geld«, sagte Inoue, die Theologin und Mathematikerin und Mitbegründerin einer zum Hotel verwandelten kleinen Nacht, und lächelte.

Stimmt, weder war sie Designerin noch Architektin, aber Planerin sehr wohl. Sie verstand es, ans Geld zu denken. Ohne darum in Geschmacklosigkeiten abzugleiten, was merkwürdig oft der Fall war. Entweder indem am Geld gespart oder indem damit geprasst wurde.

Wie sie es freilich hinbekommen hatte, den Umzug samt Kindern und Klara von irgendeiner versteckten walisischen Bucht hinüber an einen niederösterreichischen Ortsrand zu bewerkstelligen, ohne dass jene Wind bekommen hatten, die noch immer ein gewisses Interesse an den Zwillingen zeigten, sagte sie nicht. Es war ihr ganz einfach gelungen. In ihrem Gesicht war ein schöner Zug von Alterung. Reife wäre das falsche Wort gewesen. Vielleicht ... Fortschritt?

Und jetzt sagte sie etwas, worauf Klee so lange gewartet hatte. Sie sagte: »Komm! Lass dein Hotel mal alleine, und komm.«

Denn das konnte sie natürlich nicht wissen, dass er genau das bereits getan hatte, sein Hotel allein gelassen, beziehungsweise es in die Obhut einer halbjüdischen Äthiopierin von schubertscher Ausprägung gegeben zu haben. Und er sich zudem bereits jenseits der deutschen Grenze befand, dort, wo Österreich anfing.

»Wir freuen uns auf dich«, sagte Inoue und fuhr mit der Hand in Richtung der Apparatur, in die sie hineingesprochen hatte.

Das war's.

Hätte er jetzt eine Kerze zur Hand gehabt, sie anzünden und in der kleinen Bräukapelle aufstellen können, er hätte es getan. Er dachte sich augenblicklich, dass man wirklich *immer* eine Kerze bei sich haben sollte.

Paul Klee konnte gar nicht ahnen, wie sehr demnächst Kerzen wieder in Mode kommen würden.

15

Bier

Konnte man sagen, dass im Zuge der Sputnik-2-Geschichte, der *Großen Rückkehr,* die ganze Menschheit nach und nach zu verblöden begann?

Richtiger war, dass sich im Laufe der Zeit ein auffälliges Ansteigen von bestimmten Ungeschicklichkeiten bei gleichzeitiger Entwicklung anderer Geschicklichkeiten ergab. Die Talente verschoben sich. So schien eine bislang stark motorisierte Menschheit sukzessive die Fähigkeit einzubüßen, ein Auto zu steuern. Die Fähigkeit und die Freude. Was aber nur anfänglich zu einer merklichen Häufung von Unfällen führte, sich statistisch jedoch bald vor allem dadurch ausdrückte, dass immer mehr Menschen einfach darauf verzichteten, ihr Gefährt zu benutzen. Wie sie ebenso darauf verzichteten, Computer zu bedienen. Es gab Hinweise darauf, dass das menschliche Bewusstsein sich generell veränderte, nicht überall und nicht überall in der gleichen Weise, aber doch insgesamt weltumspannend. Es war keineswegs so, dass dieses Phänomen nur einzelne Völker oder Regionen oder Milieus betraf, sondern innerhalb dieser Völker und Regionen und Milieus die Veränderungen unterschiedlich stark und unterschiedlich rasch erfolgten, letztlich aber alle betrafen. Natürlich war die Welt nicht von einem Monat auf den anderen stillgestanden, weil niemand mehr zur Arbeit ging, besser gesagt fuhr, und kaum noch Schüler imstande waren, ihre Abschlüsse zu machen. Obgleich man schon sagen musste, dass das erste Fach, welches dieser Entwicklung zum Opfer fiel, die Mathematik war. Eine globale mathematische Ungeschicklichkeit. Jedenfalls geschah etwas. Eine Art von Rückfall. Etwas, das man evolutionsgeschichtlich Atavismus nennt. Und das sich im Bereich des Körperlichen zuerst einmal in jenem als Hypertrichose bezeichneten Vorgang ausdrückte, bei dem eine über das übliche Maß hinausgehende Haardichte entsteht. Eine *Verpelzung.* Was im Laufe der Zeit auch zu einer neuen Bewertung dessen führte, was als schön und was als hässlich empfunden wurde. Die Verschwörungstheoretiker der Rechten sahen darin den letzten Beweis für eine durch Ansteckung hervorgerufene Form der »Umvolkung«, obgleich mit dem verstärkten Haarwuchs keinerlei Änderung der Hautfarbe einherging. Die Blonden blieben blond und die Dunklen dunkel, aber ihnen allen wuchs das Haar in einer dichteren, festeren Weise. Und ein Großteil der sich in diese »neue Richtung« entwickelnden Menschheit begann, immer mehr Gefallen am Umstand dieser starken Behaarung zu finden. Notgedrungen sicherlich. Aber dass noch zwei Generationen zuvor der »gerupfte Mensch« als Ideal gegolten hatte, war ja ebenso wenig als *notgedrungen* empfunden worden. Nein, die starke Behaarung wurde richtiggehend Mode, so wenig es sich um etwas Steuerbares handelte. Was nicht zuletzt zur Folge hatte, dass sehr viel weniger geheizt wurde. Radikal weniger.

Eine ähnliche Tendenz zeigte sich darin, dass die Menschen nach und nach wieder kleiner wurden. Ohne dass man darum von einer Verzwergung sprechen musste, aber mit jeder Generation zeigte sich eine statistisch nachweisbare Abnahme der Körpergröße. Die Söhne und Töchter waren im Schnitt einfach etwas kleiner als ihre Väter und Mütter. Und die Leute starben wieder früher und ersparten sich diverse Zustände der Demenz und unwürdiger Lebenserhaltung. Nicht, dass die Medizin ausstarb oder vollständig in eine Art von Hokuspokus verfiel. Oder zurückkippte in ein Experimentierstadium, bei dem Löcher in Köpfe gebohrt wurden, um zu sehen, ob ein kleiner Mann namens Gewissen darinsitze. Aber sogar die Medizin »gesundete«, genau dadurch, dass sie viel deutlicher als zuvor ihre Grenzen erkannte. Und obgleich sich ausgerechnet die pharmazeutische Industrie noch recht lange hielt – etwa viel länger als Fußballverbände,

Nestlé, Amazon und Aufrüstung –, war letztlich auch ihr das Ende beschieden. Was dabei in hohem Maße ausstarb, war die Allergie. Die Allergie schien überhaupt etwas, an das sich ab einer bestimmten Nach-*Sp2-L*-Generation kaum jemand mehr erinnern konnte. Das Wort selbst starb aus, wie natürlich die ganze Sprache sich veränderte. Erstaunlicherweise setzte sich mit der Zeit etwas durch, von dem man noch zu Beginn der Sputnik-2-Landung gemeint hatte, es sei längst gescheitert, nämlich Esperanto. Es wurde die Sprache der Welt, so, wie von ihrem Erfinder ursprünglich vorgesehen. Eine sogenannte Plansprache, die 1887 erstmals veröffentlicht worden war, aber trotz einiger Erfolge, vor allem nach dem Zweiten Weltkrieg, es nicht geschafft hatte, überall gelernt und gesprochen zu werden. Doch im Zuge all der Veränderungen, die die *Große Rückkehr* ausgelöst zu haben schien, gewann Esperanto eine generelle Bedeutung, die man durchaus mit einem »guten Erreger« vergleichen konnte. Gleich der Behaarung, gleich neuer Talente, gleich einer neuen Form von Konzentration. Das Erstaunliche bezüglich der Sprache der Menschen war ein gewisses Nebeneinander: einerseits die verstärkte Nutzung von Dialektformen innerhalb einer neu aufflammenden Folklore, andererseits die Beherrschung einer bewusst einfach konstruierten Sprache *aller*, eben Esperanto. Jeder beherrschte zwei Sprachen, was bald in einem anatomischen Kontext gesehen wurde. Zwei Augen, zwei Arme, zwei Gehirnhälften, die Zweiheit des Bewegungsapparates, vielleicht sogar zwei Seelen in einer jeden Brust.

Das waren alles Entwicklungen, die sich in Kurven ablesen ließen. In Kurven und Gegenkurven. So entsprach etwa die stete Zunahme von Bevölkerungsteilen, die ihre Autos stehen ließen, verkauften, verschrotteten oder gar ihre Führerscheine abgaben, im beinahe gleichen Verhältnis der Abnahme von rechtlichen Auseinandersetzungen. So kamen auf immer weniger Juristen immer mehr Landwirte. Auf immer weniger Bäckereiketten immer mehr Bäcker. Auf die Abnahme von Akademikern folgte eine Zunahme von Handwerkern. Allerdings nahm nach und nach auch das Interesse am Statistischen ab. Die Dinge geschahen eben. Zu erklären, in welcher Form sie geschahen und warum sie geschahen, wurde immer unbedeutender. Was allerdings niemals in Vergessenheit geriet, war der Umstand, dass diese erstaunliche Entwicklung mit der Landung einer alten Kapsel und der Landung eines alten Hundes in einem zeitlichen Zusammenhang stand. Noch viele Generationen später erfreute sich der Name Laika sowohl als Mädchen- wie auch als Jungenname großer Beliebtheit.

Es wäre nun völlig falsch, zu meinen, die Welt hätte sich in Richtung auf einen *Planeten der Affen* entwickelt. Der Mensch blieb Mensch, aber sein Geist, sein Intellekt, seine Fantasie folgten einer in die Vergangenheit führenden Spur. Ohne aber in die Barabarei eines Mittelalters oder in mittelalterliche Vorstellungen zu verfallen. Das war das Eigentümlichste an der ganzen Geschichte, eine deutliche Abschwächung der Gewalt, nicht der Krankheiten, nicht des Todes, nicht der Mühen, die ein Leben wider die Härten der Natur mit sich brachte, aber doch eine erstaunliche Befriedung. Eine Konzentration des Einzelnen auf sich selbst, auf die Familie, auf das Überleben, aber nicht in Konkurrenz mit anderen. Das war vielleicht der entscheidende Punkt: das Aussterben der Konkurrenz. Sie starb ab, verkümmerte, war nur noch im Stile einer Reminiszenz vorhanden. Sosehr sie vielleicht einst die Evolution bestimmt hatte, es hatte sich ausbestimmt. Die Welt war nicht etwa ein Paradies oder Schlaraffenland geworden, wahrlich nicht, die Arbeit war härter, jede Arbeit, aber auch befriedigender, produktiver. Wer einen Schuh herstellte, stellte einen Schuh her und klebte nicht bloß irgendein Teil eines Schuhes auf irgendein anderes Teil. Weil die Welt aber weiterhin eine Menge Schuhe benötigte, wenn auch nicht gar so viele wie zuvor, machte bald an jeder Ecke ein Schuster seinen Laden auf. So lösten sich nach und nach jene Arbeitsfelder auf, die sich aus dem Unproduktiven speisten, die Spekulation verlor sich, die Industrie verzweifelte an der Konsumverweigerung jener Generation, die als Erste deutlicher als alle anderen zuvor eine Haarverdichtung erlebte. Es wurde geradezu Ausdruck eines Lebensgefühls, sein Smartphone ins Wasser zu werfen – ja, auch in der

Donau und im Inn fanden viele dieser einst so geliebten Geräte ihr wässriges Grab. Es hatte etwas von einem großen Ritual, dass die kleinen, flachen Apparate überall auf der Welt in den Flüssen, Seen und Meeren landeten und nicht im Müll, nicht geschreddert wurden, nicht achtlos in Kästen und Fächern verkümmerten, sondern in jenem Element versenkt wurden, aus dem einst alles Leben hervorgegangen war.

Es blieb freilich der Verdacht, dass diese ganze Entwicklung einer Intervention von außen zu verdanken war. Einer vorgenommenen Korrektur im Wesen der Menschen, um jener Zerstörung der Welt Einhalt zu gebieten, über die der Mensch seit Ende des 20. Jahrhunderts so gerne sprach und spekulierte und warnte, sodass sich daraus sogar erfolgreiche politische Bewegungen hatten ableiten lassen, aber letztlich nicht wirklich etwas geschehen war. Mehr etwas Ornamentartiges, etwas, das man unter dem Begriff »Gelbe Säcke« hätte zusammenfassen können. Gelbe Säcke im Kampf gegen den Untergang der Erde. Weshalb eine ferne oder gar nicht so ferne Intelligenz es übernommen hatte, diesen Planeten vor seinem Ende zu bewahren. Wohl weniger aus Gründen der Sympathie, sondern um eine bestimmte Ordnung zu erhalten, vielleicht, weil eine Zerstörung der Welt innerhalb des Universums doch zu etwas mehr geführt hätte als bloß jenem sprichwörtlichen kleinen Furz, den niemanden kümmern würde. Offensichtlich kümmerte es eben doch.

Besagte außerirdische Intelligenz hatte sich somit der menschlichen Erwartungshaltung widersetzt, mittels militärischer und anderer Erziehungsmethoden einzugreifen. Stattdessen war die Evolution des Menschen in eine neue Richtung gelenkt worden. Manches Altbekannte verkümmerte, anderes wurde einfach neu erfunden oder gesundete, etwa die Religion, die ebenfalls wieder mehr in den Bereich der Folklore geriet. Und dabei eine individuelle Ausprägung gleich den vielen verschiedenen Dialekten annahm, die neben dem überall verständlichen Esperanto existierten. Es störte die einen wenig, ob hundert Kilometer weiter andere beim Beten standen, saßen, knieten, lagen oder doch gerne aufs

Beten verzichteten. Und das, was für hundert Kilometer galt, galt ebenso für zehn Meter. Hätte sich in dieser Phase noch jemand die Mühe gemacht, das Phänomen zu erklären, er hätte von einer immensen Gelassenheit des Individuums gesprochen. Nicht Gleichgültigkeit, das war etwas anderes, niemand war gleichgültig geworden, gleichgültige Menschen hätten nicht Esperanto erlernt, auch flossen weiterhin Tränen, weiterhin existierten Schmerz, Angst und Albträume und eine gewisse Sorge um den Fortbestand, aber mit dem Verlust der Konkurrenz hatte sich eben auch ein erstaunlicher Gleichmut herausgebildet. Man kann sagen, die Leute hatten aufgehört, wegen jedem Scheiß durchzudrehen.

Nicht zuletzt war eine große Krankheit des Menschen ausgerottet worden: das Vererben, die Erbschaft. Klar, man gab weiterhin Fähigkeiten, Leidenschaften, Kenntnisse und leider auch, weil sich darin nichts geändert hatte, genetische Defekte weiter. Oder auch nur eine Tendenz zur Schwermut. Aber eben kein Vermögen. Es wurde nicht gespart, gerafft, gesammelt, unter dem Vorwand, seinem Nachwuchs einen besseren Start ins Leben zu ermöglichen. Das wäre allen so erschienen, als würden sie sich gegen die Natur versündigen. Eine Natur, die nach Fairness verlangte. Ein Kind liebte man, man zog es auf, man verklebte seine Wunden. Aber man baute ihm kein Haus, vermachte ihm kein Bankkonto, keine Kanzlei und keinen Aktienfond und zwang es nicht in die eigenen Fußstapfen.

Was allerdings blieb, war der Kampf der Geschlechter und ein gewisser Antagonismus zwischen den Generationen, doch die Diskussion, die Abgrenzung und das Individuelle bewegten sich gleichsam wie auf Wolken. Wenn die Leute stritten, dann hatte der Streit etwas Schwebendes und Durchscheinendes, eine Leichtigkeit, die ein weiteres Wort zum Aussterben brachte, nämlich Bitterkeit. Was bei all dem ebenfalls verschwand, waren die Pornografie und die Prostitution. Und damit verschwanden die Profiteure dieser »Industrien«. Was ebenso für Suchtmittel galt, die nun wieder Teil regionaler Weisheiten wurden. Nicht, dass die in der Folklore verankerten Suchtmittel nicht auch Schaden anrichteten, aber Faktum war dennoch, dass deswegen nirgendwo mehr Bandenkriege wüteten. Und auch aus keinem anderen Grund. Der friedlichste Ort der Welt war ironischerweise Mexiko geworden. Nein, beim Begriff *Bande* dachten die Menschen der Nach-Sputnik-Ära, es handle sich um eine vergessene Formulierung, mit der früher im Billard eine besonders kämpferische Auseinandersetzung im Spiel mit der Bande bezeichnet worden war (interessanterweise erhielt sich das Billardspiel in seiner bisherigen Form, auch Tischtennis, zudem eine neue, ungemein raffinierte Form von Minigolf, sowie eine Variation von Fußball, bei der aber stets ganze Dörfer oder Stadtbezirke gegeneinander antraten, ähnlich dem seit dem 12. Jahrhundert stattfindenden Shrovetide-Fußballspiel, bei dem eine unbegrenzte Anzahl von Spielern teilnehmen darf. Hingegen verschwand völlig – nicht weiter überraschend – der Autorennsport, aber ebenso – und das war schon eher ungewöhnlich – die Leichtathletik, wie auch besonders dumme Sportarten wie das Reiten und das Heben von Gewichten. Die Leute hoben auch so schon genug, vor allem, nachdem die Landwirtschaft und das Handwerk sich durchgesetzt hatten und die körperliche Arbeit von so gut wie jedem betrieben wurde). Und ja, noch immer kam der Strom aus der Steckdose. Aber es zeigte sich, dass dieser Strom nicht das Problem gewesen war. Sondern die Formen übertriebener Nutzung. Ja, in der Tat, ein selbst aus dem Weltall erkennbares Zeichen der neuen Ära – und man kann ja vielleicht davon ausgehen, dass die, die diese Veränderungen bewirkt hatten, hin und wieder aus der Ferne auf die Erde schauten – bestand darin, dass es während der Nacht einfach dunkel war. Kein nächtens erleuchteter Globus. Mag verrückt klingen, aber wenn es dunkel wurde, gingen die Leute schlafen. Und kaum einer, der nicht gesagt hätte, er liebe den Schlaf. Paris, Berlin, New York oder Tokio bei Nacht, man hätte meinen können, man sei dort, wo sich angeblich Fuchs und Hase Gute Nacht sagen.

Am Anfang dieser Entwicklung wurde selbige natürlich beklagt als Ausdruck eines geistigen Verfalls, einer Verdummung, einer

Unfreiheit. Zumindest warfen dies die Älteren den Jüngeren vor. Aber die Frage war doch, ob der konsumierende, streitende, konkurrierende, erbende, zum Wahnsinn neigende Mensch denn wirklich *frei* gewesen war. War es seine freie Entscheidung gewesen, der zu werden, der er geworden war? War sein Unglück ein gewolltes, während das Glück, das ihm nun bevorstand, bloß einer Einmischung von »Fremden« zu verdanken war, Fremde, die immerhin so viel Ironie aufgebracht hatten, als Ouvertüre ihrer Intervention eine alte Raumkapsel und einen sechzig Jahre alten Hund auf die Erde zu schicken?

Nein, die Menschheit hatte begonnen, sich in jenes uralte Stadium zurückzuverwandeln, das noch vor der Zeit existiert hatte, als man auf die Idee gekommen war, den Streit um Wasserstellen damit zu lösen, den anderen mit einem Knochen eins überzuziehen. Oder sich dazu einer perfiden kleinen Erfindung namens Geld zu bedienen.

In diesem späten Sommer, als Paul Klee, vor einer kleinen Kapelle stehend, eine Videonachricht von Inoue Sander erhielt und sich augenblicklich entschloss, die Reise ins niederösterreichische Dechla anzutreten, war noch wenig von einer fortschreitenden Behaarung der Menschheit zu spüren. Aber es gab Hinweise, es gab Veränderungen: die Autounfälle, das erwachte Interesse an alten Berufen, ein geradezu provokant schlechtes Mathematikabitur in Deutschland, der unbegreifliche Rückgang privater Waffeneinkäufe in Amerika, ein Artikel im Magazin *Der Spiegel* über die Dunkelziffer versenkter Smartphones, ein erster auffälliger Schwund von Studierenden der Rechtswissenschaften.

Stimmt, Klee war an diesen Ort gereist, um einen hoffentlich am Leben befindlichen Klemens Holl aufzustöbern. Und hatte ja immerhin eine Zeichnung entdeckt, deren Initialen doch einigen Grund zur Hoffnung gaben. Auch nutzte Klee den Rest des Nachmittags wie des Abends dazu, weitere Leute in der Ortschaft nach Holl zu befragen, mit dem neu hinzugewonnenen Hinweis auf den ein Jahr zurückliegenden Vorfall oben bei der Bräukapelle. Nicht, dass die Leute gerne davon sprachen. Offensichtlich handelte es sich bei den zwei Burschen nicht um Flüchtlinge oder anderweitig Fremde, sondern um die Söhne angesehener Familien aus einer Nachbargemeinde. Die Sache war dubios und unangenehm und schien allein den Umstand zu bestätigen, dass junge Leute sich halt manchmal verrückt verhielten, wenn sie etwas über den Durst getrunken hatten. Viel verrückter freilich war das Auftreten jenes Phantoms. Niemand war dem Mann je begegnet, er existierte allein durch die Aussagen der Mädchen wie durch die Kopfverletzungen der Jungen. Und keiner von denen, die Klee befragte, hätte beschwören können, dass es der Mann gewesen war, den Klee auf dem Foto präsentierte. Doch die Beschreibung der Jugendlichen schien schon ganz gut auf Holl zu passen. Dieses Aussehen eines elegant-städtischen Waldschrats.

Später am Abend kam Klee an der Theke eines nahe an der Donau gelegenen Gasthofs mit einem Lehrer mittleren Alters ins Gespräch, einem Mann, der im vierzig Kilometer entfernten Schärding an einem Gymnasium Deutsch und Geschichte unterrichtete, aber in Wesenufer ein Haus besaß.

Dabei ergab es sich, dass Klee sich mit seinem Namen vorstellte, nicht aber der Lehrer mit dem seinen.

»Paul Klee also«, sagte der Lehrer und lächelte einen feinen Strich in sein Gesicht. »Ja, ich erinnere mich gut an den Vorfall an der Bräukapelle. Da sind sogar Beamte vom oberösterreichischen LKA in den Ort gekommen. – Warum interessiert Sie das?«

»Ich suche einen verschwundenen Freund.«

»Also, wenn das Ihr Freund war, dann alle Achtung. Sie verzeihen, dass ich das so gradheraus sag, aber er hat die beiden Deppen genau auf die Weise zugerichtet, wie die's verdient haben. Als Lehrkraft kann man das kaum gutheißen, natürlich nicht, aber bitte, was hätte er machen sollen? Die beiden streicheln?«

Der Lehrer als Privatmann, dessen Stimme die Vibration und Musikalität leichten Betrunkenseins besaß, erklärte, die Polizei sei davon ausgegangen, der betreffende Mann habe sofort nach dem

Geschehen die Gegend verlassen, um sich einer polizeilichen Ermittlung zu entziehen.

»Die hatten nicht so richtig den Ehrgeiz«, sagte er, »irgendeine Spur aufzunehmen. Umso mehr, als da keine Spur war. Darum reden die Leute ja auch von einem Phantom. Der Mann kam, half den beiden Mädchen und ist verschwunden. Das war's. Könnten Polizisten alles aufklären, wären sie Götter oder im Fernsehen.«

Dann wollte der Lehrer wissen, wie Klee auf die Idee gekommen sei, es könne sich bei dem »Phantom« um seinen Freund handeln.

Klee vermied es, von der Handtaschengeschichte zu erzählen, sagte nur, er hätte in Passau einen Hinweis erhalten. Und erzählte dann, oben im Altarraum der Bräukapelle auf eine kleine Zeichnung gestoßen zu sein, genauer gesagt zwei Zeichnungen, wobei nur die Vorderseite mit den Initialen K. H. versehen war. Zwei unglaublich gelungene Zeichnungen. Meisterlich.

»K. H.?«, fragte der Lehrer.

Klee scheute sich, Holls wahren Namen zu nennen. Er sagte: »Ich kann mich natürlich irren. K. H. kann viel bedeuten.«

»Ihr Freund ist also Künstler?«

»Um genau zu sein, ehemaliger Kriminalbeamter. Deutsches LKA. Von seinem zeichnerischen Talent wusste ich nichts. Und es ist ja auch nur eine Vermutung.«

»Man könnte die Zeichnung auf Fingerabdrücke untersuchen lassen.«

»Ich glaube nicht, dass die Polizei sich darauf einlassen würde«, sagte Klee, der aber in erster Linie darauf achten wollte, genau diese Polizei, deutsche wie österreichische, aus der Geschichte herauszuhalten. Zumindest im Moment.

»Wie heißt der Mann noch mal, den Sie suchen?«, fragte der Lehrer.

Wieder blieb Klee eine Antwort schuldig. Stattdessen erkundigte er sich bei seinem Gegenüber, ob er ihn auf ein Bier einladen dürfe.

»Sie dürfen«, sagte der Mann. Und als dann das frisch gezapfte

Getränk vor ihm stand, erklärte er: »Wissen Sie, das Komische war, dass eins der Mädchen gemeint hat, dieser Mann hätte aus der Ferne recht klein gewirkt, kein Zwerg, das nicht, aber klein halt. Als er dann aber nahe bei den zwei Burschen stand und sie mit ihren Schädeln zusammenstieß, hätte er sehr viel größer gewirkt. – Sehen Sie, so ist das mit Zeugenaussagen: Widersprüche. Hätte die Polizei jetzt einen kleineren oder einen größeren Mann vermuten sollen? Wie kann man da ein ordentliches Profil erstellen?«

Er blies verächtlich etwas Luft aus seiner Nase und meinte dann: »Na ja, selbst wenn Ihr Freund vor einem Jahr hier war, so ein Jahr ist lang, oder? Er wird sicher woanders sein.«

»Wahrscheinlich«, nickte Klee.

»Woher nehmen Sie die Zeit, nach ihm zu suchen? Urlaub?«

»Mein erster seit Langem«, antwortete Klee. »Und Sie unterrichten also Deutsch und Geschichte.«

»Es hätte auch Sport und Englisch sein können«, seufzte der Mann.

Klee nickte, als wär das ein guter Schlusssatz, und rutschte vom Hocker. Dieser Mann, Gymnasiallehrer in Schärding, dessen Namen Klee nicht einmal kannte, würde ihm nicht weiterhelfen können. Aber das war ein Irrtum. Es würde allerdings noch ein wenig dauern, bis Klee das begriff.

Klee zahlte, verabschiedete sich und begab sich zu seinem Hotel, das gleich schräg gegenüber des Gasthofs lag.

Der Lehrer sah ihm kritisch hinterher. Griff dann aber wieder zu seinem Bier, auf das er von Klee eingeladen worden war, und sagte etwas zum dem Wirt hinter der Theke, das sich anhörte, als würden zwei winzig kleine, aber dank ihrer schnellen Bewegung lautstark dröhnende Propellermaschinen aus seinem Mund schießen. Irgendeine Bemerkung über die Deutschen wohl.

16

Heilung

Am nächsten Morgen nahm Klee auf der Terrasse sein Frühstück ein, mit Blick auf die Donau, die gemächlich dahinfloss. Währenddessen griff er nach seinem Telefon. Der Impuls, es in einem hohen Bogen in den von drei Wassern und drei Farben durchmischten Strom zu werfen, ist schwer zu beweisen, umso mehr, als er diesem Impuls ja nicht nachgab, sondern das Gerät aus dessen Bereitschaftsschlummer herausholte, die Telefonfunktion aufrief und jene Nummer eintippte, die auf der Karte stand, die ihm Danko Pavić gegeben hatte.

»Hätten Sie Zeit, mich abzuholen?«, fragte Klee.

»Haben Sie Ihren Mann denn gefunden?«, fragte Pavić zurück.

»Nein. Aber es scheint, dass er hier war.«

»Und jetzt?«

»Muss ich zurück nach Passau.«

»Gut, ich komme«, versprach Pavić.

Eine Dreiviertelstunde später fuhr Pavić vor dem Hotel vor. Er hatte genügend Zeit, sich von Klee noch auf einen Kaffee einladen zu lassen, dann chauffierte er seinen Gast nach Passau, wo ja nicht nur ein Koffer zu packen und ein Hotelzimmer zu bezahlen war, sondern auch Klees eigener Wagen stand.

Ein Wagen, mit dem sich Klee um die Mittagszeit herum auf den Weg zurück über die Grenze zuerst nach Oberösterreich, dann nach Niederösterreich machte und über mehrere Bundesstraßen und Autobahnen sowie die im Rang einer Autobahn stehende, kostenpflichtige Semmering-Schnellstraße zuerst nach Gloggnitz, dann nach Payerbach kam, um letztlich das heilklimatische Reichenau zu erreichen. So konnte er nach dreieinhalbstündiger Reise in dem zu Reichenau gehörenden Ort Dechla das kurze Stück zum Sanatorium hochfahren und auf einem Kiesplatz seitlich des Hotels parken. Ein Hotel wie ein kleines Schloss, an dem die Anbauten späterer Jahre im Stile »moderner Hofdamen« das zentrale Landhaus flankierten.

Das Hauptgebäude trug den Namen *Hotel Ulrichshof.*

Klee betrat das Entree und stellte sich an den kleinen, unbesetzten Empfangsbereich. Er suchte eine Klingel, fand aber keine und meldete sich darum mit einem festen »Grüß Gott!«. Er wusste ja, wie gerne man in diesen Breiten noch den »segnenden Gott« ins Spiel brachte.

Es dauerte eine kleine Weile, bevor eine junge, verschlafene Frau aus einem Hinterzimmer hervortrat. Ihre Augen lagen wie verwelkte, blasse Rosenblätter in einem hübschen, hellen Mädchengesicht. Ihre Stimme war hingegen ungewöhnlich rau. Vielleicht rauchte sie, wenn sie schlief.

Die Stimme rau, der Gruß freundlich, fragte sie Klee, was sie für ihn tun könne. Ganz offenkundig wurde kein neuer Gast erwartet, und Klee wusste ja, dass sich die Gäste des Hotels allein aus den Patienten der Klinik zusammensetzten.

»Ich bin der Lebensgefährte von Inoue Sander.«

»Ach was!?« Das rosenhaft Verwelkte erlebte eine deutliche Wiederbelebung. Die Rezeptionistin meinte: »Dann sind Sie also der Vater von der Iris und dem Uwe.«

»Nein, nur der Partner von Frau Sander.«

Noch einmal sagte sie: »Ach was!?«

»Wo kann ich Frau Sander finden?«

»Es sind alle oben auf der Rax. Abenteuertherapie. Die Ärzte, das Personal, die Patienten.«

Sie erklärte, dass Frau Sander und Frau Popa und die Zwillinge den sogenannten Turm bewohnen würden, und wenn er wolle …

Sie unterbrach sich und fragte: »Wie heißen Sie?«

»Paul Klee.«

Offensichtlich war die bildende Kunst eines letzten Jahrhunderts spurlos an ihr vorübergegangen. Oder aber sie war viel zu müde, sich über die Parallele dieses Namens zu wundern, wenn sie sich schon darüber wundern musste, dass es zu Inoue Sander überhaupt einen Mann gab.

Jedenfalls schien sie es sich anders überlegt zu haben und bot Klee an, hier im Eingangsbereich zu warten, in der kleinen Lounge. Sie hob die Hand in ihrem blütenhaften Stil, als würden ihre Gliedmaßen vom hereinströmenden warmen Wind bewegt, und zeigte auf eine großzügige Sitzlandschaft.

»Danke. Aber ich warte lieber unten beim Teich, wenn das in Ordnung ist«, sagte Klee, der Lust aufs Freie hatte.

»Wie Sie mögen«, antwortete die junge Frau. Ihre Lider sanken wieder leicht abwärts. Es war nicht das, was man bösartigerweise einen Schlafzimmerblick nennt. Im Schlafzimmer liegt man ja. Dieser Frau war eher zuzutrauen, dass sie im Stehen schlief und im Stehen träumte. Und dabei rauchte.

Klee trat aus dem Hotel und folgte dem Kiesweg ein Stück hinunter, zum Teich hin, in dessen Mitte eine bronzene Figur eine Fontäne nach oben blies. Klee nahm auf einer Bank im Schatten Platz.

Als hätte ihn die Rezeptionistin angesteckt, nickte er ein. Nicht stehend, aber sitzend.

»Paul!«

Er vernahm Inoues Stimme, bevor er sie sah. Er hörte sie, noch während er durch jenes unendliche und ungemein leere Nichts seines Schlafes glitt, und empfand das allergrößte Glück über diese Stimme, auch wenn er rein gar nichts sehen konnte, nicht einmal ein Glühen oder Glimmen. Aber er hörte die Stimme, die seinen Namen rief.

»Paul!«, wiederholte sie.

Er schlug die Augen auf und bemerkte die Hand auf seiner Schulter. Dann blickt er hoch und sah Inoue.

Ein Jahr.

Wie hatte er die Veränderung am Tag zuvor, als er Inoue auf der Videonachricht gesehen hatte, empfunden? Diesen schönen Zug von Alterung in nur einem Jahr? Und stimmt, das Wort Reife war das falsche Wort gewesen. Fortschritt das richtige. Aber so ein Fortschritt, wie er soeben die Welt in einer heilsam rückwärtsgewandten Weise erfasst hatte. Und dazu noch immer ein Hauch von etwas, das aus Japan zu stammen schien. Nicht die Augen. Vielleicht die Narbe. Diese Bögen an ihrem Mund. Diese Ziernarbe, die von einem Samuraischwert stammte.

»Schau an«, sagte sie, »da warst du jetzt aber schnell.«

Er stand auf und erklärte, er sei praktisch gerade um die Ecke gewesen.

Er umarmte sie. Er spürte ihren von irgendeiner anstrengenden Wanderung erhitzten Körper. Und fühlte sich erinnert an das erste Mal, als er sie berührt hatte. Im Zuge jener unglücklich-glücklichen Auseinandersetzung mit vier jungen Engländern. Er spürte Inoues Körper als eine gute Verbindung von hart und weich. Von Vergangenheit und Zukunft. Aber halt nicht von Gegenwart. Zumindest nicht für ihn, Paul Klee.

»Um welche Ecke denn?«, fragte sie, als sie sich wieder voneinander lösten.

»Das ist eine lange Geschichte«, antwortete Klee, »und ein paar Dinge davon wirst du mir wahrscheinlich nicht glauben.« Er dachte an den thrillerartig und darum fiktiv anmutenden Moment, da er an einen Stuhl gefesselt im Keller seiner Nachbarin gesessen hatte und es wiederum eine andere Frau gewesen war, die es verstanden hatte, eine zufällig dastehende Metallstange in der Art eines traditionellen japanischen Schlagstocks einzusetzen.

»Mal sehen«, sagte Inoue bezüglich des möglicherweise Unglaubwürdigen. Und meinte: »Komm mit. Die Kinder wollen dich sehen. Und Klara.«

»Klara will mich sehen?«

»Hör auf«, bat Inoue.

Klee hörte auf und folgte ihr. Zuerst hoch zum *Ulrichshof* und dann noch ein Stück weiter auf eine dahinterliegende, leicht ansteigende Fläche. Dort, am Rande eines kleinen, kompakten Waldstücks – das etwas von einem dieser Gegenstände besaß, von denen man sagt, sie wirken wie hingestellt und nicht abgeholt –, neben einem solchen »hingestellten« Waldstück also befand sich ein Turm, ein Wohnturm genauer gesagt, dessen Spitze mit den Kronen der benachbarten Tannen eine fast durchgehende Ebene zu bilden schien. Als sei es eine Landebahn für Vögel.

Dieses Gebäude, so erfuhr Klee von Inoue, war ursprünglich als Meditationsraum gedacht gewesen, war aber trotz seiner architektonischen Extravaganz von den Patienten nicht gut angenommen worden.

»Von uns aber schon«, sagte Inoue. Sie war mit Klara und den Kindern in die vier Ebenen dieses Bauwerks eingezogen. Ein im Grundriss quadratischer Bau aus Rohbeton, in den runde und ovale, von Messing umrandete Fenster eingelassen waren, Fenster, deren breite Rahmen im Inneren zu Liegeflächen ausgestaltet waren. Auch in den Räumen herrschte der »rohe Beton«. Allerdings flutete durch die vielen runden und ovalen Fenster die Landschaft nach innen, die Landschaft des Klinikums: der Park mit seinen alten Laubbäumen, die nahen, nicht abgeholten Tannen, der Blick auf die fernen Wiener Alpen. Während im obersten Turmzimmer durch ein Deckenfenster der Himmel kreisrund eindrang.

Als Klee und Inoue den Weg hochgingen, kamen ihnen Klara und die Zwillinge entgegen. Die beiden Kindern liefen auf Klee zu und umarmten ihm.

»Herrje, seid ihr gewachsen!«, rief er aus, diese ungemeine Banalität aussprechend, die Erwachsene, welche Kinder eine Weile nicht sehen, immer wieder aufs Neue wie eine wunderbare Ungeheuerlichkeit zu treffen scheint. Während hingegen ein guter Grund für ein Erstaunen eigentlich wäre, wenn ein Kind mal über ein Jahr nicht wächst. Aber niemand ruft natürlich aus: »Schau an, du bist ja genauso klein wie letztes Jahr!«

Sie waren aber nicht nur von ihrer Zehnjährigkeit auf eine Elfjährigkeit gesprungen, auch ihre Gesichtszüge hatten eine gewisse

Pausbäckigkeit zugunsten einer hübschen Länglichkeit eingebüßt. Etwas Schmales und Ernstes. Und zwar bei aller Fröhlichkeit, mit der sie Klee nun begegneten und wild auf ihn einredeten, davon erzählten, wie toll ihre Zeit in der walisischen Bucht gewesen war, in einem sehr alten, echt gruseligen Haus, wo man in der Nacht hatte meinen können, aus jeder Ritze und jedem Spalt stöhne ein verzweifelter Geist. Jemand, der *Es* heißt.

»Wir haben dort in der Dachkammer eine tote Maus gefunden«, erzählte Iris, »also, die war da schon ganz lange tot und hat wie eine Mumie ausgesehen, wie eine Rosine, aber so eine Mausrosine. Wir haben sie begraben und ihr ein großes Grabmal gebaut.«

Während sie das sagte und davon sprach, dass sie und ihr Bruder von diesem Moment an den Eindruck hatten, der Geist der Maus beschütze sie, hatte Uwe einige Fotos auf seinem Smartphone aufgerufen und zeigte sie Klee. Darauf war das pyramidal geformte Grabmal für die walisische Maus zu sehen. Natürlich erinnerte sich Klee daran, dass die Kinder ja bereits nahe ihres Glashauses einmal ein Grabmal für eine verstorbene Maus errichtet hatten und wie es ihnen einiges Vergnügen bereitet hatte, den Begriff des Mausoleums vom Begriff der Maus abzuleiten.

Und zur Glashausmaus war nun also eine ähnlich beerdigte walisische Maus hinzugekommen.

»Habt ihr denn auch hier schon eine tote Maus gefunden?«, fragte Klee.

Die Zwillinge schüttelten den Kopf. Doch Iris meinte: »Das kommt noch.«

(Der Umstand, dass Uwe soeben sein Smartphone aus der Tasche geholt und damit die walisischen Mausoleumsbilder hatte zeigen können, war übrigens ein deutlicher Hinweis darauf, dass die von der Landung der Sputnik-2-Kapsel ausgelöste Entwicklung der Menschheit nicht als Erstes bei jenen zwei Kindern virulent wurde, die die Kapsel entdeckt und die Hündin Laika befreit hatten. Weder waren sie die Ersten, deren Haarwuchs sich verstärkte oder die etwas weniger in die Höhe schossen, noch kamen sie auf die Idee, ihre Handys in irgendeinem Gewässer zu entsorgen. Kapsel und Hund mochten der Auslöser der Pandemie sein, die zwei Kinder jedoch waren nicht die ersten Infizierten. Es funktionierte wohl anders, als man das gewohnt war.)

Während die Kinder noch auf Klee einredeten, reichte Klara ihm die Hand. Sie war diejenige, die sich am wenigsten verändert hatte.

Sie sagte: »Wie schön, dich zu sehen.«

Aus diesem Satz war nicht der geringste Spott herauszuhören. Und es waren eben nicht die Kinder, und es war auch nicht Inoue, sondern Klara, die nun danach fragte, wie es der *Kleinen Nacht* gehe.

»Jetzt wieder ganz gut. Dank deiner Nachfolgerin«, antwortete Klee. »Eine junge Frau aus Äthiopien, die nicht genau weiß, ob sie Jüdin oder Christin ist, aber sicher weiß, dass sie Franz Schubert liebt, und die weiß, wie man ein Bett macht.«

Das war ein alter Scherz zwischen Klara und Klee. Die Betonung jener Fertigkeit, die darin bestand, ein einmal benutztes Bett so zu richten, dass eine Glätte und Perfektion entstanden, die nur mit einem Leinen und Bettzeug denkbar waren, darauf und darin jüngst ein Paar geschlafen hatte. Und indem man ein solches Bett richtete – so hatte es Klara einst ausgedrückt –, auch die Träume der Nacht glatt strich. Die Träume, die Unruhe, die Zärtlichkeiten, die Freude, die Einsamkeit. Ein frisch überzogenes Bett war im Vergleich dazu … ohne Leben.

»Gut, dass du jemand gefunden hast«, meinte Klara. »Wir haben alle ein wenig Sehnsucht nach unserem kleinen Hotel, nicht wahr?«

Die Kinder nickten ernst, betonten dann allerdings, es schon klasse zu finden, jetzt in einem Turm zu wohnen. Und zugleich ihre Frühstücke und das Abendessen drüben im Hotel einzunehmen und damit in ein Leben gelangt zu sein, das eine heutige Fassung dessen sei, was sie aus Thomas Manns *Zauberberg* kannten. Ein Buch, das ihnen in ihrem »walisischen Jahr« von Klara zu Ende vorgelesen worden war.

»Du wirst schon sehen«, sagte Uwe, »für jede Figur aus dem Roman haben wir hier wen ausgesucht, der dieser Figur ähnlich ist.«

»Ich kann das gar nicht beurteilen«, sagte Klee, »ich hab das Buch noch nicht gelesen.«

»Du hast aber versprochen, dass du das machst.«

»Hab ich das?«

»Schon«, sagte Uwe.

»Wirklich«, sagte Iris, um nicht das gleiche Wort wie ihr Bruder zu verwenden.

»Na, dann werde ich das sofort tun«, versprach Klee.

»Bleibst du denn bei uns?«, fragte Iris.

Nicht, dass die Zwillinge je den Eindruck gemacht hatten, Paul sei ihnen wichtig. Allerdings waren sie auch nicht gefragt worden, als bei der so plötzlichen »Flucht« vor einem Jahr Klee einfach zurückgelassen worden war.

»Zeigt dem Paul mal unseren Turm«, unterbrach Inoue das Gespräch.

Und das taten sie.

Zu den Ungewöhnlichkeiten dieses Gebäudes gehörte ebenso, dass die einzelnen Stockwerke nur über eine außen an der Rückseite angebrachte Treppe zu erreichen waren, sodass jede Etage für sich blieb. Und jede Etage ein eigenes, sehr kleines Badezimmer besaß. »Ein Stehsarg als Dusche, aber total schick«, wie Inoue es einmal ausgedrückt hatte.

Die Kinder befanden sich im obersten Stockwerk mit Blick auf den Himmel, darunter wohnten Inoue und Klara, während das erste Stockwerk als »Schule« und »Atelier« diente.

Schule darum, weil in einem der Räume tatsächlich Uwe und Iris ihre Ausbildung erhielten. Was umso besser funktionierte, als in Österreich keine Schul-, sondern eine Unterrichtspflicht bestand und Inoue eine dementsprechende Erlaubnis erwirkt hatte, ihre Kinder selbst zu unterrichten. Natürlich waren dabei ihr Name und die Namen ihrer Kinder gefallen, allerdings hatte es

Inoue – noch von Wales aus – dank eines befreundeten Anwalts erreicht, in unauffälliger Weise wieder ihren Mädchennamen anzunehmen, Himori, einen Namen, den nun auch die Kinder trugen. Wozu sie selbst und ebenso ihr Vater zugestimmt hatten. Uwe und Iris Himori. Das war zwar ein wenig irritierend, weil ja weder die Kinder noch die Mutter etwas unverkennbar Japanisches an sich hatten, aber in jedem Fall besser, als hätten die beiden noch immer Sander geheißen.

Natürlich fiel es Inoue besonders leicht, Mathematik zu unterrichten, ohne allerdings ahnen zu können, dass ausgerechnet dieses Fach das erste sein würde, welches trotz seiner Erhabenheit, aber auch eingedenk der schrecklichen Dinge, die es Schülern und anderen Menschen angetan hatte, in Vergessenheit geraten würde. Die Mathematik würde wieder zur Domäne weniger werden, die nun mal über ein entsprechendes Gen verfügten, die Feinstofflichkeit zu erkennen, ohne dabei zu ersticken. Sie würde – schulisch gesprochen – das werden, was früher einmal die Philosophie oder die Musik gewesen war: ein Nebenfach. Nein, ein Freifach.

In dem Raum daneben, der *Atelier* hieß, entwarf Inoue ihre Pläne für eine Neugestaltung des Sanatoriums, wobei sie zusammen mit den verschiedenen Ärzten und Therapeuten der Klinik ideale Lösungen entwickelte und nicht zuletzt vernünftige Wege der Finanzierung auszuloten versuchte. Sowie in Kooperation mit einem Architekten und der Hotelleitung die Zukunft der Gästezimmer gestaltete. Zimmer für *ausgebrannte* Menschen.

Ganz unten im Turm war dann noch eine ebenerdige Etage, die zwar gleichfalls über runde und ovale Fenster verfügte, aber sehr viel kleinere, jedoch farbige, durch die das Licht in schmalen, bunten Strömen in einen Raum eindrang, der ursprünglich als ein kleines Schwimmbad gedacht war. Allerdings war es bei einer in den Boden gefügten, tiefen Betonwanne geblieben. Die Zwillinge meinten dazu, dass man mittels kluger Umgestaltung – und dank des Lichts, das schon sehr an das in einer Kirche erinnere – dieses Becken in ein »Mausoleum für eine sehr große Maus« verwandeln könnte.

Was haben die bloß mit ihren Mäusen?, fragte sich Klee.

Nun, sie hatten es vor allem mit der Kunst. Während ihr erstes Mausoleum ein Jahr zuvor noch aus dem simplen Drang entstanden war, ein Wesen zu beerdigen und ihm ein hübsches Zeichen der Erinnerung zu widmen, so hatten sie in ihrem »walisischen Jahr« einiges über die Kunst gelernt. Und dass der Sinn von künstlerischen Handlungen darin bestand, sich ihrer Bedeutung im Klaren zu sein. Dass die Frage nicht war, ob dieses Bild oder diese Zeichnung auch von einem Kind hätte gemalt werden können – umso mehr, als sie ja genau das selbst waren, nämlich Kinder –, sondern wie entscheidend es war, ein Bewusstsein für das zu entwickeln, was man tat. Zu begreifen, dass Zeichnen und Malen und Modellieren oder das Aufstellen einer Coca-Cola-Dose auf einem Podest zwar durchaus ein Spaß sein konnten, aber ein durchdachter Spaß. Das musste man verstehen. Und sie hatten es in diesem einen Jahr verstanden und daraus eine Kunst gemacht, es zu verstehen. Darum war es auch keine Kinderkunst, die sie mehr trieben, sondern etwas, das sie selbst als »Mäusekunst« bezeichneten.

Sie hatten sich angewöhnt, die Dinge, die sie schufen und die sie mit ihren Smartphones ablichteten, in einem eigenen Blog im Internet zu präsentieren, ihre »Mäusekunst«, obgleich diese Kunst weder klein noch allein Mäusen gewidmet war. Und natürlich verzichteten sie darauf zu erwähnen, dass es sich bei ihnen – den sehr jungen Künstlern, die sich die »Himori-Geschwister« nannten – um die Sputnik-2-Zwillinge handelte.

Es war dabei von großem Vorteil, dass in dieser Klinik nicht nur sehr viel wert auf Tätigkeiten im Freien gelegt wurde, auf Waldübungen, Outdoor- und Abenteuertherapien, sondern die Patienten auch etwas betrieben, was man in der Kunst als Land-Art bezeichnet. Und genau darin bestand ein künstlerisches Anliegen von Uwe und Iris, nicht nur die Landschaft gleich einem hübschen Hintergrund einzubeziehen wie anderswo weiße Wände, sondern das »Land« zu gestalten. Es zu bereichern, indem sie etwas hinzufügten, veränderten oder wegließen. So hatten sie zum Beispiel auf einer Wiese eine ganze Menge Maulwurfshügel errichtet, ausgerechnet dort, wo zuvor Maulwürfe mittels »sanfter Methoden« (mit Wasser und gepressten Knoblauchzehen vermengter saurer Milch) verscheucht worden waren. Die Anordnung dieser Maulwurfshügel – deren Gestaltung man durchaus als »fotorealistisch« bezeichnen konnte – entsprach dem Sternbild Skorpion, dem wiederum als Sternzeichen die Schlange, der Siebenschläfer und eben der Maulwurf zugeordnet sind.

In einer ihrer anderen Arbeiten bedienten sie sich einer kleinen, alten gusseisernen Bogenbrücke von sieben, acht Metern, die ein verziertes Holzgeländer besaß und seit gut hundert Jahren über ein schmales Rinnsal führte. Zwischen den dünnen Pfeilern und den Streben des Geländers hatten die Zwillinge verschiedene Spinnen angesiedelt. Beziehungsweise hatte die Montage einer starken, die Nacht über eingeschalteten Beleuchtungsanlage dafür gesorgt, dass zu den angesiedelten auch jede Menge freiwillig zugezogener Spinnen kamen und an absolut jeder Stelle dieser Konstruktion nun ein Spinnennetz zu sehen war. Auf diese Weise war ein gewollter Akt der »Bespinnung« entstanden, was nach Regenfällen oder wenn morgens die Tautropfen massenhaft in den Netzen hingen eindrucksvolle Bilder ergab. Die Zwillinge nummerierten sämtliche Netze und führten auf ihrem Blog eine sogenannte *Netzkarte*, in der natürlich ebenso die diversen Veränderungen der Netzlandschaft dokumentiert waren.

Mit ihrer Spinnen-Arbeit und ihrer Maulwurfs-Arbeit hatten sie im Internet einige Aufmerksamkeit und Anerkennung gewonnen, wobei Uwe und Iris zwar als Himori-Geschwister, aber ohne irgendein Selfie auftraten. Am wichtigsten jedoch war ihnen ihr *Zauberberg*-Projekt, an dem sie zurzeit arbeiteten und zu dem sie Klee nun hinführten. Es lag an der höchsten Stelle des Grundstücks, wo auf einer begrasten Kuppe ein nach oben hin offener, leicht geneigter Zylinder mit elliptischer Grundfläche entstand. Dessen Mantel setzte sich ausschließlich aus verholzten Fichtenzapfen zusammen, die Uwe und Iris kiloweise von einem Floristikhändler aus der Nähe geschenkt bekommen hatten. Diese Zapfen wurden nun in der Art einer Ziegelwand hochgeschichtet, eine Reihe über die andere gesetzt und dabei mit ihren Schuppen gegengleich verhakt sowie mit natürlichem Baumharz verkittet. Woraus eine zarte und doch robuste Konstruktion entstand, dünn und ungemein fest, die bei ihrer Fertigstellung an die drei Meter in die Höhe ragen sollte.

Nicht, dass die Zwillinge das Ding allein hochzogen. Es waren mehrere Sanatoriumsgäste, die ihnen beim Bau halfen. Denn auch das hatten Uwe und Iris erkannt: den Werkstattcharakter bedeutender Kunst. Und dass also Künstler nicht immer alles alleine und eigenhändig zu machen brauchten, schon gar nicht, wenn sie selbst noch keine eins fünfzig maßen, das Kunstwerk jedoch doppelt so groß werden sollte. Wobei auch ihre erwachsenen Mitarbeiter demnächst ein kleines, bewegliches Gerüst würden aufstellen müssen, um die von den Geschwistern angepeilte Höhe zu erreichen.

Wie lange waren die Zwillinge in Dechla? Acht Wochen?! Es mutete an, als befänden sich die zwei in großer Eile, ein großes Werk zu schaffen.

Da der Schrägzylinder ihres *Zauberberg*-Projekts, den sie als »Teleskop« bezeichneten, über keinerlei Öffnung verfügte – verfügen durfte –, es sich aber sehr wohl um eine begehbare Skulptur handeln sollte, war gleichfalls geplant, eine Tunnelröhre in den kleinen Hügel zu graben. Eine Röhre, die drei Meter unter die Konstruktion und von dort eineinhalb Meter senkrecht nach oben führen sollte, sodass ein einzelner Besucher über eine kleine Steigleiter in das Inneres des »Teleskops« gelangen konnte. Der Name bezog sich nicht nur auf die Form, sondern ebenso auf die Funktion. Nachts sollte dem Benutzer und Betrachter ein zapfenumrandeter Ausblick auf das Weltall ermöglicht werden.

Und tatsächlich waren die erforderlichen Grabungsarbeiten bereits in Auftrag gegeben worden. Die Klinikleitung mit ihrem Hang zu kreativen Therapieansätzen und einer Begeisterung für Land-Art, sowie einer Begeisterung für die Zwillinge, unterstützte das Projekt mit größter Ernsthaftigkeit und hatte eine Baufirma beauftragt, die Tunnelarbeiten zu übernehmen, sobald das »Teleskop« fertig war. Eigentlich sollte man umgekehrt bauen – zuerst den unterirdischen Tunnel, dann das oberirdische Objekt –, aber die Zwillinge hatten nun mal die Reihenfolge bestimmt. Sodass in dem Moment, da Klee die Baustelle betrat – es war kurz vor dem Abendessen –, soeben einige Patienten dabei waren, in einer Höhe von etwas über eineinhalb Metern sorgfältig Zapfen für Zapfen zu versetzen. Freundlich kontrolliert von einem Mann, der als Hausmeister und Haustechniker die Klinik betreute und in seinem Leben bereits die eine oder andere Mauer aufgestellt hatte. Und der nun für die Stabilität dieses Zapfenmantels verantwortlich war.

Man kann übrigens sagen, dass die vielen Land-Art-Produkte ehemaliger und aktueller Klinikpatienten, die über das ganze Gelände verstreut waren, einen eher spielerisch-naiven oder dilettantisch-therapeutischen Eindruck machten: bemalte Steine, mit Wolle verschnürte Äste, von Bäumen hängende Windspiele und Mobiles. Wie man vielleicht sagt, so würden Kinder arbeiten. Während hingegen Uwes und Iris' äußerst konzeptionelle »Mäusekunst« gut in einen Kunstkatalog gepasst hätte. Und dort würden ihre Sachen letztlich auch landen.

Klee würde später einmal sagen: »Das kommt davon, wenn einem Thomas Mann vorgelesen wird.«

17

Sake

Wenn Klee es richtig verstanden hatte, dann war der Speisesaal, in den er soeben eintrat, bereits von Inoue in einer ersten Phase verändert worden. Noch fehlten neue Möbel, aber die Deckengestaltung mit den an langen Schnüren herabhängenden Reihen von je fünf Leuchtkörpern und die stark geometrische, übersichtliche Formensprache des Raums waren der »Einmischung« Inoues zu verdanken. Sie hatte die bis vor Kurzem noch über den Saal verteilten kleinen Tische zu einer einzigen lang gestreckten, schmalen Tafel vereint, sodass nun zu beiden Seiten lange Fluchten bestanden, was die Eleganz des Raums steigerte und das Servieren erleichterte. Für die, die sich in der Architektur ein wenig auskannten, war offenkundig, dass es sich dabei um eine Hommage auf die große Sanatoriumszeit zu Beginn des 20. Jahrhunderts handelte und Inoue speziell den Speisesaal des von Josef Hoffmann entworfenen Sanatoriums Purkersdorf zitierte. Wobei dieses Haus zwischenzeitlich als Seniorenpflegeresidenz diente und man vielleicht sagen konnte, dass Inoues Dechlaer Speisesaalgestaltung mehr den hoffmannschen Geist atmete als es beim renovierten Purkersdorfer Original der Fall war, wo man neuerdings die Tische spielzimmerartig über den Raum verteilt hatte.

Klarheit und Nüchternheit und Regelmäßigkeit. Keine Frage, es lag etwas Mathematisches in dieser Gestaltung. Zahlen, die eine Form bildeten. Eine ruhige Form für die nervösen, angestrengten, depressiven, süchtigen und lebensmüden Patienten, die hierherkamen, um etwas wie Heilung, Trost und Aussicht – Aussicht in jeder Hinsicht – zu erhalten und die also an diesem langen, schmalen Tisch Platz nahmen, nicht zuletzt, um zu essen, gesund natürlich, vor allem aber, um Gesellschaft zu haben und eine Gesellschaft zu sein. Eine, die man nicht in dieser kompakten Weise hätte bilden können, wären alle an vielen kleinen, inselgleichen Tischen gesessen.

Es war Anfang des neuen Jahrtausends gewesen, als in das zu einem Hotel umgebaute Landhaus mithilfe eines gemeinnützigen Vereins, der im Dienste der Psychosomatik stand, auch die Klinik eingezogen war. Das Hotel beherbergte derzeit vierundzwanzig Gäste, die jeweils ein Doppelzimmer bewohnten. Die Klinik selbst mit ihrem Leiter sowie einer Stellvertreterin und einem fachärztlichen Leiter verfügte über eine Gruppe von Neurologen, Soziologen, Psychotherapeuten, Spezialisten für Hypnose, Akupunktur, Shiatsu, Bowen-Therapie und Gestalttheoretische Psychotherapie. Es gab einen bekannten Alzheimer- und Parkinsonspezialisten, der als Flugarzt unglaubliche Geschichten zu erzählen wusste, weiters eine Körpertherapeutin nach Reich, einen Mal- und Gestalttherapeuten (ein großer Fan der Zwillinge), eine Suchtspezialistin und eine Tennislehrerin.

Das mit der Tennislehrerin erstaunte Klee natürlich am meisten. Das war nicht unbedingt die Sportart, die er hier erwartet hatte. Ein Sport, dessen diverse Bewegungsabläufe einander feindlich gegenüberstanden. Dieser ständige Konflikt zwischen Beschleunigen und Abbremsen. Zudem bestand eine Einseitigkeit, die sich daraus ergab, mit immer nur einer Hand und in der Regel derselben einen Hand zu spielen. Eher war es ein Sport zum Zusehen: junge, bewegliche Menschen, die stöhnend eine ziemliche Kraft in ihre Schläge setzen und zugleich versuchen, den geschlagenen Ball in die Grenzen eines Spielfeldes zu zwingen. Bevor sie dann selbst anfangen, unter Schmerzen zu leiden und Funktionäre werden.

Das Schönste am Tennis sind sicher die Tennisplätze selbst, vor allem die Sandplätze. Und über einen solchen Sandplatz verfügte der *Ulrichshof*. Er war in den 1960er-Jahren vom damaligen Besitzer des Landhauses an den westlichen Rand des Grundstücks gebaut worden, nach dessen Tod und infolge eines Erbstreits aber nach und nach verfallen. Zudem war er von einer hohen Hecke umgeben, die man gleichermaßen vernachlässigt hatte, wodurch der Platz zu einem Geheimplatz wurde. Geradezu verwunschen. Was sich erst ändern sollte, als 2011 ein ehemaliger Tennisprofi und Finalist der French Open, der im Zuge mehrerer Schicksalsschläge und schmerzlicher Niederlagen vom Tennisspieler zum Alkoholiker geworden war, für über ein Jahr in der Klinik unterkam. Er entdeckte bei einem Spaziergang den alten Platz und begann unter dem Einsatz eigener finanzieller Mittel und mithilfe desselben Bauunternehmens, welches derzeit den kleinen Tunnel für Uwes und Iris' Zauberberg-Projekt plante, die Anlage zu renovieren. Im Sinne einer therapeutischen Aufarbeitung stimmte die Klinikleitung dem Ganzen zu. Als der Patient den *Ulrichshof* nach einem Jahr verließ, hatte er zwar kein einziges Mal auf diesem Platz gespielt, hinterließ aber eine wunderschöne Anlage, die sich geeignet hätte, an diesem Ort Weltklassetennis zu spielen. So weit kam es zwar nicht, doch einige der Patienten in der folgenden Zeit bestanden darauf, den Platz zu pflegen und zu nutzen. Die Klinikleitung hatte den gesundheitlichen Schaden gegen den therapeutischen Nutzen abgewogen und sich entschlossen, die ganze Angelegenheit zu professionalisieren und eine auch als Chiropraktikerin tätige Tennislehrerin anzustellen, bei der es sich ebenfalls um eine ehemalige Profispielerin handelte: eine einstige russische Landesmeisterin mit dem schönen Namen Olga Stepanowa.

Die Tischordnung brachte es mit sich, dass Klee neben ihr zu sitzen kam und darum so schnell über den erstaunlichen Umstand einer Tennislehrerin in einer solchen Klinik aufgeklärt wurde. Es brauchte nicht zu verwundern, dass die Zwillinge bei der Übertragung der Thomas Mannschen Figuren auf die realen Personen dieser Klinik und dieses Hotels die Rolle der Madame Chauchat jener Olga Stepanowa zugeordnet hatten. Nicht nur, weil sie Russin war, sondern auch ihrer Erscheinung wegen. Sie war eine dieser Frauen, von denen man sagen konnte, dass die Luft in ihrer Umgebung merkwürdig dünn wurde, aber eben auf eine betö-

rende Weise. Sie war durchtrainiert, trug stets edle Sportkleidung, pastellfarbene Freizeitanzüge, in denen sie daherschritt, als
nehme sie gleich eine Medaille in Empfang. Ihr Gesicht war streng
und präzise und magnetisch. Es gab hier einige Leute, Männer
wie Frauen, die sich niemals hatten träumen lassen, einmal mit
dem dummen Tennisspiel zu beginnen. Aber unter der Anleitung
Stepanowas taten sie es. Wobei es eine unbedingte Regel der
Lehrerin war, dass auf diesem Tennisplatz allein in weißer Sportkleidung gespielt werden durfte, eine Regel, die in dieser Kon-
sequenz – sogar die Unterwäsche betreffend – nur noch beim
berühmtesten Turnier der Welt galt. Und eben in Dechla an der
Rax.

Stimmt, Madame Chauchat war im *Zauberberg*-Roman Patien-
tin, während ja die Stepanowa auf dem *Ulrichshof* auf der Seite der
Ärzte und Therapeuten stand, aber diese Freiheit nahmen sich die
Zwillinge auch bei anderen Figuren. Mancher, der im Roman
Arzt oder Pfleger war, war hier Patient oder gehörte dem Personal
an. Oder umgekehrt. Man konnte vielleicht sagen, dass Olga Stepanowa eine *gesunde* Madame Chauchat verkörperte.

Die größte Überraschung für Klee kam aber erst, als mit etwas
Verspätung – die Vorspeise war bereits abserviert worden – Klara
eintrat. Sie nahm links vom Leiter der Klinik Platz, einem Dr. Jordan, während zu dessen rechter Seite Inoue saß.

Klee war sich nicht sicher, was es war, das Klara da im Arm
trug. Er selbst saß etwa in der Mitte des lang gestreckten Tisches,
zwischen der Tennislehrerin und einem Herrn mittleren Alters,
der erklärtermaßen zur »Werkstatt« der Zwillinge gehörte und im
bürgerlichen Leben etwas mit Versicherungen zu tun hatte. Und
der ganz sicher nicht in diese Klinik aufgenommen worden war,
weil er an einem Mangel an Gesprächigkeit litt. In seiner Erzähl-
weise lag die Rasanz einer großen Beunruhigung.

Und während dieser beunruhigte Mann ihm davon berichtete,
wie wunderbar beruhigend er es finde, Fichtenzapfen für Fichtenzapfen zu einer geschlossenen ovalen Kurve zu formen, blickte
Klee mit zusammengekniffenen Augen hoch zum direktorialen

Tischende und erkannte etwas Eingewickeltes in Klaras Arm. Etwas Eingewickeltes, zu dem sich Dr. Jordan – der Dr. Krokowski des Zauberberg-Romans – in einer sachten Weise hinbeugte. Als schaute er Klara ins Dekolleté. Was er freilich nicht tat.

Klee vernahm jetzt, trotz der Distanz, ein Geräusch, ein Schnaufen, das Schnaufen eines Babys. Ja, es handelte sich um ein in ein Tuch gewickeltes Kind, ein Neugeborenes, zu dem sich der Klinikleiter soeben mit einem zärtlichen Lächeln hinwandte.

»Sagen Sie«, fragte Klee die Tennislehrerin, »wessen Kind ist das denn?«

»Was für ein Kind meinen Sie?«

»Das Baby, das Frau Popa im Arm trägt.«

»Na, ihr eigenes natürlich.«

»Klara ist die Mutter?«

»Ja, es kam vor zwei Wochen auf die Welt. Hier bei uns. Wir hatten eine Hebamme aus Reichenau gerufen. Das erste Kind, das in dieser Klinik geboren wurde. Ist ja nicht gerade eine Geburtsklinik. Immerhin war Primar Klinger dabei.«

Bei dem angesprochenen Primar handelte es sich um den fachärztlichen Leiter des *Ulrichshofs*, den Neurologen Max Klinger, der als Flugarzt zwei Entbindungen betreut hatte, und zwar allen Ernstes im Hochgebirge, und dem im »Verteilungsplan« der Zwillinge die Rolle des Hofrat Behrens zukam (so wie ja auch die Figuren Thomas Manns ihrerseits reale Vorbilder besaßen). Es war eine Pointe für sich, dass sogar der Primar einen Vor- und Nachnamen trug, der in der Kunstwelt bestens bekannt war, wenn auch nicht ganz so bekannt wie der Paul Klees.

Klee überlegte. Wenn Klara vor zwei Wochen ihr Kind bekommen hatte, dann musste sie in der ersten Zeit in Wales schwanger geworden sein. Was aus vielen Gründen merkwürdig war. Nicht nur, weil Klee sie für eine Lesbe hielt, sondern auch, weil Inoue während ihrer Skype-Sitzungen stets von jenem Haus in einer entlegenen Bucht gesprochen hatte, das von den Frauen dreier Generationen betreut wurde und der einzige »Mann« darin der kleine Uwe gewesen war.

Klee verstand es nicht. Er fragte die Tennislehrerin: »Kennen Sie den Vater?«

»Nein. Keine Ahnung. Kann mich nicht erinnern, dass sein Name fiel.« Und dann erklärte sie Klee geradezu ansatzlos, sie könnte ihm gleich morgen Vormittag um elf Uhr eine Tennisstunde anbieten. Herr Fiedler sei ausgefallen, Schmerzen im Knie. Sie sagte: »Das Knie ist der Rücken der Melancholiker.«

Klee fand, dass das eins dieser schönen Bilder war, die einfach nicht stimmten, aber halt durch ihre Schönheit eine Wahrheit erhielten.

Was er dann aber sagte, war, er sei ein ganz miserabler Tennisspieler und seit gut zwanzig Jahren nicht mehr auf einem Platz gestanden.

»Wollen Sie mir ernsthaft einen Korb geben?«, fragte Frau Stepanowa mit einem Zweifel im präzise geschnittenen Gesicht, als hätte sie etwas Derartiges noch nicht erlebt.

»Ich bin kein Patient in dieser Klinik«, erinnerte Klee. »Mir steht also eine Tennisstunde gar nicht zu.«

Das war Olga Stepanowa so nicht bewusst gewesen. Klee klärte sie nun darüber auf, der Lebensgefährte von Inoue Sander und nur zu Besuch hier in Dechla zu sein.

»Lebensgefährte?«

»Wir besitzen zusammen ein kleines Hotel.«

»Ach, Sie sind das«, sagte Stepanowa.

»Was bin ich?«

»Na, der Mann mit dem Hotel. – Egal, Sie müssen kein Patient sein, um auf den Tennisplatz zu dürfen. Sie sind Gast, das genügt. Also?«

»Elf Uhr«, bestätigte Klee eifrig.

»Ich lasse Ihnen von der Wäscherei passende Sportkleidung auf Ihr Zimmer bringen«, versprach die Tennislehrerin.

Es war so, dass zwar sämtliche Gästezimmer des Hotels belegt waren, es daneben aber Zimmer gab, die den verschiedenen Therapeuten zur Verfügung standen. Denen, die nur zu bestimmten

Zeiten und Tagen und Anlässen in die Klinik kamen, in der Regel aber an anderen Orten wohnten und an anderen Orten ihre Praxen betrieben. Für den Fall, dass sie sich ausruhen und erholen wollten oder mal eine Nacht über in der Klinik blieben.

So war es möglich, dass Klee das Zimmer eines gerade abwesenden Physiotherapeuten beziehen konnte, welches zumindest für den Rest der Woche frei war. Man werde ja sehen, hieß es, wie lange er zu Besuch bleibe. Von Bezahlung hingegen kein Wort. Überhaupt schien es eine der Prämissen dieser Klinik, dass nicht über Geld gesprochen wurde. Faktum war, dass einige der Patienten zu minimalen Kosten, andere, die Vermögenden, zu beträchtlichen Kosten hier wohnten. Faktum auch, dass diese Klinik über finanzstarke Förderer verfügte, zudem kam sie – gleich einer Kirche oder Umweltschutzorganisation – immer wieder in den Genuss von Hinterlassenschaften. Doch der Begriff des Geldes war auf dem Gelände tabu. Woran sich alle hielten: kein Gejammer, keine Gehaltsvergleiche, keine Finanzgeschichten, keine Angebereien – wem auch immer der Porsche und der in kirschrot glänzende BMW 503 Coupé aus den späten 1950er-Jahren am Parkplatz gehörte. Ein BMW wie aus einem Film, der am Wörthersee spielt.

Nach dem Essen verstreuten sich die Leute wieder, manche gingen nach draußen, um den schönen Abend auf der Veranda oder im Park zu verbringen, andere zogen sich in eine Art von Rauchersalon zurück, wo allerdings – wie auf dem ganzen Gelände – ein Rauchverbot herrschte. Stattdessen gab es eine großartige Auswahl an Teesorten, etwa eine in ihrer Zartheit kräftige Kräutermischung mit dem Namen *Die Stunde der alten Fräuleins* sowie einen vor allem aus Brombeerblättern bestehenden Haustee, der *Hedwigs Glück* hieß. Ferner frischen Ingwer, blutdrucksenkendes Bärlauchkraut und eine exklusive Auswahl an schwarzen und grünen Tees. Oder beruhigenden Lavendel. Freilich keinerlei Alkohol. Was Klee schon etwas schwerfiel. Den Tag ohne ein Glas Whisky abzuschließen hatte etwas … ja, das war ein hartes Wort, aber er dachte es nun mal: etwas Erbärmliches, eben im Sinn von erbarmungswürdig. Umso mehr, als er ja bereits in Wesenufer keinen solchen bekommen hatte. Doch zum Programm dieser Klinik gehörte nun mal die Behandlung von Suchtkrankheiten. Und da hätte das Bild Cognac- und Whiskygläser schwenkender *digestiver* Ärzte und Patienten einen zwar anmutigen Kontrapunkt zu den gesundheitlichen Bemühungen des Tages gebildet und zudem den Fin-de-Siècle-Charakter der ganzen Anlage verstärkt, aber so weit wollte man offensichtlich nicht gehen. Darum diese gewisse Erbärmlichkeit eines alkoholfreien Tagesabschlusses.

»Sag, können wir mal alleine miteinander sprechen?«, fragte Klee Inoue, seine Partnerin im Hotel und im Leben, sosehr ein Jahr dazwischenlag.

»Natürlich«, sagte sie, »komm, lass uns nach Reichenau fahren. Ich weiß ja, dass du was trinken willst, oder?«

»Sieht man mir das an?«

»Dazu muss ich nicht in deinem Gesicht lesen. Ich kenn dich doch. Also komm!«

Sie rief noch etwas zu Klara wegen der Zwillinge. Offensichtlich hatte sich zwischenzeitlich wieder so etwas wie eine reguläre Schlafenszeit durchgesetzt. Vielleicht um zu verhindern, dass die beiden den Nachthimmel nach weiteren »Begegnungen der dritten Art« absuchten, erneut in eine Berühmtheit schlitterten und man dann erneut würde fliehen müssen.

Klee staunte nicht schlecht, als Inoue für die kurze Fahrt hinüber nach Reichenau den Porsche nahm, der vor dem Hotel geparkt stand.

»Dein Auto?«

»Aber was! Das ist der Wagen vom Peter.«

»Peter?«

»Der Dr. Jordan.«

»Und den nimmst du dir einfach so.«

»Er hat mir einen Schlüssel dafür gegeben, damit ich nicht extra einen Knicks machen muss, wenn ich ihn mir kurz ausleihe.«

»Schau an! Aber gut, du sitzt ja am Tisch auch neben ihm, fast wie die Chefin vom Haus, kam mir vor.«

»Und die Klara auf der anderen Seite.«

»Stimmt, die Klara, *Mama* Klara neuerdings«, sagte Klee spitz und nahm auf dem tief liegenden Ledersitz des 911er Platz.

»Ja, schwanger war sie schon länger, natürlich«, erklärte Inoue.

»Und von wem, wenn man fragen darf?«

»Du, ich weiß es auch nicht, von wem die Caryl ist.«

»Caryl? Geht's noch exklusiver?«

»Ach was, das ist die walisische Form von Carol. Wenn es später Schwierigkeiten mit dem Namen Caryl gibt, dürfen die Leute es halt Carol aussprechen. Die Klara wollte nun mal einen walisischen Namen.«

»Und da kennst du den Vater nicht? Ich dachte, ihr seid ganz alleine gewesen in dem Haus an der Bucht. Du und Klara und eine ältere Frau.«

»Eine Ortschaft gab es schon. Und dort gab's auch Männer. Nicht mein Geschmack, aber … Nun, Klara redet nicht darüber, und das akzeptiere ich. Ein Vater ist nur dann von Bedeutung, wenn er vorhanden ist. Ein absenter Vater ist ein absenter Vater und muss nicht unbedingt bei seinem Namen genannt werden.«

»Das wird das Kind einmal anders sehen.«

»Du weißt ja, dass ich es nicht so mit Kindern habe.«

»Dafür«, sagte Klee, »warst du aber ganz schön konsequent, als es galt, Uwe und Iris in Sicherheit zu bringen. Damit sie nun in einer Klinik für Tennisspieler leben können.«

»Eine psychosomatische Klinik«, erwiderte Inoue streng. »Und echt ein guter Platz für Kunst, das muss man zugeben. Auch wenn ich nicht weiß, was ich davon halten soll. Ich meine, die Zwillinge sind elf. Aber es scheint einfach ihr Ding zu sein. Andere werden halt früh Fußballerinnen und Fußballer, die beiden früh Künstler. Immerhin ein Beruf, den man lange ausüben kann. Auch wenn man zeitig damit anfängt. Siehe Picasso.«

»Ich würde die zwei eher mit diesen Verpackungskünstlern vergleichen, Christo und Jeanne-Claude.«

»Die sind aber keine Zwillinge, oder?«

»So habe ich es nicht gemeint.«

»Ich weiß«, sagte Inoue, lachte tonlos und klopfte mit ihren Fingern gegen das Steuerrad des Wagens, den sie in das zwei Kilometer entfernte Reichenau lenkte. Jenen Ort, von dem Dechla eine Art von Wurmfortsatz bildete.

Inoues Ziel war ein nahe am Kurpark und dem Fluss Schwarzach gelegenes Hotel, in dem einst Leute wie der Landschaftsmaler Thomas Ender und später Arthur Schnitzler und Karl Kraus verkehrt hatten und wo man sich heutzutage den Scherz erlaubte, die trostlos gesichtslosen Seminarräume ausgerechnet nach Leuten wie Kokoschka, Gustav Mahler oder Wittgenstein zu benennen, glücklicherweise keinen nach dem Nicht-Österreicher Paul Klee. Doch davon abgesehen handelte es sich um eine formschöne Gründerzeitvilla, die etwas besaß, was der *Ulrichshof* leider nicht vorweisen konnte, nämlich eine Bar und eine Barlounge. Und in diese führte Inoue Paul. Wo die beiden sofort mit größter Aufmerksamkeit von einem Kellner empfangen wurden. Es war offensichtlich, dass Inoue des Öfteren an diesen Ort kam. Und wie sehr es einige Leute dort freute, *dass* sie das tat.

Als Paul und Inoue in den tiefen, schweren Ledersesseln wie in »weichen Felsen« Platz genommen hatten, servierte der Kellner, ohne irgendeine Erkundigung eingezogen zu haben, eine mit Sake gefüllte kleine Karaffe und zwei inwendig mit einer Goldglasur belegte Becher.

»Ich habe mir erlaubt«, sagte der Kellner und auf seinen Lippen glänzte eine altösterreichische Feuchtigkeit, »Ihnen einen *Dassai 23* einzuschenken.«

»Sie wissen, ich vertraue Ihnen«, sagte Inoue.

Als der Kellner weg war, meinte Klee: »Na, der hätte schon fragen können, ob ich das auch trinken mag.«

»Du, wer mit mir hierherkommt … Ich habe diese kleine Auswahl an Sake in dieser Bar überhaupt erst eingeführt.«

»Ich bin ja eh froh«, versicherte Klee. »Es ist lange her, dass wir zusammen bei einem Sake saßen.«

Klee schenkte in beide Becher ein. Und vergaß dabei nicht, was ihm Inoue beigebracht hatte, einander sachte zuzuprosten und mit der Winzigkeit einer Verbeugung – die nur der bemerkte, der auch um ihren Sinn wusste – sich gegen Osten zu neigen (wo halt Osten schätzungsweise lag) und solcherart dem Braumeister zu huldigen, der dieses aus poliertem Reis, einem dienstbaren Schimmelpilz und allerbestem Wasser hergestellte feinherbe Getränk zu verantworten hatte.

Es war genauso wie früher. Was Klee am Sake am besten schmeckte, war der Umstand, ihn gemeinsam mit Inoue trinken zu können.

»Du bist mir abgegangen«, begann Klee seine süße Klage. »Ich meine, die Sache mit Klara, das war das eine, aber dann von einem Moment auf den anderen einfach zu verschwinden.«

»Es war nicht die Zeit, dich einzuweihen. Es war nicht die Zeit, das zu diskutieren.«

»Die fünf Minuten hätten wir gehabt.«

»Es wäre nicht bei fünf Minuten geblieben, Paul, das weißt du. – Übrigens, die Sache mit Klara, wie du es nennst, ist vorbei. So wichtig das für mich und Klara war. Wir haben uns gebraucht, eine Weile. Und dann war es einfach vorüber. Ich würde mich schwertun zu sagen, warum es anfing und wieso es wieder aufhörte. Aber so ist es.«

»Ich kann nicht grad behaupten, dass ich unglücklich bin, das zu hören.«

»Es hat dich betroffen gemacht, meine Liebe zu Klara, natürlich«, sagte Inoue, »aber es war nicht die Folge von etwas, was mit dir zusammenhing. So, wie es nicht mit dir zusammenhing, dass ich mit den Zwillingen fort bin.«

»Du hättest mich mitnehmen können.«

»Unsinn! Man hätte dich nicht aus unserem Hotel reißen können, nicht mit dieser Plötzlichkeit.«

»Aber jetzt bin ich doch auch hier.«

»Du bist zu Besuch.«

»Ja, natürlich«, sagte Klee.

»Aber ich gestehe«, meinte Inoue, »dass ich erstaunt war, wie schnell du es geschafft hast, das Hotel allein zu lassen und herzukommen.«

»Ich sagte dir ja, dass ich praktisch um die Ecke war«, meinte Klee und erklärte, was unter »um die Ecke« zu verstehen war. Dass er, als ihn Inoues Videonachricht erreichte, soeben nahe dem Ort Wesenufer in einer Kapelle samt Heilquelle gestanden hatte.

Klee erzählte die lange Geschichte aus großen und kleinen Zufällen – all die Elemente einer *gestringten* Wirklichkeit –, die dazu geführt hatte, zuerst nach Passau und dann weiter ins Innviertel zu gelangen.

Inoue hörte geduldig zu, manchmal kopfschüttelnd – die Fesselung in Gehrings Keller –, manchmal betroffen – als sich herausstellte, wer es gewesen war, der Klee das Leben gerettet hatte –, manchmal lächelnd – die Handtaschengeschichte auf dem Inn –, manchmal ernst – als Klee ihr erzählte, im Gewölbe einer kleinen Waldkapelle auf eine Zeichnung mit den Initialen des Klemens Holl gestoßen zu sein. Nicht aber auf den Mann, von dem diese Zeichnung stammte.

Als Klee damit schloss, wie sehr es ihn selbst überrascht habe, dass seine Fahrt von Passau nach Dechla sich vollkommen unproblematisch gestaltet hatte, meinte Inoue: »Gewisse Ereignisse wirken nur darum so verrückt, weil man das numerologische System nicht kennt, dem sie zugrunde liegen.«

»Und du kennst das System?«

»Nein. Aber ich sehe das Resultat. Und das ist ja eigentlich ganz in Ordnung. Du bist nicht in diesem verfluchten Keller gestorben, die schreckliche Gehring sitzt im Gefängnis, du kannst die Geschichte mit dem Jungen im Tunnel endlich abschließen. Na, und wir beide sind hier und trinken Sake wie an dem Abend, als wir uns kennenlernten.«

»Wird es auch wieder wie früher werden?«, fragte Klee, sosehr er wusste, dass das eine blödsinnige Frage war. Nichts wurde jemals wie früher. Und bei vielen Dingen musste man eigentlich sagen: »Gott sei Dank!«

Aber klar, er sehnte sich nach einem sogenannten zweiten Frühling mit Inoue. Er sehnte sich auf eine gewisse Weise nach der Situation mit den Engländern. Er wollte noch einmal geschlagen, noch einmal verletzt und dann noch einmal verarztet werden.

Inoue machte ein Gesicht, als zweifle sie an seinem Verstand und meinte: »Nein, natürlich wird es nicht wieder wie früher. Hör auf, Paul! Sonst wäre es schließlich eine Kopie, oder? Und der Sinn von Kopien liegt allein darin, dass jene Geld verdienen, die Kopierer herstellen.«

»Aber schon auch, dass wir uns gerne an das Original erinnern.«

Inoue schüttelte unsicher den Kopf. Nun war sie es, die den Sake nachschenkte. Dann sagte sie: »Wir bleiben Freunde, in Ordnung?«

»Hat das jetzt doch mit Klara zu tun? Dieses Weib ist mein Unglück.«

»Bitte, Paul! Ich sagte bereits, das ist vorbei. Es war schon vorbei, als wir in Wales ankamen. Das Sexuelle, nicht das gegenseitige Vertrauen. Das ist geblieben. Ich werde Klara helfen, ihr Kind großzuziehen, so wie sie mir mit den Zwillingen half und hilft. Die zwei sind ziemlich anstrengend. Gerade in ihrem Bedürfnis nach Aufmerksamkeit, Kunst und Extravaganzen.«

»Die Sache mit den Spinnen«, meinte Klee, »und dieses Teleskop aus Fichtenzapfen, das ist schon toll. Und das sage ich, obwohl ich sonst wenig davon halte, die Natur mit Kunst zu belästigen.«

Darauf Inoue: »Es ist mir aber immer noch unheimlich. Zuerst lassen sich die zwei den *Zauberberg* vorlesen, dann entdecken sie diese Sputnik-Kapsel, und jetzt sind sie Land-Art-Künstler. Herrje!«

Sie machte eine Pause, dann erklärte sie, als sei's eine Folge der Spezialbegabung ihrer beiden Kinder: »Und ich werde … Also, ich wollte es dir gleich sagen. Aber dieser Moment ist nun der richtige. Ich werde heiraten. Ich heirate den Peter.«

»Das ist jetzt ein Scherz!«

»Damit scherzt man nicht«, sagte Inoue und saß so gerade und würdig in ihrem Sessel, als würde sie sich im Sitzen ein kleines, unsichtbares Polster stricken, auf dem sie dann leicht erhöht wirkte.

»Welchen Peter denn, zum Teufel?«, fragte Klee.

»Den Dr. Jordan«, antwortete Inoue.

»Wie? Den Chef hier?«

»Ja.«

»Bitte? Wie lange kennst du den überhaupt?«

»Wir kamen vor acht Wochen in Dechla an.«

»Das ist verdammt wenig«, meinte Klee.

»Es war verdammt wenig«, entgegnete Inoue, »als du und ich beschlossen haben, zusammenzuziehen und ein Hotel zu gründen. Manchmal ist einfach nicht genügend Zeit für Vorbereitungskurse und Verlobungen.«

»Aber wir haben uns doch offiziell noch gar nicht richtig getrennt.« In Klees Stimme war etwas wie eine quer gestellte Barriere, an der er mühsam vorbeireden musste.

»Ich bitte dich, Paul«, sagte Inoue, »sei nicht kindisch.«

»Ich will aber kindisch sein. Da kommen wir endlich wieder zusammen, und ich bin unglaublich froh darüber. Nur, dass du nichts Besseres zu tun hast, als mir zu sagen, dass du den Chef von einer Irrenanstalt heiratest.«

»Also Schatz«, sagte sie – und sie würde ihn auch noch Jahre später mitunter auf diese Weise anreden –, »du weißt schon, dass das keine Irrenanstalt ist. Und wäre es eine, dann wär's trotzdem kein Argument, oder? Dann würde ich ja keinen Irren, sondern bloß einen Irrenarzt heiraten.«

Dabei lachte sie Klee ein wenig in der Art an, wie sie manchmal lachte, wenn sie Uwe und Iris eine besonders interessante mathematische Problematik erklärte und die beiden sie fassungslos ansahen.

»Na gut«, sagte Klee, »dann betrinke ich mich halt.« Er gab dem Kellner ein Zeichen. Das war jetzt wahrhaftig ein guter Grund, vom Sake auf einen Whisky oder Rum umzusteigen.

Als das Glas vor Klee stand und er danach griff, sagte Inoue: »Ich würde mir wünschen, dass du mein Trauzeuge bist.«

»Sehr lustig!«

»Gar nicht. Das ist eine der wichtigsten Aufgaben im Leben eines Menschen.«

»Ach ja! Und Klara? Will die etwa nicht?«

»Du bist der Erste, den ich darum bitte.«

Er darauf: »Hast du mich den weiten Weg machen lassen, um mich das zu fragen?«

»Grad war's noch um die Ecke. Aber die Antwort ist: ja.«

Mit einem Schnaufen blies Klee seinen Ärger nach draußen. Und nahm einen Schluck vom Rum. Sehr ölig. Sehr tief. Und dort in der Tiefe dann die Süße von Rohrzucker. Und in der Süße ein bitterer Kern. Und in der Bitterkeit eine ans Unendliche grenzende Dunkelheit, die Klee für einen kurzen Moment eine Art von Ohnmacht bescherte.

Aus dieser Ohnmacht auftauchend, sagte er: »Gut. Ich werde dein Trauzeuge sein.«

Inoue lächelte.

»Vielleicht«, sagte Klee, der jetzt etwas von einem Boxer hatte, der nach einem ersten Schlag flach auf den Brettern liegt, »ist das der wahre Grund dafür, dass wir uns überhaupt begegnet sind. Manchmal wird man etwas, nur um dann etwas anderes zu werden. Scheiße, aber wahr.«

»So könnte man den Kreislauf des Lebens beschreiben«, sagte Inoue. In ihrem Gesicht lag eine große Zufriedenheit.

Als Klee am nächsten Morgen aus seinem Zimmer trat, lag vor der Tür ein kleiner Stapel reinweißer Tenniskleidung samt Schuhen in seiner Größe. Wobei er sich gar nicht erinnern konnte, gegenüber Frau Stepanowa von seiner Schuhgröße gesprochen zu haben. Aber wahrscheinlich besaß sie einfach einen guten Blick für die körperlichen Maße zukünftiger Schüler.

Das Frühstück nahm Klee auf der Veranda zusammen mit drei Damen ein, die ihn geradezu an ihren Tisch gewunken hatten.

Doch weder sah er die Zwillinge noch Inoue oder Klara, nur einmal kurz Dr. Jordan, einen Mann um die fünfzig, groß gewachsen, grauhaarig, freundlich, aber nicht überfreundlich, ein Mann, der die Souveränität jener Menschen ausstrahlte, bei denen man sich vor allem eines nicht vorstellen konnte, nämlich, dass sie selbst je krank wurden. Oder jemals erschöpft waren. Weshalb sie ja Ärzte und nicht Patienten geworden waren.

Klee bemerkte, dass, während er den vorbeigehenden, grüßenden Klinikleiter betrachtete und einschätzte, er seinerseits von den drei Damen betrachtet wurde, mit denen er zusammensaß. Als beobachteten sie ein sinkendes Boot.

Aber eins musste Klee zugeben: wie gut Dr. Jordan zu Inoue passte. Er sah etwas, was Inoue wohl als die Zahlen bezeichnet hätte, die in jedem Ding stecken und die aus einer Rechnung eine falsche oder richtige machen. Diese Rechnung, diese Inoue-Dr. Jordan-Rechnung, schien eine richtige. Sosehr Klee dies auch bedauerte.

18

Tennis

Elf Uhr auf dem Platz.

Es war einer dieser Momente, da Klee einfach froh war, dass er in Bezug auf das Äußerliche seines Körpers niemals nachlässig gewesen war und das Gegenteil von dem darstellte, was unter der Phrase »aus dem Leim gehen« verstanden wird. Man kann somit sagen, er war noch immer gut verleimt.

So richtig wohl fühlte er sich allerdings nicht in dieser kurzen weißen Hose und dem Hemd, dessen Logo auf jemanden zurückzuführen war, der nicht nur einmal, sondern gleich mehrfach im Finale der French Open gestanden hatte und offensichtlich ziemlich begeistert von Krokodilen gewesen war.

Mit diesem kleinen Krokodil auf der Brust und über dem Herzen wartete Klee eine Weile am Rand der roten Fläche. Noch immer umgab eine hohe Hecke den Platz, allerdings ungemein gerade zugeschnitten von jenem Mann, der auch die Arbeit an der Fichtenholzkonstruktion überwachte. Nur an einer Stelle war die Hecke geöffnet. Hinter diesem Zugang zum Platz befand sich ein kleiner Pavillon, der an die schmuckvollen Käfige barocker Zooanlagen erinnerte. Als man Tiere noch für Ornamente hielt.

Aus diesem »Käfig« trat nun Olga Stepanowa, das mittellange, blondierte Haar zu einem schlanken Zopf gebunden. Sie, die Vierzigjährige, wirkte um einiges frühlingshafter als beim Essen am Abend zuvor, wo sie trotz Sportkleidung etwas winterlich Strenges ausgestrahlt hatte. Dies schien nun gemildert davon, wie sie in ihrem kurzen weißen Trägerkleid, auf dem kein Krokodil und kein einziger Streifen das Blütenweiß störte, auf Klee zukam.

Als wehe sie mit jedem Schritt die winzigen Körner von Sand – zerkleinerte Ziegelsteine – in eine hübsche, belebende Unordnung. Eine Unordnung als Vorspiel auf die Verschiebungen dieses Sandes infolge geschlagener Bälle und schlitternder Fußsohlen.

Einen komischen kleinen Moment überlegte Klee, wie reizvoll es wäre, auf einem gänzlich weißen Platz zu spielen, auf weißem Sand – zerkleinerten Knochen und Muscheln –, und man auf diese Weise das Spiel als eines ansehen konnte, in welchem Tarnung und Mimikry den wesentlichen Aspekt bildeten.

»Schön!«, sagte Olga und reichte Klee einen der beiden Schläger, die sie in der Hand hielt. »Spielen wir mal ein paar Bälle, damit ich sehen kann, auf welchem Niveau Sie stehen.«

Stepanowa begab sich auf die gegenüberliegende Seite des fast vollständig im Schatten liegenden Platzes und spielte einen ersten Ball, der geradezu zeitlupenartig auf Klee zukam, dann aber mit der Rasanz von Echtzeit an ihm vorbeiflog, ohne dass er seinen Schläger auch nur angehoben hätte.

»Schlafen Sie noch, Herr Klee?«

»Ja, Entschuldigung«, rief er hinüber, zog den Schläger quer zur Körpermitte, stützte mit seiner zweiten Hand den Schaft und ging dabei etwas in die Knie, während er mit einer leichten Schaukelbewegung den nächsten Ball erwartete.

Es wäre falsch gewesen zu sagen, dass er den Ball traf, eher traf der Ball ihn, prallte von den gespannten Saiten des Schlägers ab und nahm eine ungewollte Flugbahn, die zwar über das im Weg stehende Netz führte, aber auch weit über die gegnerische Seitenlinie, ohne dabei das Feld berührt zu haben.

Klee verschoss noch einen dritten und vierten Ball, dann kam er etwas ins Spiel hinein, sodass ein kurzzeitiges Hin und Her der Ballbewegung entstand, was einem unbedarften Beobachter wie eine ballgewordene Unschlüssigkeit hätte vorkommen müssen. – Also was? Norden oder Süden? Plus oder minus? Haben oder Soll? Oder wie bei einem dieser Kinder, die ständig zwischen den getrennt lebenden Elternteilen hin- und hergeschoben werden, weil keiner Zeit hat. Mach du mal! Nimm du mal!

Natürlich bemerkte Klee die eigene Steifheit und wie viel Kraft er in seine Schläge setzen musste und wie diese Kraft im Flug verpuffte.

Nach einigen Minuten der Kümmernis unterbrach Olga das Spiel und winkte Klee zu sich an jenen benetzten Grenzzaun, der das Feld teilte.

Was sofort auffiel, war, dass Olga nicht jenes gängige Klischee erfüllte, bei dem Tennislehrer und Tennislehrerinnen ihre Kundschaft von hinten umarmten und anfassten, um deren Körperhaltung und Schlägerführung zu korrigieren und ihnen dabei etwas ins Ohr zu hauchen. Olga verzichtete auf jegliche Form der Berührung und setzte ganz auf Erklärung und Vorbild. Was darum so erstaunlich war, weil sie bekanntermaßen auch als Chiropraktikerin tätig war, und da musste sie ihre Klienten ja wohl mal anfassen.

Nicht so beim Tennis. Was sicher viele Schüler in der gleichen Weise enttäuschte, wie es sie erregte. Die Distanz, die die Lehrerin einnahm.

Und mit der sie nun auf der gegenüberliegenden Seite des Netzes stand und Klee daran erinnerte, sich auf den vielen winzig kleinen Körnern roten Sands zu befinden, was einerseits zu einem hohen Ballabsprung führe, einem langsameren und damit längeren Spiel, sowie dem Nachteil einer gewissen Unebenheit der Fläche. Andererseits aber den großen Vorteil besitze, sich rutschend über diese Fläche bewegen zu können.

»Im Grunde ist es wie Schlittschuhlaufen«, sagte Olga.

Klee hätte gerne geantwortet, dass Schlittschuhlaufen neben dem Tennis eine weitere Sportart sei, auf die er schon früh gerne verzichtet habe. Sich ohne Not über eine so bösartige Fläche zu bewegen, wie Eis sie darstelle.

Doch er nickte.

Stepanowa sprach bald von der Notwendigkeit einer höheren Flugbahn, von mehr Spin, von langen Bällen und Winkelspiel, davon, den Ball nicht zu früh zu retournieren, sondern praktisch immer einen Schritt *vor* dem ankommenden Ball zurückzutreten, die Zeit seiner Ankunft zu verzögern, den Raum zu vergrößern, innerhalb dessen man sich entschied, in welcher Weise man den Ball zum Gegner zurückschicken wollte. Und wie wichtig es wäre, bei der Vorhand den Ball unter dem Treffpunkt zu schlagen, den Schläger von unten nach oben zu führen, und nicht, wie Klee es getan hatte, ihn gleichsam wie ein Insektennetz auf Schulterhöhe zu schwingen.

Stepanowa erklärte, es sei zu Beginn viel hilfreicher, sich zu überlegen, wie man den Ball in die Nähe seines Gegenübers befördern könne anstatt von seinem Gegenüber weg.

»Was aber am wichtigsten ist«, sagte sie, »hören Sie auf, sich wie in einer Schale von Beton zu bewegen.«

»Absolut!«, sagte Klee, denn in der Tat war es genau das, was er empfand. Nämlich trotz aller Athletik und Sportlichkeit und Kraft, über die er verfügte, wie in einem Betonkorsett zu stecken, was allen seinen Bewegungen etwas Tonnenschweres verlieh.

»Ich denke«, sagte Olga, »wir gehen mal auf die Wiese hinüber und versuchen dort, den Beton abzulegen. Schuhe und Socken lassen wir hier.«

Und das taten sie. Sie befreiten sich am Spielfeldrand von ihrem weißen Schuhwerk und den weißen Socken und traten barfüßig durch die Öffnung und hinter den kleinen Pavillon, wo sich zwischen weiteren hohen Hecken ein kleines, kurz geschorenes Wiesenstück befand, das den morgendlichen Qigong-Übungen diente, die Dr. Jordan höchstpersönlich und sehr zeitig in der Früh anleitete.

Und jetzt war es Olga Stepanowa, die Klee anleitete, mittels einer tänzerischen Bewegung hin- und herschwingender Arme die Elemente von Beton, die gleich einem zu groß geratenen Exoskelett seine äußere Gestalt nachbildete, abzustoßen.

»Wenn der Beton weg ist«, sagte Stepanowa, »haben Sie endlich genügend Kraft, den Schläger nicht nur zu halten, sondern sich ihn als eine Erweiterung Ihres Arms und Ihrer Hand zu denken. Und Ihres Hirns.«

Und das stimmte ja auch, es war das Geheimnis jeder Kunst

und jeden Sports: Pinsel zu sein, Idee zu sein (siehe die Zwillinge), Klavier zu sein oder Schläger zu sein. Anstatt zu schlagen.

»Und bitte, bitte, Herr Klee, atmen Sie dabei«, sagte Stepanowa.

»Also, ich atme ziemlich laut, finde ich«, antwortete Klee.

»Sie keuchen. Es ist mehr, als würden sie Luft schlucken, die sie nicht mehr ausatmen.«

So verbrachte Klee seine erste Tennisstunde atmend und Beton abschüttelnd mehr auf der grünen Wiese als auf dem roten Sandplatz. Aber es tat ihm gut. Wobei er überzeugt war, dass dies weniger mit dem Verlust an Beton und einer disziplinierteren Atmung zusammenhing, sondern einfach dem Zusammensein mit Olga Stepanowa zu verdanken war.

Dabei hatte er noch nie etwas für Russinnen, überhaupt das russische Volk übriggehabt. Ein Volk, das in Klees Kompendium böser Vorurteile ganz weit oben stand. Zudem war er ganz gewiss nicht an diesen Ort gekommen, um in pubertärer Weise einer Tennislehrerin hinterherzulaufen und darauf zu hoffen, sie würde sich doch noch dazu hergeben, ihn beim Unterricht einer bestimmten Schlaghaltung zu berühren. Ihn anstelle des jüngst abgelegten schweren Exoskeletts mit ihrem eigenen zartfesten Körper ummanteln.

Zudem irritierte Klee, wie rasch seine Sehnsucht nach Inoue, die ihn am Abend zuvor vom Partner zum Trauzeugen degradiert hatte, in die Sehnsucht nach einer anderen Frau übergegangen war. Keine Frage, es war ein körperliches Begehren, das er verspürte. Ob in diesem Begehren auch so etwas wie Liebe steckte, er hätte es nicht sagen können. Die Liebe schien in diesem Fall wie etwas Unsichtbares, etwas Gespenstisches und Spukhaftes, an dem man zweifeln, es für Unsinn halten konnte. Oder an das man glaubte. Aus dessen Unsichtbarkeit man eine Art Beweis zog. Das war wie Religion, die ja nur halb so attraktiv gewesen wäre, wäre der Allmächtige Abend für Abend in den Fernsehnachrichten aufgetreten.

War Klee ein Agnostiker, der die Liebe nicht ganz ausschließen wollte, zugleich aber einigen Zweifel hegte? Umso sicherer fiel seine Gewissheit bezüglich seines Begehrens aus. Das Begehren, mit Olga Stepanowa zusammen zu sein. Somit führte kein Weg daran vorbei, weitere Tennisstunden zu nehmen. Mit der Zeit besser über den Sand zu rutschen, eins mit seinem Schläger zu werden, mit höherer Flugbahn zu spielen, den Aufschlag zu trainieren, Returns, Lobs und Stoppbälle zu erlernen, diverse Volleys und in einer Weise ans Netz zu sprinten, die nicht den Charakter der Verspätung in sich trug.

Er ahnte es bereits. Seine Abreise, seine Rückreise nach Deutschland würde sich verzögern.

Den Rest des Tages verbrachte Klee damit, sich an den Arbeiten für das Zauberberg-Teleskop zu beteiligen und dabei die Technik der Zapfenschichtung zu erlernen. Uwe und Iris waren nicht dabei. Sie hatten Unterricht, aber nicht bei ihrer Mutter, der Mathematikerin und Theologin, sondern bei einer älteren Dame, die aus Payerbach herüberkam, eine ehemalige Französischlehrerin, die die Zwillinge in dieser recht unnötigen, aber akustisch unschlagbaren Sprache unterrichtete. Französisch sprechen, das hatte etwas. Um es auf Tiere zu übertragen und angesichts des von den Zwillingen geschaffenen Brücken-Objekts, könnte man sagen, es sei eine Sprache, von der man sich vorstellen konnte, dass auch Spinnen sie sprechen. Perfekte, elegante, albtraumhaftschöne, horrible Kreaturen mit der Fähigkeit, eine grandiose Architektur als bedeutenden Teil ihres mörderischen Wesens zu errichten.

Französischunterricht also, während Klee Zapfen schichtete.

Mittagessen gab es keines. Die Strategie der Klinik war es – könnte man sagen –, die Fresserei in Grenzen zu halten. Und das galt dann ebenso für Rohkost und getrocknetes Obst und ähnlich gesunde Ablenkungen vom Hunger.

Stattdessen ein Vortrag. Ja, nachmittags begleitete Klee die drei Damen, die er beim Frühstück kennengelernt hatte, zu einem Referat, das Primar Klinger (der, der als Flugarzt einst in zweitausend Metern Höhe bei einer Geburt assistiert hatte) zu seinem Spezialthema hielt: Formen der Alzheimer-Erkrankung.

Die Veranstaltung, zu der auch Leute von außerhalb der Klinik kamen, fand in einem Saal im Hotel statt. Es war ungemein warm. Durch die offenen Fenster zog so ein heißer Wind wie aus einer alten Eisenbahnheizung. Fast jeder Zuhörer hatte einen Fächer in der Hand, woraus sich ein Geräusch ergab, das an einen Schwarm großer tropischer Schmetterlinge erinnerte. Und Klee auch gleich an den Vorwurf seiner Tennislehrerin erinnerte, er würde seinen Schläger wie ein Insektennetz durch die Luft ziehen.

Klee, mit seiner hypochondrischen Neigung, die nicht ohne Gelassenheit war, hätte alle von Klinger beschriebenen Vorzeichen einer Alzheimer-Erkrankung sofort für sich in Anspruch nehmen können. Doch mitten im Vortrag, den Fächer weiterhin in die Höhe haltend, genauer gesagt, sich am Fächer wie an einem Sonnensegel festhaltend, fiel Klee in ein Dösen. Er schlief nicht richtig ein, aber er lehnte sich an den Schlaf an. Die Stimme des Primars war feiner, warmer Regen. Ebenfalls tropisch.

Es war ein gerne gebrauchter Witz im Zusammenhang mit dieser Demenzerkrankung, dass die, die an solch radikaler Vergesslichkeit litten, letztlich den Umstand ihrer Vergesslichkeit vergaßen. Und in der Tat, als am Ende des Vortrags der Applaus Klee aus seinem Dösen holte und er sich praktisch vom Schlaf, an den er sich angelehnt hatte, wegdrückte, da fühlte er für einen Moment eine ungemeine Frische genau dadurch, nicht zu wissen, was er hier denn verloren hatte und wie er hierhergekommen war. Diese Unwissenheit löste weder Panik noch Unruhe, noch ein verbissenes Nachdenken aus. Vielmehr empfand Klee eine idiotische Fröhlichkeit dabei, sich an nichts erinnern zu können. In diesem Zustand – der ihm ungemein *sauber* erschien, auf eine befreiende Weise hygienisch – verblieb er eine knappe Minute, bevor er als einer der Letzten aus dem Saal trat, die Treppen hinunterstieg und durch das Foyer ins Freie gelangte, wo dann die Erinnerung an sein Leben quasi mit dem Schlag eines einzigen Sonnenstrahls zurückkehrte. Er nahm dies ohne Groll hin, obgleich das Gefühl absoluter Hygiene dahin war. Er fühlte sich wieder vom Leben verschmutzt. Aber so war das eben.

Nachdem Klee noch eine Yogastunde besucht hatte, die ihm von Olga Stepanowa dringend ans Herz gelegt worden war, weil, wie sie sagte, in einer Welt der Schwerkraft letztlich alles eine Frage der Balance sei, begab sich Klee zu der Parkbank gegenüber dem Springbrunnen, wo er bereits am Abend zuvor gesessen hatte.

Er zog sein Smartphone aus der Tasche und wählte Gannets Handynummer.

Sie meldete sich mit einem knappen, etwas unleidigen »Und?«.

Im Hintergrund vernahm Klee Schuberts Streichquartett Nr. 14, *Der Tod und das Mädchen*, unverkennbar.

Klee sagte: »Ich bin jetzt bei Inoue und den Kindern.«

»Echt?«

»Ja, Inoue hat sich überraschend gemeldet. Sie ist in Österreich. Ich bin gleich zu ihr hin.«

»Und wo?«

»Nicht am Telefon.«

»Okay. Und was ist mit Holl?«

»Da gibt's auch eine Spur. Ebenfalls in Österreich.«

»Wie schön«, sagte Gannet, die ja Schubert so liebte und sonst noch eine ganze Menge Österreicher: den Bruckner, den Mahler, den Berg, den Schönberg natürlich. Aber ganz vorne den Schubert. Schubert als der Stern, nach dem man sich in der Nacht richten konnte. Gerade dann, wenn man fremd eingezogen war und wohl auch wieder fremd ausziehen würde.

Danach berichtete sie Klee von der Neuigkeit, die Polizei habe den Leichnam von Eva Gehrings verstorbenem Ehemann exhumiert, der ja offiziell an einem Herzinfarkt verstorben war, ohne dass damals eine Obduktion stattgefunden hatte. Nun aber habe man in Ablagerungen der Knochen Spuren genau jenes Giftes entdeckt, das auch in *seiner*, Klees, Spritze gewesen war.

»… also das Zeug, das die Gehring dir hat spritzen wollen.«

»Bei mir war es ein Narkotikum«, erinnerte Klee.

»Nein. Das soll ein Irrtum gewesen sein.«

»Was war ein Irrtum?«

»Na, dass die Gehring nur vorgehabt hat, dich zu betäuben, Paul. Sie hatte etwas eher Endgültiges im Sinn. Das gleiche Gift wie das bei ihrem Mann, zumindest ein ähnlicher Anteil. Ein irrer Cocktail, etwas mit Schwermetallen und Algen und was Synthetischem, von dem man bisher noch gar nicht wusste, dass es synthetisch überhaupt möglich ist. Sagt die Polizei. Wie auch immer die Gehring zu dem Zeug kam. State of the Art! Mehr 007 als kriminelles Kleinbürgertum. Die Madam ist echt ein Monster.«

»Die sollen sich mal entscheiden«, meinte Klee wütend. Und dann sagte er: »Scheiße auch.« Für einen Moment hatte er zu atmen aufgehört.

Als er wieder damit anfing, kündigte er Gannet an, es würde wahrscheinlich noch etwas dauern, bis er wieder zurückkehren könne.

Gannet fragte: »Wie lange denn?«

»Also genau kann ich dir das nicht sagen. Hier ist einiges zu erledigen. Inoue wird demnächst heiraten.«

»Dich?«

»Nein, den Arzt von dieser Klinik. Ich soll ihr Trauzeuge sein. Außerdem lerne ich gerade Tennis.«

»Aha«, sagte Gannet. Und fügte an: »Also, du kannst dir Zeit lassen. Wir machen das ganz gut hier.«

»Da bin ich mir sicher.«

»Meine Mutter würde allerdings gerne etwas speziellere Werbung machen, damit wir auch Gäste aus Israel bekommen. Sie möchte einen Kontakt zu einem israelischen Reisebüro herstellen.«

»Solange sie nicht versucht«, sagte Klee, »einen zionistischen Zirkel im Hotel zu etablieren und unseren Gästen, allen Gästen, nichts außer Koscheres vorzusetzen, ist das okay. Pass halt auf sie auf.«

»Das tue ich«, versprach Gannet. Erzählte aber nichts davon, dass ihre Mutter in das eierlastige Frühstücksprogramm der *Kleinen Nacht* das sogenannte Shakschuka aufgenommen hatte, ein Gericht aus Tomatensoße und pochierten Eiern, das maghrebinische Juden nach Israel gebracht hatten und welches dort zum Nationalgericht geworden war.

Davon kein Wort.

Wovon Gannet abschließend sprach, war der Liederabend, den sie auf Drängen der Damen aus der Bücherei-Strickgruppe im Gemeindesaal einer der benachbarten Ortschaften demnächst geben sollte.

»Ich bin schon ganz verrückt, wenn ich daran denke«, sagte Gannet. Sie meinte wohl aufgeregt.

Es dürfte einer dieser scheinbar krummen, in Wirklichkeit aber ungemein geraden Fügungen des Schicksals zu verdanken sein, dass am Abend dieses kleinen Liederabends vieles schieflaufen sollte: ein schlecht gestimmtes Klavier, ein Pianist an den Tasten dieses Klaviers, der nicht jede Taste in der vorgeschriebenen Form traf, ein heftiges Gewitter genau zur Zeit der Aufführung, ein Bürgermeister, der angekündigt war, aber nicht erschien, überhaupt wenige Gäste, ein Raum von kommunaler Trostlosigkeit.

Einerseits. Andererseits befand sich wegen irgendeiner Hauskauf- oder Hausverkaufsgeschichte der gerade neu bestellte Geschäftsführer der Deutschen Grammophon, jenes großen Klassiklabels, am Ort und hatte aufgrund des heftigen Gewitters und eindringlicher Verkehrswarnungen beschlossen, die Nacht in einer Pension nahe dem Gemeindehaus zuzubringen. In der Folge war er von der Besitzerin dieser Pension auf eine eher respektlose Weise – die er ihr nie vergessen würde – dazu gezwungen worden, das kleine Konzert zu besuchen. Er hatte Schreckliches erwartet. Und die Atmosphäre des Raums, die kriminelle Akustik und der Zustand des Klaviers, vor allem aber der Zustand des Mannes am Klavier schienen zunächst seine Befürchtungen mehr als zu bestätigen.

Ein Drama der Wirklichkeit. Aber was für eines! Zur Hölle kam der Himmel. Gannets Stimme. Eine Stimme – so unfertig sie sein mochte –, von welcher der Musikmanager augenblicklich begriff, dass sie auf etwas zurückzuführen war, was er selbst als

Beweis für einen neben allen Grausamkeiten auch phasenweise nicht nur gütigen, sondern geradezu euphorisch spendablen Gott empfand. Etwas nüchterner betrachtet: Es war eine Stimme, die der Manager alsbald unter Vertrag nehmen würde, damit im Weiteren diese Stimme den ihr gebührenden Schliff erhielt.

Am liebsten hätte er Gannet direkt aus diesem von einem Weltuntergangsgewitter bedrohten Gemeindesaal an einen idealeren Ort befördert (wobei Gannet nie aufhören würde, die Bedeutung ihrer ersten Lehrerin aus dem Kreis der strickenden Bibliothekarinnen zu betonen, der sie dann auch ihr erstes Album widmete). Jedenfalls suchte der Mann von der Deutschen Grammophon Gannet am nächsten Morgen im *Hotel zur kleinen Nacht* auf, wo sie ihm zu seiner Überraschung eine in der Tradition des Paul Klee grandiose Eierspeis servierte. Er unterbreitete ihr das Angebot einer hochklassigen Gesangsausbildung und damit einhergehend einen Vertrag, der eine langfristige Bindung an das Haus der Deutschen Grammophon gewährleistete. In seiner früheren Tätigkeit als Musikagent hatte er bereits ein gutes Händchen für staatsstreichartig in die Musikwelt eingeführte neue Talente gezeigt und war fest entschlossen, die ganze Geschichte um Gannets Entdeckung – unglaublicher Zufall, göttliche Fügung, irrsinniges Gewitter, schrecklicher Gemeindesaal, betrunkener oder zumindest verwirrter Pianist – mystisch wie anekdotisch zu überhöhen.

Doch von einem Tag auf den anderen würde es nicht gehen. Gannet fühlte sich verpflichtet, das soeben übernommene Hotel so lange zu führen, bis Klee aus Österreich zurückgekehrt war. Freilich konnte sie nicht ahnen, dass genau das nicht passieren sollte. Weshalb es letztlich dazu kommen würde, dass es Gannets Mutter war – diese »mit aller Macht jüdische Äthiopierin«, die sich aber zwischenzeitlich erstens mit der deutschen Sprache angefreundet hatte und zweitens über eine unbefristete Aufenthaltserlaubnis verfügte –, welche die Leitung des weiterhin im Besitz von Paul Klee und Inoue Sander stehenden Hotels übernahm, während Gannet nach Berlin zog, um dort eine großartige Karriere zu beginnen.

Es sollte Gannets Mutter tatsächlich gelingen, die kleine, aber exklusive Herberge vor allem für Besucher aus Israel attraktiv zu machen. Sie, der man den Zuzug nach Israel verweigert hatte, holte also auf gewisse Weise Israel zu sich.

Klee hatte das Gespräch mit Gannet soeben beendet gehabt, als sein Handy sich mit dem markanten Klingelton eines bellenden Hundes meldete. Ja, in der Tat, es existierte ein Laika-Klingelton; und Klee war so sentimental gewesen, sich selbigen für sein Handy auszuwählen.

Klee war die Nummer des Anrufers unbekannt, niemand aus der Liste seiner Kontakte. Eine Nummer, die mit einer österreichischen Vorwahl auf seinem deutschen Handy aufschien.

Klee akzeptierte. »Ja, bitte?«

»Hier spricht Felix Pointner.«

»Und das soll mir etwas sagen?«

»Sie haben offensichtlich ein schlechtes Gedächtnis für Stimmen.«

»Da könnten Sie recht haben«, sagte Klee.

»Na, vielleicht interessiert es Sie«, meinte die Stimme, »was ich Ihnen zu erzählen habe. Wir haben uns in Wesenufer kennengelernt, bei einem Glas Bier.«

»Meine Güte, der Herr Lehrer! Sie hatten mir Ihren Namen nicht genannt.«

»Und Sie mir nicht den Namen des Mannes, nach dem Sie suchen.«

Klee aber wollte wissen: »Woher haben Sie meine Nummer?«

»Vom Seminarhotel. Ich kenne die junge Dame an der Rezeption. Sie war so freundlich.«

»Dann wissen Sie jetzt wohl auch, wie der Mann heißt, nach dem ich suche.«

»Ja, aber darum rufe ich nicht an. – Ich war gestern … interessiert es Sie?«

»Ja, das tut es.«

»Also, ich war gestern bei der Bräukapelle. Ich war neugierig, wollte mir diese Zeichnung ansehen, von der Sie gesprochen haben. Und stimmt, Sie haben absolut recht, die Madonna und der lachende Mann auf der Rückseite sind unglaublich stark. Aber noch stärker ist das zweite Blatt.«

»Was für ein zweites Blatt?«

»Eine weitere Zeichnung.«

»Da war keine andere«, sagte Klee. »Die hätte ich bemerkt. Blumen, Holzfiguren, Kerzen, aber keine zweite Zeichnung.«

»Vielleicht nicht vorgestern, als Sie dort waren, Herr Klee. Aber vor ein paar Stunden, als ich in der Kapelle gewesen bin.«

Klee spürte eine Wärme im Kopf, die weder von der Sonne noch vom Tennis kam, sondern von der Aufregung. Er fragte: »Was ist das für eine Zeichnung?«

»Eindeutig von der gleichen Person, von der auch die Madonna stammt. Dazu dieselben Initialen, ein K. und ein H. – Klemens Holl?«

»So heißt zumindest der Mann, den ich suche«, sagte Klee.

»Also, die Zeichnung …« Pointner zögerte.

»Ja, reden Sie.«

»Es sind *Sie*.«

»Was bin ich?«

»Es ist ein Porträt von Ihnen. Absolut gelungen. Die Rückseite aber leer.«

»Und Sie sind ganz sicher?«

»Sicherer geht gar nicht mehr. Besser als jede Fotografie. Ich sag mal, mit dieser Zeichnung könnte man Sie zur Fahndung ausschreiben.«

Pointner unterbrach sich, redete zu jemand anderem. Als er wieder zu dem Gespräch mit Klee zurückkehrte, wollte dieser wissen, wieso Pointner ihm überhaupt helfe. »Doch nicht, weil ich Sie auf ein Bier eingeladen habe.«

»Ich bitte Sie«, sagte Pointner, »das ist eine tolle Geschichte. Ich dachte ja, Sie übertreiben, wie Sie da von der Qualität der Zeichnung gesprochen haben. Aber es stimmt. *Dürer-like* würden meine Schüler sagen. Dürer-like, aber heutig. Ein Dürer, der bei

Andy Warhol studiert hat. Und so was in einer stinkenden kleinen Kapelle am Ende der Welt.«

Nicht, dass sich Klee an einen besonders unangenehmen Geruch in dem Gotteshaus erinnern konnte. Waldgeruch halt. Pilzig. Moosig. Zwergig. Aber kein Zwergenurin. Jedenfalls wollte er nun von Pointner wissen, ob er die beiden Zeichnungen an sich genommen habe.

»Ja«, sagte der, »ich fand das besser. Bevor jemand anderer auf die Idee kommt.«

»In Ordnung«, sagte Klee. »Ich breche noch heute Nachmittag auf. Wann und wo kann ich Sie treffen?«

Pointner erklärte, den Nachmittag über in Schärding zu sein, aber später am Abend könne man sich in jenem Gasthof treffen, in dem sie einander erstmals begegnet waren.

»Gut«, sagte Klee und vereinbarte eine Uhrzeit.

Als er wieder zum Hotel ging, traf er Inoue und erklärte ihr, er müsse noch einmal zurück nach Wesenufer. Wegen einer Zeichnung.

»Der Madonna?«

»Nein, einer anderen Zeichnung«, sagte er, ohne zu verraten, dass es sich erstaunlicherweise um sein eigenes Porträt zu handeln schien.

»Du hattest es doch nie mit Zeichnungen«, meinte Inoue.

»Mit dieser schon«, erklärte Klee.

»Und kommst du zurück?«

»Ganz sicher«, sagte er, »ich hab ja noch einige Tennisstunden gebucht.«

Das war so nicht ganz richtig, stimmte aber trotzdem.

Inoue meinte: »Gell, Frau Stepanowa, she's something.«

»Totally«, benutzte jetzt auch Klee die englische Sprache, die aus seinem Mund gleich einem kleinen Londoner Nebel brach. Allerdings so ein Londoner Nebel wie aus einem Edgar-Wallace-Film.

19

Schönberg

Klee fuhr nach Wesenufer. Allerdings nicht in seinem eigenen kleinen Audi, nein, er saß allen Ernstes in jenem kirschrot glühenden BMW 503 Coupé aus den späten 1950ern, der so wörtherseeverzaubert auf dem Parkplatz vor dem *Ulrichshof* gestanden hatte.

Obwohl Klee doch eigentlich zu den Verächtern dieser Automarke gehörte, hatte er im Falle dieses einen speziellen Wagens einfach nicht Nein sagen können. Klee war soeben dabei gewesen, in seinen Audi zu steigen, als der Besitzer der roten Grazie, jener Versicherungsmensch und Tischnachbar, vorbeikam und ihn fragte, was er denn vorhabe.

Klee erklärte es.

»Wesenufer?«, staunte der Mann, »wo ist das denn?«

Klee sagte es ihm.

»Na, wollen Sie nicht meinen Wagen nehmen?«, überraschte er Klee.

»Sie kennen mich doch kaum.«

»Meine Güte, Sie sind der Vater von der Iris und dem Uwe. Für deren Werkstatt ich immerhin arbeite. Und zwar mit dem größten Vergnügen.«

Nun, *Vater* war nicht ganz die richtige Bezeichnung. Aber Klee ließ es mal so stehen und gestand, dass – sosehr sein Verhältnis zu Autos trotz einer berufsbedingten Nähe immer ein vernünftiges und praktisches gewesen war – ihn die Anmut dieser über sechzig Jahre alten Leichtmetallkarosserie mit ihren kiemenartigen seitlichen Lufteinlässen nicht ganz kaltlasse. Im Unterschied zu dem Porsche daneben.

Gut, das war Jordans Porsche. Eher verspürte Klee das leise Bedürfnis, eine schöne lange Kratzspur in den Porschelack zu ziehen und diese mit P. K. zu signieren.

»Ja, dann fahren Sie doch damit«, sagte der Versicherungsmensch mit betonter Nonchalance, holte einen Schlüssel aus seiner Tasche und überreichte ihn Klee. »Die Papiere sind im Fach.«

Möglicherweise gehörten spontane Großzügigkeit, Vertrauen ins Gegenüber und Leichtigkeit in materiellen Dingen zu seinen angepeilten Therapiezielen.

Und so kam es, dass Paul Klee sich mit diesem Wagen auf den Weg nach Wesenufer begab, auf dem Beifahrersitz ein leichtes und ein schweres Buch.

Richtig, das Gefühl, auch ohne Gast und Dienstherrn wieder zum Chauffeur geworden zu sein, hatte er erstmals auf der Fahrt nach Passau gehabt. Damals so, als würde sich der Sitz für einen möglichen Fahrgast praktisch aufwärmen.

Klee blickte hinter sich. Nun, da war weder ein Gespenst noch ein Geist. Keine Erscheinung oder Aura. Schon gar kein Engel. Sondern … Er fand kein Wort dafür. Aber es war etwas, das ihn, Klee, erneut zum Chauffeur machte. So wie ein Rätsel dadurch manifest wird, dass es jemanden gibt, der dieses Rätsel zu lösen versucht. Und dieser Jemand, egal, ob er das Rätsel löst oder nicht, zusammen mit dem Rätsel einen Sinn ergibt.

Nicht, dass sich dort auf der Rückbank der Nachhall eines verstorbenen Klemens Holl befand. Und doch kam es Klee so vor, als sei es ein Gewicht – ein Gewicht als Teil des Kommissars –, was da auf der vanillefarbenen ledernen Rückbank dieses nach außen hin hochroten Automobils eine leichte Einbuchtung im Sitz verursachte.

Was auch immer es war, es brauchte wenigstens nicht angeschnallt zu sein.

Mit dem Gefühl, seine alte Tätigkeit wieder aufgenommen zu haben, erreichte Klee nach dreistündiger Fahrt den Ort, an den ihn letztlich die Rettung einer Damenhandtasche gebracht hatte, einer Tasche, von der man nicht genau hätte sagen können, ob sie jetzt eher in der Donau oder eher im Inn untergegangen wäre.

Er parkte vor dem Seminarhotel, in dem er bereits zwei Tage zuvor untergekommen war. Was ihm diesmal allerdings nicht gelang, nämlich ein Zimmer zu erhalten. Eine Hochzeitsgesellschaft besetzte fast das gesamte Haus. Und die wenigen Zimmer, die nicht verbucht waren, hatten die Teilnehmer eines Zen-Kurses belegt.

»Sie hätten anrufen müssen«, erklärte die Rezeptionistin. Eine andere als die junge von vor zwei Tagen.

»Und was dann?«, fragte Klee. »Dann hätten Sie mich für den Zen-Kurs eingetragen? Oder für die Hochzeit?«

Die Dame wollte etwas sagen. Aber Klee winkte ab, verließ die Lounge und begab sich die wenigen Schritte hinüber zu jener Pension, dessen Betreiber ihn ja überhaupt erst auf die Idee gebracht hatte, die Bräukapelle könnte in dieser Geschichte eine Rolle spielen.

Klee hatte Glück. Eins der Zimmer war noch frei – alle anderen waren ebenfalls vom Zen besetzt –, ein Doppelzimmer mit Blick auf die Pfarrkirche und den kleinen Friedhof. Rechts davon befand sich ein gar nicht so kleiner Pool samt Badehaus, der zur Pension gehörte. Klee hatte noch Zeit bis zu seinem Treffen mit Pointner. Nach der langen Fahrt und einem langen, heißen Tag, der mit einem Tennisspiel begonnen hatte, war ihm sehr nach einer Runde Schwimmen, und zwar in den gesicherten Verhältnissen einer blauen Wanne.

Gegen halb neun betrat er die Stube des Gasthofes, in dem er mit Pointner verabredet war. Der Lehrer saß bereits an der Theke, vor sich ein Bier. Er hatte eben mit einer jungen Frau gesprochen, die sich aber entfernte, nachdem Klee sich zu Pointner gesetzt hatte.

»Hier«, sagte Pointner und legte die beiden Zeichnungen zwischen sich und Klee auf die Theke.

Das Madonnengesicht, das quasi auf dem Hinterkopf über

einen lachenden Mann verfügte, kannte Klee ja. Bei anderem Licht und in anderer Umgebung besehen war es kaum schlechter geworden. Es lag darin jene Perfektion, die auch die Zeichnung auf dem danebenliegenden zweiten Blatt bestimmte, wobei dieses Blatt zwar eine ähnlich unregelmäßige Form besaß, aber nicht reinweiß war, sondern dünne, bläuliche Querstriche aufwies. Liniert. Und auf diesem blassblau linierten Blatt war nun unverkennbar Paul Klees Gesicht zu sehen.

Es war das erste Mal, dass Klee auf solche Weise dem eigenen Antlitz begegnete. Niemand hatte ihn bislang auf Papier gebracht. Schon gar nicht er sich selbst.

Fast kam ihm vor, als würde er sich zum ersten Mal wirklich und richtig sehen. Nicht, dass er meinte, die vielen Fotos und den täglichen Blick in den Spiegel als Täuschung abtun zu müssen, aber sie alle besaßen etwas Beiläufiges, Gewohntes und in all der Gewöhnung Unscharfes. Auf dieser Zeichnung hingegen erkannte sich Klee mit einer präzisen und unverstellten Klarheit. Und dies mit so vielen, beziehungsweise so wenigen Bleistiftstrichen, dass man sie hätte zählen können, so übersichtlich war das.

Was also sah Klee auf dieser Zeichnung? Er sah einen ernsten Mann, einen traurigen Mann, einen Mann, dessen Herausragendstes seine Augen waren, das Schönste sein Mund, das Bedenklichste seine Stirn (die höher war, als Klee sie in Erinnerung hatte, aber die Erinnerung mochte eben nicht ganz richtig sein). Ein Mann, dessen Kinn eine Spur zu kantig ausfiel, so, als stamme dieses Kinn von jemand anderem, von jemandem, der nun seinerseits ein fremdes Kinn tragen musste. Vielleicht das von Klee. Aber wahrscheinlich trägt jeder Mensch in seinem Gesicht einen Teil, der von jemand anderem stammt und darum im Gesicht seines Trägers eine Unordnung bewirkt. Bei Klee war es eben sein Kinn, das als speziell männlich gelten mochte, aber dennoch durch sein Fremdsein störte.

»Und?«, meinte Pointner und vereinfachte die Angelegenheit, indem er meinte: »Das sind Sie doch! Eindeutig, oder?«

»Natürlich«, antwortete Klee, ohne von dem Bild aufzusehen.

»Schauen Sie mal auf die Rückseite«, empfahl Pointner.

»Sie sagten doch, da ist nichts«, erinnerte Klee.

»Keine Zeichnung. Aber ein Datum.«

Klee wendete das Blatt. Und tatsächlich, sehr klein, nein winzig in die Ecke geschrieben stand ein Datum, genau das von vor zwei Tagen, als Klee in der Bräukapelle gewesen war.

»Sie sehen also«, sagte Pointner, »das Ding ist frisch, wenn man das so sagen kann. Falls es von diesem Mann stammt, der Ihr Freund ist, dann scheint der wohl noch in der Gegend zu sein. Und sollte er derselbe sein, der vor einem Jahr die beiden Mädchen gerettet hat, dann, ja, dann haben wir uns alle geirrt, indem wir geglaubt haben, er sei längst woandershin gezogen.«

»Und wo könnte er sein?«, fragte Klee.

»Also nicht hier im Ort, außer man meint, dass er in irgendeinem Keller haust und nur spät in der Nacht auf die Straße kommt. Aber in der Umgebung gibt es natürlich einige Möglichkeiten. So schwer es ist, sich vorzustellen, dass keiner ihn gesehen hat. Andererseits, ich sagte es ja schon, die Beschreibung der beiden Mädchen war recht ungenau. Sicher nicht wie auf dieser Zeichnung, nach welcher man Sie, Herr Klee, sofort identifizieren könnte.«

Gut, aber auch auf dem Foto, das Klee herumgezeigt hatte, hatte niemand Holl erkannt. Zumindest hatte niemand es zugegeben.

Klee tippte mit dem Finger auf die Theke und sagte, er werde morgen erneut seine Suche aufnehmen.

»Gehen Sie doch als Erstes hoch zur Bräukapelle«, sagte Pointner, »möglicherweise entdecken Sie eine weitere Zeichnung.«

»Ja«, sagte Klee und meinte lächelnd, »vielleicht finde ich ja ein Porträt, das diesmal *Sie* zeigt.«

Abschließend erklärte Klee, er würde schon gerne die beiden Zeichnungen wieder an ihren alten Platz zurückbringen.

»Wieso?«, fragte Pointner. »Halten Sie es für einen Kirchendiebstahl, sie mitgenommen zu haben.«

»Ich weiß nicht«, sagte Klee, »aber ich denke, es gehört sich so.«

Das war ja nun wirklich Klees Philosophie. Dass sich manches einfach gehörte, ganz gleich, ob etwas Tieferes dahintersteckte oder nicht. Vieles erschien Klee als eine Frage der Ordnung.

Halb hatte er seine Hand in Richtung der beiden Papiere geschoben, als Pointner ebenfalls in deren Richtung griff. Beide erstarrten sie in der Bewegung.

»Ich weiß nicht«, meinte Pointner.

»Ich schon«, sagte Klee. »Obgleich ich Ihnen sehr zu Dank verpflichtet bin.«

»Und Sie halten mich also auf dem Laufenden?«, wollte Pointner wissen.

»Sagen Sie nicht«, sagte Klee, »Sie wollen ein Buch über die ganze Geschichte schreiben.«

»Wieso nicht? Ich unterrichte Deutsch.«

»Dann müssten Sie selbst gut wissen, dass es viel zu viele Leute gibt, die Bücher schreiben, oder?«

»Stimmt schon, und ich will ja auch gar keines schreiben. Aber die Geschichte fasziniert mich eben. Außerdem würde ich gerne sehen, was der Mann, der so zeichnen kann, sonst noch fabriziert.«

»Könnte es sein, dass Sie lieber Kunsthändler als Lehrer wären?«

»Mein Gott«, meinte Pointner, »jetzt haben Sie mich aber durchschaut.«

Klee hätte nicht sagen können, ob das nun zynisch, ironisch oder bitterernst gemeint war. Jedenfalls erklärte er seinem Gegenüber, die beiden Zeichnungen morgen früh zurück zur Kapelle zu bringen, und griff nach ihnen.

Pointner ließ es geschehen und zog seine Hand zurück. Um dann mit genau dieser zurückgezogenen Hand dem Wirt ein Zeichen zu geben, doch bitte schön zwei Flaschen Bier zu servieren.[1]

---

1 Es gehört zu den Unklarheiten in dieser Geschichte, welche Biersorte genau Felix Pointner bestellte, aber es dürfte sich um ein sogenanntes Schnaitl Original, ein untergäriges, strohgelbes Märzenbier gehandelt haben. Das ist natürlich unwichtig, andererseits weiß niemand genau, wie bedeutungsvoll oder bedeutungslos diverse Details einer Geschichte sind, wie sehr ein solches Detail gleich einem winzigen Tropfen Blut, der in eine Flüssigkeit gerät, eine Verunreinigung, vielleicht aber auch eine Veredelung bewirkt.

Klee selbst war weniger ein Bierfan. Er hätte es zwar in dieser Weise nie ausgesprochen, aber er fand, dass Bier den Charakter des Unfertigen und des zugleich Überlebten besaß, ein Zufrüh und ein Zuspät. Doch hier und jetzt kam er nicht umhin, Pointners Einladung anzunehmen. Diese Einladung war immerhin eine Spiegelung ihres ersten Zusammentreffens vor zwei Tagen.

Als Klee kurz nach Mitternacht in sein Zimmer kam, erreichte ihn eine WhatsApp-Nachricht von Iris und Uwe, die diesen Nachrichtensofortversand gemeinsam nutzten, und zwar – nicht besonders überraschend – unter dem Namen »Zauberbergs Mäuse«. Offensichtlich hatte ihnen Inoue erklärt, dass Pauls rasche Abreise nicht etwa mit irgendeiner Verärgerung zusammenhing, die sie, die Kinder, betraf, sondern mit der Bedeutung eines Ortes, der nahe an der Donau lag, denn die Kinder schrieben: »Lieber Paul, viel Glück mit der Donau. Könntest du uns vielleicht eine Flasche Donauwasser mitbringen. Bitte! Und komm wieder gut zurück. Wir haben dich lieb.«

Natürlich konnten die Kinder nicht wissen, dass Klee mit diesem Fluss so seine Erfahrungen hatte. Aber keine Frage, er würde ihnen den Wunsch erfüllen, eine Flasche mit dem Wasser des großen Stroms zu füllen und es nach Dechla mitnehmen. Was auch immer die Zwillinge damit vorhatten.

Was Klee so gar nicht so bewusst war, war, dass die beiden ihn »lieb« hatten. Diese ihm im Grunde fremden Kinder. Aber wie fremd eigentlich? Immerhin hatte er es ihnen ermöglicht, ein wunderbares Glashaus zu beziehen, nahe dem Glashaus ein Mausoleum zu errichten, einen irren Sommer zu erleben, mit Raumkapsel und Weltraumhund, und überhaupt erst ihre *Zauberberg*-Leidenschaft entdeckt zu haben. Absurderweise dadurch, dass Klee eine Frau namens Klara Popa angestellt hatte.

»Ich habe euch auch lieb«, schrieb Klee zurück und fragte noch, welche Menge Donauwasser sie benötigen würden.

»Eine Fantaflasche reicht«, antworteten die beiden postwendend und zeigten angesichts der Uhrzeit, dass, obgleich sie vielleicht in Dechla etwas zeitiger ins Bett geschickt wurden, sie dennoch nicht unter die Frühschläfer gegangen waren.

Klee benötigte ebenfalls noch eine Weile, um in den Schlaf zu finden. Und wachte früh auf. Geweckt vom Geläute der nahen Pfarrkirche. Noch im Halbschlaf fantasierte er sich zu dieser Glocke einen Glöckner, keinen buckeligen, aber doch einen kräftigen: kräftig und unbeugsam. Und dachte sich, als er dann endgültig erwacht aus dem Bett stieg, wie traurig es im Grunde war, dass heutzutage die Elektrik diese Aufgabe übernahm.

Aber selbst das würde sich wieder ändern. Die Glöckner würden zurückkommen. Und das war nun weit weniger reaktionär, als es für einen Aufgeklärten klingen mag. Nein, es war wohl eher progressiv zu nennen, wenn die Menschen wieder anfingen, ihre Glocken selbst zum Läuten zu bringen.

Klee verzichtete auf ein Frühstück. Es drängte ihn, die Bräukapelle aufzusuchen. Er steckte die beiden Zeichnungen in ein Kuvert und tat sie in seine Tasche. Ohne sein Jacket, nur mit einem kurzärmeligen weißen Hemd bekleidet, die Tasche umgehängt, verließ er die Pension. Zuerst bewegte er sich hinüber zum Seminarhotel, einerseits, da er nun doch noch einen Kaffee trinken wollte, andererseits – auch wenn dafür später Zeit gewesen wäre –, um eine Fantaflasche zu besorgen, die er dann mit Donauwasser füllen wollte. Ja, es *musste* eine Fantaflasche sein. Die Zwillinge waren Künstler und dazu gehörte sicher, dass, wenn sie Fanta sagten, sie nicht Cola oder Sprite meinten.

Zuerst aber einen Kaffee auf der Terrasse. Ein Espresso, über dessen dunkelbraune, spiegelnde Fläche eine einzelne Woche wie ein kleiner schaumiger Schriftzug zog. Ziemlich unleserlich, doch mit viel Fantasie … *Wesen*.

Hernach kaufte Klee in einem kleinen Markt die gewünschte Flasche, leerte sie aus, ging das kurze Stück hinunter zur Donau, tauchte das Behältnis ins kalte Wasser, verschloss es und brachte es in seiner Umhängetasche unter.

Von dieser Stelle aus wählte Klee einen Weg an der Donau

flussabwärts, umrundete die Ortschaft an jener ihm noch unbekannten Ostseite, vorbei an Sportplatz und Campingplatz, und bewegte sich nun Richtung Süden, überzeugt, die Geografie der Gegend im Kopf zu haben und damit auch den Weg hinauf zur Bräukapelle. Somit auf das Dirigat seines Navigationssystems verzichtend. Was er gerne tat. So ganz ohne Satellit, so ganz ohne Unterstützung aus dem Weltraum. Verwegen. Mit Donauwasser in der Tasche.

Allerdings beging er einen groben Irrtum. Als er nämlich die Autostraße erreichte, die parallel zur Donau verlief, wähnte er sich auf jener Bezirksstraße, von welcher der Forstweg zur Kapelle hochführte. Es war jedoch die darunterliegende Landesstraße, benannt nach den Nibelungen. Zudem befand er sich bereits ein Stück zu weit südöstlich. Setzte sein Missverständnis aber fort, indem er auf einem neben der Fahrbahn führenden Radweg Richtung Donauschlinge marschierte. Als er dann endlich eine Abzweigung erreichte, wurde ihm klar, dass es die falsche war.

Er griff nun doch nach seinem Smartphone und ließ sich von Google Maps seinen Irrtum zeigen.

Immerhin befand sich auch an dieser »falschen« Stelle eine Kapelle. Sehr klein, etwas versteckt von Büschen und Bäumchen, geradezu eine Ein-Mann-Kapelle. Natürlich war darin keinerlei Zugang zu einer Quelle, das nicht.

Als Klee eintrat und sich dabei so fühlte, als würde er in eine von jemand anderem vorbereitete Lücke wie in einen Anzug schlüpfen, erkannte er einen länglichen, dünnen Gegenstand, der gegen die Innenmauer des winzigen Kirchenraums gelehnt stand: eine Krücke. Ja, eine einzelne Krücke, so wie sie heutzutage eben aussahen: blau.

Er schüttelte belustigt den Kopf.

Klee hätte auf der Nibelungenstraße den Weg zurückgehen können, doch die Krücke erschien ihm gleich einem Wegweiser. Welcher nur bedeuten konnte, er müsse den an dieser Stelle leicht ansteigenden Pfad wählen. Wofür sich Klee nicht zuletzt auch in der Annahme entschied, selbiger würde ihn ohnehin zu der weiter oben gelegenen Bezirksstraße führen, von wo er dann die Bräu-kapelle erreichen könnte.

Manche Fehler dienen schlichtweg dazu, auf den richtigen Weg zu gelangen. Aber der richtige Weg, nun, er endete nach gerade einmal hundert Metern. Er endete an einem alten, an einem sehr alten Bauernhaus.

Das Haus aus Stein und Holz lag dicht bedrängt von hohen Bäumen an einem steilen Wiesenhang. Auf diesem Hang stand ein Mann, der eine Sense schwang. Ein alter Mann zum alten Haus, der trotz der Wärme, die bereits herrschte, eine dicke Jacke und hohe Plastikstiefel trug. Wenn es hier Zecken gab – und wo gab's keine Zecken? –, dann würden sie sich an diesem Mann gewissermaßen die Zähne ausbeißen.

Als er Klee sah, legt er die Sense ab und kam ihm das kurze Stück entgegen.

Klee grüßte und fragte, ob der Weg hier ende oder aber hinter dem Haus weiterführe. Und sagte auch, wohin er wollte.

Der alte Mann, in dessen Gesicht eine Ansammlung vieler lan-ger Winter und vieler heißer Sommer Schicht auf Schicht lag, wobei die eine Schicht durch die andere hindurchschien, dieser Mann öffnete nun seinen Mund und sagte etwas, von dem Klee rein gar nichts verstand. Und nicht allein des Dialekts wegen.

Klee machte ein verzweifeltes Gesicht.

Was bei seinem Gegenüber zunächst einmal dazu führte, jenen Spruch zu bestätigen, der die Behauptung aufstellt, dass, wenn ein Innviertler mit einem Wiener telefoniert und von diesem nicht verstanden wird, er nicht etwa ins Hochdeutsche oder halbwegs Hochdeutsche wechselt, sondern alles, was er gesagt hat, noch einmal sagt, und zwar noch einmal im Dialekt. Diesmal aber um einiges lauter.

Und tatsächlich, der Bauer hob seine Stimme an. Was so wenig half, wie wenn Klee ein Wiener gewesen wäre. Erst beim dritten Mal – und man kann durchaus sagen, dass Klee nun genauer und konzentrierter zuhörte – meinte er zumindest zu verstehen, wie sein Gegenüber ihm erklärte, derzeit leider nicht sehr deutlich reden zu können, weil er seine Zähne nicht im Mund habe.

Man konnte es ja sehen. Dem Mann fehlte sein Gebiss, sein natürliches sicher schon etwas länger, sein künstliches, weil es wohl noch in irgendeinem Wasserglas lagerte und zum Mähen der Wiese einfach nicht vonnöten war.

Der Mann lachte. Und Klee meinte es nun zu erkennen: das große, breite Lachen aus einem gebisslosen Mund. War es nur das Lachen? Oder war es auch der Mann? Derselbe, der auf der Rückseite der Immaculata-Zeichnung porträtiert worden war.

Klee war unsicher.

Gebiss hin oder her, der Bauer redete weiter, nicht nur lauter, sondern milderte nun tatsächlich seinen Dialekt, beziehungsweise wechselte er zwischen dem Innviertlerischen und einer Hochdeutschvariante, beides bayerisch gefärbt, so wie er zwischen dem Du und dem Sie wechselte. So verstand Klee immerhin die an ihn gerichtete Frage, ob er denn an diesem Ort seine Ferien verbringe.

»Ja«, log Klee und erkundigte sich erneut danach, ob und wie der Weg weiterführe. Denn in jedem Fall würde er durch das Grundstück marschieren müssen. Dann zog er eine der beiden kleinen Zeichnungen aus seiner Tasche und dem Kuvert und hielt dem Bauern das in wenigen Strichen so überaus gelungene Porträt eines lachenden Mannes vors Gesicht.

»Hier, das sind Sie, oder?«

Der Mann ignorierte Bild und Frage vollständig. Vielmehr sah er an dem Zettelchen vorbei zu Klee und begann – und dabei fasste er sein Gegenüber immer wieder am Arm –, sich über die moderne Landwirtschaft aufzuregen und zu erklären, dass er seinen Hof noch in der traditionellen, gesunden Weise betreibe. Dabei bückte er sich, griff mit seinen dunklen Schaufelhänden tief in das weiche Erdreich, holte einen ganzen Brocken heraus und zeigte ihn Klee. Er nannte die Namen von Blumen und Gräsern, die es gar nicht mehr geben würde, wäre er nicht hier. Also, das meinte Klee zumindest zu verstehen.

»Die Zeichnung!«, versuchte es Klee noch einmal.

Der Mann aber sprach weiter von Pflanzen und Pilzen und Würmern und wie sehr die Leute unten im Dorf und die auf der anderen Seite der Donau – er nannte sie *Pücher* – bereit seien, das Land zu opfern. Alles wegen dem Gerstl, wie er sagte.

Womit wohl nicht die Rollgerste, sondern das Geld gemeint war.

Möglicherweise erkannte sich der Mann auf der Zeichnung gar nicht, oder er wusste nichts davon, porträtiert worden zu sein, wie es ja auch Klee selbst nicht bemerkt hatte, als er porträtiert worden war.

Klee steckte die Zeichnung wieder ein. Nahm dafür aber das Foto aus der Tasche, auf dem Holl zu sehen war, und zeigte es dem Bauern.

Doch auch an der Fotografie blickte der Alte vorbei, als sei sie gar nicht vorhanden. Unwahrscheinlich, dass Klee von diesem Mann etwas erfahren würde, was ihn weiterbrachte.

Klee wiederholte, er müsse weiter.

Der Bauer nickte, griff wieder nach Klees Arm und sagte, er möge mitkommen, oben beim Haus zeige er ihm den Weg. Als sie dann jedoch die Rückseite des Vierseithofes erreichten, dort, wo ein hohes Tor aus schwarzem, verkohlt aussehendem Holz den Eingang bildete, blieb der Bauer stehen und begann davon zu erzählen, dass seine Frau lange tot sei, auch sein Bruder sei tot, und die Eltern schon so lange, dass er sich manchmal frage, ob er sie gleich wiedererkennen werde, wenn er dann selbst mal in den Himmel komme. Sein Sohn und die Kinder seines Sohnes lebten in »Schateng« und kämen so gut wie nie zu Besuch. Wahrscheinlich war damit Schärding gemeint, wo ja auch Pointner arbeitete.

So erging es Klee mit einigen Begriffen, von denen er zumindest ahnte, was sie bedeuten könnten, wie etwa das *bauchad*, von dem der alte Mann sprach und dabei auf eine vorbeilaufende Katze zeigte, wohl auf ihre Schwangerschaft anspielend. Freilich gab's da auch viele Wörter, die Klee genauso gut für Schwedisch oder Rumänisch hätte halten können, wobei zu sagen wäre, dass der Innviertler Dialekt zu den besser verständlichen der österreichischen Mundarten gehört und einiges von dem, was Klee »Schwedisch« vorkam, ganz einfach damit zusammenhing, dass der Bauer, der nun eine kleine Holztür innerhalb des großen Holztors öffnete, noch immer keine Zähne im Mund hatte.

Als er die Türe aufmachte, drangen sofort mehrere junge Katzen aus dem Innenhof heraus. Solche Katzen hatte Klee das letzte Mal gesehen, als er in jungen Jahren in Griechenland gewesen war: ungemein dünn und knochig, Katzen, an denen alles verklebt schien, die Augen, die Ohren, die Nasen, das Fell. Er wich ihnen aus, als fürchte er, sich bei ihnen mit etwas anzustecken. Eine Verklebung konnte er im Moment nicht gebrauchen.

In der Mitte des Hofes war eine Art von Teich, eine mit Wasser gefüllte Grube, darin schwarzes Wasser. Überall Enten und Gänse und Hühner in und um den Teich. Auch Hasen, aber kein Hund. Dazu uralte Maschinen, Mauerwerk, Gerätschaften, so weiß vom Kot der Vögel, dass jedes Objekt etwas Gletscherhaftes besaß. Der weiche, geradezu hügelige, gegen eine Seite hin stark abschüssige Boden dagegen – es herrschte hier die Absenz jeglicher gerader Linie, alles war irgendwie gebogen oder verbogen – war so schwarz wie das Wasser, das allerdings gesprenkelt war von hellen Blüten. Weitere junge Katzen kamen und strichen um Klee herum. Sie erinnerten ihn an ägyptische Grabbeigaben. Er war jetzt froh, sich trotz der Hitze dagegen entschieden zu haben, kurze Hosen zu tragen, und wenngleich mit dünnem Schuhwerk so doch mit langen Hosen hier in diesem Hof zu stehen und auf eine verzweifelte Weise zu erklären, rasch weiterzumüssen.

Der Bauer lachte darüber, wie sehr sein Gast *drawig* sei, in Eile, holte einen alten Karton hervor und zeigte Klee stolz den Inhalt. Ein Gewimmel von Entenküken, noch gänzlich in der Farbe von hellem Dotter. Der Bauer griff nach einem *Singerl*, holte es heraus und drückte das eben begonnene Leben Klee in die Hand.

Klee hatte es nicht so mit Tieren. Natürlich war das eine süße kleine, flauschige Ente, aber ähnlich wie bei den Katzen fürchtete er, sich in irgendeiner Weise zu verseuchen. Und was sollte er mit dem Tier in der Hand, welches ja ebenso wenig glücklich schien, in der kalten Kuhle einer Menschenhand zu hocken? (Stimmt, Klee besaß Fische, aber Fische waren für ihn etwas anderes. Fische streichelte man nicht, außer vielleicht Kois oder Haie. Nein, Fische, Aquariumsfische, waren für ihn ein der Natur entliehenes lebendiges Ornament, mehr im Sinne eines Blumenbeets. Freilich eines zentralen Blumenbeets.)

»Sehr lieb«, sagte er über das Küken in seiner Hand und ließ es zurück in das Gewimmel seiner Geschwister gleiten, wo es eine Lücke füllte, die gar nicht vorhanden war, so dicht ging es dort zu.

Der Bauer erklärte, dass er die meisten Küken gut verkaufe. Er sagte nicht, an wen, sondern ersuchte Klee, mitzukommen, er müsse ihm unbedingt zeigen, wo seine Hühner brüten.

»Ich habe ehrlich keine Zeit«, sagte Klee. Er hätte einfach gehen müssen.

Doch der alte Mann öffnete eine Stalltüre und bat seinen Gast einzutreten. Es war ein freundliches Drängen. Klee erfasste eine Dunkelheit. Es war die Dunkelheit des gehringschen Kellers, und es war die Dunkelheit, die er unter der Wasseroberfläche des Inns erlebt hatte. Etwas Geschlossenes, nicht nur weil der Bauer die Stalltüre hinter ihnen wieder zuschob. Das Dunkel selbst war geschlossen, die wenigen dünnen Streifen von Licht, die durch irgendwelche Ritzen im Gebälk glitten, waren bloß wie Standfotos von Sternschnuppen. Das Ganze besaß schon Anklänge an jene Schwärze, die Klee aus seinem Schlaf kannte, nicht aus seinen Träumen. Nicht er selbst träumte dann, sondern das Schwarz träumte ihn.

War das auch nur so ein Satz, der allein darum richtig war, weil er einem bestimmten Pathos genügte?

Klee vernahm mehrere Geräusche, ein Rascheln und Scheppern. Dann ein Knipsen. Der Lichtschein einer Taschenlampe flutete durch die Nacht dieses Stalls, an dem die Elektrifizierung so gründlich vorbeigegangen war. Klee meinte, Musik zu hören. Nicht aus der Taschenlampe. Eher aus der Ferne, durch die Mauern dringend. Musik, die er kannte. Ein Stück von Arnold Schönberg mit dem Titel *Verklärte Nacht*. Ein Werk, das Klee darum recht gut kannte, weil sein einstiger Chef und aktueller Kanzler der Bundesrepublik Deutschland es bei mancher langen Fahrt durch die Nacht hatte spielen lassen. Nicht, dass Martin Rehberg für seine musikalische Leidenschaft bekannt war, aber er war schließlich auch nicht bekannt dafür, eine exquisite Sammlung von Gemälden und Grafiken des Jahrhundertkünstlers Paul Klee zu besitzen. Er war für andere Dinge bekannt.

Klee hatte nie nachgefragt, wieso Rehberg ausgerechnet dieses Stück – ein Streichsextett aus der frühen, tonalen Werkphase des später durch die Zwölftonmusik berühmt gewordenen Arnold Schönberg –, warum Rehberg also ausgerechnet diese Musik so oft hatte hören wollen, wenn er sich spät in der Nacht an eine von jenen Adressen chauffieren ließ, von denen Klee nicht zu wissen brauchte, wer dort wohnte.

Klee hatte nie nach dem Grund speziell für diese Musik gefragt, schon gar nicht den erotischen Charakter des Gedichts von Richard Dehmel erwähnt, auf dessen Text *Verklärte Nacht* sich die schönbergsche Komposition bezieht. Ein Mann und eine Frau im Mondschein. Ein Mann, der bereit ist, ein kommendes Kind anzunehmen, das nicht sein eigenes ist. – Ja, kundig hatte sich Klee schon gemacht, und auch das eine oder andere Mal dieses etwa halbstündige Stück selbst dann noch weiterlaufen lassen, wenn Rehberg den Wagen bereits verlassen hatte.

Genau diese Musik, der melancholisch-getragene, schimmernde, mondscheinhafte Beginn, *sehr langsam*, war nun in seinem Kopf. Dazu jener Schein, den hier und jetzt der Bauer mittels seiner Taschenlampe erzeugte. Nicht gerade eine Taschenlampe, die in den letzten zehn Jahren hergestellt worden war. Ihr flackernder Lichtkegel glitt über einen Stall, in dem sich weder Schweine noch Kühe befanden. Auch hier war alles voll mit uraltem Gerümpel, Dinge, die nur schwer zu benennen waren, dazu leere Verschläge, ganz hinten ein Traktor von teerigem Glanz.

»Schau amoi eini!«, sagte der Landwirt und richtete den Lichtstrahl auf eine Holzplatte. Er schob sie etwas zur Seite, und dahinter war eine Henne zu sehen. Rotbraunes Gefieder. Ein kurzer Blick tierischer Empörung.

Der Bauer sagte etwas, was sich für Klee so anhörte, als behaupte er, diese Henne würden die besten Eier legen, die man sich denken könne. – Von draußen war ein Hahn zu hören, als wollte der irgendwie seinen Anteil an dieser Leistung geltend machen.

Klee, der ja für die Anfertigung seiner Eierspeisen eine gewisse Berühmtheit erlangt hatte, kam nicht umhin, neugierig zu werden. »Echt die besten?«

»Bio!«, sagte der alte Mann und lachte aus seinem leeren Mund.

Sodann griff er unter das Huhn wie unter einen Teppich – was einen weiteren empörten Blick nach sich zog – und holte ein Ei hervor. Ein frisch gelegtes, wie er betonte, da ja ein frei lebendes Huhn immer erst mehrere Eier lege, bevor es damit beginne, diese auszubrüten.

»Kum zuwi«, sagte er und hielt Klee das Ei hin, dessen Oberfläche an die Gesichtshaut eines sonnengebräunten, sommersprossigen Mädchens erinnerte. Dann fragte er Klee, ob er nicht probieren wolle.

Klee hustete vor Schreck. »Ich esse keine rohen Eier.«

Der Bauer lachte erneut und versprach Klee, ihm ein Spiegelei zu servieren, wie er noch nie eines gegessen habe. Spiegelei und Brot und Salz. Besser würde es nicht gehen, da könne er den Herrgott fragen.

Das hätte Klee sicher gerne getan. Er war hin- und hergerissen. Noch immer fürchtete er, sich auf diesem Hof zwischen Dreck und Kot und verschnupften Katzen irgendetwas Bakterielles zuzuziehen. Zugleich war er fasziniert von der Vorstellung, etwas an diesem Ei könnte anders und außerordentlicher sein, als man das üblicherweise auch von guten Eiern sagen konnte. Sosehr diese Annahme wohl dem verrückten Besitzerstolz dieses geradezu mittelalterlich in seinem zugeschissenen Hof stehenden alten Mannes entsprach.

Welcher jetzt das Ei zurück unter das Huhn schob, deren rotbraunes Gefieder ein beleidigtes Grau angenommen hätte, wäre es ein Schwarzer Segelflossen Doktor gewesen.

Dann forderte er Klee auf, ihm zu folgen. Er werde ihm ein Spiegelei zubereiten.

Erstaunlich, dachte Klee, wie hier eine Umkehrung der Verhältnisse stattfand, indem er, der für seine Frühstücke bekannte Hotelier, zum Gast dieses merkwürdigen, zahnlosen Mannes wurde.

Sie traten aus der Scheune. Klee sah nach oben, in das aus dem Gebäudekomplex herausgestochene Viereck des Himmels. Die Sonne war verschwunden. Stattdessen fette graublaue Wolken. Ferner Donner. Klee hätte jetzt ein gutes Argument gehabt, sich zu beeilen, zurück in sein Hotel zu kommen und sich damit aus der »Gefangenschaft« dieses alten Mannes zu befreien. Es war jetzt aber der Bauer, der sprach: »Is enterisch!«

Enterisch? Was war enterisch? Das Gewimmel auf dem Hof? Klee konnte nicht ahnen, dass damit vielmehr die Stimmung gemeint war, die er soeben registriert hatte, indem er nach oben in den Himmel gesehen hatte. Die Stimmung eines sich ankündigenden Gewitters.

Und während er noch über den Begriff des Enterischen grübelte, folgte er dem Alten in das Haus hinein. Hinein in einen Vorraum. Und damit in die Einsicht, dass es stets eine Steigerung gab. Dass, wenn etwas dunkel war, es sicher etwas gab, das noch dunkler war: etwa dieser Vorraum.

Das Licht, das theoretisch vom Hof her in den Vorraum, das sogenannte Vorhaus, hätte eindringen müssen, wo auch immer es war, es kam nicht herein. Klee war geradezu blind, hob reflexartig die Arme, um nicht gegen etwas zu stoßen. Dann aber öffnete sich eine weitere Türe, und Klee konnte einen nebelig hellen Ausschnitt im Schwarz des Vorraums ausmachen, durch den er nun in eine große Stube trat.

Er war überrascht. Er hatte einen Zustand ähnlich dem des Stalls erwartet. Aber so vollgeräumt es hier war, es herrschte doch große Ordnung, ein Takt der Gegenstände: die lange Eckbank, der massive Tisch, Stühle mit stark verzierten Rückenlehnen, ein Sofa mit hölzerner Umrahmung, Polster, Decken, die Regale und Schränke, Teller an den Wänden, Gesammeltes und Aufbewahrtes, alte Bilder, alte Fotografien, Geweihe, aufgereihte Zinkbecher, das Kruzifix oberhalb der Sitzecke. Schräg gegenüber des in der Ecke hängenden Heilands ein wuchtiger Kamin aus dunkel- und hellgrün changierenden Kacheln, aber kein Teppich, nirgends, sondern ein Boden aus Holzdielen, in die ein ganzes Jahrhundert eingesickert schien: zwei Weltkriege, zwei Republiken, die Nazizeit, auch das moderne Österreich, Letzteres aber eher in Form eines leichten Schimmers des durch die Vorhangschlitze eintretenden, von der Gewitterstimmung getrübten Lichts.

Der Bauer zeigte auf den großen Tisch und die Sitzbank und ersuchte Klee, Platz zu nehmen. Was Klee nun tat.

Gleich beim Eintreten hatte er wieder die Musik bemerkt, um einiges deutlicher, und konnte sich nun auch sicher sein, dass sie aus einem der Nebenräume drang. *Etwas bewegter.*

»Das ist von Schönberg, nicht wahr?«, sagte Klee.

Der Bauer schien ihn nicht zu hören. Oder wollte ihn nicht hören. Er stand an einem alten Küchenherd und schob zwei Scheite Holz in das noch nicht ganz erloschene Ofenfach. Mit Holz heizen war nicht ungewöhnlich, eher bestand allerorts eine Kaminbegeisterung, doch mit Holz kochen, das hatte schon etwas von einer Zeitreise. Auch verfügte der Herd über ein sogenanntes Wasserschiff, ein seitlich angebrachtes metallenes Gefäß mit eingelötetem Wasserhahn, aus dem der alte Mann nun heißes Wasser in zwei Tassen füllte, in die er zuvor mehrere graugrüne Blätter getan hatte.

»Was ist das?«

»Getrockneter Salbei«, sagte der Alte in einem *Hochdeitsch*, von dem Klee meinte, es sei vielleicht dem Umstand zu verdanken, dass er sich sein Gebiss eingesetzt hatte. Aber gleich darauf gab er wieder etwas von sich, was Klee rein gar nicht verstand, beziehungsweise erst, als sein Gastgeber zu den zwei Tassen Tee eine Flasche Schnaps auf den Tisch stellte, Apfeltrester, den er, der

Landwirt und Obstbauer – jetzt begriff es Klee –, selbst produziert hatte.

Klee nahm das kleine, bis zum Rand mit dem hellen Brand gefüllte Glas, *a Schnabsl*, stieß mit seinem Gastgeber an und stürzte es hinunter. Er hatte sofort das Gefühl einer starken Desinfektion. Und das war ja gut so, weshalb er auch nichts dagegen einwendete, das Glas nachgefüllt zu bekommen.

Dann machte der Bauer sich an das versprochene Spiegelei. Vorher stellte er einen Brocken von Brot, eine Cola-Plastikflasche mit dem Inhalt von dunklem Kernöl, einen Teller mit Butter und einen mit Schnittlauch sowie einen Topf mit Salz auf den Tisch. Zuletzt auch eine Schale, in der sich, wie er erklärend anfügte, ein sogenannter *Agfeida* befinde, was tatsächlich mit »Abgefaulter« zu übersetzen war. Was schlimm klingt, sich aber bloß auf die übliche Fermentation von Käse bezieht.

Klee hatte keine Ahnung, dass es sich um einen Käse aus Rohmilchtopfen handelte, der mit Kümmel bestreut war. Es sah aus wie bröckelig gewordenes Schmalz. Roch freilich schön streng.

Aus dem Nebenraum war weiterhin das spätromantische Stück zu hören, *schwer betont.* In diesem Haus hätte sich Klee Volksmusik erwartet, original oberösterreichische Volksmusik, Innviertler Landler und Innviertler Triowalzer, Gstanzln und regionale Blasmusik. Aber nein.

Während der Bauer aus einem Kühlschrank, der hier Eiskasten hieß – ein Gerät etwa aus den 1980er-Jahren, dessen Oberfläche eine Farbe ähnlich dem des Agfeiden besaß –, mehrere Eier holte und in einer Pfanne Öl erhitzte, stand Klee auf und sah sich ein wenig im Raum um. Er betrachtete die Fotos an den Wänden. Manches schien hundertjährig, anderes in Jahrzehnten vergilbt: Männer und Frauen mit Tieren und Werkzeugen, vor Scheunen stehend, vor Wiesen, Obstbäumen und Äckern. Auf einem sah er den Traktor, der jetzt drüben im Stall stand, der auf dem Foto jung war, der Traktor, auch der Mann darauf war jung. Wohl derselbe, der soeben die Eier am Rand der Pfanne aufschlug und sie mit einem Geräusch – *sehr breit und langsam*, weniger zischend, als man das gewohnt war, sehr breit eben, ausbreitend – in das heiße Öl gleiten ließ.

Doch etwas im Raum irritierte Klee. Also mehr, als sich ohnehin schon an Irritation ergeben hatte ob eines selbst gebrannten Schnapses und eines mit Holz angefeuerten Herds und einer berückend schönen Musik aus dem Jahre 1899, die Klee in so mancher Nacht als Chauffeur vernommen hatte.

Ja, es war das Paar Schuhe, auf die Klees Blick fiel.

Immerhin hegte er neben seinem Faible für edlen Whisky und edlen Rum wie auch für dekorative kleine Fische, die in künstlichen Riffen die Natur nachstellten, eine spezielle Liebe für teure Schuhe. Es war *die* modische Note, auf die er achtete. Seine Anzüge und Hemden waren nicht die schlechtesten, aber letztlich simpel, Anzüge und Hemden und mitunter Krawatten, bei denen man nichts falsch machen konnte, mit denen er aussah wie alle anderen halbwegs gut angezogenen Männer, die in der Nachfolge von Cary Grant standen, aber halt nur in der Nachfolge. Bei seinen Schuhen jedoch wagte er schon mal so etwas wie Exklusivität und Farbe, so schwer es war, bunte Schuhe zu tragen, ohne wie ein Clown auszusehen, ein unfertiger Clown, der bei seinen Füßen begonnen hatte, sich dann aber nicht weiter nach oben getraut hatte. Doch es konnte ja gut gehen und ging in seinem Fall auch oft gut. Vor allem liebte Klee blaue Schuhe, deren Blau sich nicht etwa in irgendeiner Dunkelheit versteckte, sondern gleichfalls Orte wie den Himmel und das Meer zu zitieren verstand.

Klee hatte also einige Ahnung und konnte sofort einen Sneaker aus Wildleder von Bottega Veneta von einem ähnlich blauen Sneaker von Digel unterscheiden und das nicht nur, weil ein paar Hundert Euro zwischen den beiden lagen.

Mit solchem Wissen ausgestattet, blickte Klee nun auf ein hölzernes Gestell, auf dem in drei Reihen mehrere Schuhpaare ordentlich aufgereiht standen, schwere Schuhe, die so unverkennbar dem Besitzer dieses Hauses und Betreiber dieser Land- und Tierwirtschaft gehörten – geradezu Schuh gewordene nährstoffreiche

Erde. Bis, ja, bis auf ein Paar, das so gar nicht in diese Sammlung passte. Sogenannte Oxfords, klassische Herrenschuhe aus schwarzem polierten Leder mit der typischen geschlossenen Schnürung. One piece Oxfords, die über einen aus einem einzigen Stück Leder gefertigten Außenschaft verfügten.

Natürlich, es hätte sich dabei um jenes für Männer wie diesen Bauern obligate *eine* Paar guter Schuhe handeln können: das Paar, mit dem man – zusammen mit dem einen guten Anzug – heiratete und am Sonntag in die Kirche ging und, wenn nötig, auf dem Amt vorsprach und letztlich mit genau diesem einen, lebenslang getragenen Paar Schuhe beerdigt wurde. Aber erstens handelte es sich um ein sehr teures Modell aus italienischer Fertigung, wie Klee zuverlässig erkannte, und zweitens war die Form viel zu schmal und viel zu kurz für die Füße des Bauern, der ja weder ein kleiner noch ein kleinfüßiger Mann war. Wie deutlich an den anderen Schuhen zu sehen war. Nein, hier passte etwas nicht zusammen. Dieses eine Paar gehörte einem kleinen Mann, der sich solche Schuhe leisten konnte und wollte, wobei dem Paar exklusiver Oxfords schon anzusehen war, dass sie in letzter Zeit nicht im Konzertsaal und zu Ausstellungseröffnungen getragen worden waren. Sondern genau in diesem von Hühnern und Enten und verlausten Katzen belebten Innviertler Bauernhof.

Vor allem aber meinte Klee, diese Schuhe schon einmal gesehen, besser gesagt wahrgenommen zu haben.

Der Bauer ließ die beiden Spiegeleier von der Pfanne auf einen dunkelgrün umrandeten weißen Emailleteller gleiten, *sehr ruhig*, und stellte ihn auf den Tisch, drehte sich zu Klee hin, der noch immer nachdenklich vor dem Schuhregal stand, und fragte: »Wo bleibst 'n?«

»Verzeihung«, sagte Klee, kam zurück, setzte sich vor die Spiegeleier und fragte, ob er die Portion nicht aufteilen solle.

Der alte Mann lächelte – tatsächlich leuchtete nun ein Gebiss zwischen seinen Lippen hervor –, schenkte sich ein weiteres Glas Schnaps ein und gab seinem Gast gestisch zu verstehen, dass beide Spiegeleier für ihn allein gedacht seien.

Im Grunde hatte es Klee gleich beim ersten Anblick gewusst, dass die Schuhe dort drüben Holl gehörten. Es waren zwar nicht die, die Holl an dem Tag getragen hatte, als er zur *Kleinen Nacht* angereist war, aber doch jene, die er angehabt hatte, als er und Klee sich anlässlich der Ausstellung im Gebäude des Kunstvereins ein letztes Mal begegnet waren. Klee hatte sie damals bemerkt, wie er stets die Schuhe seiner Gegenüber bemerkte. Bemerkte und bewertete. Erstklassige Ware, rahmengenäht, 6-Loch-Schnürung, eine schöne, elegante, schmale Linienführung, wie ja überhaupt diese Art des Schuhs sich für schmale Füße eignete. Größe 40, hatte Klee damals geschätzt.

Und das schätzte er auch jetzt, als er nochmals hinüber zu dem Gestell sah und dabei ein kleines Stück der orangefarbenen Sohle auf der Innenseite eines der Absätze ausmachte.

Und ausgerechnet diese edlen Oxfords standen hier.

Ganz so ein großer Zufall war das nun aber trotzdem nicht, denn aus keinem anderen Grund war Klee schließlich nach Wesenufer gekommen.

Zugleich durfte er auch feststellen, dass der Dotter, der soeben auf seiner Zunge verlief, tatsächlich etwas Außerordentliches besaß. So, wie ihm der Vorraum dunkler erschienen war als jede bisher erlebte Dunkelheit, war dieser Geschmack ... gelber. Das intensivste Gelb, das man sich denken konnte. Dotterblume war das passende Wort.

Einbildung?

Na, dann war es wenigstens eine gute Einbildung. Klee gab ein Geräusch der Genugtuung von sich. Und sagte: »Fantastisch!«

»Göi!?«, nickte der Bauer.

Und indem er diese Form des »Nicht wahr?« aussprach, öffnete sich jene Türe, hinter der soeben Schönbergs *Verklärte Nacht* sehr ruhig verklungen war.

Draußen allerdings brach gerade das Gewitter los. Sehr kräftig.

20

Wald

Es war schlagartig so dunkel in der Stube geworden, dass Klee die Person, die soeben aus dem Nebenraum kam, zunächst nur als einen Schatten wahrnahm. Doch die Konturen dieses Schattens ließen Klee schon nicht mehr zweifeln. Ein kleiner, kompakter Mann, der nun, da er aus dem Schatten seiner selbst herausglitt und nahe an dem außen am Tisch sitzenden Bauern zu stehen kam, in der bekannten Weise ein wenig an Größe gewann.

Klemens Holl. Leicht verändert, das schon, leicht verändert durch das, was man das Landleben nennt. Etwas Wetterhaftes und Ledriges war in seinem Gesicht, keine Urlaubsbräune, sondern eine Arbeitsbräune.

Eine gewisse Pointe der Umkehrung ergab sich nun daraus, dass Holl mit einer Stimme, die Klee einst wie die eines ungeschliffenen, möglicherweise gegen Kopfschmerzen einsetzbaren Granats erschienen war, mit dieser heilsamen Steinstimme und Runzeln auf der Stirn so zweifelnd wie zögerlich fragte: »Herr Klee?«

Klee nickte und sagte: »Natürlich.«

»Meine Güte, ich hätte Sie jetzt fast nicht erkannt. Was tun Sie hier?«

»Unsinn. Sie wissen doch schon seit zwei Tagen, dass ich in Wesenufer bin. Auch wenn ich kurz weg war.«

»Nein, woher sollte ich das wissen?« In seinem Gesicht war echtes Staunen und echte Verwunderung.

Klee nahm das Kuvert mit den beiden Zeichnungen aus der

Tasche, zog sie heraus und legte sie so auf den Tisch, dass Holl, der noch immer stand, sie gut sehen konnte. Klee erklärte, unter welchen Umständen er diese Zeichnungen gefunden hatte. Wie er zuerst auf eine schöne Heilige, dann auf einen Zahnlosen und schließlich auf sich selbst gestoßen war.

Holl betrachtete sie: »Ja, auf dem einen sind Sie wirklich gut getroffen.«

»K. H.«, sagte Klee und tippte mit dem Finger auf die Stelle der Signatur.

»K. H.? Was meinen Sie?«

»Die Initialen.«

»Ach, Sie glauben, das hätte ich gemacht?«, meinte Holl lachend. »Nein, sicher nicht. Würde ich versuchen, Sie zu zeichnen, also, Sie würden sich nicht wiedererkennen. Ich bin über das Stadium des Strichmännchens nie hinausgekommen.«

Erneut verwies Klee auf die beiden Anfangsbuchstaben sowie auf den Ort, an dem diese Zeichnungen entdeckt worden waren.

»Also, das dürfte Ihnen ja bestens vertraut sein«, entgegnete Holl, »dass nicht alle Leute, die denselben Namen wie ein Genie tragen, oder auch nur dieselben Initialen wie ein Genie, darum selbst schon eines sind, oder?«

»Natürlich, aber … «

»Außerdem heißt das nicht K. H., sondern K. M. Ein M! Und zwar eines, das für den Namen Meierhofer steht. Und das K für Karl. Karl Meierhofer.«

Er sei nicht der Einzige, beschwerte sich Klee und erwähnte nun Pointner, der dieses M ebenfalls für ein H gehalten habe.

»Trotzdem«, sagte Holl, »es ist ein M. Glauben Sie mir.«

Und indem er das sagte, legte er seine Hand auf die Schulter des alten Bauern.

»Was meinen Sie?«, fragte Klee irritiert.

Holl erklärte, dass es sich bei dem Mann an seiner Seite, der diese Landwirtschaft betreibe, um den Schöpfer dieser Zeichnungen handle. Dem man einzig und allein vorwerfen könne, in seiner Signatur über ein M zu verfügen, das manche für ein H hielten: Karl Meierhofer, Landwirt, Schnapsbrenner, Zeichner und einiges mehr.

Wenn Klee also noch kurz zuvor gedacht hatte, dass dieser Bauer mit seinen riesigen Händen, seinen Schlachterhänden, mit denen er Sensen hielt und im Erdreich wühlte, es aber auch verstand, das Wort Dotterblume ins Essbare zu verwandeln, dass der also ganz sicher nicht das Porträt eines lachenden Mannes auf der Rückseite einer Madonnenzeichnung angefertigt hatte, ja, dann war das ein Irrtum gewesen.

Meierhofer, den niemand mit seinem Nachnamen ansprach, sondern alle nur *den* Karl oder *den* Karlbauern nannten und seinen Hof *den* Karlhof, dieser Mann hatte die Zeichnungen fabriziert, mit seinen Holzfällerhänden und stumpfen Stiften und zu keinem anderen Zweck als dem, einen Teil der Welt wiederzugeben. Genauer gesagt einen Teil der Schöpfung, denn so hätte er, der Tiefgläubige und Tiefkatholische, es ausgedrückt, wobei er schon lange nicht mehr zum Beten in die Pfarrkirche ging, sondern hinüber zur Bräukapelle. Und genau dort war er gewesen, als Klee zwei Tage zuvor besagte Stelle im Wald aufgesucht hatte. Er hatte auf einem Baumstumpf unweit jener Parkbank gesessen, auf welcher der vom Quellwasser gestärkte Paul Klee die Videonachricht von Inoue erhalten und ein großes Glück ob dieser Nachricht empfunden hatte.

Auf seinem Stumpf sitzend, hatte Karl seine Arbeit an einer Skizze der Waldlandschaft unterbrochen und damit begonnen, auf einem kleinen linierten Blatt Klee abzuzeichnen. Aus der Ferne und ohne dass der Porträtierte, der in sein Handy und in seine Hoffnung versunken war, ihn bemerkt hätte. Und tatsächlich war Klees Blick auf dieser Zeichnung abwärtsgerichtet.

Die vollkommene Meisterschaft Karls bestand aber ganz sicher darin, auf diesem Bild, das ja im Moment von Klees Freude entstanden war, dennoch dessen fundamentale Traurigkeit eingefangen zu haben. Ja, mehr als alles andere – die Augen, der Mund, die bedenklich hohe Stirn und das fremde Kinn –, war es diese Traurigkeit, diese Traurigkeit ausgerechnet im Moment der Zuversicht, in der sich Klee wiedererkannt hatte.

So also musste diese Zeichnung entstanden sein.

Dass dies der Fall war, war jetzt freilich Holls Interpretation zu verdanken. Er war es, der redete, nicht Karl. Denn Holl wusste ja um Karls zeichnerische Fähigkeiten, wie auch darum, dass Karl sich zum Zeichnen wie zum Beten sehr oft hinüber zur Bräukapelle begab, wohin selten Leute kamen, wenn nicht grad irgendeine Festivität Anlass gab, die Bevölkerung in Gruppen hochmarschieren zu lassen.

Karl selbst schwieg zu all dem. Er, der in so heftiger Weise über seine Landwirtschaft sprach, über sein Getier, über die Wiesen und Äcker und den Ungeist der Zeit, jetzt schwieg er, wie er schon geschwiegen hatte, als Klee ihm den »lachenden Mann« vors Gesicht gehalten hatte. Er war in seinen Schnaps vertieft. Es kam Klee so vor, als wüsste der Mann gar nicht, wovon hier die Rede war. Vielleicht aber kümmerte es ihn einfach nicht.

»Ich dachte«, sagte Klee zu Holl, »die Zeichnung wäre von Ihnen. Und dass Sie mich heimlich beobachtet haben.«

»Nein, ich hatte keine Ahnung«, versicherte Holl.

»Dann ist es aber ein verrückter Zufall, dass ich Sie doch noch gefunden habe.«

»Nun, wenn Sie mich gesucht haben«, meinte Holl und wiederholte damit einen Gedanken, den Klee zuvor selbst gehabt hatte, »dann ist es kein Zufall, sondern Glück. Wobei ich staune, dass Sie mich überhaupt gesucht haben. Um mir nun an diesem gottverlassenen Ort zu begegnen.«

Jetzt ging Karls Kopf doch in die Höhe, als sei er gerade aus seinem Schnaps heraus erwacht. Er erklärte mit kräftiger Stimme, dass dieser Ort ganz sicher genau das nicht sei: gottverlassen.

Holl entschuldigte sich, ja, *gottverlassen* sei nicht der richtige Ausdruck. Dabei sah er hoch zu dem Kruzifix, das im sogenannten Herrgottswinkel hing und in dem ein Strauß gebundener Kräuter steckte. Ein Bund, der im Monat zuvor, anlässlich von Mariä Himmelfahrt – einer der wenigen Gründe für

Karl, die Pfarrkirche unten in Dorf aufzusuchen –, gesegnet worden war.

Holl setzte sich. Karl stellte ein drittes kleines Glas auf den Tisch und schenkte auch Holl ein.

Draußen begann es zu hageln. Die Körner schlugen gegen die Fenster. Der massive Balken, der die Decke trug, gab ein Geräusch von sich, das sich wie das Stöhnen im Inneren eines Schiffsrumpfs anhörte.

»Also«, fragte Holl Klee und blinzelte kurz zu Karl, »welchen göttlichen Fügungen verdanken wir unser Zusammentreffen.«

Klar, Holl glaubte ganz sicher nicht an göttliche Fügungen. Aber Karl war Karl, und seine unglaublich guten Zeichnungen konnte man schon als ein kleines Zeichen für etwas deuten, was aus dem Himmel kam, auch wenn es den gar nicht geben mochte.

Klee ließ sich nochmals nachschenken und sagte: »Sie werden mir nicht glauben.«

»Versuchen Sie es trotzdem«, erwiderte Holl und lachte. Es war eine sichtbare Zufriedenheit in seinem Gesicht. Er hatte in diesem einen Jahr eindeutig gewonnen, nicht nur an Farbe im Gesicht. Er schien frischer, jünger, gesünder, sosehr Klee genau das Gegenteil erwartet hatte, eher jemanden, der einer Leiche gleichen würde.

Klee begann zu berichten. Er erzählte, welche Folgen sich aus einer absurden Verwechslung ergeben hatten. Indem er ihn, Holl, für den Mann in einem Rollstuhl gehalten hatte.

»Der Halbbruder von Eva Gehring«, sagte Klee. »Ich weiß nicht, ich dachte mir, Sie könnten es wirklich sein, schwer sediert, abgemagert, gealtert, kaum wiederzuerkennen, aber eben doch *Sie*. Ich hatte wohl nie aufgehört, daran zu denken, was Sie mir über Eva Gehring erzählt haben, und dann waren Sie ja mit einem Mal auch verschwunden.«

Klar, diese Sache mit der Sputnik-Kapsel sei dazwischengekommen, eine Kapsel, die ausgerechnet Inoues Kinder entdeckt hatten, und dann hatte Inoue ihn, Klee, mit den Zwillingen verlassen. Nun, verlassen sei vielleicht das falsche Wort. Sie war geflüchtet vor der ganzen Aufmerksamkeit, die die Kinder ausgelöst hatten.

»Jedenfalls«, sagte Klee, »war ein Jahr vergangen, und plötzlich sehe ich diesen Mann im Rollstuhl, und es will mir nicht aus dem Kopf gehen, dass Sie das sein könnten. Meine Neugierde hat mich dann ganz schön in die Bredouille gebracht.«

Klee beschrieb, wie er in Gehrings Keller gelandet war, an einen Stuhl gefesselt, in Erwartung irgendeiner fatalen Behandlung, bevor eine wehrhafte Choreografin ihn gerettet hatte. Doch in welcher Beziehung er zu dieser Frau stand und wieso sie überhaupt in die Verlegenheit geraten war, ihn zu retten, darüber schwieg Klee. Und Holl fragte nicht nach, sondern meinte in einer gallig vergnügten Weise: »Hat die schöne Eva Sie also auch drangekriegt.«

»Ja, sie sitzt jetzt aber in Untersuchungshaft, verweigert die Aussage und gibt sich geisteskrank. Natürlich wurde Anklage erhoben. Die haben sogar den Leichnam ihres Mannes exhumiert und dabei in den Knochen Spuren eines Gifts entdeckt. Der Fall ist aber nicht ganz einfach. Er ist auch darum nicht einfach, weil niemand sagen kann, was aus Ihnen, Herr Holl, geworden ist. Sehen Sie, die haben den Garten von der Gehring umgegraben, weil sie dachten, man würde dort Ihre Leiche finden. Man hat Hautpartikel von Ihnen im Keller gefunden, in einem alten Schrank.«

»Ja«, sagte Holl, er wisse nicht mehr genau, wie viele Tage er in diesem engen, fauligen Ding eingesperrt gewesen war, gefesselt und mit verbundenen Augen, im Mund einen Knebel, was ein schlechter Witz war, zumindest hinsichtlich der verbundenen Augen, weil er ja ohnehin nichts hatte sehen können, auch nur hatte ahnen können, dass es ein Schrank war, in dem er steckte.

»Immerhin«, sagte Holl, »habe ich immer wieder Schritte und andere Geräusche gehört und mir darum denken können, dass ich in einem Raum bin und nicht etwa in einer Kiste lebendig begraben. Musste aber annehmen, dass mich die Eva dort verrecken lassen wird. Einfach wartet, bis ich tot bin, und mich dann irgendwo verscharrt. Mich verschwinden lässt, wie sie einst Lore Gehring hat verschwinden lassen.«

Holl bekannte nun, zuvor tatsächlich eine Art von Beziehung mit Eva Gehring eingegangen zu sein. Im Dienste seiner Recherche. Allerdings nicht ohne Vergnügen.

»Seien Sie mir nicht böse«, sagte er, »dass ich das so ausdrücke, aber es war der beste Sex, den ich je in meinem Leben hatte. Diese Frau mag ja mit dem Teufel im Bunde sein, aber halt auch körperlich. Ich will nicht von Hexerei reden, das wäre unwissenschaftlich, jedenfalls habe ich ihr Vertrauen gewonnen und die Möglichkeit bekommen, mich in ihrem Haus umzusehen. Ein Polizist weiß, wie und wo er suchen muss. Eine Frage der Logik wie des sechsten Sinns. Als Polizist lebt man davon, dass die Leute nicht aufhören, Dinge aufzubewahren, die sie nicht aufbewahren sollten. Es ist eine Sentimentalität, vor der selbst die Verbrecher nicht gefeit sind. Die Verbrecher am wenigsten. Es besteht ein absurder Widerspruch zwischen dem Bedürfnis, ein perfektes Verbrechen zu begehen, und dem Drang, irgendwann überführt zu werden. Vielleicht ist das sogar ein Charakteristikum der Menschen an sich, und zwar in ihrem Verhältnis zu Gott.«

»Dann wäre der Polizist Gott?«

»Nicht der Polizist, aber die Polizei. In stellvertretender Weise«, sagte Holl.

Karl schüttelte den Kopf, rief: »Sakrament!«, stand auf, murmelte noch irgendetwas von wegen *Kraudschädl* und verließ die Stube.

Holl aber erzählte, wie er genau dort im Keller, wo er später gefesselt in einem Schrank fast erstickt war und über Tage weder etwas zu trinken bekommen hatte noch auf eine würdige Weise seine Notdurft hatte verrichten dürfen, wie er dort zuvor ein Konvolut von Briefen entdeckt hatte, Briefe von Otto Gehring, darunter aber auch ein Schreiben jenes Mannes, dem Eva Gehring, damals noch unter dem Namen Seebach, einst den Auftrag erteilt hatte, Lore Gehring umzubringen. Ein Mann, den Eva Seebach – wunderbares Zeichen der Überlappung – ebenfalls bei jener legendären Hauptversammlung der Deutschen Telekom im Mai 2002 kennenlernte. Ein Kleinkrimineller und Betrüger, der sich seinerseits von der Telekom betrogen fühlte. Um sich daraufhin auf etwas Größeres einzulassen, indem er den ersten und letzten Mord seines Lebens beging. Allerdings später auf die Idee kam, dass seine Bezahlung angesichts der Schwere der Tat und der Perfektion seiner Ausführung nicht ganz ausreichend war. Woraufhin er zu dem geradezu romantisch zu nennenden Mittel eines handschriftlich verfassten Briefes griff, um auf eindringliche Weise eine Nachforderung zu stellen.

»Glauben Sie mir«, sagte Holl, »die Gehring hat ihn umgebracht. Oder umbringen lassen. Originellerweise auf einer Wanderung. So schwer das zu beweisen sein wird. Der Brief jedenfalls beweist die Anstiftung zum Mord an Lore Gehring.«

Er habe dieses Schreiben, so Holl, fotografiert, das Brieforiginal aber zurück in das Konvolut getan.

»Stimmt«, sagte Klee, »die Polizei hat alles gefunden. Auch das Original, als sie dabei war, Gehrings Haus auf den Kopf zu stellen, weil man befürchtet hat, man könnte auf Ihre Leiche stoßen. Ich frage mich nur, wieso Sie den Brief nicht sofort gegen die Frau eingesetzt haben.«

»Ich dachte mir«, sagte Holl, »es sei noch zu früh, alles offenzulegen. Und ich befürchte, ich wollte noch ein wenig mit dieser Frau … Aber ich habe mich geirrt, es war bereits zu spät. Eva musste etwas mitbekommen haben. Am gleichen Abend bin ich nach dem Abendessen ohnmächtig geworden – und als ich aufwachte, steckte ich in diesem Schrank. Als Eva mich Tage später rausholte, war ich noch immer am Leben und dachte mir, sie würde mich wieder reinstecken, wie man etwas zurück ins Backrohr schiebt, das noch nicht ganz gar ist. Aber … nun, sie machte einen Vorschlag.«

»Im Ernst?«

»Ich wäre sonst nicht hier«, sagte Holl. »Eva bot mir das Leben an. Sie sagte mir, wie viel Mühe es ihr bereite, einen Toten verschwinden zu lassen, sie würde lieber einen Lebenden verschwinden lassen. Umso mehr, als sie die kurze Zeit mit mir genossen habe. Sie hat mir vorgeschlagen, mich nach Passau und dann nach Österreich zu bringen, wenn ich bereit wäre, mich nicht weiter um die Sache zu kümmern.«

»Und *das* haben Sie ihr versprochen?«

»Vergessen Sie nicht«, sagte Holl, »ich war noch immer gefesselt und in einem sehr unglücklichen Zustand. Sie hatte eine Spritze in der Hand, in der, wie Sie mir versichert hat, ein Zeug sei, das mich auf eine hässliche Weise umbringen würde. Ich könne mich zwischen einem Tod in diesem verfluchten Keller und einem Leben in Österreich entscheiden. Einem Leben unter gewissen Bedingungen. Vor allem unter der Bedingung zu vergessen, dass es mein Ziel gewesen sei, sie zu überführen.«

»Das verstehe ich jetzt nicht«, sagte Klee, »ich meine, die Frau ist verrückt, und Sie hätten auf ihr verrücktes Angebot eingehen können, um dann später, sobald Sie frei waren, gegen sie vorzugehen, oder?«

»Also erst einmal«, sagte Holl, »war ich nach drei, vier Tagen in diesem Schrank froh, dass sie mich nicht vergiftet hat, oder, noch schlimmer, zurück in das Loch sperrte, um mich dort verrecken zu lassen. Und eine Spritze hat sie mir dann doch verabreicht, allerdings nicht, um mich zu töten, sondern um mich noch eine Weile zu betäuben. Das war das eine. Das andere war, dass ich sehen wollte, wohin sie mich führt. Es war klar, dass sie mich nicht irgendwo hinter der österreichischen Grenze einfach rauslassen würde wie diese Hunde auf Autobahnraststätten.«

»Wie? Sie hat Sie tatsächlich hierhergebracht. Ich habe noch nie so einen Bauernhof gesehen.«

»Der Hof gehört ihr. Sie hat ihn vor Jahren gekauft, über irgendeine Scheinfirma, was auch immer sie ursprünglich damit vorhatte.«

»Ein Alterssitz für ihre Opfer«, sagte Klee und lachte beißend. »Für die, die nicht ins Erzgebirge müssen.«

»Da kommen Sie der Wahrheit schon recht nahe«, meinte Holl.

Klee fragte, wer dann der Mann sei, den er für den Besitzer gehalten habe, der Mann, dessen M man für ein H halten könnte.

»Der Hof war früher seiner«, sagte Holl. »Aber Sie sehen ja, er ist noch immer da und sieht zu, dass nicht alles zusammenfällt.«

»Ich kann nicht glauben«, sagte Klee, »dass Sie allen Ernstes seit gut einem Jahr in dieser Ortschaft leben.«

»Nur auf diesem Gehöft. Im Wald, viel im Wald, aber nie im Ort.«

»Niemand hätte Sie aufgehalten, zurückzukehren und Eva Gehring zu überführen.«

»O mein Gott, ja, ich hätte Eva gerne überführt, aber Sie müssen begreifen, dass ich vom Kriminalisten zum Opfer geworden bin. Ich wollte einst ungelöste Fälle klären und bin selbst zu einem ungelösten Fall geworden. Dazu kam die Scham. Zuerst war es die Scham. Die Scham, einen solchen Vertrag abgeschlossen zu haben, einen Vertrag, um mich zu retten.«

»Was Ihnen wohl niemand übel nehmen kann.«

»Dennoch, die Vereinbarung zu brechen … Ich habe, nachdem ich hier ankam, diese Möglichkeit hinausgeschoben. Ich wollte zuerst gesunden. Und sehen Sie, das ist ja auch geschehen. Im Gesundwerden aber habe ich mich an dieses Leben hier … gewöhnt würde es nicht treffen. Verliebt, glaube ich, schon eher. Gesundet und gestärkt und irgendwie begeistert davon, von der Bildfläche verschwunden zu sein. Es ist ein wenig wie sterben, aber nicht tot sein. Nein, ich wollte nicht wieder zurück.«

»Und was sind Sie jetzt? Ebenfalls ein Bauer?«

»Nun ja, ich helfe natürlich mit. Aber Sie sehen ja, wir haben hier eine sehr bescheidene Landwirtschaft. Obst und Hühner und Gemüseanbau. Äpfel und Zwetschgen. Und der Schnaps selbstverständlich, der ist nicht der schlechteste. Wir betreiben eine Brennerei, der Karl und ich. Aber wenn Sie mich fragen, was ich wirklich tue, dann würde ich sagen, ich freue mich, dass ich am Leben bin, anstatt irgendwo unter der Erde zu liegen.«

»Ich dachte, Sie sind gestorben.«

»Ich lebe hier wie im Jenseits. Aber eben nicht unter, sondern auf der Erde.«

»Und was ist mit Ihrem Buch über das Ungelöste?«

»Vorbei. Das Schreiben muss nicht sein. Aber ich beobachte viel. Ich bin viel im Wald. Leider ohne die Fähigkeit des Zeichnens.«

»Das kenne ich«, meinte Klee mit einem Nicken.

»Wie der Karl das macht«, sagte Holl, »ist mir ein Rätsel. Er selbst erklärt es ja nicht. Und redet sich wie immer auf den lieben Gott raus. Aber kein Wort davon, es irgendwo gelernt zu haben.«

Holl betonte, dass Karl keinerlei Kunst im Sinn habe. Es scheine allein ums Festhalten zu gehen, nicht um Verwandlung in etwas Besseres. Karl würde auch nicht auf die Idee kommen, seine Zeichnungen zu rahmen und aufzuhängen. Nicht einmal sie aufzuheben. Das meiste diene zum Anheizen der Öfen. Manchmal aber …

»Ja, ich weiß selbst nicht«, sagte Holl, »warum er hin und wieder eine Zeichnung in der Bräukapelle zurücklässt. Manches, was er tut, geschieht einfach aus Verwirrung. Aber gut für uns, oder?«

»Genau genommen«, sagte Klee, »habe ich Sie gesucht, um Sie entweder zu befreien oder aber Ihren Tod festzustellen.«

»Tut mir leid«, sagte Holl, »dass ich Sie da mit hineingezogen habe. Ich hätte damals, als ich in Ihr Hotel kam, darauf verzichten sollen, Ihnen von dem Fall zu erzählen. Andererseits ist es schon ein wenig so wie in Dürrenmatts *Der Richter und sein Henker*.«

»Sie meinen, ich bin der Henker.«

»Gewissermaßen. Hätte ich Sie nicht eingeweiht, wären Sie nie in diesem Keller gelandet, und Evas Taten wären noch heute unerkannt. Freilich, dass Sie mir bis hierher gefolgt sind, Herr Klee, das ist schon ganz Ihr eigenes Ding, oder?«

»Ich habe Sie gefunden«, sagte Klee, »darum ging es mir ja. Ich hätte bloß nicht gedacht, an einem solchen Ort. Übrigens, vorher, die Musik, die Musik aus Ihrem Zimmer, das war doch ein Stück von Arnold Schönberg. Die *Verklärte Nacht,* nicht wahr?«

»Keine Ahnung«, sagte Holl, »das Radio lief, als ich gerade schlief. Ich schlafe hier ausgezeichnet. Sogar zu Mittag. Das macht ebenfalls der Wald. Der Wald, die Luft, der Boden, das Wetter, die

Donau unten. Aber glauben Sie bitte nicht, ich sei zum Ökofreak mutiert. Der Karl ist einer, auf seine alte Art halt. Ich bin nur ein Mann, der überlebt hat. Und den das freut.«

Klee fragte sich, was er damit jetzt anfangen sollte. Mit einer solchen Wahrheit. Einem Mann, dem es genügte, am Leben und im Jenseits zu sein. Und Schnaps zu brennen. Und auf einem solchen Hof zu arbeiten mit einem solchen Mann als Bauer und Zeichner.

Doch im Grunde musste Klee zugeben, dass das eine ganz wunderbare Wahrheit war, so viel besser, als wäre er auf Holls Leiche in irgendeinem Loch oder Keller oder Schacht oder Brunnen gestoßen oder hätte ihn zwar lebend, aber mit getrübtem Verstand in einer Form von Gefangenschaft entdeckt. Doch noch in einem Rollstuhl sitzend.

Stattdessen ein Ex-Kommissar als Mann vom Lande. Als freier Mann vom Lande.

(Übrigens, sowenig Holl bewusst gewesen war, welche Musik da während seines Schlafs im Radio gespielt worden war – offensichtlich in keinem Volksmusiksender –, so bedeutete es dennoch eine weitere interessante Überlappung. Nicht nur darum, weil Klee dieses Stück aus seiner Zeit als Chauffeur des künftigen deutschen Kanzlers kannte, sondern auch, weil im Herbst 1899 in jener Gegend nahe der Rax, in die Klee bald wieder zurückkehren würde, Arnold Schönberg während eines Ferienaufenthalts sein Opus 4 komponiert hatte, jenes Streichsextett mit dem Titel *Verklärte Nacht*. Dass weder Holl noch Klee davon etwas wusste, änderte nichts an der Schönheit der Überlappung.)

Es hatte zu hageln aufgehört. Dafür fiel heftiger Regen, und der Donner ließ das ganze Gebäude erbeben.

Klee fragte sich, ob dieses Haus über einen Blitzableiter verfügte. Was selbstredend Vorschrift war. Aber das ganze Gebäude verströmte eine gewisse Vorschriftenresistenz.

Es war jetzt so dunkel, dass Holl zwei kleine beschirmte Lampen einschaltete, deren orange rötliches Licht etwas Handgestricktes und Wollenes besaß. Leuchtende Pulloverchen, die einen Teil vom Dunkel warm einpackten.

»Jetzt sagen Sie aber mal«, forderte Holl, »wie Sie darauf gekommen sind, mich ausgerechnet hier zu suchen. Jetzt kann ich es ja wieder sagen: in diesem gottverlassenen Winkel aufzutreiben.«

»Na, das mit Passau, dass Sie dort mit der Gehring waren, das hat die Polizei ja herausgefunden. Und dass Sie beide als Ehepaar eingecheckt haben.«

»Eva wollte es so«, sagte Holl. »Nicht nur der Tarnung wegen. Es hat ihr Vergnügen bereitet. Und ich muss sogar sagen, so verrückt es klingt, dass wir da zusammen einige richtig gute Tage in Passau hatten. Wahrscheinlich auch von den Drogen, die sie mir verabreicht hat.«

»Sie ist aber keine Apothekerin oder so, nicht wahr?«

»Nein, gelernte Kauffrau. Aber mir scheint, von Chemie hat sie schon eine große Ahnung.«

Klee nickte und erzählte davon, dass man sowohl im Leichnam Otto Gehrings wie auch in der Spritze, die Eva Gehring ihm selbst, Klee, hatte verabreichen wollen, Spuren eines Gifts entdeckt habe, von dem man bislang meinte, es würde in dieser synthetischen Form gar nicht existieren.

»Sehen Sie«, sagte Holl. »Diese Frau ist auf der Höhe der Zeit.« Und fügte dann die Frage an: »Glauben Sie an den Teufel?«

»Natürlich nicht.«

»Natürlich nicht, aber wenn es ihn gäbe, dann würde der Teufel wohl kaum im Gefängnis landen. Oder vielleicht doch?«

Holl ließ die Frage so stehen und setzte seine Schilderung fort, indem er davon sprach, wie Eva ein Taxi bestellt habe und man hinüber nach Österreich gefahren sei, an diesen Ort namens Wesenufer.

»Stimmt! Die Taxifahrt«, sagte Klee und fragte sich, ob er von der Damenhandtasche erzählen sollte, die er aus dem Inn gerettet hatte. Eine Rettung, die Entscheidendes in Gang gesetzt hatte und doch im Geruch einer Peinlichkeit stand.

Er ließ es bleiben, erwähnte nur, dass eine Frau aus dem Passauer Stadtrat ihm einen kleinen Gefallen schuldig gewesen sei, welcher darin bestanden habe, jenen Taxichauffeur ausfindig zu machen, der damals die Fahrt nach Wesenufer unternommen hatte.

»Das ist ein Jahr her«, stellte Holl verblüfft fest.

»Wie es aussieht«, sagte Klee, »erinnern sich die Leute halt an das Außergewöhnliche. Wenn ein Mann um einiges jünger als die Frau ist und derselbe Mann auch um einiges kleiner. Das Gleichaltrige, das Gleichgroße verschwimmen in der Erinnerung, der Unterschied prägt sich ein. Jedenfalls hat der Fahrer noch gewusst, dass er Sie beide dorthin gebracht hat. Und er konnte mir sagen, dass der österreichische Kollege, der am gleichen Abend die Rückfahrt übernahm, bloß eine Person im Wagen hatte, Eva Gehring.«

»Ja, sicher. Sie hat mich hierhergebracht, auf diesen Hof, zu Karl. Der diesen Hof an Eva hat verkaufen müssen, um die Schulden seines Sohnes zu bezahlen. Ein Spieler, der Sohn, mehr muss man nicht sagen. Und zum Dank dafür, hat dieser liebe Sohn den Vater schon seit Jahren nicht besucht.«

»Möglicherweise ebenfalls eine Frage der Scham«, sagte Klee.

»Eher der Schamlosigkeit«, entgegnete Holl. »Jedenfalls musste Karl froh sein, auf dem Hof bleiben zu können. Und ich. Eine Männerwirtschaft, die ganz gut funktioniert.«

Dann aber meinte Holl, dass er noch immer nicht verstehe, wie Klee ihn habe finden können. Immerhin habe er selbst es ja in diesem einen Jahr geschafft, ein Unbekannter zu bleiben, ein nie im Dorf Gesehener.

»Na ja, nicht ganz«, antwortete Klee und spielte auf die Szene an, die Holl immerhin den Status eines Phantoms eingebracht hatte. Und er sprach von den vielen hilfreichen Irrtümern dieser Geschichte. Von begnadeten Fehlern. Dessen letzter sich daraus entwickelt hatte, dass er heute Morgen zuerst zur Donau gegangen war, um dort auftragsgemäß eine Fantaflasche mit Donauwasser zu füllen. Und wie er sich über die ihm unbekannte Seite des Orts auf den Weg zur Bräukapelle gemacht hatte. Allerdings auf die falsche Straße geraten war. Auf die falsche Straße, zur falschen Abzweigung, vor eine ganze andere Kapelle. Gleichzeitig damit aber doch den richtigen Weg eingeschlagen hatte. Ebendiesen Bauernhof erreichend, der ja gar nicht sein Ziel gewesen war.

»Und jetzt sitze ich hier«, sagte Klee, »und wundere mich.«

»Was zu einem Wunder wohl gehört«, antwortete Holl und schenkte Schnaps nach. Dann meinte er, gerne bereit zu sein, Klee hoch zur Bräukapelle zu bringen. Das sei doch eine schöne Idee, Klees »glücklichen Fehler« gemeinsam zu korrigieren und also doch noch das ursprüngliche Ziel zu erreichen.

»Bei dem Wetter?«, zeigte sich Klee widerwillig.

»Das geht bald vorbei«, antwortete Holl. »Trinken wir.«

Und sie tranken.

Es stimmte auch. Das Gewitter endete mit jener Plötzlichkeit, mit der sich ein Weltuntergang als Täuschung herausstellt. Und die Menschen gezwungen sind weiterzumachen.

Im Hof allerdings, auf den Klee und Holl hinaustraten, herrschte Winter. Zumindest vermischte sich das fleckige Weiß der »Gletscher« mit dem reinen Weiß der Hagelkörner. Die Tiere hatten sich zurückgezogen, und der Teich in der Mitte war jetzt schwarzes Glas, in dem sich das Blau eines gereinigten Himmels spiegelte. Karl war nicht zu sehen, aber man konnte ihn hören. Er stand in einem der Ställe und redete mit seinem Getier. Beziehungsweise sang er. Klee dachte, es höre sich wie ein Gutenachtlied an, fand es aber etwas sehr früh fürs Schlafengehen, selbst für Hoftiere.

»Kommen Sie«, sagte Holl, und gemeinsam traten sie durch die kleine Türe im großen Tor nach draußen. Der Wald triefte. Der Boden war tief und glitschig. Während das Licht in Glitzersteinen herunterfiel. Die Abkühlung würde sich nicht lange halten. Es dampfte, als würde der Boden Wolken ausatmen.

Auch wenn Klee nicht dieselben Schuhe anhatte wie Tage zuvor, als er in den Inn gesprungen war, vernahm er jetzt wieder ein ähnlich schmatzendes Geräusch aus seinem Schuhwerk.

Als die beiden nach etwa zwanzig Minuten die Bräukapelle erreichten, konnte Klee schwer sagen, wie viel der Feuchtigkeit, die an seinem Körper klebte, vom tropfenden Wald und wie viel von seiner tropfenden Haut stammte. Er wischte sich mit dem Handrücken über die Stirn, und ein feiner Sprühregen zog einen feinen Bogen durch die Luft.

Die beiden Männer betraten den kleinen Raum. Der eine ungläubiger als der andere, zumindest in Bezug auf unbefleckte Empfängnisse und die Wirkung von Quellwasser auf schwerwiegende Beinverletzungen. Und dennoch empfanden beide eine Art tiefster Regung, als sie jetzt die zwei Zeichnungen – Holl die Madonna mit dem lachenden Mann auf der Rückseite, Klee sein Selbstporträt – durch das Gitter hindurch wieder in dem kleinen Altarraum platzierten. Und damit das schufen, was Klee auf eine instinktive Weise als Frieden in der Ordnung erkannte.

Am selben Abend lud Klee den ehemaligen Kommissar und jetzigen Schnapsbrenner und Co-Landwirt zu einem Essen in jene Wirtschaft ein, in deren Pension Klee ein Zimmer bezogen hatte. Dort, wo er den entscheidenden Hinweis auf die Kapelle erhalten hatte. Auf das Phantom.

Was auch bedeutete, dass Holl sich zum ersten Mal in der Ortschaft Wesenufer sehen ließ.

Es stimmte, Holl war der Mann gewesen, der tatkräftig eingeschritten war, als zwei besoffene Burschen zwei Mädchen belästigt hatten.

»Es war wie mit der Ohrfeige in Paris«, sagte Holl, »so ungerne ich körperliche Gewalt einsetze, manchmal ist es doch das richtige Mittel. Die Front-National-Dame hatte nichts anderes verdient, und die beiden Jungs hatten es nicht anders gewollt. Ich hatte sie sehr höflich gebeten aufzuhören, die Mädchen dumm anzugehen. Ich hatte ihnen sogar angeboten, mit mir zu kommen und ihren Rausch auf dem Karlshof auszuschlafen. Aber sie wollten partout keine Form von Ausgleich und Befriedung. Sie waren geradezu Symbole unserer Welt. Und ich war ja auch kein Polizist mehr, schon gar kein österreichischer, um mit der Macht der Exekutive drohen zu können. Ich war gezwungen, eine private Lösung vorzunehmen.«

Es war übrigens in keiner Weise so, dass der Wirt, der Klee und Holl bediente, Holl zu erkennen schien, nur weil ihm Klee zwei Tage zuvor ein Foto dieses Mannes gezeigt hatte.

»Ehrlich, lieber Herr Holl«, sagte Klee, nachdem sie mit einem guten Glas Wein angestoßen hatten, »wir müssen die Behörden in Deutschland kontaktieren und denen erklären, dass Sie am Leben sind.«

»Was würde es ändern?«

»Also, ich bitte Sie, Sie waren immerhin Polizist. Fragen Sie mich das ernsthaft? Gerade wollten Sie noch ein Buch über diesen Fall schreiben.«

»Gerade eben? Das ist ein Jahr her«, entgegnete Holl. »Und ich befürchte, dass, wenn mein Überleben bekannt wird, ich wohl zurückkehren und mich erklären muss. Wieso ich so lange geschwiegen habe. Denken Sie denn nicht, dass man mich als Erstes in die Psychiatrie steckt? Abgesehen davon, dass dies wieder einmal vor dem Hintergrund der ... ich sage mal Pariser Ohrfeige ablaufen würde. Und man dann auch noch den Vorfall oben bei bei der Bräukapelle aufrollen würde. Man wollte mir ja schon früher mal eine Psychose unterschieben. Und jetzt sehen Sie mich an, und sehen Sie sich den Karl und den Bauernhof an, auf dem ich seit einem Jahr lebe! Und was wir tun: Tiere hüten, Wiesen pflegen, Kräuter sammeln, Obst pflücken, Schnaps brennen. Na, und der Karl zeichnet! – Sie haben mich gefunden, Herr Klee, reicht Ihnen das nicht? Oder geht es darum, Eva Gehring zu retten?«

»Die Frau mag ein Monster sein«, sagte Klee, »ich kann das höchstpersönlich bestätigen. Und um die Frau retten zu wollen, müsste ich ein Heiliger sein. Allerdings macht es schon einen gewissen Unterschied, ob Frau Gehring Sie umgebracht hat oder nicht, oder?«

»Lassen Sie mir noch etwas Zeit«, bat Holl.

»Es bleibt ohnehin Ihre eigene Entscheidung«, erklärte Klee.

»Ich selbst werde nichts unternehmen. Es ist so, wie Sie selbst sagen, ich habe Sie gefunden, noch dazu lebend, was ein großes Glück ist. Damit ist – so komisch das klingt – mein Auftrag erfüllt. Zu welchem nicht gehört, der Polizei zuzuarbeiten.«

Außerdem, so Klee, werde er die nächste Zeit noch in Österreich zubringen, sich morgen wieder auf den Weg nach Dechla begeben, um Inoue und die Kinder aufzusuchen. Und das Tennisspiel zu erlernen.

»Tennis, im Ernst?«, fragte Holl.

»Das ist jetzt schwer zu erklären. Es ist eher eine Leidenschaft für die Lehrerin als für das zu Erlernende.«

Und nach einer kurzen Pause fügte Klee an: »Aber ist es nicht sowieso meistens so? Würden wir all den Unsinn lernen wollen, könnten wir nicht mit jemandem zusammen sein, der uns den Unsinn lehrt?«

Und dann, bevor noch Pointner erschien, fragte Klee: »Sagen Sie, Holl, warum überhaupt diese Ohrfeige? Was hatte diese Front-National-Dame denn damals gesagt?«

»Darüber habe ich nie ein Wort verloren.«

»Eben. Aber ich bitte Sie. Wenn ich Sie schon gefunden habe.«

Eine kleine Pause entstand, in der Klees Bitte sich ein wenig wie eine Tulpe öffnete. Eine Tulpe, die es eilig hat.

»Ich bin Sozialdemokrat«, beendete Holl die tulpenhaft kurze Pause, »immer schon gewesen. Ich glaube, das liegt einem so im Blut, man kann nichts dagegen tun. Das ist schlimmer als katholisch sein. Ich war also damals in Paris kein unbedingter Anhänger unserer konservativen Kanzlerin, aber was ich einfach nicht zulassen konnte, war, dass irgend so eine dahergelaufene Front-National-Dame unsere deutsche Regierungschefin in der übelsten Weise in den Dreck zieht. Wissen Sie, das konnte die gute Frau von der FN nicht wissen, aber ich spreche Bretonisch. Ein Erbe meiner sprachverliebten Mutter, ist halt so. Jedenfalls habe ich sehr gut verstanden, wie die Dame da im Kreis Gleichgesinnter – das war ja zur Zeit der Flüchtlingskrise, die Rechten hatten vor lauter Begeisterung einen Orgasmus nach dem anderen – über unsere

Kanzlerin hergezogen ist. In der übelsten Form, hässlich, boshaft, verlogen, und dazu ein widerliches Gelächter. Das Gelächter war noch schlimmer als das Gesagte. Ich habe die Frau angesprochen und sie gebeten, diese derben Beleidigungen zu unterlassen und ihr dummes Lachen einzustellen. Aber sie hat weitergemacht und die Kanzlerin als *gast* beschimpft, das Wort für Hure, als Hure der Flüchtlinge. Ich hätte mich umdrehen und gehen sollen, aber … Sehen Sie, Herr Klee, ich bin der Sozialdemokrat, der zur Verteidigung einer christdemokratischen Kanzlerin eine saubere Ohrfeige ausgeteilt hat und dafür die Konsequenzen zog.«

»Sie sind nicht nur Sozialdemokrat«, sagte Klee, »Sie sind mein Held.«

Und das sagte Klee frei von jeglicher Ironie.

Später kam also noch Pointner dazu. Klee hatte ihn informiert. Das war er ihm schuldig.

Auch Pointner war erstaunt ob des glücklichen Irrtums, den ein einzelner Buchstabe ausgelöst hatte: ein M, das für ein H gehalten worden war.

Dass es sich bei Holl nun zwar nicht um den Zeichner der beiden grandiosen Blättchen handelte, aber durchaus um jenen Mann, der eine Zeit lang als ein Phantom gegolten hatte, konnte sich Pointner denken. Er dachte es sich, das war's aber auch schon. Kein Wort fiel über die Ereignisse von vor einem Jahr, aber man sprach über den Karl und den Karlhof und dass es vielleicht doch sinnvoll wäre, wenn die Erzeugnisse von dessen geradezu unheimlicher Begabung nicht zum Anzünden im Kamin verschwinden oder im besten Fall in einem kleinen, feuchten Altarraum vergilben würden.

»Herr Pointner«, erklärte Klee an Holl gewandt, »würde gerne aufhören, Lehrer zu sein und stattdessen Kunsthändler werden.«

»Sie wissen aber schon«, sagte Holl, der ehemalige Chefkommissar, »dass das ein krimineller Beruf ist.«

Pointner nickte belustigt und gab dem Wirt ein Zeichen, welches die gestische Darstellung von drei Bieren bedeutete.

In der Tat würde der Herr Lehrer in der nächsten Zeit öfters auf dem Karlhof zu Besuch sein und versuchen, Karl davon zu überzeugen, seine kleinen, in ihrer Realistik ungemein raffinierten Zeichnungen – die Karl selbst als »Anzünder« bezeichnete – nicht in einen der vielen Öfen dieses Hauses zu stopfen. Klemens Holl würde ihm bei dieser nicht ganz einfachen Überzeugungsarbeit helfen. Und es würde Schnaps fließen. Warum auch nicht?

*

Spät in der Nacht brachte Klee Holl nach draußen. Holl mit einer Taschenlampe ausgerüstet, um auf dem Weg hoch zum Karlhof nicht in irgendein Abseits zu geraten. Die beiden Männer verabschiedeten sich sehr viel inniger als damals, als sie zwischen den Objekten einer Kunstausstellung gestanden hatten. Sosehr in ihrer Umarmung etwas vom Alkohol dieses Nachmittags und dieses Abend mitschwang, so war ihre Berührung gut und echt und ehrlich.

So vieles war anders geworden.

Über ihnen stand ein Sternenhimmel von großer Klarheit. Viel Bewegung, ungeheure Kraft, irrwitzige Expansion. Im Auge des Betrachters jedoch still und flimmernd. Als zittere eine große Frau in einem mit silbrigen Pailletten besetzten schwarzen Kleid.

Vierter Faden

21

Aufschlag

Ein Jahr verging.

Ein Jahr inmitten des für seine Ausdauer, seine Geduld und seinen Hang zu eher weit- und langläufigen Dimensionen bekannten Universums.

Dieses Jahr, das auf der großen Weltenuhr mit dem kaum messbaren Bruchteil einer Sekunde ablief, blieb nicht ohne Folgen. Zu denen gehörte, dass Klee tatsächlich ein sehr viel besserer Tennisspieler wurde. Was nicht selbstverständlich war. Frau Stepanowa hatte auch Schüler, die als Langzeitpatienten im *Ulrichshof* wohnten und im Rhythmus weniger Tage zu ihr kamen, deren Fortschritte aber so wenig messbar waren wie die Bewegung jenes eben erwähnten astronomischen Sekundenzeigers.

Was Klee allerdings noch immer größere Schwierigkeiten bereitete, war der Aufschlag. Sogar während der Wintermonate hatte er trainiert, war von Olga in einer Tennishalle im benachbarten Payerbach – dort, wo Schönbergs *Verklärte Nacht* entstanden war – unterrichtet worden. In einer Halle mit Sandbelag.

Jetzt, im Frühjahr, war man wieder auf den Freiplatz des *Ulrichshofs* gewechselt. Neuer Sand, neue Linierung, altes Spiel. Und Klees fester Entschluss, endlich ein gescheites Service hinzubekommen und sich nicht anzustellen, als würde er beim Versuch, den Ball aufzuschlagen, eine Art von Gedanken in der Luft zerreißen. Es ging ihm vor allem um die Eleganz dieser »Eröffnung«, weniger um die Schnelligkeit und Härte. Klee wollte mehr ein schöner als ein effektiver Spieler werden. Als Klee einmal dieses Bedürfnis auf ähnliche Weise Olga Stepanowa gegenüber ausdrückte, fragte sie: »Wollen Sie denn in Schönheit sterben?«

»Eigentlich schon«, hatte er geantwortet.

In diesem Jahr geschah es auch, dass in Brasilien, Neuseeland, in Holland, in einem kleinen Ort nahe Nizza, in mehreren Bezirken der weißrussischen Hauptstadt Minsk, auf verschiedenen Inseln Indonesiens sowie in den amerikanischen Bundesstaaten Kalifornien, Montana und Süd-Carolina (aber sehr zum Ärger aller Rechten nirgendwo in Afrika oder im Nahen Osten, dort würde es später geschehen) Babys auf die Welt kamen, die eine starke Behaarung aufwiesen.

Klee selbst litt zu dieser Zeit eher an den ersten Zeichen eines Haarausfalls. Einer gewissen »Erschütterung« seines Haupthaars. Weshalb er sich wie zum Ausgleich einen Bart wachsen ließ. Ein Bart, der ihm richtig gut stand. Das fand auch Inoue. Über diesen Bart verfügte er bereits, als er kurz nach Weihnachten wie versprochen als Inoues Trauzeuge bei ihrer Hochzeit mit Dr. Jordan auftrat. Einer Hochzeit vor der winterlichen Kulisse der Wiener Alpen. Ein wahrer Traum, der Klee doch etwas schmerzte. Aber es war kein Schmerz, der ihn umbringen würde. Er hatte sich in kurzer Zeit sehr auf die Tennisschiene begeben. Und wenngleich im Verhältnis von ihm und Olga weiterhin das strenge Gebot galt, hier Lehrerin, dort Schüler, und zwischen ihnen quasi das über die ganze Breite des Spielfeldes gespannte Netz stand, war Klee stets aufs Neue erregt und von diversen Fantasien erfüllt, wenn er sie sah. Beim Tennis, beim Essen, auf den weißen Kieswegen des Sanatoriums, bei der Realisation diverser Land-Art-Projekte, die sich die Zwillinge ausgedacht hatten. So distanziert Olga wirken mochte, so geschäftsmäßig auf ihren Unterricht konzentriert, selbst noch im Speisesaal sitzend die unnahbare Meisterin der fliegenden Bälle, meinte Klee doch recht genau zu spüren, dass sie sich ihm bald öffnen würde. Dabei war er sich nicht mal sicher, ob es das überhaupt war, was er wollte, diese Öffnung. Ob es nicht vielmehr die Verschlossenheit war, die ihn so anzog.

Stimmt, da war auch noch das *Hotel zur kleinen Nacht*. Doch Klee würde nie wieder dorthin zurückkehren. Am wenigsten wunderte das die Zwillinge, die in zauberbergschen Dimensionen dachten und für die Klee natürlich die Rolle Hans Castorps übernahm, obgleich er um vieles älter war als die Figur aus dem Roman. Aber Klee war der »Gast«, der gekommen war, um nicht mehr zu gehen. In Castorps Fall waren es sieben Jahre gewesen, zu denen sich sein für drei Wochen geplanter Besuch ausgeweitet hatte, bevor dann der Erste Weltkrieg ausgebrochen war und Castorp in seine Fänge genommen hatte.

Was die Zwillinge ein wenig beunruhigte, war der Umstand, dass sich Paul Klee – und sie waren scheinbar die Einzigen, die mitgezählt hatten – seit sieben Monaten auf dem *Ulrichshof* befand. Richtig, sieben Monate waren nicht sieben Jahre, aber Uwe und Iris meinten doch, eine gewisse Rasanz der neuen Zeit zu erkennen, eine Verdichtung des Alten im Neuen. Sodass sie fürchteten, dass vieles von dem, was sich wiederholte, es vielleicht ungleich schneller tat. Ihnen war etwas unwohl dabei. Und sie sagten sich beide, dass es gut sein würde, wenn sie im Falle Klees demnächst würden feststellen dürfen, dass der achte Monat seines Aufenthalts angebrochen war.

Es war freilich nicht so, dass Klee seit fast einem Jahr nichts anderes tat, als den Aufschlag im Tennis zu üben und hin und wieder mitzuhelfen, Fichtenzapfen und dergleichen aufzuschichten. Er interessierte sich für einen kleinen Laden im Ort, nein, nicht klein, sondern winzig, ein Laden, der schon so lange leer stand, dass über die Art seiner einstigen Nutzung unterschiedliche Versionen bestanden. Vielleicht wollte man Klee auch nur verwirren. Ihn, den Deutschen, von seiner Idee abbringen, den pavillonartigen Laden – der an die Bücherei der strickenden Bibliothekarinnen erinnerte – zu kaufen und dort etwas einzurichten, was er als das perfekte Café bezeichnete. Eine Art Zwilling zum *Riff*. Ein *Riff* auf österreichischem Boden. Was also zumindest bedeutet hätte, auch an dieser Stelle ein Aquarium von raumfüllendem Ausmaß einzurichten und Doktorfische zu beherbergen.

Nicht, dass Klee sich nicht vornahm, sein altes Hotel, und damit sein altes *Riff*, für das er so viel auf sich genommen hatte und das zum zentralen Punkt seines Lebens geworden war, aufzusuchen. Allein schon, um Dinge zu regeln, die auf die Distanz nur schwer umzusetzen waren. Doch es blieb dabei. Klee verweilte in Dechla und schuf sich weiter Ausreden, wieso er seinen Aufenthalt im Hotel verlängern musste – er war weiterhin Gast, kein Patient, auch wenn immer mehr Leute ihn für Letzteres hielten.

Nachdem nun Gannet nicht länger auf Klees Rückkehr hatte warten können – Berlin rief, und es rief laut –, hatte ihre Mutter die stellvertretende Leitung des Hotels übernommen, von Klee eine Vollmacht erhalten und ihrerseits nicht lange damit gewartet, mit jenem Reiseveranstalter zu kooperieren, der sich bemühte, israelischen Touristen Deutschland schmackhaft zu machen. Zudem plante sie wohl eine beträchtliche Vergrößerung des Speiseangebots. Damit einhergehend eine Vergrößerung der Küche.

Inoue wiederum, die zweite Teilhaberin des Hotels, war zur Gänze damit beschäftigt, den *Ulrichshof* neu zu gestalten, wobei es ihr gelungen war, einen der bedeutendsten österreichischen Architekten dafür zu gewinnen, auf dem Gelände zu bauen.

Dass dieser berühmte und viel beschäftigte Architekt, der üblicherweise in den Dimensionen von Fußballstadien und Museen und der Errichtung ganzer Stadtteile dachte, bereit war, das Sanatorium des *Ulrichshofs* um eine kleine, durchtriebene Sporthalle zu bereichern, hing nicht zuletzt mit den Zwillingen zusammen. Auch der Architekt war auf ihre Arbeiten und Konzepte aufmerksam geworden und vor allem von ihrer »Spinnenarbeit« begeistert. Er hatte dafür gesorgt, dass jene als »Zauberberg-Projekt« und »Teleskop« bezeichnete drei Meter hohe Arbeit aus Fichtenzapfen, deren Untertunnelung noch im Vorjahr im Laufe eines sehr warmen Novembers abgeschlossen worden war und die den Titel *Castorp schaut zu den Sternen* erhalten hatte, mehrseitig bebildert in einer Kunstzeitschrift zur Besprechung kam.

Übrigens gaben sich die Zwillinge in keiner Weise altklug, nur weil sie sich von einer Frau namens Klara Popa ein dickes Buch hatten vorlesen lassen und sich nicht damit begnügten, Kinderzeichnungen zu kritzeln oder sich mit Pappmaschee die Hände zu verkleben. Was sie taten, taten sie nach reiflicher Überlegung, argumentierten aber nicht wie zu klein geratene Intellektuelle. Sondern kultivierten den Begriff des »Spiels«. Sie sagten, sie würden es ganz besonders lieben, große Kunst zu machen, womit sie nicht die Bedeutung ihrer Kunst meinten, sondern tatsächlich deren räumliche Ausdehnung. Und wie toll das sei, mittels der Kunst mit der Natur zu spielen, der Natur und der Architektur, wie man das nämlich ohne Kunst nur selten dürfe. Siehe künstliche Maulwurfshügel. Wer würde so etwas zulassen, wär's keine Kunst?

Dank dieser Lust am Großen und am Spiel mit der Natur hatten die beiden zuletzt die Idee entwickelt, ein Monument für etwas ganz besonders Großes zu schaffen. Etwas besonders Großes und besonders Leeres, worüber sie in einer Wissenschaftssendung für Kinder gehört hatten (es war nicht etwa so, dass sie nur wegen Manns Zauberberg-Buch begonnen hätten, *National Geographic* und *New Scientist* zu abonnieren, nein, sie bevorzugten die so viel besser gestalteten Wissenschafts- und Nachrichtensendungen des Kinderprogramms).

Und in einer solchen Sendung erfuhren sie von einem riesenhaften leeren Raum, der gewissermaßen in unserem Rücken, also im Rücken der Milchstraße, existiert und in der Astronomie als »Lokale Leere« bezeichnet wird. Mit einer Ausdehnung irgendwo zwischen hundertfünfzig und zweihundertdreißig Millionen Lichtjahre. Ein leerer Rücken.

In dem Bericht wurde diese Leere damit begründet, dass in einem von Schwerkraft dominierten Universum einerseits eine Ansammlung von Materie bestehe, sogenannte Filamente (die Zwillinge sprachen von »Symphonien«), andererseits die dazwischenliegenden leeren Räume, Voids, die die Zwillinge als »weiche Gelenke« bezeichneten (denn auch das erkannten Uwe und Iris als ein Prinzip von Kunst: alten Dingen neue Namen zu geben). Das Prinzip des Weltalls schien nun mal zu sein, dass es dort, wo es voll war, noch voller wurde, und dort, wo es leer war, noch leerer.

Die sogenannte Lokale Leere war freilich nicht ganz leer, sondern verfügte über einige einsame kleine Zwerggalaxien, die gleich verlorenen Inseln in diesem weiten Ozean dahintrieben. Das machte es noch schöner. Dass die Leere nicht gänzlich verlassen war. Sondern in ihr einsame Helden mit einem Durchmesser von fünfzehntausend oder dreißigtausend Lichtjahren unterwegs waren, naturgemäß in Richtung der Materieansammlungen, aber doch weit von ihnen entfernt. Einsame Zwerge.

Die Leere nun, so wie sie in einer Animation des Berichts dargestellt wurde, erinnerte die Zwillinge der Form wegen an ein Kniegelenk. Und es amüsierte sie sehr, sich die Local Void als ein von den Muskelfasern der Galaxiencluster umgebenes »Kniegelenk Gottes« vorzustellen.

Sie nannten ihr Projekt *Gemütliche Kirche für die Große Leere.* Dabei sollte es sich um eine fünf Meter hohe Holzkonstruktion in Form eines mit der Spitze zum Boden weisenden Tropfens handeln, also einer »auf dem Kopf stehenden Träne«. Das Rankgerüst aus vielen gebogenen und geformten hölzernen Streben würde einer Kletterpflanze dazu dienen, hochzuwachsen, um schließlich den gesamten Aufbau mit einer pflanzlichen Hülle zu umgeben. Die Zwillinge dachten an ein Gewächs aus der Gattung Rubus, die Brombeere. Es erschien ihnen als eine besonders vorteilhafte Lösung, unter den gerüstkletternden Pflanzen gerade eine solche auszuwählen, die über leckere Früchte verfügte. Früchte, die man dann ernten und – abgesehen von jenem Teil, der im Stile einer Opfergabe auf einer kleinen Steinplatte Platz fand – zu den Mahlzeiten des für seine Vollwertküche bekannten Sanatoriums servieren konnte.

Das Innere der Konstruktion jedoch sollte in einer Weise präpariert sein, die den Brombeersträuchern keinerlei Möglichkeit des Eindringens bot. Dort wäre dann Platz für einen »gemütlichen Kirchenraum«, der symbolhaft die Form des göttlichen Kniegelenks kopierte. Ein schwebender Raum. Und die stabilisierenden

Drähte und Fäden wären folglich nichts anderes als jene verklumpten, dünnen »Symphonien« an den Rändern dieser Leere. Dünnes Etwas als die freundliche Begrenzung von breitem Nichts.

So würde die äußere Erscheinung der »Kirche« in erster Linie einen ästhetischen und kulinarischen Nutzen für den Menschen haben – die Zwillinge nannten es einfach Schauen & Essen –, während das für den Betrachter unsichtbare Innere der Leere huldigte. Und nicht zuletzt jener Zwerggalaxien gedachte, die heldisch und einsam die gewaltige Lücke querten.

Die Errichtung des Objekts wäre dabei eine Kleinigkeit im Vergleich zu ihrem Erhalt und ihrer Pflege, vor allem der gärtnerischen Pflege. Und zwar angesichts des intensiven Wuchses von Brombeerpflanzen, der Notwendigkeit, ihnen genügend Raum zu schaffen, einer Überdunklung im Gewächs vorzubeugen und zu verhindern, dass ein Gestrüpp entstand und der Tropfenform ihre symmetrische Erscheinung nahm.

Woraus sich erneut eine Aufgabe nicht nur für das Faktotum des Hotels ergab, sondern für alle Patienten, die sich der Werkstatt der Zwillinge angeschlossen hatten. Und die ja nicht zuletzt dafür verantwortlich waren, dass die anderen Land-Art-Objekte nicht Opfer von Wind und Wetter und überhaupt jener Natur wurden, auf die sie sich bezogen. Woraus folgte: Spinnenpflege, Zapfenpflege, Tunnelpflege, demnächst auch Brombeerpflege.

Und Hundepflege.

Ja, denn ein weiterer Kunstbegriff im Rahmen der Land-Art, auf den Iris und Uwe stießen, war der des Readymade oder Objet trouvé, also jene Kunstform, bei der man sich gefundener Gegenstände bediente. Und weil es ihnen nun sehr wichtig war, ihre Begegnung mit einer russischen Mischlingshündin namens Laika in guter Erinnerung zu halten, und es ihnen leidtat, nicht wieder mit diesem Tier zusammen sein zu können, hatten sie sich nach einem Hund umgesehen, den sie zu einer Hommage an Laika erklären wollten.

Der Hund, den sie dann tatsächlich fanden, hatte zwar wenig Ähnlichkeit mit Laika – kleiner, dicker, irgendeine verrückte

Mischung aus Dackel und Boxer, noch dazu ein Rüde –, aber das machte nichts. Sie hatten ihn mit einer Verletzung, die wohl daher stammte, dass er von einem Auto angefahren worden war, am Straßenrand entdeckt. Und ihn augenblicklich zum Kunstwerk erklärt, ihm den Titel Laika gegeben und ihn bei sich aufgenommen. Aufgenommen und gesund gepflegt. Und auf diese Weise nicht nur ein Readymade geschaffen, sondern vielmehr ein sogenanntes Rectified Readymade, also ein »verbessertes Readymade«, indem sie den Hund von seinen Verletzungen geheilt hatten, ebenso von einigen alten Wunden, körperlich wie seelisch, und ihm auf diese Weise eine wahrhaftige Verbesserung hatten angedeihen lassen.

22

Sand

Und dann die Reise.

Ein Kunstsammler aus Mürzzuschlag – dieser im Nordosten der Steiermark gelegenen Stadt, die das Ende jener Teilstrecke der Südbahn bildet, die als Semmeringbahn berühmt wurde –, dieser bedeutende Sammler moderner und aktueller Kunst hatte die Zwillinge eingeladen, ihn in seinem großen, mit Bildern und Objekten vollgestopften Haus in Mürzzuschlag zu besuchen, damit sie ihm ihr Projekt eines »göttlichen Knies« beschreiben konnten. Beziehungsweise wollte er das ganze Ding kaufen. Selbst auf die Gefahr hin, es niemals zu Gesicht zu bekommen. Auch Brombeersträucher wuchsen nicht von einem Tag auf den anderen. Zudem hatte der Sammler im Zuge einer schweren Erkrankung aufgehört, das Anwesen seiner mächtigen Villa zu verlassen. Er sagte: »Ich lebe zusammen mit dem Tod in diesem Haus. Es hält mich ein wenig am Leben, dass ich mit ihm beieinander bin. Aber halt nur im Haus.«

Dennoch kaufte er weiter Kunst. Er gab gerne zu, wie sehr ihn die Vorstellung befriedige, in den Besitz von etwas zu gelangen, dessen Fertigstellung er wahrscheinlich gar nicht mehr erleben werde. Er empfinde den Ankauf des geplanten Objekts so, als würde er sich damit ein Stück von jener Zukunft einverleiben, die rein körperlich für ihn unerreichbar war.

Jedenfalls hatte dieser Mann, der den Namen Meixner trug, bei Inoue angefragt, ob sie bereit wäre, zusammen mit den Zwillingen nach Mürzzuschlag zu kommen. Er wäre gerne bereit, einen Wagen mit Fahrer vorbeizuschicken, der sie dann wieder zum

Ulrichshof zurückbringen könnte (es soll übrigens gesagt sein, dass der Vater der Zwillinge zwischenzeitlich deren Aufenthaltsort kannte, hin und wieder mit seiner Frau zu Besuch kam, die beiden aber keinerlei Anstalten machten, die Rückkehr der Kinder nach Deutschland einzufordern. Was auch immer das Paar – die neue Frau Sander war übrigens nach diversen Versuchen schwanger geworden – mit dem derzeitigen Zustand einverstanden sein ließ, es ließ es einverstanden sein).

Der Sammler wünschte sich sehr, Uwe und Iris kennenzulernen, und zeigte sich bereit – falls die Zwillinge an Geld nicht interessiert wären –, dem *Ulrichshof* eine großzügige Spende zukommen zu lassen.

Uwe und Iris waren aber durchaus an Geld interessiert. Sowie an einem Mann, der im Sterben lag und dennoch ein Kunstwerk erstehen wollte. Allerdings hatten die beiden keine Lust, mit einem Wagen abgeholt zu werden, sondern bestanden darauf, mit der nahen Semmeringbahn zu fahren. Und natürlich wollten sie Laika mitnehmen, diesen Readymade-Dackel-Boxer-Mischling in Anlehnung an einen berühmten Husky-Terrier-Mischling. Als Erwachsenenbegleitung sprang jedoch Klee ein, da Inoue an dem vereinbarten Tag keine Zeit hatte oder keine Zeit haben wollte. Bei aller Anerkennung der Leistung ihrer Kinder empfand sie die Kunstbemühungen der Zwillinge als eine elaborierte Fortführung jener nächtlichen Aktion, die zur Entdeckung der Sputnik-Kapsel und in der Folge zur »Flucht« nach Wales und später nach Österreich geführt hatte. Wobei Inoue so ehrlich sein musste zuzugeben, dass sie ohne diese ganze Geschichte mit der sowjetischen Raumkapsel selbst niemals an den Ort gekommen wäre, an dem sie Dr. Jordan kennen und lieben lernte, einen Mann, für den sie, hätte sie seinen Reiz in einem einzigen Wort beschreiben müssen, das Wort »vollständig« ausgewählt hätte. Auch Klee war ihr wichtig gewesen, auch Klee hatte sie geliebt, aber sie hätte ihm niemals das Attribut der Vollständigkeit verliehen, nicht als Person und nicht in ihrer Zuneigung zu ihm.

So kam es also, dass Paul Klee an einem der ersten Tage des Frühlings und im Anschluss an eine vormittägliche Tennisstunde zusammen mit den Zwillingen hinüber zum Bahnhof Payerbach-Reichenau fuhr, wo jedoch der von Wr. Neustadt kommende sogenannte Railjet – wie die Österreicher ihre schnellen Züge nicht sehr österreichisch nennen – niemals hielt. Dafür aber ein mittags eintreffender Regionalzug, der sich die Zeit nahm, überall dort zu halten, wo man sich die Mühe gemacht hatte, Stationen zu bauen.

Es war für einen Märztag ungewöhnlich warm, zudem wolkenlos. Eine Sommerwärme, jedoch mit einem Frühlingslicht – klare, feste Farben, ohne diesen verblassenden Ton, der im Hochsommer selbst die schönsten Tage eintrübt. Die Formen und Räume der Landschaft und des Himmels waren derart kompakt und weich zugleich, dass man das Gefühl hatte, man könnte Stücke davon wie von einer Torte herunterschneiden. Einer Sahnetorte, um es auf den Punkt zu bringen.

Der Plan war, dass Klee mit den Kindern den vereinbarten Besuch vornahm, dabei auch der Einladung zum Abendessen folgte, um später mit den beiden in Mürzzuschlag zu übernachten und auf der Rückfahrt des nächsten Tages die Reise für eine kleine Wanderung zu unterbrechen. Die Unterbrechung sollte logischerweise an der höchsten Stelle der Bahnstrecke stattfinden, der Station Semmering, von wo Klee und die Kinder hoch zum gleichnamigen Kurort, weiter zum Pass und dann zur Spitze des Hirschenkogels marschieren wollten, um sich von der dortigen Aussichtswarte das Land aus der Höhe anzusehen. Mit gutem Grund. Denn die Zwillinge – immer auf der Suche, der Kunstsuche – interessierten sich für die Gestalt von Aussichtstürmen. Sie planten, einen solchen zu bauen, bauen zu lassen, und zwar in erster Linie von Tieren und Pflanzen. Der Mensch – die Werkstättler – sollte dabei allein eine Art von Grundgerüst vorgeben, eine, wie die Zwillinge das nannten, Skizze. Eine Skizze, die so verlockend sein musste, dass die jeweiligen Tiere und Pflanzen freiwillig darangehen würden, das Ding zu bauen. Die Zwillinge fanden zwar, dass ihre Idee »größenwahnsinnig« sei, meinten aber beides durchaus positiv: die Größe wie den Wahnsinn.

Zuerst jedoch Mürzzuschlag, das mit der mittäglichen Regionalbahn in fünfundvierzig Minuten zu erreichen war, mit vierzehn Tunnels und sechzehn Viadukten sowie einer Anmutung, die etwas von einer Modelleisenbahn hatte: einer komplizierten Landschaft und darum auch komplizierten Überwindung der Landschaft. Mal brachial, mal sanft umfahrend, mal überbrückend, eine Fahrt in vielen radikalen Bögen. Tolle fünfundvierzig Minuten.

Uwe und Iris war übrigens aufgefallen, dass, wenn man die Luftlinie der beiden Endpunkte der Semmeringbahn hernahm, man exakt auf jene Kilometerzahl kam, die ebenso für den Halbmarathon gilt, nämlich einundzwanzig Kilometer. Die Fahrzeit der Regionalbahn auf dieser Strecke betrug insgesamt siebenundfünfzig Minuten, das war dann um eine Minute schneller als der derzeitige Weltrekord im Halbmarathon, der kürzlich auf präzise 58:00 Minuten verbessert worden war. Es war genau diese eine Minute, die die Himori-Geschwister faszinierte. Und als sie Klee während der Fahrt davon berichteten, kam er nicht umhin, von diesen Übereinstimmungen beziehungsweise dem Zwischenraum von einer Minute zwischen den Übereinstimmungen ebenfalls fasziniert zu sein. Dieser im Vergleich zur Lokalen Leere im Weltraum somit sehr, sehr kleinen Lücke zwischen Mensch und Bahn.

Das Haus des Sammlers in Mürzzuschlag war mehr ein Schloss als eine Villa. Es verfügte sogar über eine eigene kleine Kapelle (obgleich ohne Quelle und Krücken), einen Tennisplatz, einen Golf- und einen Krocketplatz sowie über einen Swimmingpool, der lang genug war, um darin für die nächsten Kurzbahnweltmeisterschaften zu trainieren. Der ausgedehnte, mit geometrisch zugeschnittenen Hecken und mehreren Teichen ausgestattete Park wiederum hätte sich für eine steirische Neuverfilmung von *Letztes Jahr in Marienbad* geeignet. Das Hauptgebäude mit einem Anstrich von leicht abgelebtem Gelb besaß einen hohen Uhrturm sowie eine große Terrasse über dem dreibögigen Portikus.

Im Inneren wiederum fanden sich jede Menge Zimmer und Räume. 1500 Quadratmeter vollgeräumt mit Kunst, wobei wenige der Bilder und Objekte akkurat an den hohen Wänden hingen. Vieles stand oder lag oder lehnte herum, jedoch nicht beiläufig, sondern so, als überlege der Mann, dem die Kunstwerke gehörten, immer wieder aufs Neue, wo und in welcher Nachbarschaft sie am besten zu platzieren seien. Es war wie zu Beginn einer großen Ausstellung.

»Und Sie heißen wirklich Paul Klee?«, fragte Hans Meixner sogleich. Er saß in einem Rollstuhl, eine dicke Decke über den Beinen und eine dicke Jacke über dem dicken Pullover. Er war einer dieser Leute, die noch zu Lebzeiten völlig auszukühlen schienen. Dabei war er nicht dünn, sondern mehr ein Kasten von einem Mann. Aber halt ein ausgekühlter Kasten.

»Ich weiß, mein Name verwirrt«, antwortete Klee. »Aber bitte, weder verstehe ich etwas von Kunst noch haben Uwe und Iris ihre Leidenschaft von mir geerbt. Ich bin ja nur der Ex-Freund ihrer Mutter.«

»Trotzdem sind Sie hier«, stellte der Sammler fest.

»Stimmt. Einer musste die beiden ja begleiten.«

»Ich hoffe, es ist keine große Mühe für Sie. Darf ich fragen, was Sie so machen?«

»Ich spiele Tennis.«

»Sie waren Profi?«

Anstatt rasch den Irrtum aufzuklären, lächelte Klee milde.

»Da wird sich meine Enkelin freuen«, sagte der Hausherr, »sie ist gerade zu Besuch. Ich habe extra wegen ihr unseren Tennisplatz herrichten lassen. Jetzt fehlt ihr aber ein Gegner, weil ihr Bruder nicht mitgekommen ist. Und siehe da, nun erscheinen Sie, als hätte ich eine Bestellung für meine Enkelin aufgegeben. Wunderbar.«

Klee fühlte sich außerstande zu widersprechen. Das mit dem Tennis hatte er einfach so hingesagt, auch weil er keine Lust gehabt hatte, von einem Hotel zu erzählen, das er nun bereits seit einem halben Jahr im Stich ließ und von dem er nicht wirklich sagen konnte, wieso denn. Sicher nicht, um den Zwillingen zu helfen, ihre Besetzungsliste für die Übertragung der Romanfiguren zu vervollständigen. Den Castorp zu geben. Und trotzdem …

»Sehr gut«, wiederholte Meixner, griff nach seinem Smartphone und rief seine Enkelin an, die irgendwo draußen war. Reitend.

»Ich hasse Frauen auf Pferden.« Klee sagte das nicht. Aber er dachte es sich. Es war nicht so, dass er Männer auf Pferden so viel besser fand, aber im Falle von Frauen oder Mädchen, die die Rücken hoher Tiere besetzten, empfand er einen unheimlichen Widerwillen.

Nun, als die Enkelin Meixners ihm dann begegnete, saß sie zwar nicht mehr auf einem Pferd, sondern hatte einen Tennisschläger in der Hand, aber Klee meinte noch immer die unangenehme Überheblichkeit eines auf einem Pferd thronenden Menschen zu erkennen, der kein Indianer war.

Meixners Enkelin mochte neunzehn oder zwanzig sein. Ihr Standesdünkel stand ihr wie ein Emblem im Gesicht. Klee musste unwillkürlich an die vier jungen Engländer denken, mit denen er sich einst angelegt hatte.

An einem Tennismatch kam er aber nicht vorbei.

Währenddessen führte der alte Meixner die Zwillinge durch die hohen Räume des zweistöckigen, dank der aufgelegten Metallplatten barrierefrei gemachten Gebäudes. Vorbei an Kunstwerken von völlig unbekannten bis hin zu allerbekanntesten Künstlern. Von einem postmodernen Herrgottschnitzer namens Felix Klein über Arbeiten von Blinky Palermo und Imi Knoebel bis hin zu einem wunderschönen kleinen Kandinsky. Aber nirgends ein Paul Klee. Dafür aber ein Picasso (und hätten nun die Zwillinge besser Bescheid gewusst, dann wäre ihnen klar geworden, wie sehr dieser Picasso, den sie »ganz in Ordnung« fanden, ihre Theorie vom Gestringten bestätigte. Es handelte sich nämlich um genau jenes bedeutende Gemälde aus dem Spätwerk Picassos, das sich zwei Jahre zuvor bereits auf dem Weg aus einem Zürcher Tresor nach London zu Christie's befunden hatte, bevor sich dann das Landesmuseum jener Großstadt, in der der Besitzer des Bildes einst studiert hatte und die niemand ernsthaft als Großstadt bezeichnen würde, um den Ankauf bemüht hatte. Ein Bemühen, an dem sowohl Eva Gehring als auch Inoue Sander beteiligt gewesen waren. Allerdings war der Erwerb nie zustande gekommen, das Bild aber ebenso wenig zur Versteigerung nach London gelangt, vielmehr hatte der Besitzer, eben Hans Meixner, sich entschlossen, es zu behalten und zurück in die Steiermark in die Obhut seiner Sammlung zu holen).

»Und Sie wollen ernsthaft behaupten, Sie seien Tennisprofi gewesen?«, fragte die Enkelin Meixners, nachdem sie den ersten Satz mit 6:1 gewonnen hatte.

»Das war ein Missverständnis«, sagte Klee, »ich war Dressurreiter. Tennis spiele ich nur sehr selten.«

Ihm war einfach nach Ulk zumute.

»Mein Großvater versteht viel falsch«, sagte die Enkelin. »Darum glauben die Leute, sie könnten ihn übers Ohr hauen.«

»Meinen Sie damit die Zwillinge?«

»Elfjährige, die Kunst machen. Ich bitte Sie!«

»Ja, die Mutter von den beiden ist auch nicht sehr begeistert. Aber was soll man tun? Ihr Herr Großvater besteht nun mal darauf, etwas von ihnen zu kaufen.«

»Spielen wir weiter«, sagte die junge Frau streng. In ihrem Gesicht war der Wille, im zweiten Satz zu null zu siegen.

Aber der Wille war wohl gleichfalls bei Klee durchgebrochen. Er spielte sehr viel besser als zu Beginn, wo ihn noch eine Unlust erfüllt hatte. Er spielte nicht schön, das nicht, aber auf eine gute Weise perfide. Es zeigte sich nun doch, dass er von einer ehemaligen russischen Landesmeisterin trainiert wurde. Nicht, dass er den ganzen Satz gewann. Das wäre übertrieben gewesen. Er wollte nicht übertreiben, aber die Art, wie er diesen Satz 7:5 verlor, hatte etwas Beherrschtes und Beherrschendes. Als hätte er allein aus einer bösartigen Höflichkeit heraus darauf verzichtet, den knappen Satz für sich zu entscheiden.

Als er am Ende des Matches ans Netz kam, um der jungen Frau entsprechend der Konvention die Hand zu reichen, sagte er: »Schade, dass heute keine Zeit mehr ist, um Reiten zu gehen.«

Sie nickte unsicher.

Dann das Abendessen. Mehrere Leute waren zu Besuch. Die Zwillinge hatten sich Spaghetti mit Tomatensoße gewünscht, und genau das wurde dann serviert.

Einmal während des Abends neigte sich Uwe, der rechts neben Klee saß, zu diesem hin und flüsterte: »Neunzigtausend Euro sind in Ordnung, Paul, oder?«

»Das ist absolut okay«, sagte Klee, »ich meine, wenn man bedenkt, dass die Brombeeren ja bei uns im Haus bleiben. Gut verhandelt.«

»Aber die Spaghetti von der Maria sind besser.«

Uwe meinte die Köchin des *Ulrichshofs,* die neben der tausendprozentig vollwertigen Sanatoriumsküche ebenso kulinarische Kinderwünsche erfüllte.

Links neben Klee, am oberen Tischende, saß der Hausherr. Er schien bestens aufgelegt trotz der merkbaren Schwäche seines ausgekühlten Körpers. Aber der Ankauf jenes Objekts mit dem Titel *Gemütliche Kirche für die Große Leere* hatte ihn im wahrsten Sinne elektrisiert. Es war wie Strom für seine kalten Glieder. Als sei er eine dieser Glühbirnen, die gar nicht mehr erzeugt und vertrieben werden dürfen, deren Aufflackern man aber so gerne in Filmen zeigt, um eine gruselig-erregende Stimmung zu erzeugen.

»Ich habe gehört«, sagte Meixner, »Sie haben im Tennis gegen meine Enkelin verloren. Das war sehr freundlich von Ihnen.«

»Nein, nein, sie spielt hervorragend. Und meine Gelenke sind halt nicht mehr die besten.«

»Sie sehen topfit aus«, fand Meixner.

»Innen drin schaut's anders aus«, erwiderte Klee.

»Wem sagen Sie das«, meinte Meixner und lachte. Seit Minuten drehte er die Spaghettinudeln um die vier Zinken seiner Gabel. Immer wieder aufs Neue, sodass die umwickelten Nudeln von der Bewegung geradezu poliert schienen. Es war schon klar, dass er diese Nudeln niemals essen würde, dass sein Magen so was gar nicht mehr vertrug. Aber er drehte und drehte. Drehte und redete. Sprach noch einmal von der Kunst, indem er den Picasso erwähnte, ohne dass aber Klee begriffen hätte, welcher Picasso hier gemeint war. Der String blieb so gut wie unsichtbar, was ja dem Wesen der meisten dieser Fäden entspricht, einfach viel zu dünn zu sein, um gesehen zu werden.

Später erzählte der Gastgeber von seinen diversen Firmen und Projekten, die ihn reich gemacht hatten, und von den Höllenfeuern der Politik, die aber in diesem Land immer getragen seien von Elementen der Operette und der Burleske. Er berichtete Klee von seinen vier Ehen, den vielen Toten, die er hatte begraben müssen: ein früh verstorbener Sohn, ein bester Freund, zwei Schwestern, all die Menschen und Tiere.

»Das kommt davon, wenn man alt wird«, sagte er. »Wenn man die achtzig überwindet und immer noch atmet und sich noch immer schwertut, das Leben loszulassen. Die Strafe ist, dass man die anderen sterben sieht.«

»Man sieht aber auch«, wandte Klee ein, »wie die Jungen auf die Welt kommen.«

»Richtig. Aber wenn ich ehrlich bin, die Trauer über den Verlust ist stärker als die Freude über die, die neu dazukommen. Nichts gegen meine Enkelin, ein gutes Kind, aber sie ist mir nie so nahe wie der Sohn, den ich verloren habe, als er dreißig war. – Haben Sie Kinder?«

»Sollte nicht sein«, sagte Klee. Dabei dachte er an den Jungen aus dem Tunnel, er dachte an Roman, dessen Namen er erst vor Kurzem erfahren hatte. Und entgegen dem, was er gerade Meixner geantwortet hatte, dachte er an Roman wie an einen Sohn, der gestorben war.

Klee schüttelte sich geradezu ob des merkwürdigen Gedankens. Es war aber nicht so, als wollte er den Gedanken abwerfen, sondern vielmehr tief in sich vergraben. Tief verankern.

Klee war davon ausgegangen, dass Meixner für ihn und die Zwillinge ein Hotelzimmer in Mürzzuschlag gebucht hatte.

»Nein, nein«, sagte Meixner, »ich habe zwei Gästezimmer herrichten lassen. So können wir morgen auf der Terrasse gemeinsam frühstücken.«

Und dann fügte er an: »Sie wissen sicher eine exzellente Eierspeis zu schätzen.«

Was sollte das heißen? Dass Meixner ganz gut wusste, dass Klee weder Tennisspieler noch Dressurreiter war, sondern ehemaliger Chauffeur des aktuellen deutschen Kanzlers und derzeit noch immer Besitzer eines für seine Frühstückskunst bekannten kleinen Hotels?

Oder bewies es ganz einfach die Bedeutung verquirlter Eier für einen gelungenen Tagesanfang?

Klee fühlte sich nicht wohl dabei, hier zu übernachten. Das ganze Haus und das Übermaß an Kunst mochten faszinierend sein. Aber es hatte auch etwas Bedrückendes. Es war das beträchtliche Gewicht dieses Hauses.

Die Zwillinge hingegen waren begeistert. Sie waren gerne hier. Die Vielzahl der Räume und Objekte ließ sie den ganzen Ort als einen »Planeten« empfinden. Einen fernen und fremden und aufregenden Planeten. Wo halt Kunst gesammelt wurde. Und auf diesem Planten würden sie nun eine Nacht verbringen.

Kurz nach Mitternacht zog sich der Hausherr zurück, und die Gesellschaft löste sich auf. Ein Teil der Gäste fuhr nach Hause, der andere begab sich in die vorbereiteten Zimmer: die Enkelin, Meixners Sekretär, eine alte Freundin aus Wien, die Zwillinge, Klee.

Der Raum, in dem Klees Gästebett stand, war um 1900 eingerichtet worden, Fin de Siècle. Das Bett war ausgesprochen klein, nur für einen einzelnen Mann oder eine einzelne Frau gedacht. Oder ein sehr eng umschlungenes Liebespaar. Überaus mächtig hingegen der aus quadratischen Elementen bestehende lederne Fauteuil daneben.

Klee scheute sich trotz aller Müdigkeit – und er fühlte sich auf geradezu kranke Weise müde –, sofort zu Bett zu gehen. Er setzte sich in den Stuhl. Er versank im Stuhl. Mit Körper und Geist. Angezogen, mit ungeputzten Zähnen, im Mund den Geschmack von zu viel Rotwein und zu wenig Whisky, die Hände über den Bauch gelegt, als befühle er eine höchstpersönliche Schwangerschaft. So schlief er ein.

Klee träumte.

Oder wäre es richtiger gewesen, zu sagen, ihm träumte? Dass also das, was er nun träumte, in ihn hineingelegt wurde?

In seinem Traum war er exakt dort, wo er sich gerade schlafend befand, also in diesem etwas vergilbten Jugendstilzimmer, in einem kubusförmigen Fauteuil sitzend. Und das Erste, was er dachte, war, dass es an der Zeit wäre, aufzustehen und sich die Zähne zu putzen. Also gereinigten Mundes zu sein, um sich in dieses ungemein enge Bett zu legen, das im Traum leider weder länger noch breiter geworden war.

Aber Klee kam einfach nicht in die Höhe. Er versuchte es mit allen Mitteln des Willens und der Kraft. Er schien festzukleben. Manchmal schaffte er ein kleines Stück, meinte aber die Fäden von Klebstoff zu spüren, wie sie sich zogen und dehnten und bald darauf seinen Hintern wieder auf die Sitzfläche zurückholten.

Und dann …

Sjuuuuuip! Flubb!

Er bemerkte das Projektil. Es kam wie aus dem Nichts geschossen, zog knapp an seiner rechten Schläfe vorbei, durchquerte das Zimmer und drang in die gegenüberliegende tapezierte Wand ein. Es machte ein Geräusch, wie wenn Ketchup aus einer Tube ploppt.

Klee erhob sich. Ja, plötzlich ging es ganz leicht, aus dem Fauteuil herauszukommen, allerdings bedurfte es doch einiger Mühe, hinüber zur Wand zu gelangen. Als müsse er gegen einen starken Wind ankämpfen, wie das in Träumen so üblich ist, wo böses Wetter selbst in geschlossenen Räumen ganz selbstverständlich herrscht.

Klee sah in das Loch, erkannte aber nur die dunkle Tiefe. Er fuhr mit dem Finger hinein. Das Mauerwerk war ausgesprochen weich. Es erinnerte ihn daran, wie er als Kind einen seiner Finger in weiche Butter gedrückt hatte, so tief, bis sein kleiner Kinderfinger ganz darin verschwunden war. Und was für einen Wirbel es darum gegeben hatte. Eine fluchende Mutter, Fernsehverbot, nicht zuletzt eine Bemerkung des Vaters, die Paul – von seinem Kinderzimmer aus – aufgeschnappt hatte und die sich irgendwie darauf bezogen hatte, dass die Kinder heutzutage viel zu früh mit der Sexualität in Berührung kämen und dann solche Dinge geschehen würden.

Klee drückte also das poröse Mauerwerk etwas zur Seite, brach ein Stück heraus und gelangte auf diese Weise zu dem Projektil, das er mit der Fingerkuppe ins Freie schob.

Da lag es nun in seiner Handfläche, und er sah es verwundert an.

Man kann nicht sagen, dass Klee, wenn er wach war, als ein Spezialist für Waffen und Munition gelten konnte, nicht im Geringsten. Doch hier im Traum war ihm augenblicklich bewusst, dass es sich um eine ausgesprochen alte Gewehrkugel handeln musste. Keine aus unseren Tagen. Und erst dieser Umstand, nämlich ein Geschoss in der Hand zu halten, das wahrscheinlich aus einer Zeit noch vor dem Ersten Weltkrieg stammte, brachte ihn dazu, sich umzudrehen und sich die Frage zu stellen, von wo und von wem diese Kugel überhaupt abgefeuert worden war. Nicht von jemandem, der im Zimmer stand. Da war einfach niemand. Auch nicht von außerhalb. Die ohnehin geschlossenen Fenster lagen seitlich, der Schuss musste aus der Ecke hinter dem Fauteuil abgegeben worden sein. Wo ja niemand stand, keine Öffnung war, kein Loch in der Wand.

Dieses Projektil war ganz offensichtlich durch die Zeit gereist. Es war von irgendeinem Schützen gegen Ende des 19. Jahrhunderts abgegeben worden, um nun, im ersten Drittel des 21. Jahrhunderts, in dieses Gästezimmer einzudringen, Klee knapp zu verfehlen und in der weichen Wand zu landen.

Aber so porös die Wand schien, war das Projektil ein wenig

deformiert – man mochte meinen von der Zeit (anders als im Falle der Sputnik-Kapsel). Dennoch konnte Klee, als er nun ganz nahe mit seinem Gesicht an das Objekt herangegangen war, den winzigen Schriftzug erkennen, der in die Längsseite des gestauchten Körpers eingraviert worden war. Er dachte zuerst an eine technische Kennzeichnung, doch es waren zwei Worte, die da in geschwungenen lateinischen Lettern von einem Ausrufezeichen abgeschlossen wurden, und zwar in französischer Sprache. Welche Klee nun auf die gleiche wundersame Weise beherrschte, wie er eine Kenntnis von alten Projektilen besaß. Zumindest so viel Französisch verstand, um das Réveille-toi! zu übersetzen: Wach auf!

»Wie denn?«, dachte er im Traum. »Von was aufwachen?«

Es dauerte. Es dauerte einen langen Moment der Verwirrung, bevor Klee kapierte. Bevor er begriff, dass es nötig war, tatsächlich aufzuwachen. Richtig aufzuwachen. Hier und jetzt, anstatt weiter auf eine Kugel aus dem späten 19. Jahrhundert zu starren.

Réveille-toi!

Also wachte er auf.

Und … befand sich hinter dem Steuer eines Wagens. Ein Steuer, das er hielt.

Er wusste sofort, wo er war. In welcher Audi-Limousine er da saß. Durch welchen Tunnel er hier fuhr.

»Wir müssen nachher noch mal nach Frankfurt«, vernahm er die Stimme des Mannes hinter sich, der sich gerade ein Handy ans Ohr hielt. Rehbergs Stimme.

Und dann wiederholte sich alles: der mit einem Mal quer gestellte Toyota vor ihm, dem er noch auszuweichen versuchte und darum in derselben Weise wie damals beschleunigte. Und wie dies erneut nichts nutzte. Wie es erneut seinen Wagen in die Höhe katapultierte, er auf dem Dach landete, sich mehrfach drehte und dann von einem auf der Gegenfahrbahn daherkommenden Wagen getroffen wurde. Und wie er mit großer Wucht zurückgeschoben und gegen den Toyota gedrückt wurde. Nur, dass Klee diesmal sofort wusste, wer dort in dem Toyota saß und dass demnächst ein an der Karambolage beteiligter Kleinlaster, der illegalerweise Gefahrgut transportierte, Feuer fangen und eine heftige Explosion auslösen würde.

Wie damals stemmte er sich mit einer Hand gegen die Innenseite des Autodachs, presste sich mit den Füßen gegen den Sitz und öffnete mit der anderen Hand den Gurt, um nach unten abzurutschen.

Ein kurzer Blick auf die rechte Seite ließ ihn erkennen, dass zwei Bücher dort lagen, aber weder das mathematische Werk über die Zahl *153* noch *Als die Libellen starben,* sondern nun wieder Jean Baudrillards *Agonie des Realen* und Utta Danellas *Vergiss, wenn du leben willst.* Das schwere Buch und das leichte Buch.

Er würde sich heute für die richtige Pforte entscheiden, so wenig er auch diesmal genau sagen konnte, welches Buch für welche Pforte stand. Ihm war nur klar, dass er jetzt die andere nehmen würde.

Und dann der nächste Aufprall, den Klee aber bereits erwartet hatte. Und wie es kurz dunkel vor seinen Augen wurde, und wie es, als er die Augen öffnete, viele kleine Teile der Innenverkleidung von seinen Lidern regnete. Er kannte ja die Abfolge. Aber genau diese Abfolge würde er nun ändern.

Genau – ab – jetzt!

Was bedeutete, dass Klee sich nicht nach Rehberg, der stöhnend im Gurt hing, umdrehte, sondern sofort durch das zersplitterte Seitenfenster nach draußen kletterte, zu dem Toyota hin, wo er die hintere Seitentüre aufriss und den bewusstlosen Jungen vom Gurt löste. Er drückte ihn fest an sich. Er war so ungemein dünn. Dünn und leicht und in seiner Willenlosigkeit puppenhaft. Aber er atmete. Klee spürte den Atem an seiner Wange. Eine Strähne von Luft.

»Ich hab ihn! Ich hab ihn!«, rief Klee nach vorne zu den zwei Personen hinter dem Steuer und dem Beifahrersitz. Den Großeltern des Jungen, wie er nun wusste. Den Schwiegereltern jener Frau, die ihn, Klee, indem er nun ihren Jungen rettete, ihrerseits nicht würde retten können und retten müssen. Weil dann die ganze Geschichte eine andere sein würde. Kein Hotel, kein Leben mit Inoue, kein Kommissar Holl …

Die Großeltern reagierten nicht. Ihre Köpfe lehnten aneinander.

Klee hob den Jungen aus dem Wagen und trug ihn im Laufschritt hinüber zu der nahe gelegenen Rettungsbucht, wo er ihn auf dem Rücken ablegte und sogleich in eine seitliche Lage beförderte. Ein anderer Fahrer war herbeigeeilt. Er sagte das Einzige, was man in solchen Situationen hören möchte, nicht nur in Träumen. Er sagte: »Ich bin Arzt.«

Klee lief zurück. Er wollte nach den Großeltern des Kindes sehen. Aber zuerst Rehberg! Er öffnete die hintere Seitentüre des auf dem Kopf stehenden, gegen den Toyota gepressten Audi und kroch zu Rehberg hinein.

Rehberg hatte die Augen geöffnet und drehte den Kopf zu Klee. Blut tropfte ihm von der Stirn. Klee erkannte den Ausdruck von Verärgerung. Der in seinem Gurt hängende Rehberg sprach aus einer kleinen Höhle von Mund: »Verdammt, Klee, das ist jetzt viel zu spät.«

Da hatte er recht.

Dann der Schein von Feuer, die Explosion, die Wucht, das Schwarz.

Es war die Explosion, die Klee aus dem Traum holte.

Er saß wieder im Fauteuil. Diesmal aber wirklich, soweit man sagen konnte, etwas sei »diesmal aber wirklich«. Er blickte auf seine Armbanduhr. Kurz nach vier Uhr morgens. Draußen waren erste Vögel damit beschäftigt, Krach zu machen. – Sangen sie? Stritten sie? Waren sie einfach wach und äußerten in einer komplizierten Weise etwas, was der Mensch mit einem simplen »Guten Morgen« zu erledigen pflegte?

Klee war sich übrigens absolut sicher, dass es sich um Spatzen handeln musste, obgleich er alles andere als ein Vogelspezialist war. Aber er war ja ebenso wenig Spezialist für alte Projektile und die französische Sprache.

Klee kam langsam hoch.

Nein, er wollte sich jetzt nicht in dieses Bett legen. Er verließ das Zimmer und trat vorsichtig in das danebenliegende, in dem die Zwillinge schliefen. Schwach beleuchtet von der Nachttischlampe. Zwischen ihnen, auf der Höhe der Beine, in einer Mulde der Bettdecke, lag Laika. Er hob ruckartig den Kopf hoch und gab ein leises Knurren von sich.

»Schon gut, du blinder Hund«, sagte Klee. »Ich bin's.«

Tatsächlich zog Laika den Kopf wieder ein und bettete ihn auf die Vorderpfoten.

Auch hier im Raum stand ein Fauteuil von der gleichen Art wie in Klees Zimmer.

Klee nahm darin Platz. Er lauschte dem Schnaufen der Kinder. Genauer gesagt, Uwe schnaufte und Iris schnarchte. Was einen ja immer wieder überrascht, wie Kinder schnarchen können, ohne Bart und Bauch und Alkohol.

Klee fühlte sich ungemein glücklich.

Er hatte seine Chance genutzt. Es war ihm wichtig, wie dieser Traum ausgegangen war, auch wenn man sagen musste, er sei in diesem Traum gestorben. Aber das war es wert gewesen.

Er schlief nicht wieder ein, sondern döste in diesem hübschen, von Quadraten bestimmten Jugendstilsessel dahin. Irgendwann bemerkte er, wie die Spatzen lautstark aus ihrem Busch oder Baum aufflogen und aufgeregt den Ort wechselten.

Vielleicht rüber zum Tennisplatz, dachte Klee. Und sagte sich: Da geh ich jetzt ebenfalls hin.

So, als könnte er dort Olga treffen. Seine wunderbare Tennislehrerin. Seine nächste Liebe. Denn solange er in seinem Leben gänzlich ohne Liebe ausgekommen war – nicht ohne Beziehungen, nicht ohne Sex und Ärger und Verwicklungen, aber doch ohne Liebe –, so konnte er trotzdem sagen, Inoue geliebt zu haben und verrückterweise auch Sarah Scheer. Denn wenn er am Abend zuvor gedacht hatte, auf eine gewisse Weise sei Roman sein Sohn gewesen, dann ebenso, dass Sarah seine Frau gewesen war. Auf eine andere Weise in einer anderen Welt.

Und Olga Stepanowa? Es störte ihn rein gar nicht, sich vorzustellen, noch jahrelang ihre Tennisschule zu besuchen und in diesem Verhältnis von Schüler und Lehrerin zu verbleiben. Er spürte ganz deutlich, über eines zu verfügen: über Zeit.

Kurz nach sechs, nachdem die Sonne aufgegangen war, erhob sich Klee aus dem Stuhl, sah zu den Kindern, die immer noch ruhig schliefen, verließ das Zimmer, bewegte sich nach unten, verließ das Haus und trat ins Licht des Tages, wo ihn eine wunderbare Frische empfing.

Und wirklich, er spazierte hinüber zum Tennisplatz, dessen sandige Fläche zur Gänze im Licht der Morgensonne lag und die Wirkung von verdoppeltem Rot besaß. Ein kleiner, alter Mann beendete soeben die Wässerung des Platzes, indem er den Sprühschlauch über eine letzte Ecke schwenkte.

Sodann unternahm es dieser Mann, ein Bodennetz hinter sich herzuziehen, von der einen äußeren Seitenlinie zur anderen, dabei ruhige Kurven ziehend. Die linke Hälfte des Spielfelds, dann die rechte. Nachdem er fertig war, griff er zu einem schmalen Besen, dessen längs gestellte Borsten er in einer geraden Spur über die vom Sand befleckten Linien führte, denen er so zu einer reinen Weiße verhalf.

Klee erkannte, wie ungemein alt der Mann sein musste, so gebückt und verwachsen, mit enormen O-Beinen, durch die man leicht einen Papierflieger hätte segeln lassen können. Seine Bewegungen waren zeitlupenhaft, aber nicht zögerlich, bestimmt von Routine, die viele Jahre benötigt hatte. Nie war ein Platz liebevoller und sorgsamer auf seine Nutzung vorbereitet worden.

Klee ärgerte die Vorstellung, dass demnächst wohl Meixners ehrgeizige Enkelin mit irgendeiner Freundin oder irgendeinem Freund diesen Platz betreten und Bälle schlagend und Schläge erwidernd, beschleunigend und bremsend, mit nackten Beinen und beschuhten Füßen diese schöne, rot-rot glänzende Fläche ruinieren würde. Aber so war natürlich das Leben gedacht. Und im Laufe eines Tages machten auch Wind und Wetter dem Platz zu schaffen, sodass auf eine Pflege immer wieder eine neue Pflege folgte. Und würde keine folgen, bliebe nur der Verfall.

Als der alte Mann fertig mit seiner Arbeit war und an Klee vorbeikam, konnte Klee in sein Gesicht sehen. Es war ungemein dunkel. Auch die Augen, die also nicht etwa, wie so was gerne beschrieben wird, aus dem Dunkel herausleuchteten. Nein, es war wie bei dem Bauern Karl in Wesenufer. Ein Gesicht, in das die Dunkelheit vollständig eingezogen war.

Wären die Zwillinge hier gewesen, sie hätten sicher gleich eine Idee gehabt, wie man dieses dunkle Gesicht in Anlehnung an die Große Leere oben im Weltraum – dieses »Kniegelenk Gottes« – künstlerisch würde würdigen können.

Klee nickte dem Alten zu und grüßte.

Als die beiden sich jetzt ganz nahe waren, erkannte Klee ein Lächeln im Gesicht des Mannes. Ein Lächeln, das in der Art eines Glimmens in der Dunkelheit steckte.

Klee hörte, wie der Mann im Tonfall dieses Lächelns ein einziges Wort sagte: »Ende.«

Textnachweise

S. 102 die Liedzeile stammt aus *Kiss Me Goodbye,* geschrieben von Les Reed/Barry Mason

S. 103 die Liedzeilen stammen aus *MacArthur Park,* geschrieben und komponiert von Jimmy Webb

S. 181 das Zitat stammt aus dem Gedicht *somewhere i have never travelled* von E. E. Cummings, erschienen in *Complete Poems, 1904–1962,* veröffentlicht 1994 bei Liveright, die deutsche Übersetzung wurde aus dem Film *Hannah und ihre Schwestern* von Woody Allen übernommen

Inhalt

»Ein Buch wie ein guter Malt Whiskey, den Tonia so liebt: tiefgründig und nährend.«

Hamburger Abendblatt

Heinrich Steinfest

Die Büglerin

Roman

Piper Taschenbuch, 288 Seiten
€ 12,00 [D], € 12,40 [A]*
ISBN 978-3-492-23201-2

Tonia Schreiber gibt alles auf: die Stadt, in der sie lebt, die Wissenschaft, ihre Freunde, ihre große, mit Aquarien ausgestattete Villa. Sie tut es, um sich zu bestrafen und an einem anderen Ort zur Büglerin zu werden. Dies ist die Geschichte einer Frau, die ihre Kindheit auf einer Segelyacht zubringt und deren Leben nach einer Katastrophe eine neue Richtung nimmt. Eine Geschichte, die vor der Küste Chiles beginnt und vor der Küste Mallorcas endet.

PIPER

Leseproben, E-Books und mehr unter www.piper.de

»Herrlich! Göttlich! Steinfest!« Die Zeit

*Cover- und Preisänderungen vorbehalten

Heinrich Steinfest

Amsterdamer Novelle

Piper, 112 Seiten
€ 15,00 [D], € 15,50 [A]*
ISBN 978-3-492-07117-8

Die Geschichte endet, wie sie beginnt, mit einem Foto: Es zeigt den Kölner Roy Paulsen, wo er nicht sein kann, in Amsterdam. Er ist nie dort gewesen, und doch sieht man ihn, wie er mit dem Rad an einer Gracht entlangfährt. Paulsen könnte dieses Bild als kuriose Verwechslungsgeschichte abtun. Genau das aber tut er nicht – er reist nach Amsterdam und macht sich auf die Suche nach dem Haus, das auch auf dem Foto zu sehen ist. Und gerät dabei in eine tödliche Auseinandersetzung, die sein Leben in eine gänzlich neue Richtung lenkt – unaufhaltsam auf den Moment des Fotos zu.

Leseproben, E-Books und mehr unter **www.piper.de**